10
18

12, AVENUE D'ITALIE. PARIS XIIIe

Sur l'auteur

Francisco Goldman est né en 1954 à Boston. Écrivain et journaliste, il enseigne au Trinity College dans le Connecticut. Il est l'auteur de quatre romans et a reçu le Sue Kaufman Prize of American Academy of Arts and Letters pour son premier livre. Sa femme, Aura Estrada, est morte tragiquement à l'âge de trente ans, en 2007. C'est en son honneur qu'il a créé et dirige le Aura Estrada Prize remis tous les deux ans à une femme de moins de trente-cinq ans écrivant en espagnol et vivant aux États-Unis ou au Mexique. Francisco Goldman partage son temps entre Brooklyn, New York et Mexico.

FRANCISCO GOLDMAN

DIRE SON NOM

Traduit de l'anglais (États-Unis)
par Guillemette de Saint-Aubin

10/18

CHRISTIAN BOURGOIS ÉDITEUR

Pour leur soutien pendant l'écriture de ce livre, toute ma gratitude va à l'American Academy de Berlin et la von der Heyden Family Foundation ; à la Ucross Foundation ; ainsi qu'à Beatrice Monti et la Santa Maddalenna Foundation. Tous mes remerciements également à N.G. à Mexico et K.R. à New York – vous m'avez aidé à surmonter les moments les plus durs.

Titre original :
Say Her Name

ISBN 978-2-264-05549-1

VLADIMIR : Si on se repentait ?
ESTRAGON : D'être né ?

— Samuel Beckett, *En attendant Godot*

Ce n'est pas simplement la mort – c'est toujours la mort de quelqu'un.

— Serge Leclaire

Chère disparue ! depuis ta mort précoce
Ma tâche a été de méditer
Sur toi, sur toi ; tu es le livre
La bibliothèque où j'étudie
Bien que je sois presque aveugle.

— Henry King, évêque de Chichester,
« Oraison funèbre de sa femme »

Je ne voudrais pas être plus rapide
ni plus jeune que maintenant si tu étais avec moi ô toi
qui étais le meilleur de tous mes jours

— Frank O'Hara, *« Animaux »*

… et peut-être que tu découvriras la vérité une fois au paradis, après que tu auras terminé ton boulot au bureau de Shanghai. Et peut-être que tu découvriras ton costume d'ours dans un placard au paradis.

— Aura Estrada, *« My Shanghai Days »*

1

Aura est morte le 25 juillet 2007. Je suis revenu au Mexique pour le premier anniversaire parce que je voulais être là où c'est arrivé, sur cette plage de la côte du Pacifique. Maintenant, pour la deuxième fois en un an, je suis retourné à Brooklyn sans elle.

Deux mois avant sa mort, le 24 avril, Aura avait eu trente ans. Nous étions mariés depuis deux ans moins trente-six jours.

La mère et l'oncle d'Aura m'ont accusé d'être responsable de sa mort. Ce n'est pas que je ne me juge pas coupable. Si j'étais Juanita, je sais que j'aurais voulu moi aussi me mettre en prison. Bien que ce ne soit pas pour les raisons qu'elle et son frère ont avancées.

À partir de maintenant, si tu as quelque chose à me dire, fais-le par écrit – c'est ce que Leopoldo, l'oncle d'Aura, m'a déclaré au téléphone quand il m'a appris qu'il était l'avocat de la mère d'Aura dans le procès qu'elle m'intentait. Nous ne nous sommes pas parlé depuis.

Aura

Aura et moi

Aura et sa mère

Sa mère et moi

Un triangle amour-haine, ou, je ne sais pas

Mi amor, est-ce que c'est pour de vrai ?

*Où sont les axolotls ?** [1]

1. Les mots en italique suivis d'un astérisque sont en français dans le texte.

Chaque fois qu'Aura prenait congé de sa mère, que ce soit à l'aéroport de Mexico ou le soir sur le seuil de l'appartement de cette dernière, ou même quand elles se quittaient après un repas au restaurant, sa mère esquissait le signe de croix sur elle et murmurait une petite prière pour demander à la Vierge de Guadalupe de protéger sa fille.

Les axolotls sont une espèce de salamandre qui ne quitte jamais l'état larvaire, un peu comme des têtards qui ne deviendraient jamais grenouilles. Il y en avait beaucoup dans les lacs autour de l'ancienne ville de Mexico, et c'était un des mets préférés des Aztèques. Jusqu'à récemment, on disait qu'il en vivait encore dans les canaux saumâtres de Xochimilco alors qu'en fait même là ils ont pratiquement disparu. Ils survivent dans les aquariums, les laboratoires et les zoos.

Aura adorait la nouvelle de Julio Cortázar dont le héros est tellement fasciné par les axolotls du Jardin des Plantes à Paris qu'il se transforme en axolotl. Chaque jour, parfois même trois fois par jour, le protagoniste anonyme de cette histoire se rend au Jardin des Plantes pour regarder les étranges petits animaux à l'étroit dans leur aquarium, leurs corps laiteux et translucides, leur délicate queue de lézard, leurs faces plates d'Aztèques roses et triangulaires, leurs petites pattes aux doigts presque humains, les étranges brindilles rougeâtres qui sortent de leurs branchies, la lueur dorée de leurs yeux, la façon dont ils ne bougent presque jamais, se contentant de contracter convulsivement leurs branchies, ou se mettent brusquement à nager d'une seule ondulation du corps. Ils ont un air si étrange qu'il se convainc que ce ne sont pas juste des animaux, qu'ils ont avec lui une relation mystérieuse, sont muettement emprisonnés à l'intérieur de leurs corps et que cependant, de leurs yeux dorés animés de pulsations, ils le supplient de les délivrer. Un beau jour l'homme regarde les axolotls comme d'habitude, le visage tout près de la paroi vitrée, mais au beau milieu de la phrase, le « je » est maintenant à l'intérieur de l'aquarium, en train de regarder l'homme, la transition se fait juste comme ça. L'histoire se clôt sur l'axolotl espérant qu'il est arrivé à communiquer quelque chose à l'homme, à unir leurs solitudes silencieuses, et que si celui-ci ne vient plus à l'aquarium c'est parce qu'il est quelque part en train d'écrire une histoire à propos de ce que c'est que d'être un axolotl.

La première fois qu'Aura et moi vînmes à Paris, environ cinq mois après qu'elle se fut installée avec moi, elle tint plus que tout à aller au Jardin des Plantes voir les axolotls de Cortázar. Elle était déjà venue à Paris, mais ce n'est que récemment qu'elle avait découvert l'histoire de Cortázar. On aurait pu croire que l'unique raison pour laquelle nous étions venus à Paris c'était pour voir les axolotls alors qu'en fait elle avait rendez-vous à la Sorbonne où elle songeait à poursuivre ses études après Columbia. Le premier après-midi nous allâmes au Jardin des Plantes et acquittâmes notre droit d'entrée à son petit zoo datant du dix-neuvième siècle. Sur un panneau à l'entrée du vivarium des informations en français à propos des amphibiens et des espèces menacées étaient illustrées par un axolotl à branchies rouges vu de profil avec sa face réjouie d'extraterrestre et ses bras et mains de singe albinos. Les aquariums faisaient le tour de la salle, petits rectangles éclairés encastrés dans la paroi qui encadraient divers habitats humides : mousses, fougères, rochers, branches, flaques d'eau. Nous allâmes de l'un à l'autre en lisant les explications : plusieurs espèces de salamandres, de tritons, de grenouilles, mais pas d'axolotls. Nous refîmes le tour de la salle, au cas où nous les aurions ratés. Aura finit par aller demander au gardien, un homme d'âge moyen en uniforme, où se trouvaient les axolotls. Il ignorait tout des axolotls mais quelque chose dans l'expression d'Aura sembla le faire hésiter, et il lui demanda de patienter. Il quitta la pièce et quelques instants plus tard il revint accompagné d'une femme, un peu plus jeune que lui, en blouse bleue. Comme elle et Aura parlaient bas et en français je ne pus comprendre ce qu'elles disaient, mais l'expression de la femme était animée et chaleureuse. Une fois à l'extérieur, Aura demeura un moment sans rien dire, l'air stupéfait. Elle finit par m'apprendre que la femme se rappelait les axolotls et qu'elle avait même dit qu'ils lui manquaient. Mais ils avaient été transférés dans le laboratoire d'une université quelques années auparavant. Aura portait son manteau en laine gris anthracite, une écharpe blanchâtre autour du cou, des mèches de ses cheveux noirs et raides étaient égarées autour de ses joues rondes et lisses qui étaient rougies comme par le froid, bien qu'il ne fît pas particulièrement froid. Les larmes, juste quelques-unes, pas un flot, des larmes chaudes et salées, débordèrent des yeux d'Aura et coulèrent sur ses joues.

Qui pleure pour une chose pareille ? je me rappelle avoir pensé. J'embrassai les larmes, respirant cette chaleur salée d'Aura. Ce qui pouvait bien bouleverser Aura à ce point dans la disparition des axolotls semblait faire partie du même mystère que celui dont l'axolotl, à la fin de la nouvelle de Cortázar, espère que l'homme le révélera en écrivant son histoire. J'ai toujours voulu savoir ce que c'était que d'être Aura.

*Où sont les axolotls ?** écrivit-elle dans son carnet. Où sont-ils ?

Aura s'installa avec moi à Brooklyn environ six semaines après être arrivée de Mexico avec ses multiples bourses, dont une Fulbright et une autre de l'État mexicain, pour faire un doctorat en littérature espagnole à Columbia. Nous avons vécu ensemble presque quatre ans. À Columbia elle habitait avec une autre étudiante étrangère, une Coréenne, une botaniste hautement spécialisée. Je vis son appartement seulement deux ou trois fois avant de déménager les affaires d'Aura chez moi. C'était un appartement en enfilade, avec un long couloir étroit, deux chambres, un living en façade. Un appartement d'étudiantes, plein d'affaires d'étudiantes : sa bibliothèque Ikea, une batterie de casseroles, de poêles et d'ustensiles anti-adhésifs d'une nuance charbonneuse, un sacco, une stéréo, une petite boîte à outils, Ikea aussi, encore dans son plastique. Son matelas par terre, un tas de vêtements par-dessus. Cet appartement me rendait terriblement nostalgique – de mes années d'études, de la jeunesse. J'avais une folle envie de lui faire l'amour, dans le somptueux désordre de ce lit, mais elle avait peur que sa colocataire ne rentre, et donc nous ne le fîmes pas.

Je l'arrachai à cet appartement, abandonnant sa colocataire avec qui Aura s'entendait très bien. Mais un mois plus tard environ, quand nous fûmes sûrs qu'Aura resterait avec moi, elle trouva une autre étudiante pour la remplacer, une Russe qui avait l'air de quelqu'un qu'apprécierait la Coréenne.

Là-haut, sur Amsterdam Avenue et la 119e Rue, Aura habitait à la limite du campus. À Brooklyn, elle était obligée de faire au moins une heure de métro pour aller à Columbia, généralement pendant l'heure de pointe, et elle s'y rendait presque tous les jours. Elle changeait à la 14e Rue et se frayait un chemin dans un labyrinthe d'escaliers et de longs couloirs, sinistres et glaciaux, pour prendre les express 2 ou 3 avant d'emprunter la ligne locale à la 86e Rue. Ou elle pouvait faire à pied le trajet de vingt-cinq minutes qui la séparait de notre appartement et de la station de Borough Hall pour y prendre le 2 ou le 3. Elle finit par se décider pour la seconde option, et c'est ce qu'elle faisait presque tous les jours. En hiver le trajet pouvait être terriblement froid, surtout avec les légers manteaux de laine qu'elle portait jusqu'à ce que je la convainque de me laisser lui offrir un de ces duvets North Face qui l'emmitouflait de nylon bleu gonflé de duvet d'oie de la tête à mi-jambes. Non, *mi amor*, ça ne te grossit pas, pas toi en particulier, là-dedans tout le monde ressemble à un sac de couchage, et quelle importance de toute façon ? Ne vaut-il pas mieux être bien au chaud ? Quand elle portait le capuchon relevé et le col fermé sous le menton, avec ses yeux noirs brillants, elle ressemblait à une petite Iroquoise dans son porte-bébé, et elle ne sortait presque jamais sans quand il faisait froid.

Une autre complication de ce long trajet était qu'elle s'égarait régulièrement. Elle ratait l'arrêt ou se trompait de direction et, perdue dans son livre, ses pensées, son iPod, ne s'en apercevait pas avant d'être loin dans Brooklyn. Alors elle m'appelait de la cabine d'une station dont je n'avais jamais entendu parler, *Hola, mi amor*, eh bien, je suis à Beverly Road, je me suis encore trompée de sens – l'air volontairement dégagé, pas bien grave, rien qu'une New-Yorkaise débordée réglant un de ces problèmes routiniers que pose l'existence citadine, mais quand même avec une petite touche de défaite dans la voix. Elle n'aimait pas que je la taquine quand elle se perdait dans le métro ou même dans notre quartier, mais parfois je ne pouvais pas m'en empêcher.

Du premier jour jusqu'au dernier, je l'ai accompagnée tous les matins au métro – sauf quand elle allait en bicyclette jusqu'à Borough Hall où elle l'attachait, solution qui fut vite abandonnée du fait que les SDF alcooliques et les drogués lui volaient sa selle, ou quand il pleuvait ou qu'elle était tellement en retard qu'elle prenait un taxi jusqu'à Borough Hall, ou encore dans les rares occasions où elle partait comme une petite tornade furieuse parce qu'il se faisait tard et que j'étais encore aux toilettes en train de lui crier de m'attendre, et les deux ou trois fois où elle était tellement fâchée contre moi pour une raison ou une autre qu'elle n'avait absolument pas voulu que je l'accompagne.

Mais généralement j'allais avec elle jusqu'à la station de la ligne F sur Bergen ou à Borough Hall, bien que nous finîmes par tomber d'accord que, quand elle allait à Borough Hall, je la quitterais à l'épicerie du Français sur Verandah Place – j'avais du travail et je ne pouvais pas perdre presque une heure chaque jour à faire l'aller-retour – même si elle essayait de m'entraîner plus loin, jusqu'à Atlantic Avenue, ou Borough Hall en fin de compte et même jusqu'à Columbia. Alors je passais la journée à la bibliothèque – quelques semestres plus tôt j'y avais dirigé un atelier d'écriture et j'avais encore ma carte – à lire, écrire, ou tâcher de prendre des notes dans un carnet quand je ne relevais pas mes mails sur l'un des ordinateurs de la bibliothèque ou tuais le temps en lisant les journaux en ligne en commençant par les pages sports du *Boston Globe* (j'ai grandi à Boston). Généralement nous déjeunions chez Ollie's avant d'aller claquer du fric en DVD et en CD chez Kim's, ou à Labyrinth Books, dont nous sortions chargés de lourds sacs de livres que ni l'un ni l'autre n'avions le temps de lire. Les jours où elle ne m'avait pas persuadé de l'accompagner à Columbia, parfois elle me téléphonait pour me demander de venir juste pour déjeuner avec elle, et le plus souvent, j'y allais. Aura disait :

Francisco, je ne me suis pas mariée pour déjeuner toute seule. Je ne me suis pas mariée pour rester toute seule.

Les matins où nous allions à pied jusqu'au métro, c'est Aura qui faisait la plus grande partie sinon l'intégralité de la conversation, parlant de ses cours, des professeurs, des étudiants, ou d'une idée de nouvelle, de roman, ou de sa mère. Même quand elle était particulièrement *neuras* et reprise par ses angoisses habituelles, j'essayais de trouver de nouveaux encouragements ou d'en reformuler ou répéter d'anciens. Mais j'aimais particulièrement quand elle était d'humeur à s'arrêter à chaque pas pour m'embrasser ou donner de petits coups de dents à mes lèvres comme un bébé tigre et qu'elle mimait un rire muet après mon *aïe*, et la façon dont elle se plaignait *¿Ya no me quieres, verdad ?* si je ne lui tenais pas la main ou la taille à l'instant qu'elle voulait. J'adorais ce rituel sauf quand je ne l'adorais pas du tout, quand je m'inquiétais : Comment est-ce que je vais jamais écrire un foutu livre avec cette femme qui m'oblige à l'accompagner au métro tous les matins et me persuade de me rendre jusqu'à Columbia pour déjeuner avec elle ?

Je continue à imaginer régulièrement qu'Aura marche à côté de moi sur le trottoir. Parfois j'imagine que je lui tiens la main et je marche avec le bras un peu dégagé du corps. Plus personne n'est surpris de voir les gens parler tout seuls dans la rue, pensant qu'ils sont au téléphone. Mais les gens vous regardent quand ils remarquent que vous avez les yeux rouges et humides et que vos lèvres sont déformées par un rictus de sanglot. Je me demande ce qu'ils croient voir et ce qu'ils imaginent être la cause de ces pleurs. À la surface, une fenêtre s'est brièvement ouverte de façon alarmante.

Un jour du premier automne suivant la mort d'Aura, à Brooklyn, à l'angle de Smith et de Union, je remarquai une vieille dame de l'autre côté de la rue qui attendait de traverser, une vieille dame normale du quartier, cheveux gris bien coiffés, un peu voûtée, une expression empreinte de gentillesse sur le visage, avec l'air de profiter du soleil d'octobre tout en attendant patiemment que le feu passe au rouge. La pensée fut comme une bombe silencieuse : Aura ne saura jamais ce que c'est qu'être vieille, elle ne jettera jamais un regard rétrospectif sur sa longue vie. Il ne m'en avait pas fallu plus pour songer à l'injustice de tout cela et à la charmante vieille dame accomplie qu'Aura était sûrement destinée à être.

Destinée. Étais-je destiné à entrer dans la vie d'Aura ou avais-je détourné indûment le cours prédestiné de son existence ? Aura était-elle censée épouser quelqu'un d'autre, peut-être un étudiant de Columbia, ce type qui travaillait à quelques tables d'elle à la bibliothèque Butler, ou celui qui ne pouvait pas s'empêcher de lui jeter des regards timides à la Pâtisserie hongroise ? Comment peut-on décrire avec précision le caractère destinal de ce qui n'est pas arrivé ? Qu'en est-il de son libre arbitre, de sa propre responsabilité quant à ses choix ? Quand je traversai Smith Street une fois le feu passé au rouge, est-ce que la vieille dame avait remarqué mon visage alors que nous nous croisions ? Je ne sais pas. Mon regard brouillé était fixé sur la chaussée et j'avais envie d'être de retour dans notre appartement. Aura y était plus présente que partout ailleurs.

L'appartement que je louais depuis huit ans, était l'étage de réception d'une brownstone. À l'époque où les Rizzitano, qui la possédaient encore, occupaient le rez-de-chaussée et les trois étages, le salon était leur living. Mais il était notre chambre. Son plafond était si haut que pour changer une ampoule au plafonnier il fallait que je grimpe sur un escabeau qui mesurait un mètre quatre-vingts de haut, me dresse sur la pointe des pieds au sommet de ce pinacle branlant et tende le bras au maximum, même si je finissais par me retrouver plié en deux, battant des bras à la recherche de mon équilibre – Aura, qui me regardait assise au bureau dans le coin, disait : On croirait un oiseau amateur. Une corniche en plâtre courait sous le plafond, chaulée comme les murs, rangée néoclassique de rosettes au-dessus d'une autre rangée plus large de palmettes. Deux longues fenêtres, aux rebords profonds, garnies de rideaux, faisaient face à la rue et entre elles, s'élevant du sol au plafond comme une cheminée, se trouvait l'élément le plus clinquant de l'appartement : un immense miroir dans un cadre tarabiscoté en bois doré. La robe de mariée d'Aura le recouvrait partiellement, suspendue à un cintre que j'avais accroché avec de la ficelle aux fioritures dorées qui ornaient les deux côtés de son sommet. Sur la tablette en marbre au pied du miroir se trouvait un autel composé d'un certain nombre d'affaires ayant appartenu à Aura.

Quand je rentrai du Mexique cette première fois, six semaines après la mort d'Aura, Valentina, condisciple d'Aura à Columbia et leur amie Adele Ramirez, Mexicaine qui habitait chez Valentina, vinrent me chercher à l'aéroport de Newark dans le break du mari de Valentina, un banquier. J'avais cinq valises : deux à moi et trois pleines des affaires d'Aura, pas seulement des vêtements – j'avais refusé de jeter ou de donner presque tout ce qui lui appartenait – mais aussi des livres et des photos, et les agendas, les carnets et les feuilles volantes de toute une courte vie. Je suis sûr que si ce jour-là ç'avait été des copains qui étaient venus m'attendre, tout aurait été très différent, et qu'après avoir jeté un coup d'œil incrédule à notre appartement, nous aurions dit : Allons dans un bar. Mais j'avais à peine terminé de monter les valises que Valentina et Adele s'étaient mises à édifier l'autel. Elles couraient en tous sens comme si elles savaient mieux que moi où tout se trouvait, choisissant et rapportant des trésors en me demandant de temps à autre mon opinion ou un avis. Adele, plasticienne, accroupie sur la tablette en marbre au pied du miroir, arrangeait : le chapeau cloche en jean avec une fleur en tissu qu'Aura avait achetée pendant notre séjour à Hong Kong, la sacoche en toile verte qu'elle avait apportée à la plage ce dernier jour, avec son contenu intact, son portefeuille, ses lunettes de soleil et les deux minces volumes qu'elle était en train de lire

(Bruno Schulz et Silvina Ocampo), sa brosse avec de longs cheveux pris dans les soies, le tube en carton contenant le jeu de mikado qu'elle avait acheté dans le centre commercial près de notre appartement de Mexico et avait emporté au TGI Friday's où deux jours avant sa mort nous avions joué en buvant de la tequila, un exemplaire de la *Boston Review* dans laquelle était paru son dernier essai publié l'été précédent, sa paire préférée et unique de chaussures Marc Jacobs, sa petite flasque turquoise, quelques autres babioles, souvenirs, parures, des photos, des bougies, et, vides au pied de l'autel, ses bottes en caoutchouc rayées noir et blanc à semelles rose shocking. Valentina, debout devant l'immense miroir, annonça : Je sais ! Où est la robe de mariée d'Aura ? J'allai la prendre dans le dressing à l'aide du tabouret.

C'était exactement le genre de chose dont nous nous moquions, Aura et moi : un autel mexicain folklorique dans l'appartement d'un étudiant, manifestation de choix politique de mauvais goût. Mais pour moi c'était exactement la chose à faire, et pendant toute cette première année de la mort d'Aura et ensuite, la robe de mariée resta là. J'achetais régulièrement des fleurs pour le vase qui était posé par terre, allumais des bougies et en achetais d'autres pour remplacer celles qui étaient consumées.

La robe de mariage avait été faite par une styliste mexicaine, Zoila, originaire de Mexicali, qui avait une boutique dans Smith Street et avec laquelle nous étions devenus amis. Là nous parlions de la baraque de tacos authentiques que nous allions ouvrir un beau jour pour faire de l'argent avec les jeunes gens ivres et affamés qui se déversaient des bars de Smith Street la nuit, faisant tous trois mine de croire sérieusement que nous allions nous lancer dans cette affaire prometteuse. Puis Aura découvrit que les robes de mariée de Zoila étaient recommandées sur le site Daily Candy comme une alternative moins onéreuse à celles de Vera Wang et autres. Aura se rendit pour trois ou quatre essais dans l'atelier de Zoila, dans un loft du centre de Brooklyn, et chaque fois elle rentrait plus inquiète que la fois précédente. Elle fut d'abord déçue par le résultat final, trouvant la robe plus simple qu'elle avait cru, et pas très différente de certaines des robes normales que Zoila vendait en boutique pour le quart du prix. C'était une version presque minimaliste d'une robe de paysanne mexicaine, en beau coton blanc, avec des broderies en soie et en dentelle, qui s'évasait en volants dans le bas.

Mais Aura finit par décider qu'elle aimait la robe. Peut-être qu'elle avait juste besoin d'être dans son cadre adéquat, le décor quasi désertique du village d'Atotonilco, avec la vieille église de la mission, les cactus, les buissons d'épineux et le jardin d'un vert d'oasis de l'hacienda restaurée que nous avions louée pour le mariage, sous le bleu vif puis l'immensité jaune gris du ciel mexicain et les troupeaux turbulents de nuages qui le traversaient de part en part. Peut-être que c'était là le génie de la robe de Zoila. Une sorte de robe lyophilisée, qu'on aurait dite en papier, que l'air fin et électrique des hauts plateaux désertiques du centre du Mexique avait animée d'une vie chatoyante. Une robe parfaite pour un mariage à la campagne au mois d'août, une robe de mariage comme en rêvent les petites filles, après tout. Maintenant elle avait légèrement jauni, avec les bretelles foncées par la sueur salée, l'une des bandes de dentelle qui entourait le bas, au-dessus de l'évasement, était en partie arrachée, une déchirure pareille à un impact de balle, et l'ourlet était décoloré d'avoir été traîné dans la boue et piétiné au cours de la longue nuit de la fête qui avait duré jusqu'à l'aube, quand Aura avait enlevé ses chaussures de mariée pour mettre celles que nous avions achetées dans une boutique de mariage à Mexico, qui étaient comme un croisement entre des chaussures d'infirmière et des compensées années soixante-dix. Une délicate relique, cette robe de mariée. La nuit, sur le fond miroitant qui crée l'illusion de la profondeur, à la lueur réfléchie des bougies et des lampes, sertie d'une couronne d'or par le cadre baroque, elle semble flotter.

*

Malgré l'autel, ou peut-être en partie à cause de lui, notre femme de ménage est partie. Flora, originaire d'Oaxaca, qui élève aujourd'hui trois enfants dans Spanish Harlem, qui venait une fois tous les quinze jours, déclara que l'appartement la rendait trop triste. L'unique fois qu'elle revint, je la regardai prier à genoux devant l'autel, prendre les photos d'Aura pour les porter à ses lèvres, les tachant de ses larmes et baisers vigoureux. Imitant l'accent de sincérité que prenait Aura pour la féliciter de son travail, le ton enjoué de sa voix (Oh Flor, on dirait que tu fais des miracles !) Flora déclara : Ay, *señor*, elle était toujours si gaie, si pleine de vie, si jeune, si bonne, elle me demandait toujours des nouvelles de mes enfants. Comment pouvait-elle faire son travail maintenant de la manière qui plaisait à Aura, me demanda Flore d'une voix suppliante, si elle ne pouvait pas s'arrêter de pleurer ? Puis elle avait emporté sa tristesse et ses larmes chez elle, auprès de ses enfants, m'expliqua-t-elle ensuite au téléphone, et ce n'était pas bien, non *señor*, elle ne pouvait plus le faire, elle était désolée mais elle devait partir. Je ne pris pas la peine de me mettre en quête d'une nouvelle femme de ménage. Je suppose que je pensai qu'elle aurait pitié de moi et qu'elle reviendrait. Je finis par lui téléphoner pour la supplier de revenir, mais la ligne n'était plus en service. Puis, des mois plus tard, chose incroyable, elle se repentit et appela pour me donner son nouveau numéro de téléphone – apparemment elle avait déménagé – sur mon répondeur. Mais quand je la rappelai, ce n'était pas le bon numéro. Je l'avais probablement noté de travers, de toute façon je souffre de dyslexie tactile.

Maintenant, quinze mois après la mort d'Aura, en rentrant de nouveau sans elle – personne pour m'attendre à l'aéroport cette fois-ci – j'ai trouvé l'appartement exactement tel que je l'avais laissé en juillet. Le lit était défait. La première chose que j'ai faite fut d'ouvrir toutes les fenêtres pour laisser entrer l'air froid et humide d'octobre.

Le MacBook d'Aura était toujours là, sur son bureau. Je pourrais reprendre là où je m'étais arrêté et travailler sur, organiser, tacher d'assembler, ses histoires, ses essais, ses poèmes, le roman qu'elle venait de commencer, les milliers de fragments, en fait, qu'elle avait laissés dans son ordinateur, à la manière labyrinthique et décousue qu'elle avait de classer ses dossiers et ses documents. Je me sentais prêt à m'immerger dans cette tâche.

Dans la chambre il y avait des pétales de roses fanés, plus sombres que le sang, autour du vase devant l'autel, mais le vase était vide. Dans la cuisine, les plantes d'Aura, bien qu'elles n'aient pas été arrosées depuis trois mois, n'étaient pas mortes. Je tâtai du doigt la terre d'un pot et la trouvai humide.

Puis je me rappelai que j'avais laissé la clé aux voisins du dessus en leur demandant d'arroser les plantes d'Aura pendant mon absence. J'avais l'intention d'aller au Mexique pour le premier anniversaire et d'y rester un mois, mais j'y étais resté trois, et ils n'avaient pas cessé d'arroser ; ils avaient jeté les roses mortes, qui avaient dû commencer à pourrir et à sentir. Et ils avaient mis mon courrier dans un sac en plastique à côté du canapé, juste après la porte d'entrée.

Sur la plage nous – moi et quelques-uns des nageurs qui l'avaient vue ou l'avaient entendue crier au secours – sortîmes Aura de l'eau et l'allongeâmes sur la déclivité que les vagues avaient creusée au point d'en faire une sorte de fosse avant de la transporter plus haut là où le sol était plan et de la déposer sur le sable brûlant. Tandis qu'elle s'efforçait de respirer, fermant et ouvrant la bouche, murmurant juste le mot « *aire* » quand elle avait besoin que je presse de nouveau mes lèvres contre les siennes, Aura dit quelque chose que je ne me rappelle pas vraiment avoir entendu, tout comme je me rappelle si peu de ce qui est arrivé, mais sa cousine Fabiola, avant de partir à la recherche d'une ambulance, l'avait entendu et me le rapporta ensuite. Ce qu'Aura avait dit, une des dernières choses qu'elle m'ait dites était :

Quiéreme mucho, mi amor.

Aime-moi beaucoup, mon amour.

No quiero morir. Je ne veux pas mourir. C'est peut-être la dernière phrase complète qu'elle ait jamais prononcée, peut-être ses dernières paroles.

Est-ce que j'ai l'air de me disculper ? Est-ce le genre de déclaration que je devrais m'interdire de faire ? Certes, cette demande et cette invocation d'amour sont idéales pour s'attirer la sympathie d'un jury ; mais je ne suis pas au tribunal. Je dois me tenir sans artifice devant les faits ; il n'est pas possible de tromper le jury devant lequel je me tiens. Tout compte, et tout est pièce à conviction.

2

Est-ce que c'est pour de vrai, *mi amor* ? Est-ce que je suis vraiment de retour à Brooklyn de nouveau sans toi ? Durant toute ta première année de mort et maintenant, dans la rue la nuit, *à battre le pavé*, faisant le tour du pâté de maison, m'arrêtant devant les vitres embuées pour regarder les menus que je connais par cœur, me demandant ce que je devrais prendre à emporter, dans quel restaurant bon marché devrais-je dîner ce soir, dans quel bar m'arrêterai-je pour boire un verre ou deux ou trois ou cinq où je ne me sentirai pas si atrocement seul – mais où est-ce que je ne me sens pas atrocement seul ?

Pendant les cinq années et quelques qui ont précédé la rencontre d'Aura, je me suis senti plus seul que je ne l'avais jamais été ; mais dans l'année et les quelques mois après sa mort, j'ai été beaucoup plus seul. Mais qu'en est-il des quatre années qui les séparent ? Étais-je un autre homme que celui que j'étais avant ces quatre ans, un homme meilleur, grâce à l'amour et au bonheur que j'ai vécus ? Grâce à ce qu'Aura m'a donné ? Où étais-je le même vieux moi qui, pendant quatre ans, a été inexplicablement chanceux ? Quatre ans – est-ce que ces années trop peu nombreuses doivent tant compter dans la vie d'un homme mûr ? Ou est-ce que quatre années peuvent tant signifier qu'elles l'emporteront à jamais sur toutes les autres mises ensemble ?

Pendant le premier mois environ qui a suivi sa mort, je n'ai pas rêvé d'Aura, bien que j'aie senti sa présence partout à Mexico. Puis, à l'automne, à l'époque où elle aurait dû reprendre ses cours, je fis mon premier rêve, dans lequel il était urgent que j'achète un téléphone portable. Au milieu d'un champ verdoyant que traversait un cours d'eau argenté, je trouvai une hutte en branchages qui était une boutique de téléphones portables, et j'entrai. Il fallait absolument que je téléphone à Wendy, une autre condisciple et amie d'Aura. Je voulais lui demander si j'avais manqué à Aura. Je voulais lui demander, précisément en ces termes : *Est-ce que le train-train de notre vie quotidienne lui manque ?* Je me dirigeai, le portable argent aux touches en saphir à la main, vers le cours d'eau, mais je n'arrivais pas à le faire marcher. Frustré, je le jetai au loin.

Est-ce que le train-train de notre vie quotidienne te manque, *mi amor* ?

Est-ce qu'il est possible que ce qui nous arrive soit pour de vrai ?

Degraw Street, où nous habitions, est censée marquer la frontière entre Carroll Gardens et Cobble Hill. Notre appartement était du côté de Carroll Gardens, Cobble Hill de l'autre côté de la rue. Quand je m'y installai, environ quatre ans avant de rencontrer Aura, Carroll Gardens avait toujours l'air du quartier italien classique de Brooklyn, vieux restaurants italiens fréquentés par les gangsters et les hommes politiques, statues de la Vierge dans les jardinets, vieillards jouant aux boules ; dans ses rues, surtout les soirs d'été, avec tant de grandes gueules et de gros bras dans le coin, je me sentais toujours un peu menacé. C'est à Cobble Hill qu'était née la mère de Winston Churchill et le quartier avait encore le physique de l'emploi, avec sa vieille église anglicane à l'intérieur de style Tiffany, ses remises pittoresques et son jardin. Les deux quartiers s'étaient à peu près mélangés, envahis par des jeunes Blancs prospères. Le 11 septembre avait accéléré le processus – un quartier agréable et tranquille aux allures familiales de l'autre côté de Brooklyn Bridge. Aujourd'hui, on se fraie un passage parmi des trains sinueux de landaus sur les trottoirs de Court Street et on déjeune ou on vient prendre le café dans des endroits pleins de jeunes mères, de filles au pair, et d'un nombre gênant d'écrivains. Les cercles fréquentés par les vieux Italiens étaient devenus des bars à cocktails branchés. Dans chaque rue, des brownstones, converties en appartements des années auparavant, étaient reconverties en maisons particulières. À quelques rues de là, juste en face de la station de la ligne BQE se trouvent Red Hook et le port ; la nuit on entend la corne de brume des bateaux, ce qu'adorait Aura. D'un petit tortillement de nageuse elle se serrait plus près dans le lit et demeurait immobile, comme si les longs appels tristes allaient nous frôler telles des raies manta dans l'obscurité.

Voici le studio de yoga d'Aura ; ici le spa où elle allait se faire masser quand elle était tendue ; là se trouvait sa boutique de vêtements préférée, et là-bas, la préférée après celle-là ; notre poissonnerie ; c'est ici qu'elle avait acheté ces lunettes branchées aux verres jaunes ; l'endroit où nous allions manger un hamburger et boire tard la nuit ; celui où nous prenions notre brunch ; « le restaurant où on se dispute toujours » – voilà ce qu'est devenu pour moi le fait de parcourir ces rues : silencieuse psalmodie des stations d'un chemin de croix. Le quartier possède de nombreuses pizzerias et des restaurants qui font de la cuisine au feu de bois, et une unique Domino's Pizza, genre centre commercial aseptisé, à l'angle de Smith et de Bergen, à côté de la sortie du métro, principalement fréquentée par les habitants des HLM de Hoyt Street et les adolescents blacks et latinos du lycée proche. Un soir, comme nous rentrions tard après avoir bu des verres avec des amis, sans un mot, Aura franchit précipitamment les portes vitrées du Domino's et ne passa pas plus d'une minute au comptoir avant de ressortir en portant une boîte géante de pizza, arborant un grand sourire genre regarde ce que je viens de gagner. Toutes les bonnes pizzerias étaient fermées à cette heure-ci, mais je parie qu'aucune n'aurait satisfait la soudaine fringale d'Aura comme Domino's. Dans le quartier résidentiel du sud de Mexico où elle avait grandi, chaque soir une armée de livreurs casqués vrombissait et filait par milliers sur des motos telles des abeilles le long des autoroutes et des rues congestionnées pour apporter leurs pizzas aux mères célibataires et employées comme celle d'Aura. Aujourd'hui je ne passe jamais devant ce Domino's sans la voir en sortir avec cette pizza et ce sourire.

On était en train de reconvertir l'église catholique couleur de boue et morte depuis longtemps qui se trouvait de l'autre côté de la rue en un immeuble d'appartements (les promoteurs, des juifs orthodoxes ;

les ouvriers, des Mexicains) ; Aura aurait été contente du nouveau Trader Joe's à l'angle d'Atlantic et de Court ; sur Smith Street, le restaurant de tacos que nous devions ouvrir avec Zoila a ouvert mais la boutique de Zoila a fermé l'année dernière et je ne sais toujours pas où elle est allée. Juste après l'angle se trouve l'Internet café crasseux mais très fréquenté où Aura aimait souvent aller étudier et travailler quand elle n'était pas à Columbia. Elle avait plus de facilité à s'y concentrer qu'à la maison. Je n'étais pas là pour quémander son attention ou du sexe ni taper bruyamment sur ma machine à écrire dans la pièce d'à côté et sa mère ne pouvait pas l'appeler au téléphone du Mexique. En entrant je la voyais assise à l'une des tables contre le mur de brique, un bagel entamé sur son papier sulfurisé, mug de café, les cheveux retenus par une barrette ou un bandeau rouge ou attachés pour les empêcher de lui tomber sur la figure tandis qu'elle était penchée sur son ordinateur, écouteurs sur les oreilles, avec cet air résolu et fermé, se mordant légèrement la lèvre inférieure, et je restais debout à la regarder ou à faire comme si je ne la connaissais pas et à attendre qu'elle lève les yeux et me voie. Moi aussi je venais travailler dans ce café. Cela ne la dérangeait pas. Nous nous asseyions à une table, déjeunions ou partagions un bagel ou un cookie. Maintenant je viens acheter un café à emporter. Tout en faisant l'inévitable queue je regarde la rangée des tables, le long banc bleu contre le mur, des inconnus assis là avec leurs ordinateurs.

Je n'avais jeté ni déménagé aucune des affaires d'Aura, elles étaient toujours dans sa commode et dans le dressing. Ses manteaux et vestes d'hiver, y compris celui en duvet, étaient accrochés à une patère près de la porte d'entrée ; au moins une fois par jour j'ouvrais un tiroir et portais une pile de ses vêtements à mes narines, frustré qu'ils sentent plus le bois du tiroir qu'Aura, et parfois je vidais un tiroir sur le lit et m'allongeais à plat ventre sur ses vêtements. Je savais que pour finir il me faudrait donner ces affaires – au moins ses vêtements –, qu'il y avait quelqu'un quelque part qui ne pouvait pas se payer un manteau en duvet et dont la vie serait rendue plus supportable, peut-être même sauvée, par sa possession. Je m'imaginais quelque femme ou fille immigrée dans un endroit particulièrement froid, une usine de conditionnement de viande dans le Wisconsin ; un taudis sans chauffage de Chicago. Mais je n'étais pas prêt à lâcher quoi que ce soit. Je ne me posais même pas la question – même si j'en parlais avec des amies d'Aura. Au début elles avaient paru obnubilées par l'idée que, pour mon bien, il fallait que je me débarrasse de tout. Pourquoi ne pas le faire peu à peu, donner une partie de ses manteaux à une institution charitable, pour commencer ? À la fin, bien sûr, je devais garder quelques affaires spécifiques, comme sa robe de mariée, « pour me la rappeler ». Au cours de ces premiers mois, je m'éloignai de la plupart de mes amis et rompis les ponts avec ma famille – ma mère et mes frères et sœurs – pour ne voir que des femmes : les amies d'Aura mais aussi quelques-unes dont j'étais proche bien avant d'avoir connu Aura.

À l'exception de la table où j'écrivais dans le coin de la pièce du milieu – celle qui se trouve entre la cuisine et le salon où nous dormions – et une partie des anciennes bibliothèques, Aura et moi nous étions progressivement débarrassés de tous les meubles de mes années de célibataire débraillé. Aura était frustrée que nous n'ayons pas emménagé dans un nouvel appartement, libre des traces et souvenirs de mon passé sans elle, un endroit qu'elle aurait pu faire totalement nôtre, même si elle avait complètement transformé l'appartement que nous avions. Il m'arrivait en rentrant de la trouver occupée à déplacer même le plus lourd des meubles pour changer la disposition de la pièce encombrée d'une manière à laquelle je n'avais jamais pensé ou qui ne me semblait pas même possible, comme si l'appartement était une sorte d'énigme compliquée qui l'obsédait et qui ne pouvait être résolue qu'en changeant le mobilier de place, et même s'il n'était pas possible qu'elle soit élucidée, elle améliorait toujours notre cadre de vie.

Le dernier meuble que nous achetâmes, dans une boutique d'occasion à cinq rues de là, était une table de cuisine style années cinquante dont le plateau en formica était orné d'un motif bleu céruléen et blanc nacré, gai comme un ciel ensoleillé et des nuages dans une peinture d'enfant. Dans la cuisine se trouvait également un vaisselier vert sombre que j'avais acheté chez l'antiquaire d'un petit village des Catskills au cours d'un week-end passé dans la maison de campagne de Valentina et Jim. Environ deux mois après notre achat, l'antiquaire exaspérée avait téléphoné – ce n'était pas la première fois – pour nous dire que si nous ne venions pas bientôt prendre le vaisselier elle le remettrait en vente, sans nous rembourser. Il n'était pas donné. On en trouvait du même genre exactement pour le même prix chez les antiquaires de notre quartier et sur Atlantic Avenue. Mais nous louâmes un 4×4 à Brooklyn pour aller chercher le nôtre et passâmes le week-end dans une sorte de pavillon de chasse italo-américain, avec un jacuzzi en plexiglas doté de poignées en cuivre étincelantes et une fausse cheminée alimentée au gaz dans notre chalet, où nous nous terrâmes avec des livres, du vin, un match de foot sans le son à la télé, pris de fou rire quand nous essayâmes de baiser dans ce jacuzzi ridicule, et quand nous avions faim nous allions au restaurant qui était décoré des photos dédicacées de plusieurs générations de joueurs des New York Yankees, pour piocher dans les spaghettis aux boulettes de viande géantes, les lasagnes à la saucisse et autres du buffet à volonté permanent. Ce vaisselier finit par nous coûter environ cinq fois ce que nous l'aurions payé à Brooklyn.

Dans notre cuisine, avec le vaisselier, se trouvaient tous nos autres ustensiles pour la plupart intouchés depuis qu'ils l'avaient été pour la dernière fois par Aura. Notre toaster Hello Kitty qui marquait les toasts du logo Hello Kitty – je l'utilisais toujours, souriant de l'infantilité d'Aura chaque fois que j'étalais du beurre sur le visage de Kitty. La sorbetière qu'Aura avait achetée juste pour pouvoir faire des glaces au *dulce de leche* à l'occasion de la fête de son trentième anniversaire, avec le cylindre métallique givrant toujours dans le freezer. La longue table d'ABC Carpet and Home achetée avec l'argent des cadeaux de mariage dont les rallonges aux deux bouts nous avaient permis de caser tant bien que mal les vingt et quelques amis qui étaient venus à cette fête. Nous avions fait du *cochinita pibil*, du porc dégoulinant de jus au citron vert et au roucou dans son enveloppe de feuilles de bananes parcheminées par la cuisson, des *rajas con crema*, et de l'*arroz verde*, et Valentina était venue plus tôt faire ses boulettes de viande à la sauce au piment séché, et il y avait un magnifique gâteau d'anniversaire d'un mauvais goût somptueux qui venait d'une pâtisserie mexicaine de Sunset Park – avec un glaçage blanc, orange et rose semé de fruits confits – servi avec la glace d'Aura. Son cadeau d'anniversaire cette année-là consistait en deux longs bancs rustiques pour s'asseoir à la table. Elle voulait que nous donnions beaucoup de dîners.

Il n'est pas vrai qu'il faille être riche pour être heureux à New York. Je ne dis pas que vingt, trente, cinquante mille dollars de plus par an n'auraient pas amélioré notre train de vie et ne nous auraient peut-être pas rendus plus heureux. Mais peu de personnes qui avaient connu Aura ou moi avant que nous ne vivions ensemble auraient deviné que nous étions doués pour la vie en couple.

Les trois bourses cumulées d'Aura faisaient un surprenant salaire, pour une étudiante à plein temps en tout cas. Comme je ne lui ai jamais demandé de payer pour le loyer, ni pour beaucoup d'autres choses, elle avait de l'argent à dépenser et à économiser. Elle voulait utiliser ses économies pour nous aider à acheter un jour une maison ou un appartement, si de mon côté j'arrivais à épargner de l'argent, ce que j'étais décidé à faire. Quand j'allai clore le compte d'Aura, je fus stupéfait de la somme. Maintenant je vivais presque entièrement sur ces économies, de l'argent des bourses mais aussi de celles qu'elle faisait depuis l'adolescence. J'avais déjà dépensé l'argent de l'assurance destiné à rembourser les frais médicaux, d'hospitalisation et d'ambulance que j'avais payés avec ma carte de crédit au Mexique. Je n'en avais réglé que la moitié, m'enfonçant plus avant dans les dettes. Donc j'étais endetté. Et après ? Ne travaillant qu'à mi-temps dans la petite université du Connecticut où j'enseignais l'anglais, je n'avais pas eu droit aux congés pour décès. Mais, incapable d'enseigner ce semestre suivant la mort d'Aura, j'avais donné ma démission. Je savais qu'il me faudrait bientôt trouver du travail. Quelle sorte de travail ? Aucune idée. Mais je ne me voyais plus enseigner. J'avais mes raisons. L'enthousiasme, la volonté et l'énergie nécessaires à un comédien convaincu tel que moi, qui n'étais pas un universitaire de carrière, pour capter l'attention d'une classe d'étudiants de vingt ans prompts à l'ennui avaient disparu. Amoureux d'Aura, marié, honteusement heureux, j'avais été un clown littéraire efficace et distrayant.

Les plantes qu'Aura gardait sur le palier de l'escalier de secours étaient mortes depuis l'hiver passé et n'étaient plus maintenant que des pots en plastique et en argile pleins de terre et de décombres de plantes, de tiges grises et de feuilles racornies. Mais son fauteuil pliant en plastique était toujours là, strié par les intempéries du climat urbain mais sinon intouché depuis la dernière fois qu'elle s'y était assise, de même que le cendrier en verre à son pied, décoloré par une année de pluie. Parfois des écureuils sautaient sur le siège depuis la rampe de l'escalier pour boire l'eau ou la neige fondue retenue dans sa légère concavité. Par beau temps Aura aimait s'asseoir sur le palier, dans cette petite cage rouillée, les pieds posés sur les marches menant à l'étage supérieur, entourée de ses plantes pour lire ou écrire sur son ordinateur en fumant un peu. Ce n'était pas une grande fumeuse. Certains jours elle fumait quelques cigarettes, certains autres, pas du tout. De temps à autre elle fumait de l'herbe, généralement quand quelqu'un lui en donnait à l'université. J'avais toujours son dernier sac d'herbe, presque vide, dans le tiroir du vaisselier. Pour Aura le palier de l'escalier de secours n'était pas moins un jardin que celui de nos voisins du rez-de-chaussée au-dessus duquel elle se perchait. Je la taquinais en la comparant au personnage de Kramer, de la série *Seinfeld*, qui faisait des choses de ce genre, quand il célébrait le 4 juillet en s'asseyant avec un cigare, une bière et un hot-dog dans un transat à la porte de son appartement, transformant le couloir en un jardinet de banlieue.

Un matin, je me retrouvai à regarder par la fenêtre de la cuisine le fauteuil sur le palier de l'escalier de secours comme si je ne l'avais jamais vu. C'est alors que je pensai à le nommer le Fauteuil du Voyage d'Aura. Je l'imaginai descendant lentement, assise sur un rayon de lumière d'un jeune rose translucide, un livre ouvert à la main, atterrissant en douceur sur le fauteuil, de retour de son long et mystérieux voyage. Elle lève les yeux de son livre, me voit la regarder derrière la vitre et dit, comme toujours, de sa voix enjouée et enrouée, *Hola, mi amor.*

Hola, mi amor. Mais où étais-tu passée ? Pourquoi as-tu été si longtemps absente ? Je sais que tu ne t'es pas mariée juste pour t'en aller comme ça de ton côté et me laisser tout seul ici !

Le week-end précédant notre départ pour le Mexique à la fin du mois de juin, Valentina et Jim nous avaient de nouveau invités à la campagne. Nous retournions en ville à la fin de l'après-midi du dimanche quand Aura et Valentina voulurent s'arrêter dans une boutique du village où elles étaient allées la veille. Jim, moi et leur chienne puante, Daisy, attendîmes dans la voiture et quelques minutes plus tard je vis Aura sortir de la boutique en serrant contre elle son nouvel achat, un couvre-lit multicolore comme la tunique de Joseph, dans une housse en plastique transparent, dont elle m'apprit qu'il n'avait coûté que 150 dollars. Un bon prix, reconnus-je, pour un aussi beau couvre-lit, et tout neuf, en plus, pas une relique de grand-mère moisie. Le petit livret qui y était attaché expliquait que l'artiste américain qui concevait ces couvre-lits cousus à la main en Inde avait passé des années à l'étranger à étudier les textiles.

Quelques jours plus tard, tandis que nous faisions nos valises, Aura sortit du dressing, les deux bras occupés par le couvre-lit plié qu'elle posa sur la valise ouverte par terre. Elle voulait donc emporter le couvre-lit à Mexico. Et ensuite elle voulait le rapporter à Brooklyn à l'automne ?

Así es, mi querido Francisco, répondit-elle, en ce style formel légèrement sarcastique qui indiquait qu'elle anticipait mon scepticisme. Je m'opposais rarement aux désirs d'Aura, à l'exception, je dois avouer, de celui qu'elle avait de prendre un appartement plus grand, ou un avec un jardin où elle pourrait avoir un chien, parce que nous n'avions vraiment pas encore les moyens de nous le permettre. Mais cette fois-ci je lui tins tête. Ça n'avait pas de sens, d'emporter le couvre-lit au Mexique pour le remporter en septembre. Regarde, il prend presque toute la valise à lui seul. Et est-ce qu'on n'a pas déjà un beau duvet sur le lit au Mexique ? Mais le couvre-lit est si beau, insista Aura. Et on vient juste de l'acheter. Pourquoi est-ce que le sous-locataire devrait en profiter avant nous ? Peut-être qu'on devrait juste le garder au Mexique, dit-elle, au moins cet appartement est à nous. (Il était à sa mère en réalité, qui l'avait acheté pour Aura avant qu'elle m'eût rencontré, même si nous nous étions maintenant chargés des mensualités.) Nous ne sommes pas obligés de laisser le couvre-lit à notre sous-locataire, rétorquai-je. Tu peux le ranger dans le dressing et on peut l'inaugurer à notre retour en automne. Imagine comme le couvre-lit nous manquera en hiver si nous le laissons au Mexique.

Sans ajouter un mot, Aura sortit le couvre-lit de notre valise et l'emporta dans le dressing. Elle revint faire la valise dans un silence de mort. Pendant les minutes qui suivirent, elle me détesta. J'étais le pire ennemi qu'elle avait jamais eu. Je dus me mordre l'intérieur de la joue pour m'empêcher de rire.

Après la mort d'Aura, Valentina me dit qu'en fait le couvre-lit ne coûtait pas 150 mais 600 dollars. Aura avait eu peur de me le dire.

Mais ce n'était pas seulement à cause de l'argent, je savais. C'était qu'elle ne voulait pas que je pense qu'elle était le *genre de femme* qui claque une telle somme pour un couvre-lit – même si je le savais – de la même façon qu'elle n'aimait pas que je voie qu'elle consultait des sites people ou fashion sur son ordinateur quand nous lisions ou travaillions au lit avant de nous endormir. Elle tapait sur les touches par saccades, le portable en équilibre sur les genoux, l'écran détourné de moi, sautant d'une fenêtre à l'autre. Il m'était indifférent qu'elle aime les sites people ou fashion. Bien que ce soit exactement ce qui l'aurait énervée, de voir dans mon regard cet aspect d'elle, et que je sois censé aimer que ma jeune épouse super intello puisse avoir les mêmes plaisirs que n'importe quelle fille frivole qui ne lit jamais autre chose de plus profond que *People*. Que je puisse aimer ça, que je puisse trouver cela mignon et sexy, qu'elle puisse satisfaire ce voyeurisme *cursi* et macho – comme c'était gênant ! À la fin d'une longue journée, elle aimait se perdre dans ces sites ; *¿ y qué ?* Cela n'avait aucune importance. Même le simple fait que je le remarque constituait déjà une distorsion ou une exagération de ce qu'elle était *réellement*. Pourquoi est-ce que je ne pouvais pas garder les yeux sur mon livre ou mon ordinateur ? Pour ma défense je dois dire que j'étais subjugué par presque tout ce qu'elle faisait et que je pouvais à peine la quitter un instant des yeux. En fait, j'attendais juste qu'elle range son ordinateur pour tomber dans mes bras sous les draps. Cela, elle le savait aussi.

Quand je suis revenu du Mexique à Brooklyn, seul, cette première fois après la mort d'Aura on était à la mi-septembre et il faisait chaud et humide. Il semblait, cet automne 2007, que l'été refusait de finir, suspendu telle une punition sur la ville. Je faisais marcher l'air conditionné nuit et jour. Mais enfin, avec la première baisse de température, j'allai dans le dressing et, comme je l'avais promis à Aura, je sortis le couvre-lit de sa housse en plastique et le posai sur le lit. Il était composé de minces bandes horizontales de divers tissus – toutes les nuances de couleurs vives semblaient être représentées avec une légère prédominance de rouge – disposées en rangées parallèles qui couraient tout du long. Il avait vraiment l'air de vibrer devant mes yeux. Le couvre-lit ajoutait à l'aspect extrêmement féminin de ce qui était maintenant ma chambre de veuf. Des animaux en peluche et des robots ; une pantoufle miniature couleur de rubis accrochée à un abat-jour ; un grand cœur en chocolat de la Saint-Valentin datant de quelques années dans son enveloppe en cellophane fermée par un ruban. Un petit canapé à deux places en peluche dans un coin plein de coussins de couleur à côté de la télévision. Robe de mariée sur le miroir. L'ange ailé en bois sculpté de Taxco avec son visage aux lèvres cramoisies de chérubin adolescent et lubrique suspendu à la lampe halogène au-dessus du lit, animé d'une lente et perpétuelle rotation au bout de son fil de nylon, me fixant de son regard vide, moi tout seul dans le lit, tout comme il nous fixait Aura et moi, et se détournant lentement.

Souvent le matin, quand Aura venait juste de se réveiller, elle se tournait vers moi pour me déclarer : *Ay, mi amor, que feo eres. ¿ Por qué me casé contigo ?* d'une voix douce et malicieuse. Oh mon amour, comme tu es laid. Pourquoi est-ce que je t'ai épousé ?

¿ Soy feo ? demandais-je avec tristesse. C'était l'un de nos numéros habituels.

Sí, mi amor, disait-elle, *eres feo, pobrecito.* Et elle m'embrassait, et nous riions. Un rire qui prenait sa source tout au fond de mon ventre et remontait en grondant, étalant sur mon visage ce sourire idiot qu'on voit sur les photos de moi prises ces années-là, cette grimace niaise de contentement qui ne quittait pas mon visage même tandis que je récitais mes vœux de mariage – l'expression d'Aura, cependant, émue et solennelle comme il se doit, bien qu'un peu sonnée – qui fait que nos photos de mariage sont un peu gênantes à regarder.

Aura rangea le couvre-lit dans le dressing et revint préparer les bagages pour la mort qui l'attendait trois semaines et un jour plus tard.

3

Ce premier jour dans l'appartement avec Valentina et Adele Ramirez, c'était comme entrer dans un vide absolu, hors du temps – après que j'eus monté les valises et que nous eûmes accroché la robe de mariée et édifié l'autel, je dis : Je me demande où Aura a rangé sa bague de fiançailles. (Ou est-ce que j'ai dit : Je me demande où elle range sa bague de fiançailles ?) Elle ne l'avait pas emportée au Mexique, ne voulant pas prendre le risque de se la faire voler. De toute façon elle ne la portait pas de façon régulière. Elle avait décidé qu'elle était trop voyante pour qu'elle la mette à l'université. Elle craignait que les autres étudiantes la prennent pour une grande bourgeoise mexicaine qui jouait à l'étudiante fauchée pour pouvoir retourner chez elle munie de son doctorat comme d'une luxueuse babiole de plus. Aura croyait, ou plutôt avait découvert avec tristesse, qu'elle donnait souvent aux autres, et particulièrement aux universitaires américains, cette impression totalement fausse.

Je m'inquiétais qu'elle ait perdu sa bague de fiançailles et n'ose pas le dire. Elle ne cessait de perdre des choses tout comme moi – et j'avais déjà décidé que, si elle l'avait perdue, je ne le regretterais pas. Pourquoi l'aurais-je regretté ? Chaque fois que je décidais qu'elle avait vraiment perdu la bague, parce que cela faisait longtemps que je ne l'avais pas vue à son doigt, je décidais aussi de ne pas même lui en parler, de passer sa disparition sous silence comme s'il n'y avait jamais eu de bague. C'était idiot, probablement mal même, d'avoir dépensé autant pour un bout de diamant, qui avait été extrait de quelque mine d'Afrique d'une façon malhonnête et peut-être même au prix du sang mais que moi-même j'avais vu, comparé à ses rivaux sur le plateau du marchand, semblant agiter de minuscules mains scintillantes pour attirer mon attention sur son heureux brillant. Ce n'est pas comme si les bagues de fiançailles étaient le seul rite ou institution pérenne sur la planète liée à des activités criminelles et sanguinaires sur lesquelles on préfère fermer les yeux. Une fois que la demande cruciale avait été faite et agréée, l'argent n'était-il pas bien et joyeusement dépensé ? Une fois que j'eus passé la bague au doigt d'Aura et qu'elle eut dit oui et que nous nous fûmes embrassés – je lui avais fait ma demande à Puerto Escondido – peut-être la chose la plus satisfaisante à faire eût-elle été de jeter la bague à la mer immédiatement après, séparant cet instant et le souvenir que nous en aurions de ce coûteux brimborion qui ne cessait de vous obliger à craindre de le perdre. Ou peut-être aurait-elle pu emporter la bague à Mexico pour la montrer à sa mère, à son *tío* Leopoldo et à ses amis, après quoi nous l'aurions jetée depuis un pont audessus d'une route où un gosse des rues aurait pu finir par la trouver, ce qui aurait changé sa vie pour le meilleur ou pour le pire. De cette façon je n'aurais jamais perdu un instant à me demander si elle avait perdu la bague sans me le dire.

À cette époque nous allions dîner dans son restaurant préféré pour son anniversaire ou celui de notre mariage ou la Saint-Valentin ou quelque autre occasion dont nous avions décidé qu'elle méritait une sortie en ville et le voilà qui brillait à son doigt. Ce diamant allait et venait comme une étoile errante dans le ciel nocturne, visible de la Terre deux ou trois fois par an.

Mais je savais à quel point elle tenait à cette bague à cause de la seule fois où elle faillit vraiment la perdre, quand nous étions à Austin, pour une foire du livre. Aura avait étudié à l'université d'Austin pendant les deux ans qu'avait duré la grève des étudiants qui avait bloqué l'Université nationale autonome du Mexique, où elle étudiait la littérature anglaise. Sa mère, Juanita, employée dans l'administration de l'université, n'allait pas laisser sa fille languir à la maison ou perdre ses journées à errer dans la grande ville apocalyptique et quasiment abandonnée qu'était devenue l'université pendant les années de grève, à paresser dans l'herbe avec les copains ou fumer à l'*aeropuerto*, ainsi que les étudiants appelaient la pelouse ombragée d'arbres où ils se retrouvaient pour se défoncer – ou glander avec les grévistes vedettes dans les bâtiments barricadés couverts de graffitis. De toute façon, fatiguée de ne pas étudier, Aura s'était totalement détournée de la grève et des grévistes. Juanita et deux des professeurs d'Aura, qui étaient aussi ses parrain et marraine, s'arrangèrent avec d'anciens collègues mexicains qui enseignaient maintenant à l'université du Texas pour lui faire obtenir une bourse d'étudiant étranger.

Après avoir habité une résidence, Aura avait partagé le rez-de-chaussée d'une maison avec trois autres étudiantes étrangères : deux Panaméennes et Irina, venue de Roumanie via Israël, une beauté étique aux longues jambes, championne locale de kick-boxing et batteuse dans un groupe rock, qui étudiait la littérature et écrivait de la poésie. Des jeunes femmes intelligentes dotées d'accents prononcés qui avaient appris à s'occuper d'elles-mêmes et les unes des autres et se fichaient d'être totalement ostracisées par les *gringas*. Il était plus difficile d'affronter les préjugés de prédateurs des garçons blancs qui pensaient que toutes les femmes brunes devaient être comme celles qui se vendaient si bon marché de l'autre côté de la frontière, ou qu'il était pratiquement obligatoire, sorte de galanterie inversée, de les traiter comme telles. Mais c'était moi, et pas Aura qui m'exprimais ainsi – elle n'utilisait pas les termes tels que « petits Blancs », qu'elle jugeait très ridicules. Elle disait les *gringos* ou *los blancos*, jamais de manière méprisante bien que parfois d'un ton indigné. Voici un poème écrit par Aura dans l'un de ses carnets durant l'époque où elle était à Austin :

Me vuelvo sucio
Yo leo Bukowski aunque lo odie
Parece quisiera ser hombre
Para quitar a las mujeres del camino
Que nadie se escandalice
Esto es privado
Esto es mentira
La poesía es ficticia y no salva a nadie[1]

1. « Je suis en train de devenir une salope
Et je lis Bukowski bien que je le déteste

Quoi qu'il en soit, ce fut une époque remuante. Il n'y a quasiment pas de photo d'Aura et de ses camarades où elles n'ont pas une bière à la main ou l'air complètement défoncé ou de n'avoir pas fermé l'œil de la nuit : dépeignées, négligées et délicieuses. Mais Aura étudiait dur, elle rédigea un essai sur Raymond Carver que son professeur lut en classe et travaillait sans cesse au mémoire de licence sur W.H. Auden qu'elle présenterait à l'UNAM une fois la grève terminée. Et quoi que toute cette folie suppose, elle n'avait eu qu'un petit ami, un juif de Boston qui jouait du country-rock hippie. Une des Panaméennes, Belinda aux yeux verts, qui avait trois ou quatre ans de moins que les trois autres, me dit que c'est Aura qui l'avait tirée d'affaire à Austin, en lui donnant des conseils qui lui avaient permis de surmonter plusieurs crises. Pour elle, Aura avait été une mère de substitution. Mais Aura avait elle-même une mère de substitution, Irina. Bien qu'en fait Irina ait plutôt été comme une anti-mère. Elle encourageait Aura dans l'idée qu'elle ne devait pas répondre à l'attente de sa mère en poursuivant une carrière universitaire, ce qu'Aura sembla pourtant faire consciencieusement pendant quasiment le reste de sa vie. Mais une partie du style et de culot d'Irina déteignit sur Aura, du moins comme une sorte d'idéal. À New York, Aura prit des cours de kick-

---

Il semble que j'aimerais être un homme
Pour lever toutes les femmes qui croisent mon chemin
Que personne ne se scandalise
C'est privé
C'est un mensonge
La poésie est de la fiction et ne sauve personne. »

boxing pendant quelques mois dans une salle proche de la gare de Pennsylvania, faisant le trajet en métro de Columbia à Brooklyn avec ses gants rouges accrochés à son sac à dos. Plus tard, Irina serait une des trois demoiselles d'honneur d'Aura avec Valentina et Fabiola, qui était sur la plage avec nous, ce dernier été. La foire du livre d'Austin où je fis une lecture devant un auditoire aussi clairsemé que d'habitude, fut pour Irina et Aura une occasion de se revoir et de parler pendant des heures comme au bon vieux temps, et de se mettre au courant des dernières nouvelles, y compris celle, surprenante, de nos fiançailles.

À la fin du week-end, Irina vint nous chercher à notre hôtel pour nous conduire à l'aéroport et nous y étions presque arrivés quand Aura réalisa qu'elle ne portait pas sa bague. Elle était sûre de l'avoir laissée à l'hôtel. Il fallait aller la chercher. On nous donna une nouvelle carte-clé à la réception. Apparemment personne n'était entré depuis notre départ. Le plateau de nos petits déjeuners était toujours par terre près du lit défait. Nous cherchâmes partout. Aura commençait à ressembler à un mime médiocre sous barbituriques à mesure que s'épuisait son répertoire de gestes exploratoires. Je suggérai que nous retournions à l'aéroport afin au moins de ne pas rater notre vol. Ça ne fait rien, *mi amor*, dis-je, je t'en offrirai une autre. Mais je n'avais pas les moyens d'acheter une autre bague comme celle-là, et j'en voulais à Aura d'avoir fait si peu de cas de cette bague et de ce qu'elle avait coûté. Mais elle n'avait pas demandé, ni dit avoir besoin d'une bague de fiançailles coûteuse, me reprochai-je, et si j'avais décidé de m'endetter encore plus pour l'acheter, c'était mon problème à cent pour cent.

La bague était perdue : l'expression désolée d'Aura me l'apprit. Elle s'assit par terre en tailleur, penchée en avant, la tête dans les mains, et se mit à sangloter. Bien qu'il y eût beaucoup de choses qui pouvaient faire pleurer Aura, ces pleurs étaient les sanglots affligés qui ne faisaient éruption qu'aux moments de grande tristesse ou de terreur ou de douleur ou d'humiliation extrême ou quelque combinaison des précédents, et qui, à mesure que passaient les minutes, au lieu de se calmer ne semblaient que monter en hystérie et en chagrin, vous faisant craindre pour elle ou sa santé mentale. Comment une émotion aussi puissante et tant de larmes pouvaient-elles tenir dans ce petit corps, pensais-je, la considérant avec un regard d'impuissance, éberlué, ou me penchant pour la prendre dans mes bras – moi qui ne pleurais pratiquement jamais, qui me croyais favorisé par la révélation poétique du sentiment romantique quand mes yeux s'humectaient vaguement au cinéma et qui essayais d'attirer l'attention d'Aura, comme un chat dépose une souris déchiquetée aux pieds de son maître pour preuve de ses talents de chasseur, clignant exagérément des yeux, lui prenant les doigts pour lui faire tâter la douteuse humidité lacrymale sous mes cils, *mira mi amor*, je pleure ! À l'enterrement de mon père, je pleurai effectivement environ cinq minutes. J'étais loin de me douter de ce qui se déverserait de moi, que j'apprendrais un jour ce que c'est que de se sentir avalé par ses propres sanglots, aspiré par la douleur comme la moelle d'un os. Aura était assise par terre à côté du plateau du petit déjeuner, pleurant la perte de sa bague de fiançailles. Irina était agenouillée devant elle, lui tenant une main dans les deux siennes et la portant à ses lèvres, et j'étais penché sur elle de l'autre côté, et nous l'appelions tous deux mon cœur, lui disant tous deux des choses telles que : Oh chère et douce Aura, oh mon bébé, tout va bien, ce n'est pas la fin du monde, ce n'est qu'une bague, oublie tout ça, allons-y, allons à l'aéroport. Puis Aura tendit la main vers le plateau du petit déjeuner et heurta juste une assiette et elle était là, scintillante, elle était cachée sous le rebord de cette assiette tachée de jaune. Hurlements de surprise et de joie !

À Brooklyn, ce jour-là, il me vint à l'esprit qu'il était possible que je ne revoie plus jamais la bague. C'était un objet si minuscule, et Dieu sait où Aura l'avait cachée, si elle ne l'avait pas perdue en fait. Si je la trouve, il faudra probablement que je la vende, pensai-je. J'ai beaucoup de dettes.

Je parie que je ne la retrouverai jamais, dis-je à Valentina et à Adele.

Attends, laisse-moi réfléchir, dit Valentina. Je suis bonne pour deviner les trucs de ce genre. De toute façon, les femmes ont tendance à utiliser la même logique pour cacher leurs bijoux.

Elle se tenait debout au milieu de la pièce, un bras sous les seins et le dos de la main soutenant son autre coude, le menton posé sur son poing, lunettes de soleil se balançant par une branche tenue entre deux doigts, faisant lentement pivoter sa tête. Hmm, dit-elle. Où. Oùoùoùoùoù… Elle se dirigea droit sur la commode d'Aura, tira le tiroir du bas, se fraya un chemin parmi les chandails et les T-shirts qui y étaient pliés et roulés en boule pour atteindre le fond, et, comme si elle l'y avait cachée elle-même, sortit une petite boîte mexicaine en bois peint et laqué qu'elle ouvrit. Dans cette boîte se trouvait le petit écrin en velours noir ; elle fit sauter le couvercle et l'éclat familier et joyeux apparut.

Je suppose que j'aurais fini par la trouver.

Environ une semaine après la mort d'Aura, chez un petit bijoutier du Zocalo, j'achetai une solide chaîne en argent où je suspendis sur-le-champ nos alliances. (L'horrible empressement avec lequel je faisais mes courses de deuil quotidiennes pendant ces premières semaines, comme si je meublais un nouveau foyer et une nouvelle vie pour ma nouvelle chérie : faisant tirer des photos numériques sur papier, cherchant des livres concernant le deuil en anglais et en espagnol sur le Net et dans les librairies, achetant des vêtements noirs, me faisant faire un costume de deuil, essayant diverses religions, entrant dans les églises, lisant le kaddish, allant méditer au Centro Budista de Colonia Nápoles.) À l'aide de divers instruments, parmi lesquels une minuscule scie, le bijoutier transforma le fermoir pour qu'on ne puisse pas l'ouvrir sans l'aide d'un outil. Nos anneaux étaient en platine gravés à l'intérieur de nos noms et de la date de notre mariage : Paco & Aura 20/8/2005. Après que Valentina eut trouvé la bague de fiançailles, je décidai de l'ajouter aux anneaux. Je passai la chaîne en argent pardessus ma tête – c'était la première fois que je l'enlevais. À la table de la cuisine, j'insérai un clou dans le petit trou du fermoir et trifouillai jusqu'à ce qu'il rencontre une résistance avant de taper doucement dessus avec un marteau. Le fermoir s'ouvrit. J'ajoutai la bague à la chaîne, la refermai et tirai dessus à deux mains pour m'assurer qu'elle tiendrait.

Je portai le diamant autour de mon cou pendant quelques jours. Pourquoi pensais-je que je me sentirais mieux en faisant cela, ou que mon talisman de deuil possédait maintenant une nouvelle signification, un nouveau pouvoir magique du fait que j'y avais ajouté la bague ? Je ne me sentais pas mieux, je me réveillais chaque matin avec la même tristesse et la même sinistre stupeur d'incrédulité à laquelle s'ajoutait maintenant l'anxiété que cette bague semblait éveiller en moi. Que se passerait-il si on volait la chaîne et que je perdais la bague avec les anneaux ? Ce n'était pas la valeur de la bague qui m'inquiétait, bien que j'aurais pu me payer une Subaru avec si j'avais voulu. Je pensai : Alors il ne me resterait plus rien. Il ne me resterait plus rien ? Ce ne sont que des *choses* ! Mais j'enlevai le diamant de la chaîne et le remis là où Aura le gardait.

J'avais encore le shampooing qu'Aura avait emporté à la plage. Un shampooing à la menthe poivrée dans un petit sac Sanborns. Chaque fois que je me trouvais confronté à quelque événement ou besoin qui me semblait particulièrement éprouvant, j'emportais le flacon bleu dans la douche et utilisais juste une petite noix du shampooing d'Aura. Je craignais le jour où le flacon serait vide, comme si alors j'avais épuisé tout ce qui restait du pouvoir protecteur de l'amour d'Aura, ce qui provoquait d'intenses débats intérieurs – en attendant que l'eau de la douche chauffe ou en prenant mon café matinal – pour décider si telle ou telle occasion méritait vraiment que j'utilise le shampooing. Elle avait aussi laissé deux pots d'exfoliant pour le visage dans la douche. La première fois que j'ouvris le pot rosé, le plus grand des deux, je trouvai l'empreinte des doigts d'Aura comme des fossiles sur la surface molle couleur noix de coco de l'exfoliant. Je revissai le couvercle et rangeai le pot sur le niveau supérieur du serviteur de douche – parfois, bien que rarement, et seulement quand je ne faisais pas couler l'eau, je l'ouvrais pour regarder la marque de ses doigts. Et parfois, sous la douche, je faisais pénétrer de l'exfoliant du plus petit pot dans ma peau, la pâte astringente ramenant l'odeur matinale de savon et de citron vert de ces joues sur lesquelles je pressais mes lèvres.

Je sais maintenant ce que dirait un psy : que j'étais à la recherche d'un substitut extérieur à l'Objet perdu interne, et de cette partie de moi perdue avec l'Objet perdu autonome. Que par la magie du shampooing et de l'exfoliant, j'essayais de retrouver l'amour d'Aura et pour Aura avec tout le reste qui, à sa mort, avait été perdu et ne pouvait plus faire partie de moi. Telle est la vie à l'ombre de l'Objet perdu. Mais je ne dirais jamais qu'il aurait mieux valu laisser le shampooing au Mexique. Quand il n'y aurait plus de shampooing, la vie en serait d'autant plus triste, voilà tout – et pourquoi ne deviendrais-je pas plus triste avec chaque jour qui m'éloignait d'Aura ?

Voici un événement qui méritait un peu le shampooing d'Aura : le premier jour, neuf mois après sa mort, où je trouvai enfin le courage de prendre le métro jusqu'à Columbia. Je déjeunai seul chez Ollie's. J'allai regarder des CD et des DVD chez Kim's. Je m'arrêtai au coin où nous nous disions toujours au revoir avant qu'elle se rende à la Casa Hispánica, où se trouvait son département. La Casa Pánica, comme elle et Valentina l'appelaient. Elle ne me laissait presque jamais l'embrasser à cet endroit. Elle était gênée par notre différence d'âge, entre autres choses, et ne voulait pas donner à ses professeurs et aux autres étudiants matière à jaser. J'entrai à la bibliothèque Butler et bus un café assis sur une chaise contre le mur brun du panneau d'affichage dans la cafétéria bondée, qui était là où j'attendais souvent Aura quand j'avais la chance de trouver une table ou juste une chaise. Je regardai les étudiants aller et venir, les regardai s'asseoir, parler, étudier, les vêtements à la mode qu'ils portaient, songeant que, quand j'étais avec Aura, j'étais connecté à travers elle à la galaxie de la jeunesse, et que je ne l'étais plus maintenant. (Quand passerai-je de nouveau une heure et demie à la traîne de quelqu'un dans un Sephora ou un Urban Out-fitters – exemple apparemment banal, excepté qu'il est presque certain que je ne ferai plus jamais *quelque chose de ce genre.*) Je me rendis aux toilettes et, pour la première fois depuis neuf mois, pissai dans l'un des grands urinoirs en marbre, et même cela me donna l'impression d'être dans un monde de revenants. J'allai dans le hall écrire un e-mail à Aura pour lui dire que j'étais revenu à la bibliothèque Butler pour la première fois sans elle et à quel point elle me manquait. Je sortis dans la cour. Sur Broadway j'achetai le *New York Times* pour lire dans le métro et, comme toujours quand je lis à la page des annonces de décès : mort à 90… 88… 73… 96 ans, je fus pris des frémissements de cette rage acerbe. Chaque fois que je tombais sur un quadragénaire, je me sentais momentanément *mieux ;* je ressentais une satisfaction horrible. Tu vois, tu n'es pas la seule à être morte jeune, pensai-je. Mais la liste quotidienne des morts américains en Irak, la plupart encore plus jeunes qu'Aura et dont bon nombre étaient des femmes, même des adolescentes, constituait une juxtaposition plus embarrassante, comme si tout cela arrivait dans un autre casino où on jouait à un autre jeu, avec des règles et des enjeux différents, ou si c'était le même, c'était alors à d'autres tables avec une métaphore différente pour désigner le destin. Non que le gâchis de ces vies ne m'ait pas donné la nausée, et que je n'aie tenté d'établir des communications télépathiques : Salut Colorado, je suis dans le F en direction de Brooklyn, je m'appelle Francisco,... appelle-moi Frank... comme ta Ramona, soldat de première classe, mon Aura est morte très jeune... toutes mes condoléances... nous connaissons notre tristesse, donc nous nous connaissons... peut-être aimerais-tu te joindre à notre association de conjoints survivants par télépathie... Les noms des morts irakiens ne sont pas publiés, mais dans un article sur la même page je lus : *Vingt voitures de civils avec des cercueils attachés sur le toit en provenance de Basra se dirigeant vers la ville sainte de Nadjaf pour y enterrer leurs morts dans le cimetière chiite*, et je pensai : Il y a au moins un cercueil qui contient une jeune épouse qui était adorée par son mari qui est dans la voiture sous son cercueil. Nous connaissons notre douleur, et notre honte. Nous nous connaissons.

Quelle différence, en fin de compte, qu'on revienne sur les lieux hantés ou qu'on les évite ? D'une façon ou d'une autre, c'est la même chose, exactement la même chose.

Je finis par aller à Columbia, mais quinze mois plus tard je n'étais toujours pas entré au Café le Roy, le restaurant de quartier où Aura et moi allions le plus souvent, particulièrement pour le brunch le week-end. Aura était sûre que le nom du restaurant était une référence au Triste-le-Roy de la nouvelle de Borges « La Mort et la boussole », mais non, il se révéla que le propriétaire s'appelait Leroy. La plupart des serveurs et des employés étaient de jeunes Mexicains qui étaient adorables avec nous, même quand le restaurant était bondé et que les clients s'impatientaient. Ils prenaient nos commandes en espagnol et parlaient anglais avec tous les autres. Ils nous demandaient toujours de nos nouvelles et nous des leurs. Depuis, quand je passais devant le Café le Roy pour prendre le métro, je changeais de trottoir. Mais ils devaient me voir et je me disais : Je parie qu'ils pensent qu'Aura m'a quitté.

Chaque fois que la caissière équatorienne du supermarché d'à côté, une grosse fille sympathique avec des cicatrices d'acné et des verres de lunette en cul de bouteille me demandait : *¿Y tu esposa, señor ?* je lui répondais que ma femme allait très bien. Et elle me taquinait gentiment : Ohh, elle vous fait faire toutes les courses maintenant. *¡Que bueno !*

Je ne suis jamais non plus retourné chez le poissonnier. Je n'étais plus le type qui venait avec sa femme ou seul deux fois par semaine acheter des filets de saumon sauvage d'Alaska pour deux, une petite fortune, mais c'était ce qu'aimait Aura, et souvent l'un ou l'autre des gentils garçons qui travaillaient saisissait une grande tranche de saumon couleur de mandarine sur son lit de glace et commençait à la découper sitôt que l'un ou l'autre de nous entrait.

Plus *lui*. Plus un mari. Plus un homme qui entre chez le poissonnier pour acheter du poisson pour sa femme et lui. Dans moins d'un an je serai *plus un mari* aussi longtemps que je fus un mari. Mais nous avons vécu ensemble deux années de plus que ça. Mais alors viendra le jour où je *ne serai plus avec Aura* aussi longtemps que je l'ai été.

Parfois je me réveillais avec l'impression d'avoir rêvé d'Aura mais sans me souvenir du rêve. Mais un matin, quelques semaines après mon premier retour à Brooklyn, je fis un rêve que je me rappelai au réveil. J'étais dans une pièce glacée et austère aux murs de pierre jaunâtres et comprenais que j'étais dans une tombe. Une couverture en laine à rayures marron et crème avec une forme humaine immobile en dessous était posée sur une dalle en pierre rectangulaire. Je savais que c'était Aura sous la couverture, parce que c'était la même couverture en laine rêche du Guatemala que nous avions à la maison, mais maintenant elle était usée et déchirée, comme celles qu'on voit sur les SDF dans le métro. Je montai sur la dalle et m'allongeai près d'elle. La couverture s'anima et je réalisai qu'elle se tournait lentement vers moi. Une extrémité de la couverture en lambeaux se souleva tandis que ses deux bras en sortaient, et j'attirai le corps si familier contre le mien, juste comme le sommet de son crâne émergeait, ses cheveux noirs (tellement pareils à ceux d'une Japonaise), son désordre matinal et son parfum de pain tout chaud lovés contre mon menton, comme toujours le matin. Ses bras autour de mon cou, Aura me serrait fort, me serrait comme elle me serrait d'habitude.

Je me réveillai en sursaut. Je n'avais pas peur, parce que ce n'était pas vraiment un cauchemar. Je jetai un regard vide autour de moi. Puis je me terrai de nouveau sous le couvre-lit multicolore et me concentrai pour me remémorer les détails du rêve.

C'était la première fois depuis des mois que je sentais une étreinte amoureuse – depuis la dernière fois que j'avais rêvé qu'Aura m'étreignait, quelques nuits après sa mort. Je murmurai : *Gracias, mi amor. Te amo.* Et restai au lit jusqu'aux alentours de midi.

*

Je ne me sentais jamais mieux que le jour précédent. Vide, culpabilité, honte, et crainte, en un cercle sans fin. C'est pour Aura que je me sentais le plus mal – penser à tout ce qu'elle avait perdu était le moyen le plus rapide de me donner envie de tomber à genoux en gémissant. Je pensais souvent : Mais c'est encore pire de perdre un enfant, de perdre son enfant unique, sa fille… une mère célibataire qui a perdu sa fille unique ! *Encore pire.*

Avant qu'Aura n'entre à l'université du Texas, elle et sa mère s'étaient rarement quittées plus de quelques semaines. À l'âge de treize ans elle était allée trois semaines en camp de vacances à Cuba ; adolescente, elle avait été en Europe en voyage organisé avec sa demi-sœur ; plus tard, deux ou trois fois, Juanita l'avait envoyée en Europe pour suivre des cours d'été à Paris et à Cambridge. Juanita avait payé tout ça avec son salaire de secrétaire, prenant souvent deux emplois simultanément, avec en plus parfois un troisième travail à mi-temps.

Mais Juanita et moi ne nous étions pas parlé. Je ne savais même pas ce qu'elle avait fait des cendres d'Aura.

Je pensais pouvoir vivre quelques mois encore avec l'argent qu'Aura avait laissé dans son compte d'épargne en plus de l'argent de l'assurance versée par Columbia au parent le plus proche – c'est moi qui avais rempli les papiers pour en faire la demande.

Qui doit être légalement considéré comme le parent le plus proche, le mari veuf ou la mère orpheline ?

Pour autant que je sache, Juanita avait déjà dispersé les cendres d'Aura dans un endroit qu'elle avait choisi pour des raisons qui lui étaient propres avec l'intention de ne jamais me le révéler.

Juanita et son frère, ou les avocats de l'université qui les conseillaient, avaient voulu m'envoyer en prison, alors même qu'ils attendaient que les enquêteurs trouvent des preuves contre moi – ou peut-être en falsifient, ce qui était une possibilité. Une année plus tard, le danger semblait écarté mais mon avocat me dit que, si je retournais sur la côte pour le premier anniversaire de la mort d'Aura, il fallait que je passe au cabinet du procureur du district y faire la déposition nécessaire pour clore le dossier. C'était juste une formalité, me dit-il, mais que la prudence exigeait. Allez raconter votre histoire. Une affaire en cours, me dit-il, est comme un animal vivant.

4

Comme José José qui chante « Gavilán o Paloma » :

Algo me arrastró hacia tí como una ola...
Y fui y te dije, Hola[1]

C'est exactement ainsi que ça s'est passé.

Quand je suis arrivé au King Juan Carlos Center à NYU, la *presentacíon de libro* de José Borgini commençait. Sur le podium, un professeur argentin était en train de faire le discours d'introduction habituel et je me lançai dans la pantomime de hâte contrite propre aux retardataires, descendant l'allée centrale de l'auditorium presque au pas de course en tirant ma valise à roulettes, jetant manteau, bonnet et écharpe sur un siège vide au premier rang puis je « bondis » sur les marches latérales menant à la scène en trébuchant légèrement sur la dernière, traversai la scène « à grands pas » et pris place à

1. « Quelque chose m'a attiré à toi comme une vague
Et quand je suis venu vers toi et t'ai dit : Salut… »

la table à côté de Borgini. Il y eut des rires dans la salle et je vis le professeur à la barbe poivre et sel me regarder depuis le podium, ses lunettes opaques me jetant des éclairs furieux dans la lumière des spots. Señorrr Paaaco Gohhhldman, je présume – il avait un fort accent argentin et une voix aiguë, presque un hurlement. Je levai la main et hochai la tête, et en tentant de saisir la bouteille d'eau je la renversai et elle roula jusqu'au bord de la table où je parvins à la saisir avant qu'elle tombe. Je faisais vraiment figure de débile. Telle est la première impression qu'Aura eut de moi – elle était dans la salle – et elle riait de tout son cœur chaque fois qu'elle racontait l'histoire. *Il tirait sa valise*, aimait-elle dire avec un gloussement sourd, comme si c'était ça qui était *drôle*, imitant mon trottinement en imprimant des secousses rapides à sa tête et en tendant le poing avec effronterie comme si elle tenait la poignée d'une valise. C'était mon semestre annuel à l'université Wadley dans le Connecticut, et je passais une ou deux nuits par semaine sur le campus. Je faisais cours l'après-midi et je prenais le Metro North pour Grand Central juste après.

J'avais un peu connu Borgini à Mexico, bien qu'il fût plus jeune que moi d'environ dix ans, ayant à peine dépassé la trentaine. Je ne l'avais pas vu depuis qu'il avait gagné un grand prix en Espagne avec son dernier roman. Pour la publication de sa traduction en anglais il m'avait invité à prendre part à sa *presentacíon*, qui est la manière dont on lance les livres au Mexique, qui consiste à faire parler du livre par d'autres écrivains au lieu d'en faire donner une lecture par l'auteur. Borgini venait de Berlin où il avait été récemment nommé attaché culturel à l'ambassade du Mexique. L'autre présentateur était Gabriela Castresana, romancière mexicaine installée quelques années auparavant à Brooklyn dans un duplex qu'elle avait acheté à quelques rues de chez moi où elle vivait maintenant avec ses deux enfants adolescents. Gabriela, flamboyante et charismatique beauté quadragénaire, était le genre d'écrivain socialement agile qui, où qu'elle aille, semblait se faire des amis de tous ceux qui appartenaient au monde littéraire, célèbres ou pas. Ce soir-là, elle donnait chez elle un dîner pour Borgini auquel Salman Rushdie devait se joindre. Quand elle m'apprit cela au téléphone, je ne pus m'empêcher de blaguer : Et Saul Bellow, il n'a pas envie de connaître José Borgini, lui aussi ? Après la *presentacíon*, Borgini signa des livres, Gabriela tint sa cour au bord de la scène et je me dirigeai vers le buffet au fond de l'auditorium. Il n'y avait là qu'une seule personne, une jolie jeune femme menue, cheveux noirs coupés courts et yeux noirs brillants – une joliesse de lutin, un ravissant corps mince, une bouche pleine de vivacité, rouge à lèvres carmin. Elle me sourit de ce sourire et je dois lui avoir souri en retour comme si je ne pouvais pas croire à ma chance.

Hola ! dis-je, et, son gobelet de plastique de vin rouge à la main, me regardant d'une manière qui anticipait une conversation, elle répondit : *Hola.*

(Salut ! Je te présente ta mort.

Salut, ma mort.)

Elle avait un espace entre les deux incisives supérieures et un grain de beauté sous le côté droit de la lèvre inférieure. Elle portait un chandail soigné gris pâle, une robe en laine noire à plis, des collants sombres et des bottes en cuir. Une étudiante en maîtrise de NYU, pensai-je. Mais elle avait l'air suffisamment jeune pour être en licence. Mon rêve de fille latino-américaine, dix ans trop tard. Je lui demandai si elle avait aimé la *presentacíon*, et elle dit : *Sí, por supuesto, estaba muy bien*, ponctué par un brusque petit hochement de tête qui, avec son compliment poli, semblait signifier que bien sûr la *presentacíon* avait été l'ineptie habituelle et qu'elle ne m'en tenait pas plus pour responsable qu'un autre, et qu'elle s'en moquait, parce que rare était la *presentacíon* qui ne l'était pas. Sa voix était incroyablement charmante, voilée et rauque, légèrement nasale, un peu comme celle d'un personnage de dessin animé, avec des éclats de jeunesse et de bon naturel. Son sourire et sa voix étaient toujours les premières choses qu'on remarquait chez elle. Avec son intelligence, sa douceur et une qualité éthérée. (Beaucoup de messages de condoléances disaient : Aura avait une qualité éthérée… Aura me faisait penser à une créature d'une forêt enchantée, ses yeux, son sourire, et les choses drôles qu'elle disait…) J'étais transporté, et plein de curiosité et d'excitation. J'étais vraiment le genre de personne qui croyait que c'était ainsi que ça se passait : au moment le plus inattendu on rencontre quelqu'un, il y a un contact magique, une complicité instantanée, et votre vie est changée. En dépit des preuves contraires de tant de fausses alertes, depuis des années j'attendais ce moment avec constance. Une autre voix me disait : Imbécile, tu plaisantes ? Regarde-la, elle est *beaucoup* trop jeune.

Il se révéla qu'elle n'étudiait pas à NYU et qu'elle ne vivait pas même à New York. Elle était à Brown. Elle avait fait tout le chemin depuis Providence.

Vous voulez dire que vous avez fait tout le chemin jusqu'ici juste pour la *presentacíon* du livre de José Borgini ?

Oui, fit-elle. Elle parut vouloir en dire plus. Elle finit par ajouter : Eh bien, pas juste pour ça. Elle dit : Excusez-moi et retourna à la table se servir un autre gobelet de vin. Je me préparai pour ce qui, je le savais, allait arriver : un gentil signe d'adieu par-dessus son épaule après quoi elle rejoindrait la foule probablement pour aller retrouver la personne avec qui elle était venue et dans quelques minutes je la verrais elle et ses amis avec leurs manteaux se diriger vers la sortie, ou peut-être partirait-elle avec un copain, bien que jusqu'alors je n'en aie pas vu trace. De toute façon, je n'aurais plus jamais l'occasion de lui parler, ni de revoir ce sourire. Elle ne pouvait pas être venue de Providence, juste pour la *presentacíon* du livre de Borgini, *toute seule.*

Mais elle revint, et son expression était un peu inquiète maintenant, son sourire plus réservé. Elle avait un grand nez, parsemé de légères taches de rousseur ou de petits grains de beauté, mais ce qui était étrange c'est que de face son nez paraissait petit, ou normal, un peu rond et retroussé. Comme tout dans son visage, son nez était sympathique et plein de personnalité.

Vous êtes venue de Providence avec des amis ? lui demandai-je.

Non pas vraiment, dit-elle. Je suis venue en bus, le *Bonanza* jusqu'au *Port Authority*. Elle sourit timidement, comme pour dire : J'aime prononcer ces mots.

Mais qu'est-ce que ça signifiait, qu'elle n'était pas vraiment venue avec des amis ?

Qu'est-ce que vous étudiez à Brown ? demandai-je, et elle me dit qu'elle avait une bourse de recherche en littérature latino-américaine. Voilà l'explication. Elle était venue à New York parce que l'œuvre de José Borgini l'intéressait pour ses études.

Eh bien, c'est mon ami, dit-elle.

Comment n'avais-je pas prévu ça ? Et je dis : Ohh, okay, vous êtes l'amie de José. Formidable. Alors vous venez dîner chez Gabriela ?

Noooon, dit-elle, d'un air piteux, je ne viens pas. Elle avait pincé les lèvres et me fixait avec une attention soutenue, comme si elle essayait de décider si elle voulait ou non m'en donner l'explication. Je jure que mon cœur fit un bond et que je pensai : Je vais vous emmener dîner, je laisserai tomber Gabriela et nous irons quelque part, mais avant que je puisse parler, elle poursuivit : José dit que c'est un dîner privé. Il dit qu'il a essayé tout ce qu'il a pu pour me faire inviter. C'est un dîner *en petit comité**, pour qu'il rencontre Salman Rushdie.

Petit comité.

Oui, dit-elle.

C'est ce qu'il a dit ? *Petit comité ?*

Oui, dit-elle. Je ne sais pas vraiment ce que c'est censé signifier, que c'est un dîner en *petit comité.* Est-ce qu'ils vont régler un grand problème dans le monde littéraire pour nous sauver ? Puis baissant la voix, comme pour imiter une voix paternelle qui ne semblait pas avoir grand-chose en commun avec celle, douce, de Borgini, elle dit : *Tu sais comment sont ces choses, Aura. C'est Salman Rushdie.*

La voix grave, son sourire et son haussement d'épaules tristes me firent partir d'un grand rire. Je vois, dis-je. Et pendant qu'ils sont *en petit comité*, qu'est-ce que vous êtes censée faire ?

Oh, juste attendre à l'hôtel, je suppose.

J'étais estomaqué. Quelles pouvaient être les relations de Borgini avec elle s'il ne l'emmenait pas dîner ? Et dans ce cas pourquoi devait-elle retourner à l'hôtel – dans sa chambre ? – pour attendre ? Attendre quoi ? Pourquoi ne l'avait-il pas invitée au dîner ?

C'est fou, dis-je. Tout le monde à New York finit un jour ou l'autre par dîner avec Salman Rushdie. (Bien que ce ne fût pas mon cas.) Bien sûr que vous pouvez venir avec nous. Et sinon, nous dînerons tous les deux quelque part.

Oh non, vous n'êtes pas obligé – en éclatant d'un rire sifflant, la première fois que j'entendais ce rire.

Quelques secondes plus tard, Gabriela passa devant nous pour aller au buffet et je lui touchai le bras. Gabriela, dis-je, je te présente Aura. Une amie de José Borgini. Elle peut venir au dîner, non ?

Gabriela jeta un coup d'œil à Aura puis son regard revint à moi, agrandissant ses yeux énormes comme s'ils s'ajustaient à l'intrusion d'une vive lumière. *Por qué no ?* dit-elle. Bien sûr qu'elle peut venir.

Au dîner, Borgini était assis entre Gabriela et Salman Rushdie – la fameuse fente de ses yeux aux lourdes paupières, et un visage étonnamment angélique sous le crâne dégarni à la Pnine ; une expression compliquée, comme de quelqu'un qui serait à la fois débonnaire et dangereusement caustique. Borgini, coincé entre la carrure beaucoup plus imposante de son voisin de gauche qui parlait en se penchant devant lui à sa voisine de droite, elle aussi plus imposante et aux gestes expansifs, ressemblait au Loir d'*Alice au pays des merveilles*. Salman Rushdie ne parlait pas espagnol et avait fait comprendre dès le début qu'il n'était pas question ce soir d'employer le français, la langue de la diplomatie. Mais l'anglais de Borgini n'était pas assez bon pour qu'il suive la conversation. Gabriela, tel un agent de la circulation, arrêtait de parler pour donner une chance à Borgini de s'exprimer, le relançant par une question, l'aidant avec son anglais. Je présume que Rushdie ne se rappelle probablement pas avoir rencontré Borgini ce soir-là, et je parierais tout ce que j'ai qu'il n'a aucun souvenir d'avoir été assis en face de moi, et qu'il n'a même jamais su mon nom. Je me demande même s'il se souvient d'Aura. Je trouvais que c'était parfait – Aura et moi laissés à nous-mêmes dans un coin de la table – la meilleure chose qui pouvait arriver. Je me rappelle à peine avoir jeté un œil au maître Rushdie, et je n'étais absolument pas intimidé d'être en présence d'un personnage d'une importance planétaire, ce qui aurait probablement été le cas si je n'avais pas été assis à côté d'Aura. Sur la musique de fond de l'anglais châtié et bref et des petits rires de gamin de Salman Rushdie, j'étais en train de tomber amoureux d'Aura. (Vous vous souvenez de nous, monsieur Rushdie ? Vous rendiez-vous compte, en nous considérant de vos fameux yeux de faucon, avec votre pénétration de grand écrivain, que nous étions en train de tomber amoureux, moi en tout cas ? Rien d'autre ? La vague ombre d'un atroce destin ? Maudit, avez-vous pensé ? Vais-je y survivre ? Est-ce que je le mérite ?) Mon attention était fixée sur Aura. Si Borgini la regardait d'un œil torve ou agacé, elle ne semblait pas en avoir conscience. Nous étions assis côte à côte à un coin de la table, nos genoux se touchant, buvant du vin, parlant et riant. Elle disait quelque chose et je riais, je disais quelque chose et elle riait. Une façon de converser était établie qui serait *notre* façon de converser. Nous aimions être l'un pour l'autre des amuseurs, toujours. Il n'importait pas que ce que nous disions fût drôle ou pas. Je voudrais me rappeler tout ce dont nous avons parlé ce soir-là, mais évidemment je ne peux pas. Je découvris qu'elle n'avait que vingt-cinq ans (merde !). Sa bourse à Brown prenait fin en avril. Elle y faisait des recherches pour sa maîtrise en littérature comparée à l'UNAM, qui traitait de l'influence sur Borges d'écrivains anglais tels que Hazllit, Lamb et Stevenson. Elle avait fait des demandes pour poursuivre ses études de doctorat aux États-Unis et en Europe. Récemment la maison où elle louait une chambre à Providence avait pris feu et elle avait dû déménager. Heureusement, les flammes n'avaient pas atteint sa chambre de sorte qu'elle avait pu sauver la plupart de ses possessions bien que l'eau de la lance d'incendie ait trempé le plancher et inondé une partie de ses livres et son lit. Elle me dit que tous ses vêtements, même ceux qu'elle avait fait nettoyer, sentaient la fumée, et elle leva le bras pour que je hume son chandail. Je pris ses doigts entre les miens et soulevai légèrement sa main tout en penchant mon nez sur sa manche, et peut-être y avait-il une odeur à peine discernable de feu de bois, de cigarette aussi, et un léger parfum, et cette fragrance de chaleur corporelle comme si elle avait cuit dans la laine que je continuai à trouver dans ses chandails plus d'une année après sa mort. Je la regardai dans les yeux et dis : Oui, je sens la fumée. De toute façon, dit-elle, elle n'avait pas tant de choses et elle avait laissé son ordinateur et ses livres les plus importants sur sa table à la bibliothèque. Elle me parla de ses amis à Providence, Mauricio, un étudiant en littérature qui était gay, mexicain lui aussi, et Frances, qui étudiait l'art à la Rhode Island School of Design. Mais son directeur d'études à Brown, l'éminent professeur chilien de littérature comparée, T…, qui jadis s'était entiché d'elle, l'avait soudain prise en grippe. Il l'avait fait venir dans son bureau pour lui dire qu'elle ne réussirait jamais à l'université parce qu'elle manquait de sérieux. C'était une gosse de riche frivole qui croyait qu'elle était là pour s'amuser. Il est beau ? demandai-je ? *Uy no*, dit-elle avec un frisson, *esta muy feo.* La soixantaine environ, divorcé, ridiculement vaniteux. Les cheveux et la barbe roux, visiblement teints. Avec un œil qui s'égarait, comme un petit poisson noir, dit-elle, qui se cogne toujours du même côté du bocal. Si le sourire d'Aura semblait inviter tout un chacun dans sa vie, il pouvait aussi faire l'objet de vilains calculs. Je dis : Il m'a l'air d'être amoureux, du moins, ce qui est compréhensible, bien que ça n'excuse absolument pas la manière dont il vous a parlé. Je ne suis pas une gosse de riche, dit Aura, mais il m'arrive de donner parfois cette impression. Je ne sais pas pourquoi. Eh bien ce n'est pas forcément une insulte, dis-je. Qu'est-ce que vous lui avez répondu ? Rien, dit-elle. J'étais si humiliée et triste que je suis allée pleurer dans ma chambre. Et j'ai téléphoné à maman. Sa mère avait été encore plus choquée qu'Aura. Elle avait menacé de prendre l'avion pour venir lui mettre son poing dans la figure. Eh bien il l'aurait mérité, dis-je. Ouais, dit Aura, quel putain de trou du cul. Ce *trou du cul.* Bien qu'elle ait probablement appris ce genre d'expression au Texas, elle parlait l'anglais avec quelque chose comme un accent vieux jeu de Brooklyn, comme un écureuil enroué de dessin animé à l'accent de Brooklyn. Depuis elle évitait le professeur T... Elle passait tout son temps à la bibliothèque à travailler à son mémoire sur Borges et les écrivains anglais, et à la salle de gym. Elle aimait particulièrement y aller à trois heures du matin, m'apprit-elle, pour faire ses exercices à la machine elliptique. Pendant les semaines d'examens, la salle de gym ne fermait jamais.

Jusqu'à il y a peu longtemps, à Brown, Aura avait eu des mèches violettes. Mais je ne le découvris qu'après sa mort, quand Mauricio, son ami à Brown, m'envoya un e-mail de condoléances. *Quand j'ai connu Aura, elle était teinte en violet. Avant de devenir amis, je pensai à elle comme à une fille qui a les cheveux violets. D'une certaine façon, ça lui allait très bien. Soudain, un jour, ses cheveux étaient tout noirs et ils le demeurèrent. Pendant un temps, après que ses cheveux ne furent plus violets, j'étais un peu triste chaque fois que je la voyais, comme s'ils lui avaient été volés et que nous savions tous qu'elle ne pourrait plus les retrouver.*

Ce soir-là, nous passâmes sans cesse de l'anglais à l'espagnol. On voyait qu'Aura était fière de son anglais – il était meilleur que mon espagnol, bien que je ne le lui aie jamais avoué. La plupart des filles de Mexico que je connaissais parlaient anglais avec une cadence douce et mélodieuse, comme si elles voulaient donner l'impression de Parisiennes s'essayant à l'anglais, mais pas Aura.

Comment se fait-il, lui demandai-je, que vous ayez l'accent juif new-yorkais ? Nous avions quitté l'appartement de Gabriela et marchions sur le trottoir avec Borgini, que nous ignorions. Salman Rushdie avait disparu dans une bulle de savon, ou sinon dans un taxi.

Ha ha. Elle avait une explication pour ça. Parce que sa mère travaillait tout le temps, quand elle était enfant, elle avait passé beaucoup de temps seule dans l'appartement à regarder la télévision, et elle avait appris l'anglais toute seule en regardant la télévision, *Seinfeld*, en particulier. Elles avaient le câble et *Seinfeld* était leur émission préférée.

Ce soir-là Aura me parla un peu de sa mère. Pendant la plus grande partie de la vie d'Aura, sa mère avait travaillé comme secrétaire, principalement dans le département de psychologie et à l'administration de l'UNAM. Elle avait continué d'étudier en même temps la psychologie et avait presque terminé sa licence à l'université de Guanajuato avant la naissance d'Aura. Puis elle avait poursuivi ses études un semestre par an. Il ne lui restait plus qu'à passer sa thèse de doctorat.

Nous prîmes un dernier verre au Zombie Hut, sur Smith Street. Nous avions bu du vin pendant le dîner et nous passâmes à la vodka. Le dernier verre se métamorphosa en un second, puis un troisième et probablement un quatrième, tandis que Borgini faisait durer sa vodka tonic. Il me semblait particulièrement intimidé. Face à Aura, il s'accrochait à son verre comme à la barre d'une rame de métro qui tanguait, comme s'il n'arrivait pas à trouver la posture nécessaire pour porter son verre à ses lèvres en un seul mouvement, comme s'il n'arrivait même pas à avaler. Je suis sûr que le Zombie Hut était le dernier endroit au monde où Borgini aurait voulu se trouver, avec moi à ses basques – pour lui je devais être un bavard imbécile faisant ouvertement du gringue à Aura après l'avoir introduite dans le *petit comité* dont il l'avait exclue par ruse, par pusillanimité ou par ignorance. Mais il n'osait pas se plaindre. Il était, comme on dit, dans la merde. Cependant, ici, au Zombie Hut, Aura ne donnait aucun signe de ce qu'elle pouvait avoir déduit du fait qu'il ne l'avait pas invitée. Maintenant je m'étais à moitié convaincu qu'il ne pouvait rien y avoir entre eux de toute façon. Ils devaient être amis. Borgini était-il gay ?

I struck the board and cried,
No more, I will abroad !

Aura récitait de la poésie en anglais, faisant lentement monter et descendre son poing. Ç'aurait pu être une écolière (soûle) déclamant en classe. Ses belles lèvres semblaient former chaque mot comme les personnages en argile de la série animée *Claymation*, comme si ses lèvres et les mots du poème étaient faits de la même substance malléable, et les mots prenaient forme dans l'air, solides et brillants – on aurait pu les mâcher, les embrasser.

What !?! Shall ever... sigh-h-h and pine ?

Parfois sa voix montait :

My life and lines are free...

Puis elle descendait, en un baryton comique :

Free as the road [*rowww'd*]

Et plus bas encore, tête baissée, à la fin du poème :

And I replied, My LORD.

C'était un très long poème ! Je n'avais jamais mémorisé un poème de cette longueur. Elle dit que c'était « The Collar », de George Herbert. Une Mexicaine récitant un poème religieux anglais du dix-septième siècle dans un bar de Brooklyn. Dans l'histoire de ce quartier, était-ce jamais arrivé ?

I know that I shall meet my fate
Somewhere among the clouds above...

Après avoir joui de l'incrédulité que suscitait en moi cette déclamation et bu un coup de vodka, Aura avait posé son verre sur le bar et s'était lancée dans le poème de Yeats.

Those that I fight I do not hate
Those that I guard I do not lo-o-o-oove

Combien cette voix résonnerait en moi les mois suivants, tout comme elle le fait aujourd'hui.

A lonely impulse of delight
Drove to this tumult in the clouds
... seemed waste of breath,
A waste of breath...

Un jour je réaliserais qu'une fois qu'Aura avait passé le seuil d'un certain nombre de verres, généralement trois, ou même deux, si elle se sentait heureuse, heureuse et aimée, ou sinon, si elle avait juste envie de faire son numéro, elle récitait de la poésie, presque toujours ces deux poèmes, et souvent chacun plus d'une fois, comme un juke-box qu'on a programmé pour jouer sans cesse les deux mêmes chansons.

I struck the board and cried,
No more ! I will abroad...

Au Zombie Hut, elle était repartie pour le deuxième round.

I know that I shall meet my fate...

Puis son humeur changea. Elle m'oublia pour s'intéresser de nouveau à Borgini. Ce soir-là, elle ne fit plus attention à moi. Ils s'en allèrent peu après. C'était arrivé si vite. Nous nous disions au revoir sur le trottoir, je l'embrassai sur la joue comme si à ce dîner nous n'avions fait qu'échanger d'aimables propos superficiels. J'avais vraiment cru, dans quelque recoin de mon moi ivre et affamé d'amour, que je serais celui qui rentrerait avec elle. Aura plongea sur la banquette arrière du taxi comme si elle était à la poursuite de quelque chose qui lui échappait, et il la suivit et ferma la portière. Un instant elle fut une silhouette sombre assise toute droite sur la banquette d'un taxi et je ne devais jamais la revoir. Le taxi s'éloigna dans Smith Street. Comme si c'était la fin d'une nouvelle de Babel, je le regardai s'éloigner debout sous un réverbère dans la longue rue, désillusionné, pathétique et voué au malheur.

Mais nous avions échangé adresses et numéros de téléphone. Comme promis, je lui envoyai mon dernier roman, publié quatre ans auparavant. Les semaines et les mois passèrent, et je ne reçus pas de réponse. Je me dis : Elle doit avoir détesté mon livre. Mais c'est normal, elle est trop jeune. Il faut vraiment que tu l'oublies.

Aura avait rencontré Borgini le printemps précédent, à une conférence à Brown à l'occasion du quarantième anniversaire de la publication d'*Aura*, le conte fantasticoréaliste de Carlos Fuentes, coprésidée par son terrible professeur qui ne l'était pas encore. « Nous sommes ici pour honorer *Aura*, avait improvisé Borgini au cours de son discours, et j'ai trouvé mon Aura à moi. » La chose avait fait sensation ; le professeur T… avait même peut-être pensé que la conférence avait été prise en otage par ce flirt trop public entre le brillant jeune écrivain et la jolie étudiante aux cheveux violets. Bien sûr, c'est elle qu'il en rendit responsable. C'est probablement cela qui l'avait retourné contre elle. Même cinq ans après, il suffisait de mentionner le professeur T… en présence de la mère d'Aura pour réactiver sa colère. Furieuse, elle rappelait qu'elle avait voulu venir à Providence pour le prendre à parti et même l'agresser. Juanita était une belle femme, mais quand elle était en colère son visage devenait presque insupportablement animé, comme si ses traits étaient réfléchis et grossis par les éclats de verre d'un miroir brisé. Elle aimait faire ce genre de numéro où, railleuse et insultante comme un voyou mexicain, elle faisait montre de la férocité protectrice de son amour pour sa fille. Et ce n'était pas qu'un numéro. Juanita considérait les succès d'Aura – ses études, ses bourses – comme les siens propres. Elle avait travaillé dur, deux fois, trois fois plus que quiconque, des années durant, pour que sa fille puisse avoir les mêmes chances que n'importe quel rejeton de la classe supérieure mexicaine. En qualifiant sa fille de gosse de riche frivole, le professeur T… niait toute la vie de Juanita – c'est ainsi qu'elle l'avait pris, plutôt que pour une reconnaissance équivoque du couronnement de ses efforts.

Juanita ne lisait pas de romans, mais *Aura* – cette histoire dont la jeune et belle héroïne est le fantôme de sa tante centenaire qui habite, tel un succube, le corps de sa nièce pour satisfaire ses appétits sexuels – était un livre phare pour sa génération au Mexique.

« Ma mère m'a prénommée d'après votre livre, Maestro Fuentes », lui avait-elle dit à la conférence. Elle lui avait demandé de dédicacer un exemplaire pour Juanita. Elle et Borgini s'étaient fait prendre en photo avec lui.

Dans le journal qu'Aura avait tenu à Brown d'avril à décembre, elle ne mentionne qu'une fois, brièvement, bien qu'avec une nuance de regret, la fin apparente de sa liaison avec Borgini – JB, ainsi qu'elle le désigne par ses initiales de même que la plupart des gens qui figurent dans son journal, comme par discrétion. Son voyage à New York y est traité de manière superficielle et elle ne parle même pas de la présentation du livre de Borgini, ni du dîner avec Salman Rushdie, ni de sa rencontre avec moi, pas plus que du livre que je lui envoyai. Il n'y paraît aucunement que notre rencontre ait fait quelque impression sur elle. Elle parle en termes sibyllins d'une autre visite, plus tard dans l'automne, d'un autre petit ami mexicain, un certain P.

Sur plusieurs pages elle décrit le calme et l'ennui de Providence, dont elle trouve qu'ils lui conviennent pour le moment – elle aimait les longues journées de pluie automnale et glacée passées terrée dans sa chambre avec ses livres ou à la bibliothèque.

Dans un passage elle regrette la facilité qu'elle a d'écrire sur des sujets intimes cependant qu'elle ne s'est jamais entraînée à décrire avec précision la manière dont, par beau temps, les rues à angle droit de Providence s'emplissent et tourbillonnent de feuilles jaunes, orange et rouges. « Passé beaucoup de temps à penser à ma mère » – il y a plus d'un passage comme celui-là. « Préoccupée par Ma. » « Ma mère me manque. » Elle suit les progrès de son mémoire avec inquiétude mais aussi avec excitation et fierté. Elle voulait que ce mémoire la mette en avant, fasse la preuve qu'elle avait un destin. Elle voulait montrer au professeur T... à quel point il s'était trompé sur elle. Ses lectures sont pour elle un refuge sûr :

> ... ces pays sont les seuls, semble-t-il, que je puisse visiter sans les gâter. Mais peut-être cela m'aidera-t-il un jour à trouver un moyen d'échapper à ce petit bout de terre que j'ai déjà gâté. Je suis née gâtée par un passé dont je ne sais rien.

Voilà qui peut sembler un exemple typique d'angoisse et de narcissisme post-adolescents. En tout cas ce passage est typique d'Aura. Ses insécurités et ses peurs, son obsession des mystères de sa petite enfance et de leur abandon par son père quand elle avait quatre ans remplissent une telle quantité de pages de ses carnets et de ses journaux qu'il est impossible de les lire sans la prendre en pitié ni s'étonner de voir à quel point elle ne cesse de se punir. Était-elle tellement malheureuse et seule, ou n'est-ce pas là l'effet de l'exagération rhétorique à laquelle, ainsi qu'elle le déclare elle-même, elle a tendance à se laisser aller ?

Dans un passage postérieur, daté du 24 avril, le jour de ses vingt-six ans, elle écrit que son père lui a téléphoné pour lui souhaiter bon anniversaire pour la première fois depuis plus de vingt ans. La conversation a été brève, rapporte-t-elle laconiquement, et il semblait nerveux.

C'est la dernière fois qu'Aura parle à son père.

5

Très souvent je rêve d'une photo de moi à l'âge de cinq ans. Je suis assise sur une barrière en bois. Derrière, un arbre colossal me protège d'un soleil invisible.

Tel est le contenu d'un document, rédigé en anglais, conservé sous le titre Exister.doc dans l'ordinateur d'Aura. Chaque jour je trouvais quelque chose de nouveau dans son ordinateur. Je fus d'autant plus ému d'apprendre qu'elle rêvait de cette photo parce que moi aussi elle me hantait. Elle était déjà passée de son bureau sur le mien. Sur la photo, Aura porte une salopette en jean froissée et un T-shirt. Ses cheveux noirs, tout brillants de la lumière de ce soleil qu'on ne voit pas, sont coupés au bol, laissant voir la moitié inférieure de ses oreilles avec des mèches inégales qui lui tombent sur les sourcils. Aura avait de grandes oreilles et moi aussi. Notre enfant aurait eu certainement des oreilles « colossales ». La barrière est assez haute pour que le fait de l'avoir escaladée et de s'être perchée à son sommet ait été pour elle au moins un petit triomphe. De sorte que l'expression, le sourire bouche fermée, le regard direct à l'appareil, peut avoir été de satisfaction. Mais elle paraît en même temps si gentiment confiante et inconsciente qu'on ne peut s'empêcher de penser à la solitude et à la vulnérabilité de cette petite fille, une impression amplifiée par la sombre masse de feuillage et les épaisses branches tordues qui la surplombent.

Il semble que ce soit faire encore injustice à Aura que d'analyser chacune de ses photographies d'enfant comme des signes et des présages de son destin fatidique. Mais même quand elle était en vie, chaque fois que je regardais cette photo, je sentais de nouveau s'élever en moi un sentiment protecteur. J'imitai le petit sourire pincé qui faisait ressortir ses joues, le regard ouvertement confiant. Je lui disais qu'elle ressemblait toujours à ça.

À quoi je ressemble ? me demandait-elle quelquefois, et je l'imitais et elle disait : Nooooon, ce n'est pas ça, et nous éclations de rire.

Je trouvai un autre paragraphe dans Elsuenodemimadre.doc :

LE RÊVE DE MA MÈRE

Le rêve de ma mère, que je me suis arrangée pour gâcher progressivement et systématiquement en grandissant, était de me voir enseigner en France. Le fait que mes origines soient dans le Bajío mexicain et que je n'aie aucune facilité pour la langue de mon arrière-grand-père ne l'a jamais gênée. Raison pour laquelle, quand je lui appris que je voulais aller à New York poursuivre mes études en espagnol, elle manqua de lâcher son verre de bordeaux et elle fit un scandale dans le restaurant où nous mangions des crêpes aux quatre fromages.

6

Je suis dans une montgolfière qui fait le tour de la terre sans quasiment jamais redescendre, et personne ne saisit ma corde pour l'attirer au sol. C'est difficile pour moi, écoute, c'est si difficile, ça me coûte tant, de toucher terre. Parfois je pense que ça vient du fait que je mange si peu. À Brown j'ai connu une fille qui m'a dit qu'elle était anorexique – elle m'a tout raconté sur elle, et j'ai pris conscience qu'elle était comme mon double.

Je suis de retour au Mexique. Dans le nouvel appartement de ma mère. Une année difficile m'attend. Incertaine sous bien des aspects.

Aura était retournée à Mexico au début de décembre, après son dernier semestre à Brown, quand elle écrivit cela dans son journal. Elle était seule, un peu perdue et inquiète pour l'avenir. Moi-même, à Brooklyn, je n'étais pas exactement ravi de mon existence. Cela faisait cinq ans que je n'avais pas eu de petite amie ni de liaison quelque peu durable. Dans le journal d'Aura je peux suivre son parcours innocent à travers la période qui s'étend du moment où nous nous sommes rencontrés à New York jusqu'à celui où, en tournant la page, vous vous attendez à ce que nous tombions amoureux, excepté que c'est là qu'il s'arrête comme si même elle ne pouvait croire à ce qui arrivait et avait abandonné son journal telle une nouvelle à l'intrigue invraisemblable. Au cours des années que nous passâmes ensemble, Aura ne tint pas régulièrement son journal, de sorte que ce carnet était le dernier des douzaines de journaux qu'Aura avait rédigés depuis l'âge de six ou sept ans à l'époque où elle y écrivait à toutes les heures de la nuit, souvent sous les couvertures avec une lampe de poche tandis que Katia, sa demi-sœur, dormait dans le lit voisin.

> Dans quelques heures nous partons pour Noël à Guanajuato.
>
> Il fait encore nuit, mais sur le Periférico, l'embouteillage a déjà commencé, on croirait entendre un stade de *fútbol* bondé et souterrain, avec ses trompettes en plastique, ses roulements de tambours et ses rugissements fous.

Le nouvel appartement de Juanita se trouvait au neuvième étage d'un immeuble donnant sur le Periférico, l'autoroute qui traverse la ville du nord au sud. Il devait être environ cinq heures du matin. Elle était probablement assise, son carnet à couverture en cuir posé sur les genoux, les cheveux emmêlés par le sommeil, bouche un peu gonflée, son crayon s'agitant dans son poing, les yeux fixés sur la page dans le calme fluide de la concentration, comme deux bulles parfaitement alignées dans un niveau. Dans l'avenir, Aura et moi passerions plus d'une nuit sur le même canapé où je couchais seul, cependant qu'Aura dormait avec sa mère, lorsque son beau-père Rodrigo était absent, ce qui était fréquent. Aura, quand elle parlait de celui-ci et quand elle faisait référence à lui dans ses carnets, avait tendance à l'appeler seulement « le mari ». Et Juanita se retenait rarement de l'accabler de ses fameux sarcasmes, que ce fût au sujet de l'argent (dont il manquait), de ses opinions politiques (de gauche), de son ambition (absente) ou même de son intelligence (inférieure à celle de la mère et de la fille). Rodrigo était connu pour les encaisser avec une impassibilité minérale, cachant un bouillonnement intérieur qui faisait parfois éruption. Mais je voyais qu'il aimait Aura, qu'il était fier d'elle, et il fut toujours gentil avec moi. Nous parlions souvent de football américain. C'était un grand supporter des Colts, pour une raison que j'ignore. Un dimanche nous allâmes voir la retransmission d'un match contre les Patriots au Hooters de l'Avenida de los Insurgentes, et Aura et Juanita nous rejoignirent pour manger des hamburgers et boire de la bière, toutes deux observant d'un œil stupéfait la jeune serveuse moulée dans un mini-short allant et venant avec agilité sur ses patins à roulettes, ses plateaux en équilibre sur les épaules, sous les écrans géants où se déroulait l'action, ce qui fut l'occasion pour Juanita de se lancer dans l'évocation des prouesses de patineuse d'Aura quand elle était petite. Elle décrivit les pirouettes et les sauts de championne olympique qu'elle exécutait sur le parking du Copilco – ce que je me rappelle, c'est la profonde satisfaction d'appartenir à une famille ordinaire que je ressentis cet après-midi-là, que je n'avais quasiment jamais éprouvée de ma vie.

Mais je n'en étais pas encore là ce matin précédant l'aube, quelques jours avant Noël, où Aura, de retour de Brown, écrivait son journal dans son lit. Derrière sa fenêtre, l'air plein d'invisibles fumées au-dessus de la vallée de Mexico était comme un vaste port, les sommets illuminés des hauts immeubles isolés ancrés telles des jonques futuristes, les tours de télévision et de radio tels des mâts et des grues éclairés. À l'horizon s'élevaient les montagnes d'un noir d'encre de la Sierra del Ajusco. Pendant la demi-heure qui suivit, elle les regarda émerger lentement de l'obscurité sans étoiles, la rangée inégale des pics se détachant sur une lueur argentée avec des taches framboise suintant dans le ciel juste au-dessus, la lumière de l'aube s'infiltrant progressivement dans les pentes telle une teinture d'un bleu phosphorescent, mettant en relief les forêts de pins, des tronçons de routes sinueux et des étendues de terre bigarrées. Aura décrivit soigneusement cela dans son carnet. Toute sa vie, nota-t-elle, dans le Distrito Federal, à Guanajuato et Taxco – peut-être à San José Tacuaya, aussi, bien qu'elle ne s'en souvînt pas – elle s'était réveillée devant des montagnes. Puis vint l'horizon plat d'Austin, les collines en quatre-quarts de Providence. Qu'apporterait la prochaine année ? Avec un peu de chance les gratte-ciel et les ponts de New York. Quand elle était à Brown, elle s'était rendue à New York trois fois, dont une avec sa mère, et chaque visite l'avait plus convaincue que c'était là qu'elle voulait être. Elle habiterait, écrivait-elle dans son journal, dans l'un de ces appartements qui étaient comme un nid perché au-dessus d'une avenue spectaculaire. Chaque fois qu'elle posait le pied sur un trottoir de Manhattan elle se sentait emportée par le courant puissant et résolu de la ville sans fin – d'une certaine façon Mexico, elle aussi sans fin, ressemblait à l'envers de New York comme le fouillis de fils pendant au dos d'un tapis tissé serré. La ville d'Auden, de Bob Dylan, de Woody Allen, des poèmes tragiques de l'autre Dylan qu'elle apprenait eux aussi par cœur à l'UNAM, de Seinfeld et Elaine. (Aura avait la ferme conviction qu'elle aurait pu être une actrice célèbre. Elle s'imaginait aussi en réalisatrice de cinéma. Au cours de sa dernière année au Colegio Guernica elle avait tenu un carnet dans lequel elle collait des coupures de presse et consignait ses impressions de tous les films qu'elle voyait à la Cineteca Nacional. Elle avait même demandé à sa mère la permission de s'inscrire au Centro National de las Artes pour étudier la comédie et le cinéma. Juanita le lui interdit, mais elle avait de bonnes raisons de se méfier de cette profession. Son père avait joué dans certains des films les plus importants de l'histoire du cinéma mexicain aux côtés de stars telles que Maria Félix et Dolores del Rio – il était le jeune mari élégant qui mourait au cours des premières minutes du film, le facteur dragueur qui sonne à la porte, les yeux et les dents étincelants, et pile à temps pour apporter la lettre d'amour qui va tout changer. Mais le père de Juanita était aussi un alcoolique, un morphinomane, un coureur et un joueur et il mourut à trente-deux ans, alors qu'elle était bébé. Elle n'en avait aucun souvenir.) Aura avait grandi en regardant des cassettes vidéo des films de Woody Allen, souvent au lit avec sa mère, toujours les mêmes, particulièrement les films d'amour new-yorkais et les comédies hyper névrotiques. Elle aimait aussi les films burlesques et, petite, elle rejouait sous la douche des scènes de *Sleeper* de même que celles des films de Cantinflas et de Tin-Tan. Juanita avait pratiquement fait de Woody Allen, dont le portrait était accroché au mur de sa chambre, le saint tutélaire de la maison. Cependant, une fois qu'Aura eut déclaré qu'elle voulait aller étudier à Columbia, sa mère ne laissa jamais passer une occasion de tenir des propos négatifs sur New York.

Mais quelle mère normale ne se serait pas inquiétée si sa fille unique, à l'automne 2002, lui avait annoncé qu'elle voulait aller étudier et vivre à New York, quand tant d'autres villes au monde avaient d'excellentes universités ? En dépit de sa phobie de l'avion, Juanita alla voir Aura à Providence et l'accompagna à New York. Au lieu de calmer les craintes de Juanita, cette visite ne fit que les exacerber. Dans la gare de Penn et de Grand Central, des soldats lourdement armés patrouillaient accompagnés de bergers allemands. À l'entrée de chaque bibliothèque et de chaque musée des vigiles inspectaient à la torche électrique tous les sacs et Juanita en avait toujours un grand qui exigeait des recherches poussées. Quand elles arrivèrent dans le restaurant où Woody Allen jouait de sa vieille clarinette on leur apprit qu'il ne viendrait pas ce soir-là et que de toute façon il était nécessaire de réserver. Même le métro de Mexico était plus propre que celui de New York. Juanita avait fait des recherches sur le Net à propos des viols et des agressions dont des étudiantes de Columbia avaient été victimes à Morningside Heights et à Harlem. Mais Mexico elle aussi avait son terrorisme, rappela Aura à sa mère. Avait-elle jamais lu quelque part que les chauffeurs de taxi de New York kidnappaient leurs passagers pour les obliger à retirer de l'argent dans les distributeurs automatiques sous la menace d'une arme ou pis encore ?

Les grands-parents maternels de Juanita étaient français, bien qu'elle-même ne fût jamais allée en France et ne parlât pas la langue. Mais même si Aura ne réalisait jamais le rêve de sa mère qu'elle enseigne à la Sorbonne, il fallait au moins qu'elle fût professeur à l'UNAM où elle trouverait instantanément la sécurité de l'emploi, l'indépendance, et le respect. Certes, il n'y avait rien de mal à ce qu'une mère eût de tels projets pour sa fille. À l'âge d'Aura, Juanita n'était déjà que trop familière des dangers qui guettaient une jeune femme sans situation. Un jour, si un jeune et bel époux, riche de préférence, se présentait, tant mieux, bien qu'au Mexique, comme ailleurs – c'était du moins ce que croyait fermement la mère d'Aura –, un mari n'était jamais quelqu'un sur qui on pouvait compter pour qu'il demeure longtemps dans les parages, ou reste sobre ou sain d'esprit ou ne finisse par jeter à la poubelle sa carrière en même temps que sa famille. Pour Juanita il était idiot qu'Aura quitte Mexico et l'UNAM – alors qu'elle pourrait y avoir un poste d'assistante tout en poursuivant son doctorat – pour étudier la littérature latino-américaine à New York.

Néanmoins, Juanita accompagna Aura à Columbia le jour de son entretien dans la maison délabrée de style néoclassique qui abritait le département des langues hispaniques, où Federico García Lorca avait habité, émerveillant professeurs et étudiants au cours des cocktails donnés dans le salon. Elles décidèrent que sa mère l'attendrait à la Pâtisserie hongroise. Il semblait que chaque fois qu'on posait à quelqu'un qui avait un lien quelconque avec l'université de Columbia une question du genre : Où aller pour voir à quoi ressemble la vie étudiante ? la réponse fût la Pâtisserie hongroise. Quand, à Providence, elles avaient cherché son adresse sur le Net elle y était décrite comme « un charmant petit café chaleureux ». C'était en fait un lieu étroit, humide, froid et bondé qui ressemblait à un sous-sol bien qu'il y eût de longs comptoirs en verre garnis de pâtisseries appétissantes. Peut-être était-ce un test d'aptitude à Columbia – si à vos yeux ce n'était qu'un petit café minable, l'endroit n'était pas pour vous. Juanita avait même déclaré que si ce café était vraiment *el colmo*, le sommet de la vie estudiantine à Columbia, alors pourquoi aller à New York – il y avait plein de cafés du même genre autour de l'UNAM, ni meilleurs ni pires. Qu'importe, avait répondu Aura avec inquiétude. Elle devait se rendre à son entretien. Comme sa mère n'avait rien emporté à lire, Aura lui laissa un volume des *Obras Completas* de Borges, pavoisé tel un navire un jour de parade de Post-it multicolores comme autant de pavillons, et se précipita au-dehors.

L'entretien avec le directeur du département, un Péruvien blond d'une pâleur de lait dura environ une heure. Ils parlèrent longuement du travail qu'Aura avait fait sur Borges et les écrivains anglais. À un peu plus de la moitié de l'entretien, il lui annonça qu'elle était admise, et avec une bourse couvrant l'intégralité des frais d'études. Quand elle revint à la Pâtisserie hongroise, sa mère était assise à la table près du mur où elle l'avait laissée, toujours vêtue de son manteau. Il n'y avait ni tasse de café ni assiette de pâtisserie devant elle. Apparemment elle n'avait pas touché au livre. Tu n'as même pas commandé un café, Ma ? demanda Aura.

Noooo, *hija*, dit sa mère avec un soupir excédé. Ils ont un système très compliqué ici. Je suppose qu'il faut un QI de génie et un anglais parfait pour le comprendre. Quand j'ai plus ou moins déchiffré son fonctionnement, j'ai pensé que tu ne tarderais pas à revenir, *y ya*, je n'avais plus envie de rien.

Ay, Mamá, je t'en prie, n'exagère pas…

Exagérer ? Dis-moi, *hija*, s'il est normal d'obliger les clients à faire tout ça rien que pour une tasse de café. D'abord il faut aller à ce comptoir pour passer ta commande – comme si elle désignait le lieu d'un crime, Juanita pointa un doigt incertain en direction du comptoir, faisant une pause comme pour repasser dans son esprit la scène terrible et déroutante – puis on inscrit ta commande sur un de ces bouts de papier et tu dois y écrire ton nom, puis tu retournes t'asseoir, et une fois qu'elle est prête, la serveuse te l'apporte sur un plateau avec le papier en criant ton nom pour que tu lui signales que c'est toi qu'elle cherche. Pour ça, il faut espérer qu'elle regarde de ton côté et lever la main une fois qu'elle a attrapé ton regard. Mais que se passe-t-il si la serveuse se dirige vers l'autre bout du café ? Est-ce que tu es censée crier ton nom dans le dos de la serveuse ? Et pourquoi devrais-je être obligée de crier mon nom dans un café bondé ? *C'est moi, Chouaniiita ! La pétité damé mérhicaine ici ! Hoou !* Juanita fit le geste de jeter quelque chose par-dessus son épaule – Ay, no.

Aura, qui riait tant qu'elle avait les yeux fermés, siffla : Ay, Mamá !

No-no-no, hija. Pourquoi est-ce que je dois leur donner mon nom rien que pour commander une tasse de café ? Est-ce qu'ils vont vouloir voir mon passeport et mon visa aussi ?

Personne ne pouvait faire rire Aura comme sa mère. Chaque fois que nous allions à la Pâtisserie hongroise, elle se rappelait sa tirade.

Sa mère fit exprès de ne pas lui demander comment s'était passé l'entretien. Elles décidèrent d'aller boire un verre au West End Bar, autre haut lieu de la vie estudiantine à ne pas manquer. C'était la fin de l'après-midi et le jour tombait déjà. Aura conduisit sa mère à travers la grille en fer forgé jusqu'au milieu de la grande place de l'université, avec ses bibliothèques monumentales de chaque côté, un Zócalo venteux plein d'étudiants qui foulaient l'herbe jaunie et les pavés bordés de haies dans toutes les directions, entrant et sortant des bâtiments qui projetaient dans la pénombre de multiples figures de lumière géométriques.

Est-ce que n'est pas magnifique, Ma ? demanda Aura en s'arrêtant pour désigner à grands gestes l'espace autour d'elle. C'est ici que je vais étudier l'année prochaine.

Elles reprirent leur chemin comme si sa mère ne l'avait même pas entendue. Lorsqu'elles eurent atteint l'autre extrémité de la place, les joues de sa mère étaient baignées de larmes. Elle prit sa fille dans ses bras et lui dit qu'elle était fière d'elle, et qu'elle savait combien elle avait travaillé dur pour en arriver là. Ce soir-là, du moins, une trêve fut déclarée dans leur guerre à propos de New York. Au West End Bar, elles burent pour célébrer la saga commune de leurs vies jumelles – la mère abandonnée sans le sou, ni travail, ni qualification, ni avenir, qui avait fui San José Tacuaya avec sa fille âgée de quatre ans dans une Coccinelle qui n'était pas à elle pour commencer une nouvelle vie à Mexico. Maintenant sa fille allait entreprendre sa thèse de doctorat, avec une bourse complète, dans une des universités les plus prestigieuses du monde.

Passé sa quatrième année, Aura n'avait vu son père que deux fois. La première, elle avait vingt et un ans et ils s'étaient rencontrés dans un restaurant à Guanajuato. Aura lui avait téléphoné sans le dire à sa mère et elle avait pris le bus de Mexico à Guanajuato. Il habitait toujours San José Tacuaya, avec sa nouvelle famille, et il avait traversé l'État pour la rejoindre. Quand il entra dans le restaurant, vêtu d'un complet bleu marine et d'une chemise beige, Aura, assise seule à une table, le reconnut immédiatement. Il était plus vieux que dans son souvenir, bien sûr, et ses cheveux grisonnants étaient plus courts. Lorsqu'il la reconnut le reconnaissant, assise au fond du restaurant, il ouvrit tout grands les yeux comme de peur. Mais il s'avança vers elle, ses longs bras tendus, avec ce sourire doux et impatient qu'elle n'avait jamais oublié et que l'objectif surprenait parfois sur son propre visage, et elle se leva pour qu'il la prenne dans ses bras. Il avait les grandes oreilles dont elle avait hérité avec son long nez tombant (bien qu'en une version plus jolie, plus douce et féminine). La seconde chose qu'elle remarqua c'était qu'une des jambes de son pantalon était couverte d'une boue séchée jaunâtre. Il ne pleuvait même pas. Pourquoi avait-il de la boue sur une seule jambe ? Elle avait appris par sa tía Vicky que sa situation financière n'était pas brillante mais son costume était correct. Elle avait trop peur de le gêner pour lui poser des questions et il ne lui donna aucune explication. Plus tard, toutes les histoires avortées qu'Aura essaya d'écrire sur cette rencontre avec son père mentionnaient la jambe de pantalon boueuse. On voyait qu'elle voulait faire de ce mystère de la boue une métaphore de ceux de son père et du passé, mais qu'elle n'était jamais parvenue à faire fonctionner cela dans une nouvelle. Elle pensa que la boue devait – ou aurait dû – être en relation avec les champs de fraises de San José Tacuaya – le travail dans les champs de fraises boueux qui occupaient les plaines autour de la ville était le gagne-pain le plus habituel des pauvres de la région. Dans ses nouvelles, Aura cherchait toujours à lier la jambe boueuse aux champs de fraises ainsi qu'à la première rencontre en dix-sept ans entre un père et sa fille et à la raison de leur séparation qui demeurait encore un mystère. Son père n'avait plus rien à voir avec les champs de fraises, bien qu'à l'époque où elle était sa petite fille adorée et qu'il était un membre prometteur du PRI (Parti révolutionnaire institutionnel), il avait fait campagne et présidé de nombreuses cérémonies dans les plantations de fraises, célébrant des fêtes de la moisson et de nouveaux accords entre le patronat et les travailleurs. Très souvent il devait enlever ses souliers tachés et puant le purin avant de rentrer dans la maison.

Une jambe de pantalon inexplicablement boueuse et l'abandon par un homme de sa femme et de sa fille de quatre ans qui n'avait jamais reçu d'explication satisfaisante – pouvaient-ils avoir un point commun ? La jambe de pantalon boueuse pouvait-elle vraiment devenir la métaphore de ce qui s'était réellement passé dix-sept ans auparavant ? L'incapacité d'Aura à trouver ce lien narratif plausible était une des raisons pour lesquelles elle n'avait jamais terminé aucune de ces nouvelles.

Peut-être des écrivains novices comme Aura, de même que des lecteurs et des écrivains plus confirmés – ceux qui n'ont pas appris à reconnaître un effort voué à l'échec même quand il leur saute aux yeux –, surestiment-ils parfois le pouvoir qu'a la fiction de révéler des vérités cachées. Si deux choses se ressemblent d'une façon évidente – la jambe de pantalon boueuse et l'abandon de sa femme et de sa fille tous deux caractéristiques du même homme – cela signifie-t-il qu'il doit y avoir entre elles des correspondances moins évidentes ? Des correspondances plus profondes, révélatrices ou du moins métaphoriques ? Aura en était sûre et avait creusé de nombreux et profonds tunnels sans trouver ce qu'elle cherchait, ce qui ne signifie pas qu'elle n'aurait pas fini par le faire.

Ou sinon peut-être que parfois on a juste besoin de quelqu'un qui nous dise ce qui s'est réellement passé.

Collée dans l'album qu'Aura tenait en cours préparatoire, parmi des dessins et des pages en couleurs de manuels de vocabulaire, se trouvait cette lettre à son père.

Héctor
Te amo papá no se porque se separaron.
Pero de todas formas te sigo
Queriendo como cuando estábamos
Juntos. ¿Oye tú me sigues queriendo
Como antes ? espero que sí porque
Yo hasta te adoro adiós papá te
Amo con todo mi ♥[1].

1. « Je t'aime papa je ne sais pas pourquoi vous vous êtes séparés. Mais je t'aime toujours quand même comme quand nous étions ensemble. Écoute, est-ce que tu m'aimes toujours

Aura disait n'avoir pas de souvenir précis de la séparation de ses parents. Durant toute son enfance, puis plus tard, et probablement jusqu'à ses derniers jours – quelque chose qu'Aura m'a dit non loin de la fin me donne à le penser –, Aura avait régulièrement questionné sa mère quant aux circonstances de la séparation. Juanita n'aurait jamais pu prévoir que l'amour d'Aura pour son père, ou son obsession de lui, puissent persister ainsi. Le père de substitution qu'elle lui avait donné en se remariant peu après n'avait rien fait pour affaiblir la fixation sur l'original disparu. Il avait probablement eu l'effet contraire. Qu'avait de particulier l'amour que cette petite fille de quatre ans portait à son père pour que, durant le reste de son enfance et de son adolescence et même à l'âge de vingt-cinq ans, il demeure logé dans son cœur comme l'épée dans la pierre ?

Au Mexique, environ deux semaines avant sa mort, Aura rentra un après-midi après un long déjeuner avec sa mère et me dit qu'elle commençait à soupçonner que les « grands événements » de son passé ne s'étaient pas déroulés exactement comme elle avait cru ou comme on lui avait raconté. En montant l'escalier menant à la mezzanine, elle m'avait trouvé affalé sur le lit au lieu de travailler ou de lire le livre qui était à côté de moi, et avant même qu'elle parle j'avais levé sur elle un regard plein d'espoir et lui avais demandé – imitant la manière plaisante dont elle aimait souvent prononcer ces mots, comme un enfant qui vous invite à jouer avec lui – *¿Quieres hacer el amor ?* Mais elle n'était définitivement pas d'humeur. Elle me fit la

---

comme avant ? J'espère parce que moi je t'adore même au revoir papa je t'aime de tout mon ♥. »

déclaration susdite, d'une voix brusque où perçait un léger reproche, et je répondis : *¿ Ah, sí ?* et attendis qu'elle en dise plus. Mais elle se contenta de prendre des livres et des papiers sur la petite table en plastique qui lui servait de bureau quand elle voulait s'isoler ici, et les emporta à son bureau en bas. Que lui avait donc révélé sa mère qu'elle ne lui avait jamais dit ? Il est facile de prétendre aujourd'hui qu'Aura ne voulait pas en parler sur le moment mais que j'étais sûr qu'elle le ferait plus tard. Peut-être était-ce ma paresse ou mon manque d'intérêt qui m'empêchèrent de poser de nouveau la question – j'en avais assez des drames de sa mère. Je voulais baiser, pas parler de Juanita, *encore une fois*. Je savais aussi à quel point Aura protégeait sa mère. Si elle avait appris une nouvelle version du passé qui n'était pas à l'avantage de celle-ci – j'imagine aujourd'hui une confession embrouillée par la boisson, rapidement niée ou rationalisée, la cohérence qu'avait brièvement possédée la conversation s'évanouissant comme un rire fantôme – elle n'allait pas me raconter toute l'histoire, du moins pas tout de suite. Je ne sais pas si elle aurait fini par le faire ou non. Je ne sais tout simplement pas. Aura et Juanita partageaient un monde secret.

7

Parmi la boue et les fraises pas encore nées qui poussaient toujours leurs racines sous la terre et l'engrais, les femmes tenaient ses jambes blanches écartées et l'exhortaient en chœur : « Poussez, Señora Prima Dama, poussez ! » Et la Señora Prima Dama, qui, en ce qui concerne cette narration succincte des faits, dont je dois avouer, en dépit de la surprise et des moqueries de ceux qui ne croient pas à ce genre de souvenirs prénataux, j'ai moi aussi des souvenirs ineffaçables qui se manifestent dans des rêves qui malheureusement se muent fréquemment en cauchemars – mais retournons aux fraises et à l'histoire de ma naissance.

Extrait de « À propos de fraises »,
nouvelle inachevée d'Aura Estrada

Avant de les connaître à fond (avant d'avoir tout appris sur leur origine et leur culture) elle adorait les fraises. Elle en mangeait à toute heure. Et quand elle n'en mangeait pas, elle aimait y songer ; à la crème, sans crème, nature ou *flambées*. Il n'est pas interdit de penser que c'est son amour de la *Rosaceae Fragaria* qui l'a poussée à se marier hâtivement au futur protecteur et procurateur de l'État fraisier, union qui devait la précipiter dans une haine imprévue de ce fruit terreux.

Extrait de « Une histoire de boue »,
nouvelle inachevée d'Aura Estrada

Où perd-il sa fille, où la retrouve-t-il ??? La culpabilité à laquelle on échappe, jusqu'à ce qu'on ne puisse pas y échapper, jusqu'à ce qu'on la trouve, ou qu'elle vous trouve.

Quelle est la grande métaphore de la culpabilité ? La boue !!!!

Extrait des notes d'Aura Estrada
pour « La visite », nouvelle inachevée

8

Avant de se séparer du père d'Aura, Juanita n'avait jamais conduit toute seule. Quelques dimanches après-midi, dans les rues tranquilles de la zone industrielle de San José Tacuaya, son mari lui avait donné des leçons, assis à côté d'elle dans sa Ford Falcon, ses mains planant au-dessus des siennes agrippées au volant. Mais elle fit deux valises, prit un bus pour traverser la montagne jusqu'à Guanajuato avec Aura alors âgée de quatre ans, et emprunta la Coccinelle de Vicky sans lui dire où elle allait. Se lançant dans la circulation rugissante des camions sur l'autoroute, elle se rendit tout droit à Mexico avec sa fille, un trajet d'au moins cinq heures. Bien qu'elle eût entendu cette histoire maintes fois, Aura n'avait jamais pu se rappeler quoi que ce soit de ce voyage légendaire, pas le moindre détail.

Mais elle se rappelait son papa : son nez, ses joues rebondies, ses yeux noirs étincelants. Son papa la prenait toujours dans ses bras, la balançant en l'air, la promenant sur ses épaules. Il chantait et jouait sur sa guitare des chansons de Cri-Cri, lui apprenait des mots d'anglais et de français. Il lui dit qu'il l'aimait des millions et des millions de fois. Aura avait une vieille photo d'elle à califourchon sur la bosse confortable du ventre de son père allongé sur le dos dans leur jardin, leur petit terrier blanc comme neige à côté d'eux, debout sur ses pattes de derrière, probablement en train d'aboyer. Souvent quand elle regardait cette photo, un vertige la prenait, comme le vague souvenir physique de doigts qui la chatouillaient, de tomber en avant, en riant, entre ses bras, les poils de son menton comme des étincelles crépitant contre sa joue. C'est la dernière fois qu'elle avait habité une maison avec un jardin, excepté cette année à Austin, où le jardin appartenait aux garçons qui habitaient au rez-de-chaussée. C'est une des choses qu'Aura désirait toujours : une maison à elle avec un jardin.

Héctor a cessé de m'aimer, répondait Juanita, généralement avec un soupir fatigué, chaque fois qu'Aura demandait ce qui avait provoqué la séparation. Je l'ai supplié de nous reprendre, *nena*, mais il a refusé. Après ça, j'ai su qu'il fallait que je m'en aille et que je trouve un moyen de prendre un nouveau départ. Nous n'avions pas le choix, *hija*.

Aura connaissait l'histoire – du moins une histoire – de la rencontre de ses parents. Juanita avait rencontré Héctor quand il était étudiant à Guanajuato et habitait une maison qu'il louait avec deux des sœurs Hernández, Lupe et Cali, et aussi Vicky Padilla – les futures *tías* d'Aura. La mère de Juanita, Mama Violeta, lui avait fait quitter Taxco à l'âge de quatorze ans pour l'envoyer dans un pensionnat de jeunes filles catholiques à Guanajuato. Les sœurs Hernández y étaient externes, et leur mère, Mama Loly avait virtuellement adopté Juanita en la prenant chez elle. C'est aussi à cette époque qu'elle s'était liée d'amitié avec Vicky. Guanajuato, bâti sur des pentes abruptes, avec ses maisons de style colonial, ses églises et sa célèbre université, ses étroites rues sinueuses, ses plazas de guingois et ses bars, était alors, de même que maintenant, une ville universitaire internationale en même temps qu'une destination touristique. Comme partout ailleurs dans le monde, le milieu des années soixante-dix y fut une époque de beuverie, de défonce et de mœurs dissolues. Je ne peux pas dire avec certitude à quoi ressemblaient alors les sœurs Hernández et Vicky, ni même Juanita, mais chacune de ces femmes, à sa façon, était considérée dans sa jeunesse comme une beauté sauvage et vouée, à des degrés divers, aux peines de cœur, aux drames et à l'alcoolisme. C'est alors que Juanita rencontra Héctor, lors d'une fête chez elles. Quelques années plus tôt il était sorti avec Lupe Hernández. Ce qui attira l'attention d'Héctor – ainsi que me le disait toujours Aura – c'est la minijupe en cuir que Juanita portait ce soir-là, qui mettait en valeur ses cuisses et ses jambes blanches. Juanita riait haut et fort et son discours était plein de hardiesse et de mordant. Un épais trait d'eye-liner noir dessiné comme avec un Magic Marker mouillé, intensifiait le côté dramatique et orageux de son regard. Elle intimidait les garçons de son âge. Mais Héctor, qui était avocat et politicien, avait dix ans de plus qu'elle. Ce soir-là il était tout de blanc vêtu et portait une guitare blanche. Il n'était pas vraiment beau, disait toujours Juanita, mais son visage couleur de blé était plein de caractère. Sa voix était douce, il disait des choses drôles et il avait un sourire triste et tendre. Orphelin adopté par un couple sans enfant – un comptable et sa femme – qui habitait San José Tacuaya, il avait fait ses études à la faculté de droit de Guanajuato où il s'était fait remarquer. Un esprit brillant, disait tout le monde, et un avenir brillant – étoile montante du PRI, encore plus que Leopoldo, le frère de Juanita qui appartenait également au parti officiel. Héctor connaissait tout le répertoire des Beatles, et quand il chanta « In the Summertime » en anglais on aurait dit le chanteur des Mungo Jerry avec l'accent mexicain. Juanita et Héctor se marièrent environ deux ans après et, moins d'une année plus tard, Aura naquit dans un hôpital de León, dans l'État de Guanajuato. Ils habitaient à San José Tacuaya. Le PRI avait choisi Héctor pour être candidat au poste de président du conseil municipal de cette petite ville, ce qui équivalait à la fonction de maire. À cette époque, les candidats du parti officiel ne perdaient pas les élections. En campagne aux côtés de sa magnifique et jeune épouse au visage frais, avec ses longs cheveux châtains ondulés, vêtue de jeans et de blouses brodées de paysanne, lui-même avec ses cheveux à la Bobby Kennedy qui lui couvraient les oreilles et lui tombaient dans les yeux, Héctor représentait une nouvelle image du PRI, parti révolutionnaire assagi qui avait su se renouveler durant la décennie ayant suivi le cataclysme sanglant des massacres étudiants de 68 et conservait le contact avec la jeunesse et l'époque. En tant que Primera Dama Municipal, la mère d'Aura était obligée d'apparaître autant ou même plus souvent que son mari, l'accompagnant aux cérémonies et aux banquets, présidant des déjeuners de femmes, des thés, des ventes de charité et toutes sortes de fêtes et d'événements qui avaient lieu dans les plantations de fraises. Une fois qu'Héctor eut décidé qu'il ne la voulait plus comme femme, Juanita sut que le spectacle public de son abandon et de celui de sa fille lui rendrait la vie impossible à San José Tacuaya. Il était impensable qu'elle élève Aura dans pareil environnement. De toute façon, elle détestait cette petite ville ennuyeuse et grossière. Une chose qu'elle ne regretterait jamais c'était la décision de monter au Distrito Federal pour y commencer une nouvelle vie.

Est-ce qu'il y avait une autre femme, Ma ? demandait parfois Aura à sa mère.

Qui sait, *hija*. Rien ne pourrait me surprendre. Mais Héctor n'a jamais été très coureur.

Mais moi ? demandait Aura. Pourquoi a-t-il voulu me quitter ? Pourquoi ne répond-il pas à mes lettres ?

Parfois, même les adultes qui ont fait le plus merveilleux des enfants peuvent cesser d'aimer, essayait d'expliquer Juanita avant de raconter une nouvelle fois à Aura combien son père l'avait aimée. Mais Héctor avait changé, disait-elle. Il était évident maintenant que quelque chose n'allait pas chez lui – psychologiquement, voulait-elle dire. Il ne se fiait jamais à toutes les bonnes choses que la vie lui donnait, *hija*. Si charmant et brillant, mais à l'intérieur, incapable de surmonter ce qui l'avait prédestiné à toujours gâcher ses chances de bonheur.

Aura savait que les choses ne s'étaient pas du tout bien passées pour son père depuis sa période glorieuse de président municipal. Plutôt que de s'élever, il était tombé – brusquement ou progressivement, elle l'ignorait. Tía Vicky avait de temps en temps des nouvelles de lui : il enseignait le droit dans un centre universitaire de premier cycle mais il avait également une petite entreprise qui fournissait les marchés en boissons non alcoolisées et rapportait les bouteilles vides aux distributeurs. Il était difficile de croire que son père était tombé si bas. Puis, des années plus tard, comme si le parti officiel n'avait jamais compris à quel point il avait besoin de son ancien champion, le jeune Presidente Municipal de San José Tacuaya, pour les aider à se guider sur la voie de l'avenir, le PRI, pourri et détesté, avait fini lui aussi par s'écrouler.

Les premiers souvenirs qu'avait Aura de sa nouvelle vie à Mexico étaient ceux de sa mère assise dans le living-room plongé dans l'obscurité de leur petit appartement à écouter des chansons tristes sur son tourne-disques, le visage baigné de larmes. Aura ne pouvait jamais entendre une des pathétiques ballades de José José sans se rappeler cette époque. Elle écrivait des lettres à son père, aidée par sa mère jusqu'au moment où elle fut capable d'écrire toute seule. Dans certaines d'entre elles, elle allait même jusqu'à demander pourquoi il ne voulait pas qu'elle et sa mère reviennent. Sa mère postait les lettres, mais son père ne répondait jamais.

Juanita trouva rapidement du travail comme secrétaire au département de psychologie de l'université. Aura et sa mère habitaient un petit deux pièces au sud de la ville dans un ensemble de hautes tours, HLM réservées aux employés de l'université, même si de nombreux locataires ne semblaient pas avoir le moindre lien avec l'université et s'étaient probablement installés de manière illégale à la suite de parents ou d'amis, moyennant un dessous de table. L'appartement sentait le ciment moisi et le gaz. Par vent fort des fragments de façade tombaient avec fracas, fendant et brisant les vitres. La nuit,

Aura entendait les chats miauler et les chatons affamés appeler à l'aide dans les cages d'escalier hautes de douze étages mais il lui était défendu d'aller à leur secours parce que, disait sa mère, il y avait aussi des drogués qui habitaient les cages d'escalier. Aura imaginait les drogués dormant dans les cages d'escalier la tête en bas comme les chauves-souris, buvant le sang des chats et des enfants perdus.

Je sais que, jusqu'à ce jour, la plupart des gens qui travaillent à l'université et habitent ces tours ne les trouvent pas si mal. Mais les impressions qu'avait Aura de ce qu'elle appelait parfois la « Tour terrible » avaient été formées par les souvenirs d'enfance d'une époque désespérée. Un soir il arriva quelque chose dont Aura n'avait que des souvenirs fragmentaires, et dont elle ne pouvait être sûre à cent pour cent qu'elle se soit vraiment passée. Mais c'est comme si ces éclats brillants de mémoire avaient blessé ses neurones d'une manière qui la laissait vulnérable à certains stimuli, à la manière dont la lumière vacillant à travers les arbres ou clignotant derrière les barreaux d'une clôture ou même une chemise à rayures vives passant sur un trottoir par un jour ensoleillé peuvent provoquer une attaque chez certaines personnes.

Aura, chaque fois que nous revenions au Mexique pour les vacances scolaires ou l'été, aimait m'emmener faire de longues promenades qui étaient comme des visites guidées des trajets quotidiens de son enfance et de son adolescence dans les quartiers autour de la Ciudad Universidad et dans le campus, sorte de cité-État semi-autonome plus grande que le Vatican. Un jour, alors que nous nous dirigions vers un restaurant de sushis sur l'Avenida Universidad, comme nous attendions que le feu passe au rouge, elle me désigna un groupe de trois tours à l'horizon derrière la rangée de magasins, de bâtiments commerciaux et de bureaux moins élevés bordant l'avenue, et elle dit que c'était là, dans la tour à l'extrême gauche de cette *unidad habitacional*, qu'elle et sa mère avaient habité durant leurs premières années en ville. Elles avaient été bâties à l'origine pour loger les athlètes des jeux Olympiques de 68. Tachées par un brouillard de smog et de lumière fumante on aurait dit des découpages bleu-gris collés sur le ciel gris-jaune. Tandis qu'Aura évoquait ses souvenirs, je regardais la tour, tâchant d'imaginer des cages d'escalier pleines de chats hurlants et de drogués vampires. Nous passâmes quand le feu fut rouge pour les voitures et remontâmes l'avenue main dans la main. Comme sa mère craignait de sortir les ordures toute seule le soir elle se faisait toujours accompagner par son voisin, gros homme silencieux, laborantin à l'école vétérinaire de l'université. Chaque fois qu'il ouvrait sa porte, Aura voyait un ara bleu pelé sur son perchoir au fond du living, et les terrariums où il conservait des serpents et des araignées. Il possédait également un petit bâtard jaune qui était aussi silencieux que son propriétaire, n'aboyant jamais bien qu'il remuât toujours la queue en se trémoussant chaque fois qu'elles le croisaient dans le couloir. Mais ce pauvre petit chien souffrait d'une phobie des ascenseurs. Au moins deux fois par jour le voisin sortait son chien et donc deux fois par jour ils devaient attendre l'ascenseur qui était toujours long à venir, ce qu'il faisait avec un grand bruit grinçant, et pendant qu'ils attendaient, le gros homme essayait de calmer son chien en le flattant et émettant des paroles rassurantes, sans aucun succès, car dès que l'ascenseur s'arrêtait et que les portes s'ouvraient, le petit animal terrifié perdait le contrôle de sa vessie et pissait par terre. Comme s'il s'adressait à un enfant exaspérant et choyé, le gros homme grondait son chien tout bas d'une voix nasale et résignée qu'Aura était toujours capable d'imiter : *Il faut attendre que nous soyons sortis, perrito necio*, après quoi il retournait chercher sa serpillière. Même si les voisins ne cessaient de se plaindre de l'odeur d'urine devant l'ascenseur et s'il lui fallait éponger chaque fois qu'il sortait son chien, leur gros voisin ne perdait jamais son calme et ne parlait jamais de se débarrasser de son compagnon.

Est-ce que c'est un exemple d'amour inconditionnel ou quoi ? je me souviens d'avoir demandé tandis que nous marchions sur le trottoir.

Après un moment, Aura dit : Ouais, mais je pense que cet amour aurait encore été encore plus fort s'il avait déménagé pour que son chien puisse habiter au rez-de-chaussée.

Peut-être qu'il ne voulait pas déménager parce qu'il était encore plus amoureux de ta mère.

Quién sabe, peut-être, dit Aura. Pauvre Áyax.

Ajax, comme le détergent ? demandai-je.

Ay-yax, dit-elle, comme dans l'*Iliade* et elle me saisit le menton et dit : *Ay, mi amor ¿porqué eres tan tonto ?* et elle m'embrassa. C'était un autre de nos numéros, bien que mes questions idiotes, contrairement à ce que ses taquineries semblaient présupposer, n'étaient pas toujours intentionnelles. Aura m'expliqua que le détergent s'appelle aussi Ajax au Mexique mais qu'en espagnol le nom du héros grec est Áyax. Quoi qu'il en soit, sa mère ne descendait jamais aux poubelles sans Áyax. Peut-être qu'Áyax était vraiment amoureux de ma mère, dit Aura, et gardait ses ordures pour pouvoir toujours en avoir chaque fois qu'elle frappait à sa porte, je me demande... C'est alors que je réalisai qu'Áyax était le nom du voisin, pas celui du chien, et j'étais sur le point de faire une remarque idiote mais quelque chose m'arrêta. C'était la façon dont Aura avait dit : je me demande, une nuance de tristesse dans la voix, comme si on passait, le temps d'une note, sur le mode mineur.

Quelle histoire amusante, lançai-je, l'encourageant à poursuivre. Mais il était évident que, juste comme ça, son humeur avait changé. Comment s'appelait le chien ? demandai-je. Je ne me le rappelle pas, dit-elle. Elle se pencha pour poser la tête sur mon épaule tandis que nous continuions à marcher, et elle ne dit quasiment rien jusqu'à ce que nous soyons assis au restaurant. Selon les critères de Mexico, les sushis y étaient bons. C'était une entreprise familiale et la famille était japonaise au lieu des habituels Mexicains en kimono et au front ceint de bandeaux de maîtres d'arts martiaux. Il était décoré de manière traditionnelle avec des bois sculptés sombres et des lanternes en papier rouges portant des idéogrammes japonais.

Peut-être que c'est à côté des poubelles que c'est arrivé, dit Aura, et pas dans un escalier comme j'ai toujours pensé.

Qu'est-ce qui est peut-être arrivé près des poubelles ? demandai-je avec précaution.

Quelque chose de vraiment terrible, dit-elle. À ma mère. Je ne sais pas, peut-être. Tu ne peux pas imaginer ce que ma mère a enduré à cette époque, Frank. C'est la raison, tu sais, pour laquelle je ne peux jamais lui en vouloir longtemps. Je ne crois pas qu'elle me dira jamais toute la vérité sur ce qui s'est passé. Pas même sur son lit de mort – Aura eut un frisson exagéré et s'étreignit comme si elle avait froid. Elle releva la manche de son chandail en coton et tendit le bras. Regarde, dit-elle, j'ai la chair de poule. Je lui pris la main et sa paume était moite.

¿Qué te pasa, mi amor ?

Elle se contenta de fixer tristement la table pendant environ cinq minutes – peut-être moins, le temps me parut très long – tandis que je demeurais quasiment paralysé face à elle.

Eh bien, j'avais seulement quatre ou cinq ans, finit-elle par dire, et donc je ne me rappelle pas vraiment – maintenant Aura avait le regard détourné de côté et sa voix se fit décidée et un peu enfantine. Nous étions rentrées tard en taxi, je sais ça. Ma mère avait dû m'emmener chez Vicky, ou quelque chose comme ça. Une *vocho verde*, une Volkswagen, comme tous les taxis à l'époque, sans siège de passager à l'avant. J'étais probablement endormie – elle devait m'avoir réveillée – et elle dit : Aura, reste ici, je reviens tout de suite, je dois aller chercher de l'argent. Sa voix était normale, mais elle avait l'air terrifiée, comme si elle faisait un énorme effort pour se contrôler. Son visage tremblait comme s'il allait se fendre. Est-ce que je me rappelle vraiment ça, ou est-ce quelque chose que j'ai juste inventé il y a longtemps comme une histoire, pour remplir un vide ou ma confusion ? Je ne sais pas.

Tu veux dire que tu n'es pas vraiment sûre de te rappeler qu'elle a dit ça ? demandai-je. Eh bien, est-ce que ce n'est pas normal ? C'était il y a si longtemps. Mais est-ce qu'il y a quelque chose que tu es certaine de te rappeler ?

Je me rappelle le chauffeur, dit Aura, du moins je crois que ça doit être un vrai souvenir. D'abord, je me rappelle l'arrière de son crâne. Il avait une tête énorme, mais avec des cheveux noirs courts, un peu plats sur le dessus. Il devait avoir des oreilles – elle laissa échapper un léger rire sans joie – mais je ne me rappelle pas les oreilles, juste sa tête. Sa tête était comme une planète morte. Une planète morte qui irradie de l'antimatière, tu vois ce que je veux dire ? ensuite, son cou, parce que c'était comme un cou de porc. Après, son œil. Il a tourné la tête quand ma mère est sortie du taxi et c'est alors que j'ai vu son œil. Est-ce que tu as jamais remarqué – maintenant Aura me fixait d'un regard presque suppliant – comme je me tais chaque fois qu'on est dans un taxi et que le chauffeur a une tête énorme comme ça ?

Tu veux dire ici au Mexique ou à New York aussi ? Je n'avais jamais vraiment remarqué une chose pareille.

Surtout ici, dit-elle. À New York les taxis sont différents, avec ces, tu sais, séparations, entre toi et le chauffeur.

Peut-être que j'ai parfois remarqué quelque chose, sans me rendre compte que la tête du chauffeur en était la cause, dis-je.

Quand j'ai vu son œil, ça m'a fait peur.

Fait peur comment ?

Aura tourna la tête de côté et son œil se ferma presque complètement.

Ça fait très peur – dis-je en souriant, mais elle avait cette expression sur son visage qui dit : je sais que tu trouves ça très mignon, mais ce dont j'ai besoin c'est que tu croies et comprennes ce que j'essaie de te dire. Je demandai : Alors qu'est-ce que tu crois qu'il s'est passé ce soir-là ?

Ils m'ont laissée seule dans le taxi, dit-elle. Ils sont sortis tous les deux, le chauffeur et ma mère. Il a probablement verrouillé les portières, je ne me rappelle pas. Tu peux imaginer l'effet que ça fait ?

Non, je ne peux pas, dis-je. Bien que je puisse m'imaginer Aura assise les jambes écartées sur la banquette arrière du taxi comme une poupée oubliée, avec ses joues rondes de poupée et ses yeux pleins d'incompréhension et de crainte.

Peut-être qu'ils ont traversé la place et sont entrés dans l'immeuble, dit Aura, mais je ne sais pas. Je ne me rappelle pas s'il y avait quelqu'un dehors ni combien de temps a passé avant le retour de ma mère. Mais quand elle est revenue, elle m'a sortie du taxi et m'a prise dans ses bras. Je me rappelle avoir caché mon visage dans son épaule. Je devais probablement pleurer. Mais je crois que c'est tout ce dont je me souviens.

Aura m'apprit qu'elle n'avait cessé de revenir sur ces fragments de souvenir un nombre incalculable de fois, y compris en thérapie, pour essayer de les rassembler, mais elle avait aussi posé des questions à sa mère. Ayyy non, *hija*, pas maintenant – c'est tout ce que Juanita répondait généralement. – Est-ce que tu vas essayer de me dire que tu te rappelles vraiment ça ? Ce n'était rien. *¡No pasó naaada !* Un jour, Aura persistant à demander : Est-ce qu'au moins tu as appelé la police, Ma ? sa mère réagit par un éclat de rire faux : Bien sûr ! Est-ce que ce n'est pas ce que tout le monde devrait faire ? Appeler la police ? Pour offrir une tequila au *cabrón* pour le féliciter ? Le féliciter de quoi, Ma ? lui avait demandé Aura et sa mère s'était contentée de la regarder avant de répondre : De m'avoir volée, *hija*, quoi d'autre ?

Aura jouait avec sa serviette. Après un moment, elle déclara à voix basse et tremblante : Frank, parfois j'ai tellement peur que je perds complètement la tête. C'est plus fort que moi. Tu as vu ça, tu sais de quoi je parle.

Je me levai pour aller m'asseoir près d'elle et l'entourer de mes bras. J'avais vu ça, et je le verrais encore. Une conversation que nous avions eue tard dans la nuit à propos des attentats du 11 mars dans les gares de Madrid qui avaient eu lieu environ cinq mois auparavant, avait déclenché la crise à laquelle elle faisait allusion, la seule dont j'avais été témoin jusqu'alors. Alors qu'Aura n'était pas à Madrid ni proche de cette ville le jour de l'attentat, ses tremblements et ses pleurs ne m'avaient pas paru excessivement théâtraux, en fait ils m'avaient paru un peu magiques, comme l'empathie clairvoyante d'une petite sainte, et je me rappelle avoir pensé que tout le monde, du moins de temps à autre, devrait réagir ainsi aux drames qui ensanglantent le monde. La seconde fois, nous étions à la maison par une nuit glaciale de décembre en train de regarder le DVD du film sur la capture du chef du Sentier lumineux, Abimael Guzman. Au début du film Guzman continuait à semer la mort depuis sa cachette sans soleil, et il y avait un gros plan de son visage cireux, de son sourire sinistre et de son regard de serpent et c'est ce qui avait éveillé la terreur d'Aura. Elle s'éloigna de la télévision et se recroquevilla dans un coin du lit, les bras sur la tête, et bientôt elle fut prise de tremblement et de sanglots violents. Même si ce n'était qu'un acteur que nous étions en train de regarder, c'était comme si la férocité, l'indifférence aux souffrances qu'il causait et même la satisfaction qu'il en tirait – en d'autres termes, le mal pur et simple – avaient d'une certaine manière coulé dans notre chambre par une fissure dans l'écran de télévision. Aura était à ce point accablée par la terreur que j'avais peur à la pensée de ce qui se serait passé si je n'avais pas été là pour la prendre dans mes bras et la rassurer. Ces crises, bien qu'elles n'aient eu lieu que quelquefois durant les quatre ans que nous fûmes ensemble, étaient pareilles aux retours du passé qui obsèdent les anciens combattants.

Depuis la mort d'Aura, c'est comme si j'avais hérité, mais seulement un peu, de cette manière de se sentir parfois à l'unisson avec des événements tragiques. Généralement je ne tremble ni ne pleure comme elle mais je perds un peu la boule. Un après-midi au Mexique, j'allai voir une exposition qui commémorait le quarantième anniversaire du massacre de Tlatelolco, après quoi je me rendis sur la place où il avait eu lieu à quelques rues de là. Un immeuble d'habitation miteux, parent de la Tour terrible bien qu'il n'eût que quelques étages, se dresse d'un côté de la place encaissée ; de l'autre côté se trouve un site archéologique – les ruines de Tlatelolco où, après une bataille, les conquistadors avaient laissé se décomposer les cadavres de quarante mille indigènes dans les canaux voisins et parmi les décombres des bâtiments canonnés. L'après-midi du massacre de 68, les soldats avaient discrètement pris position au bord du site, du haut duquel ils avaient tiré sur les occupants de la place où se trouvaient, avec les étudiants contestataires qui y étaient en majorité, des enfants du quartier et des passants. Cet après-midi-là, tandis que je me tenais là où s'étaient postés les soldats, la place était quasiment vide, excepté des détritus et quelques enfants qui jouaient, et très calme, comme si tous les habitants de l'immeuble avaient fait silence en même temps, éteignant leurs radios et leurs télévisions comme pour mieux entendre ce qui allait se passer. Le sol de la place était d'un gris anthracite, le ciel d'un gris plus pâle, on aurait dit que l'air tiède et suant respirait, et les nuages de pluie immobiles étaient pareils aux fantômes des soldats occupés à reprendre position. Il y avait une marelle maladroitement dessinée à la craie et même cela paraissait sinistre, comme si elle camouflait un passage secret. Je pensai à Aura, à la facilité avec laquelle elle aurait trouvé là de quoi la terrifier. On sentait que la mort se cachait dans l'ombre, dans la lumière, son souffle qui chassait les détritus. La mort comme une chose plus forte que la vie, prête à éclater dans le cri de la fée qui présage sa venue ou à fondre en silence sur les enfants qui jouaient là, ou sur le monde tout entier.

Peut-être que ce que je ressentis ce jour-là était une version atténuée de la terreur dont parlait Aura dans le restaurant japonais. Cette conversation m'avait donné une nouvelle idée de la profondeur du lien qui unissait Aura à sa mère, comme une chose déposée dans le coffre d'une banque à douze étages sous terre, dont elles seules connaissaient la combinaison. La responsabilité ne m'incombait-elle pas de partager dans une certaine mesure le sentiment qu'elle éprouvait pour sa mère, ce mélange de pitié et de vénération reconnaissante ? Je le faisais, du moins en partie. C'était entièrement nouveau pour moi, ce degré d'intimité et de confiance, accompagné de ce qu'il exigeait : une attention exacerbée ainsi qu'une mise au point plus fine du regard qui me permettraient de rassembler tout ce que je pourrais, passé et présent, dans le rayon de la vie d'Aura ; d'essayer de comprendre du moins autant qu'elle m'en donnerait la possibilité ; d'être capable d'anticiper et protéger, d'être toujours prêt. L'amour était nouveau pour moi, croyez-le ou non. Comment avais-je pu dépasser la quarantaine sans avoir jamais appris ou découvert cela ? Et plus tard, un peu plus d'un an après la mort d'Aura, je paniquais déjà à l'idée que j'étais en train de perdre ou que j'avais déjà perdu cette capacité de chérir quelqu'un de cette manière.

9

Juanita avait les cendres d'Aura. J'avais les journaux d'Aura. Elle ne me donnait pas les cendres, je ne lui donnais pas les journaux. Je prenais rarement le risque de les sortir de chez moi et passais des journées entières à ma table plongé dans leur lecture, copiant des phrases et des paragraphes. Les journaux de son enfance étaient parfois déroutants du fait que l'amour qu'ils suscitaient n'était pas celui auquel j'étais habitué, il était plus proche de l'amour d'un père. C'était peut-être une illusion. N'ayant jamais été père, comment puis-je savoir ce qu'un père sait ou éprouve ?

Je copiais des phrases telles que celle-ci :

¡On nous appelle *los bichitos* !

Ce journal, à la couverture en plastique bleu layette décoré de Little Bo Peep et d'agneaux, est probablement le premier qu'elle a tenu. Bichitos était le surnom que son *tío* Leopoldo avait donné au petit troupeau en pyjama – ses trois enfants, Aura et la nouvelle petite fille – qui s'ébattait dans son jardin clos de murs. Je m'imaginai Leopoldo en train de les regarder, un verre de whisky soda entouré d'une serviette à la main, sa moustache et son bouc encadrant ses lèvres minces qui lui donnaient l'air acerbe, avec une expression qui tenait à la fois de la sévérité paternelle et de la stupéfaction. Pourquoi cela semblait-il rendre à ce point heureuse cette petite fille de six ans ? Parce qu'il était drôle de voir quelqu'un qualifier ses enfants et sa nièce de petites bestioles d'un air si sérieux. Se sentir traitée à égalité avec ses cousins lui faisait aussi plaisir. Aura et sa mère habitaient la Tour terrible depuis environ une année et Tío Leopoldo vivait non loin à Coyoacán avec sa femme, ses enfants et la bonne dans une maison coloniale restaurée en stuc jaune et en pierres volcaniques noires. À l'époque Aura voyait beaucoup ses cousins. Plus tard, Leopoldo et sa femme ayant divorcé et les enfants habitant avec leur mère et son nouvel époux fortuné, elle ne les voyait presque jamais. (Ils ne vinrent pas à notre mariage ; un seul assista à l'enterrement.)

Ce soir-là dans le jardin, il y avait une nouvelle fille, grande et jolie, Katia. Elle se tint à l'écart, comme si elle ne savait pas jouer à chat, jusqu'à ce que Rafa, le cousin d'Aura, l'attire dans le jeu, après quoi elle fut impossible à attraper. Elle bondissait comme une biche effrayée. Le père de Katia, Rodrigo, était un homme de grande taille, musclé, qui se tenait droit, avec des cheveux noirs qui lui descendaient jusqu'aux épaules et des yeux vifs en amande. Sa peau cuivrée était plus sombre que celle de sa fille. Celle de Juanita plus claire que celle de sa fille. Juanita et Rodrigo vinrent au jardin dire bonsoir avant de s'en aller et un peu plus tard on mit *los bichitos* au lit. Le lendemain matin, pendant qu'ils prenaient le petit déjeuner en regardant la télévision, Aura attendit le retour de sa mère avec inquiétude et Katia celui de son père. Enfin ils arrivèrent vers midi.

Mamá et Rodrigo étaient habillés pareil qu'hier soir !

nota Aura dans son journal. Peu après, Rodrigo et Katia s'installèrent dans le petit appartement de la Tour terrible avec Juanita et Aura. À partir de ce jour, Aura devait appeler Rodrigo Papá, Katia devait appeler Juanita Mamá, et Aura et Katia devaient être sœurs. Mais qui était la mère de Katia, et où était-elle ? Elle s'appelait Yolanda et vivait à Orlando, en Floride, près de Disney World. Yolanda avait quitté son mari et sa fille du jour au lendemain sans les prévenir. Apparemment il n'y avait pas d'autre homme. Pourquoi avait-elle fait cela ? Parce que Yolanda était à la poursuite de son rêve. Son rêve était de recommencer une nouvelle vie à Orlando, USA. Katia ne devait voir sa mère que deux ou trois fois durant son enfance, pendant les vacances scolaires. Le temps passant, Katia eut de moins en moins de contact avec sa mère jusqu'à ce qu'elle n'en ait plus du tout, pas même un coup de fil pour son anniversaire. Yolanda avait trouvé un emploi d'hôtesse dans un restaurant d'Orlando, et c'est là qu'elle avait commencé à se former elle-même à la « restauration de prestige ». Elle finit par devenir – chose surprenante – sommelière. Bien sûr elle devint aussi citoyenne américaine. On l'apprit par un article publié sur elle dans un magazine, dont le titre était *Good Life Orlando*, qu'elle avait envoyé à des parents de Rodrigo qui habitaient à McAllen, au Texas. Sa vie personnelle demeura un mystère pour ceux qu'elle avait abandonnés. L'article ne faisait mention d'aucun mari, passé ou actuel.

Rodrigo et Yolanda venaient tous deux de Culiacán, au nord du pays, région accidentée et sèche. Il était venu étudier à l'université de Mexico, avait majoré en sociologie et brillé dans l'équipe de base-ball. Sportif sérieux au départ, la vie estudiantine et l'époque en avaient fait un hippie et un gauchiste, ardent manifestant et orateur véhément. Il se jura de se vouer à l'amélioration des conditions de vie des pauvres gens. Mais peu après la fin de ses études il se retrouva avec femme et enfant et entra dans l'entreprise de bâtiment d'un oncle. Quelques années plus tard, s'il n'avait plus de femme à entretenir, il avait toujours une fille.

Sa petite fille élancée, qui avait les cheveux noirs et soyeux de sa mère, les yeux bruns et brillants, la peau pâle et les joues roses, serait toujours, où qu'elle aille, la plus jolie de sa classe, la mieux élevée et la plus polie, la plus populaire parmi les populaires, la plus appliquée au travail. Aura, plus jeune de deux ans, était elle aussi bonne élève, bien que moins disciplinée et régulière, et si son attitude était souvent gentiment turbulente, elle était aussi parfois étrange et préoccupante. L'année, par exemple, où Juanita fut plusieurs fois convoquée par Miss Becky, la principale du Colegio Kensington parce que Aura avait été prise à voler quotidiennement dans les cartables et les sacs à dos de ses condisciples : un porte-mine Spiderman, un portefeuille Hello Kitty, une règle Wonder Woman et ainsi de suite, habitude à laquelle il semblait qu'aucune punition ni avertissement ne pût mettre fin. Juanita et Rodrigo avaient promis à Aura que si elle se tenait bien en classe cette année-là, ils la récompenseraient en lui permettant d'aller avec Katia passer une partie de l'été chez Yolanda, à Orlando, près de Disney World. Aura était sur le point de se faire renvoyer quand Juanita finit par comprendre qu'il n'y avait rien que sa fille désirât moins que d'aller à Orlando avec sa demi-sœur chez la sommelière. Une fois qu'elle eut repris sa promesse, la période criminelle d'Aura prit fin.

Bientôt Rodrigo trouva un travail qui tiendrait pendant les deux décennies et demie à venir, au moins, dans un cabinet de consultants auprès des administrations locales de tout le Mexique pour le développement de la construction de logements sociaux, métier qui s'approchait un peu de celui dont il avait rêvé. Il sillonnait le pays, rencontrant des officiels, des conseils d'administration, des représentants de communautés et leurs pareils, écoutant leurs avis, leur prodiguant ses conseils. Le cabinet présentait à ces clients des entrepreneurs privés dont il recevait une commission une fois l'affaire conclue. Rodrigo n'avait que peu de relations avec les entreprises. Il se contentait de rendre son rapport et ses recommandations à son patron, unique propriétaire du cabinet, qui avait été son professeur d'urbanisme, et s'enrichit grâce à ces commissions. Son travail amenait Rodrigo à voyager dans tout le Mexique, souvent cinq jours par semaine, ce qui semblait lui convenir, même si ça ne payait pas beaucoup.

En tant que secrétaire du directeur du département de psychologie, à mi-temps comme assistante d'un chercheur et travaillant un soir par semaine à la bibliothèque, Juanita gagnait plus de deux fois le salaire de Rodrigo. Elle paya seule le premier versement pour le nouvel appartement de la résidence de Copilco, évidemment un cran au-dessus de la Tour terrible. Rodrigo et Juanita avaient une chambre et les filles une autre un peu plus petite de l'autre côté du couloir. Il y avait deux salles de bains, une cuisine et un espace central qui faisait salon-salle à manger. Une entrée fermée avec une guérite donnant sur l'avenue menait au parking entouré de murs où les enfants pouvaient jouer, faire du vélo et du patin à roulettes, et où il n'y avait pas lieu de craindre les cages d'escalier ni les trajets nocturnes depuis ou vers la voiture. Aura avait une amie dans la résidence à qui ses parents permettaient même de sortir les poubelles le soir – chose que ma mère ne me laisse jamais faire, écrit-elle dans son journal. C'était l'époque du pic de pollution à Mexico, pendant laquelle on gardait les enfants à la maison parce que l'air était irrespirable tandis que des oiseaux asphyxiés tombaient du ciel. Un jour l'un d'eux chut juste devant la bicyclette d'Aura qui décrivait des cercles sur le parking.

Aura et Katia avaient, ou du moins chacune semblait décidée à développer, des personnalités opposées. Si le côté de la chambre de l'une était toujours un modèle de rangement, celui de l'autre – devinez qui ? – était un véritable fouillis. Le caractère de Katia était doux, vif et confiant, elle ne pleurait ni ne perdait jamais le contrôle de soi, mais elle était aussi distante, et avait facilement tendance à ne pas faire attention aux gens et aux choses qui l'entouraient. Aura était pleurnicheuse, bavarde, impertinente et colérique. Dès son plus jeune âge, Katia s'habillait avec recherche et même si le budget familial était serré elle savait comment aider sa belle-mère à l'habiller d'une manière qui faisait toujours d'elle l'une des plus élégantes de l'école. Aura préférait les jeans, les pantalons en velours à taille élastique, les sweat-shirts amples et les salopettes. Elle aimait les baskets de couleur vive, les bottes en caoutchouc et les tongs, les chapeaux et les lunettes de soleil excentriques. L'aînée ne cassait jamais ses jouets. La cadette ne cassait pas seulement les siens, mais aussi ceux de sa demi-sœur. Katia aimait les Barbies. Aura aimait aussi les poupées, mais également les figurines Transformers, les Power Rangers, les Tortues Ninja, Robotix, Atari et cetera. Toutes deux aimaient les livres, mais Aura les aimait plus –

> J'ai lu un livre en anglais, *Little Women*, que j'ai très bien compris

écrit-elle dans son journal à l'âge de neuf ans. Quelques passages plus loin, elle se reproche de préférer souvent les bandes dessinées – *Mafalda, Betty and Veronica, La Familia Burrón* – aux « vrais livres ». Katia excellait dans les sports d'équipe. Aura aimait la bicyclette et le patin à roulettes. Les deux filles faisaient de la danse classique. Katia semblait douée mais les cours et les répétitions l'ennuyèrent vite. Elle préférait passer son temps libre avec ses copines. Bien qu'elle n'eût pas le physique de ballerine de Katia, Aura s'enthousiasma pour la danse et la pratiqua longtemps. Elle devint danseuse étoile dans les spectacles de l'école et donna des cours aux débutantes, honneur auquel elle avait longtemps aspiré. On parla même de l'envoyer étudier à Cuba à la fameuse école de danse d'Alicia Alonso. Aura confia à son journal qu'elle aimerait ne pas être obligée de partager sa chambre avec Katia pour pouvoir la transformer en studio de danse, avec barre et miroir mural.

Rodrigo étant rarement présent pendant la semaine, c'est Juanita qui préparait les filles pour l'école, les emmenait chez le médecin, le dentiste, et plus tard chez le psy, à la danse, au catéchisme, aux anniversaires, chez les scouts, aux cours particuliers de français et de maths, au camp d'été des francs-maçons et tout le reste. La proximité de l'université lui rendait les choses plus faciles, sans compter que beaucoup de ses meilleures amies, les *tías*, ayant quitté Guanajuato l'une après l'autre, en même temps que leurs ex-maris et leurs relations, en compagnie de leurs enfants, étaient maintenant là pour lui donner un petit coup de main. Juanita engagea une bonne, Ursula, qui venait tous les matins de sa banlieue et partait à quatre heures pour faire le long trajet jusqu'à chez elle et préparer le dîner de son mari et ses enfants.

Ma mère était pratiquement une mère célibataire qui a élevé Katia comme sa propre fille, disait Aura. En fait, elle la traitait mieux que moi. Katia était Mademoiselle Parfaite et j'étais celle qui avait tous les problèmes. Il a toujours été important pour Rodrigo que Katia soit la mieux adaptée des deux, la moins déglinguée et la plus heureuse. Il la défendait systématiquement. Et à cette époque, surtout parce qu'elle avait peur de se trouver de nouveau larguée, ma mère faisait tout ce qu'il voulait.

Enfant, Aura avait connu la solitude. Sa mère ne rentrait souvent pas avant neuf ou dix heures du soir. Après l'école, Katia aimait être avec ses amies et était généralement invitée chez elles. Elle n'associait jamais sa petite sœur à ces sorties et n'amenait presque jamais ses copines à Copilco – une des rares fois où elle le fit fut aussi la dernière. En cherchant dans la cuisine ce qu'elle pourrait offrir à manger à ses amies, Katia trouva un bac de glaçons verts dans le freezer dont elle supposa qu'ils étaient aromatisés au Jell-O au citron vert ou au Kool-Aid. C'est Aura qui avait fait les glaçons, mais la couleur verte était celle d'un désinfectant pour WC. Aura adorait l'odeur des nettoyants liquides et avait découvert que, dilués dans un peu d'eau et gelés dans un bac à glaçons, ils avaient un goût à la fois fort, piquant et rafraîchissant. On tenait le bac tout près du visage, posait le bout du nez sur la glace – ce qui en soi est une agréable sensation, ainsi qu'elle en fit la démonstration vingt ans plus tard à son mari dans leur cuisine à Brooklyn, avec de la glace normale, cette fois – et on aspirait fort : mmm, quel souffle âpre et glacé s'engouffrait dans les voies nasales ! Aura avait déjà des problèmes d'allergie avec ses sinus, aggravés par la pollution urbaine. Plus tard, à treize ans, pendant sa période rebelle, elle avait tant fumé (on la surnommait la Pipa à l'école) qu'il avait fallu l'opérer. Katia servit un glaçon vert dans une serviette à chacune de ses amies. Elle en donna un à Aura, qui le tint à ses narines, inspira, et promena autour d'elle un regard joyeux pour voir si tout le monde appréciait son désinfectant, au lieu de quoi elle vit Katia et ses copines, bout de langue rose tirée, en train de les lécher. Plus tard Aura fut incapable d'expliquer pourquoi elle ne les avait pas prévenues. Il ne lui était même pas venu à l'idée qu'elles pourraient être assez bêtes pour lécher les cubes.

¡ Diabla idiota ! hurla Katia. Tu as empoisonné mes amies ! Certaines, paniquées, criaient : Appelez une ambulance ! Aura demeurait bouche bée. Elles

plaisantaient, non ? Quelques-unes, hoquetant et sanglotant, téléphonèrent à leurs parents. Tu vas aller en prison pour le restant de tes jours, hurla Katia. Aura s'enferma dans la salle de bains, braillant de terreur et de honte. En fait, personne n'était tombé malade ni n'avait même vomi. Après un ou deux coups de langue, toutes les filles avaient jeté leur glaçon par terre. Plus tard, il avait dû être difficile à Juanita de ne pas éprouver de la pitié pour Aura même si elle devait être punie. Plus de bicyclette pendant deux semaines ! Certaines filles se virent interdire par leurs parents d'aller chez Katia – réaction excessive et cruelle qui fut pour celle-ci source de bien des embarras à l'école.

J'aurais pu rentrer chez moi et trouver six cadavres par terre ! Aura entendit sa mère se plaindre à Mama Violeta, sa grand-mère, au téléphone. Juanita s'inquiétait que le fait d'être si souvent seule dans l'appartement soit la cause de ce qu'Aura avait du mal à faire la différence entre l'imaginaire et le réel. Mais elle était obligée de travailler pour gagner l'argent nécessaire aux études des deux filles. Que faire ?

Afin qu'Aura ne soit plus toute seule l'après-midi, Rodrigo et sa mère lui offrirent un petit scottish-terrier acheté au marché. Aura était folle de joie. Mais la santé du chiot se détériora rapidement et il mourut au bout d'une semaine. La mère d'Aura essaya de lui expliquer que ce n'était pas sa faute, qu'on lui avait vendu sciemment un chien atteint d'une maladie mortelle.

Dans les nouvelles inachevées et les fragments que je trouvai dans l'ordinateur d'Aura, les petites filles narratrices sont toujours persécutées par des demi-sœurs plus âgées.

« C'est ta faute si notre bonne est partie.
— C'est pas vrai », répliquai-je avec vigueur, criant presque.
— C'est ta faute si mon père ne nous a pas conduites à l'école aujourd'hui », poursuivit-elle.
J'avalai ma salive et me répétai sans conviction.

Deux années environ passèrent, durant lesquelles Rodrigo et Juanita se marièrent. Dans son journal Aura écrivit :

J'ai tout, même un journal, et l'amour de mes parents.
J'ai dix ans, et ma sœur est toujours occupée. Tu sais, j'aime écrire des histoires, et j'en ai envoyé une à un journal, *La Jornada.*

Ma maman a fait une conférence à l'université, elle était *padrísima*, j'étais si contente !

Je viens de m'habiller et j'en ai assez, Mamá est impossible, je ne sais pas ce qu'elle a mais la vérité c'est que je ne l'aime pas tant que ça, disons juste le contraire, c'est juste que nous n'arrivons pas à nous entendre tout ce que je dis la met en colère, même quand je n'ai pas terminé le premier mot de ma phrase. Mais peut-être que je suis juste de mauvaise humeur et donc je vais aller faire du patin.

Quelque chose est arrivé, c'est bizarre, rien n'est plus comme avant. Papá est toujours parti, et quand je le vois le week-end, il y a quelque chose qui ne va pas.

Je crois que j'ai besoin d'un nouveau genre d'amie. J'aimerais une amitié pleine d'amour, où on n'arrêterait pas de se dire combien on s'aime en parlant par signes, en faisant une équipe formidable, mais jusqu'à maintenant je n'ai pas trouvé ce genre d'amie.

Aujourd'hui a été comme tous les jours. Je ne me suis pas ennuyée mais je ne me suis pas amusée non plus. Mais cet après-midi nous allons au Perisur acheter un maillot de bain à Katia.

Je suis allée manger mais comme je ne supporte pas de manger avec Katia je suis allée dans la cuisine avec Ursula. Elle avait terminé mais j'ai promis de manger vite et en silence, puis j'ai pris le thé avec un petit pain sucré en compagnie d'Ursula et je lui ai dit des choses en anglais et expliqué ce que ça voulait dire.

Cárdenas a obtenu plusieurs voix dont celle de ma mère et de mon père et je les soutiens. Nous sommes allés devant le Congrès pour soutenir notre parti. Les membres du PAN faisaient du bruit mais nous avons juste fait le V de la victoire avec nos mains et chaque fois que quelqu'un du PRI venait parler nous lui tournions tous le dos. Ma mère en connaissait un et quand il est apparu elle a commencé à l'insulter. Je portais une pancarte marquée

NO
AL FRAUDE

Aujourd'hui j'ai été heureuse et j'ai appris que juste parce qu'une mère ne peut pas être tout le temps avec sa fille, cela ne fait pas d'elle une mauvaise mère, ce n'est pas la quantité de temps qui compte.

Je porte un soutien-gorge !

Cher Journal :

Tu te demandes sûrement pourquoi je t'écris. De nouveau des problèmes avec ta mère, ou tu te sens seule ? Non, aujourd'hui ce n'est pas ça, j'ai juste envie d'écrire. Je vais te dire tout ce qui s'est passé

Nous sommes allées le soir au Disco Pátin. Il y avait une grande piste et une petite, toutes éclairées. Nous patinions sur la grande – un pauvre *mongolotito* nous suivait, mais on l'a fait partir. J'ai rencontré un moniteur.

Je ne sais pas pourquoi Frida s'est mise en colère contre moi.

J'ai l'impression d'être une mouche, personne ne fait attention à moi, j'ai envie de pleurer. Avoir l'impression d'être une mouche est humiliant et trop douloureux pour moi. Il me suffit d'entendre ce petit rire de ma sœur « PARFAITE » qui ne reçoit que des félicitations, des compliments et de l'amour pour que mon cœur se sente jeté à la poubelle. Mais je suppose que c'est la vie, certains sont supérieurs à d'autres.

Joué à Atari comme une folle, rangé la maison de Barbie, regardé la télévision, lu, mis la table.

Entrer en *secondaria* [dans le secondaire] a été incroyable. Le pire a été mes relations avec ma mère. Je ne peux plus la supporter parce que si elle ne s'intéresse pas à mes affaires, pourquoi dois-je m'intéresser aux siennes ?

Conseil pour ne pas être comme ma mère *maldita perra*.

1. Ne pas décourager vos enfants.
2. Ne pas leur crier dessus.
3. Faire en sorte qu'ils passent chaque jour d'une manière merveilleuse et ne découvrent jamais ce qu'est l'ennui.

Je suis une *pendeja* totale. Je ne fais jamais attention à rien et j'en ai assez de moi, JE ME DÉTESTE. Je voudrais avoir quelqu'un à qui je pourrais dire tout ça, quelqu'un à serrer dans mes bras, beaucoup et très fort. Mais je regarde autour de moi et je ne vois personne.

Cher Journal :

Mamá n'est pas là, je suis seule dans la maison et donc je peux faire ce que je veux, ma mère m'a interdit de sortir mais je m'en fiche je sortirai quand même, avec cet homme à la moto, la vérité c'est qu'il conduit vraiment vite.

Je vais avec lui, il me dépose au mauvais endroit et j'ai faim donc j'entre dans le magasin et je glisse quelques barres de chocolat dans ma poche mais l'employé me voit et je sors en courant mais il m'attrape par l'épaule et me reprend les barres de chocolat, la prochaine fois que je vole je ferai mieux de prendre plus de précautions.

Après je suis allée à cet horrible marché et je suis tombée sur Luís qui m'a donné du whiskey, au début c'était vraiment fort mais après je me suis habituée. Aux environs de 10 h 40 du matin j'ai décidé de rentrer juste à temps pour que ma mère ne s'aperçoive de rien.

On a eu des œufs au petit déjeuner mais je n'avais pas faim, le whiskey m'avait plus que suffi. Après il a fallu que j'accompagne ma mère au travail et pendant qu'elle croit que je suis assise à l'un des nombreux bureaux, je descends au rez-de-chaussée, au distributeur et avec prudence, sans que personne me voie, je donne un coup à la machine et je sors un Coca. Mmm, miamiam. Après je remonte et ma mère ne sait rien de ce que j'ai fait aujourd'hui.

Il est possible qu'Aura ait soupçonné sa mère de lire son journal en cachette ou sinon ce passage était pure imagination. Mais à l'époque, Aura avait commencé à fréquenter les enfants plus âgés du Copilco, et certaines des histoires qu'elle m'a racontées n'étaient pas si différentes de celle-là, donc, qui sait ?

Juanita et moi n'avons jamais eu l'occasion de parler de la répartition des affaires d'Aura, il n'a même pas été question que nous ayons cette conversation. Je lui aurais donné presque tout ce qu'elle aurait voulu, et certainement les journaux de son enfance. J'ai quand même reçu un coup de téléphone de la cousine de Juanita qui m'a dit que Juanita voulait l'ordinateur d'Aura, mais j'ai répondu non, et pas seulement parce que c'était moi qui l'avais offert à Aura, mais parce qu'il contenait tant de choses qui nous appartenaient à tous deux, ou avaient trait à notre relation – photos, musique, le site du mariage, des textes sur lesquels nous avions travaillé ensemble –, et que toute la littérature d'Aura y était conservée. À la place je demandai à un technicien de copier le disque dur d'Aura sur des CD, moins, sur le conseil d'un avocat, ses e-mails. Mais environ un mois après la mort d'Aura, je reçus un e-mail de l'avocat de Juanita – un des avocats de l'université, un des collègues de Leopoldo – me donnant deux jours pour quitter l'appartement d'Escandón qu'Aura et moi occupions. En fait, il ne m'était même pas adressé à moi, mais à un ami qui était venu à notre mariage et aussi aux obsèques, un avocat de New York, et Juanita et son avocat semblaient penser que c'était mon avocat, ce qui n'était pas le cas, bien qu'il m'ait aidé à en trouver un au Mexique. Ils n'avaient probablement pas le droit de m'expulser, moi le veuf, avec une telle brutalité, bien que ce fût théoriquement l'appartement de Juanita, mais je n'avais ni le désir ni la volonté de me battre. Ce n'est pas que je craignais ce qu'ils pouvaient me faire. Ce que je voulais éviter c'était de recevoir de plein fouet leur haine et leurs accusations. J'emportai tout ce qu'il y avait dans l'appartement, ce qui avait dû surprendre Juanita. Elle s'était probablement attendue à ce que je laisse la plupart des affaires d'Aura, y compris cette vieille malle dans laquelle elle conservait ses journaux d'enfance et ses devoirs d'écolière ainsi que d'autres documents du même genre. J'emportai également à Brooklyn les disques avec le contenu de l'ordinateur d'Aura.

Une chose que je laissai dans l'appartement, ce fut l'exemplaire d'un recueil d'aphorismes politiques écrits par Leopoldo qu'il avait dédicacé à Aura. Je posai le livre ouvert par terre, dos au dessus, avant d'y imprimer l'empreinte de ma semelle et de le réduire en miettes à coups de pied. Je laissai aussi nos meubles bon marché, y compris la table en pin achetée au marché des menuisiers de Tlalpan, ainsi que les vieux carnets de notes d'Aura et d'anciennes photos de famille soigneusement empilées dessus. Il y avait aussi une enveloppe contenant le bracelet à breloques porte-bonheur en argent qui avait appartenu à Juanita quand elle était petite avec son prénom gravé sur une petite plaque, accompagné d'un mot expliquant qu'Aura le portait ce jour-là, dans l'eau.

J'ai un oncle qui va te détester, m'apprit Aura peu après que nous avons commencé à sortir ensemble. Et tu vas le détester.

Mais je ne détestais pas Leopoldo. Il était l'un des rares membres de la famille d'Aura, elle l'aimait, et il semblait l'aimer, et donc je fis de mon mieux pour m'entendre avec lui. Quoi qu'il en soit, il était drôle. Il aimait parler par aphorismes. Un jour en regardant un vieux couple faire une scène à la serveuse, il remarqua du même ton léger et caustique qui avait dû être le sien quand il avait charmé Aura en la traitant elle et ses cousins de *bichitos* : *Los viejitos sólo deben salir para ser amables.* Les vieux ne devraient sortir que pour être aimables.

Mais c'était aussi un homme hautain, vaniteux et prétentieux qui avait exactement conscience de l'impression qu'il faisait et, du moins dans certaines occasions, semblait prendre plaisir à pousser les gens à se demander s'il était vraiment aussi épouvantable qu'il semblait ou si tout cela n'était qu'un numéro. Ainsi qu'elle avait fait pour Juanita, Mama Violeta s'était séparée tôt de Leopoldo, mais pour l'envoyer dans une école militaire à Tabasco où, intelligent, sensible et solitaire comme il l'était, il avait souffert le martyre. Les blessures datant de ces années-là étaient la source de son maintien rigide, de ses manières vieillottes, de sa misanthropie et de l'hostilité qu'il témoignait au monde entier.

Je n'avais jamais vraiment compris qu'il me détestait jusqu'à ce que, pendant les obsèques d'Aura, je surprenne son regard sur moi. J'étais en train de pleurer, mes amis se pressaient autour de moi, il semblait que je ne parvenais pas à saluer quiconque ni à recevoir une accolade sans craquer. Je tournai la tête et surpris Leopoldo qui me fixait d'un regard plein d'une haine glaciale. Je me rappelle avoir pensé : pourquoi ? Mais j'écartai vite cette interrogation, tant il semblait parfaitement justifié que tout le monde se conduise en dément. Bientôt je compris mieux ce regard. Il y avait dedans plus que de la haine. C'était un regard scrutateur qui reflétait froidement un soupçon et un raisonnement en cours de développement. Il me fixait comme s'il se prenait pour l'inspecteur Porfiri Petrovitch et moi pour Raskolnikov.

10

Le premier hiver de la mort d'Aura, j'étais obnubilé par l'idée de ne pas perdre mes gants, mon bonnet ou mon écharpe. Depuis que m'avait été confiée la responsabilité de faire attention à mes gants, mon bonnet et mon écharpe au jardin d'enfants, je n'avais probablement pas passé un hiver sans les perdre tous. Aura était comme moi, peut-être pire encore. Il y avait environ une douzaine de gants dépareillés, les siens et les miens, éparpillés dans notre dressing tels des oiseaux privés de compagnon dans une volière abandonnée. Au moins une fois par hiver, Aura tombait amoureuse d'un nouveau bonnet, les bonnets continuant d'être une nouveauté pour elle, et elle le portait partout, même quand il ne faisait pas froid, et quand j'étais transporté par l'air adorable qu'il lui donnait et que je voulais couvrir de baisers ses joues enluminées par l'hiver, je pensais : ce n'est qu'une question de temps avant qu'elle le perde, et je n'avais jamais tort. Un beau matin la voilà qui tâchait de reconstituer notre trajet du soir précédent, téléphonant dans chacun des bars et des restaurants où nous étions allés, parlant souvent en espagnol aux femmes de ménage et aux garçons de cuisine et décrivant le couvre-chef qu'elle avait peut-être laissé derrière elle. Partout où j'allais ce premier hiver sans Aura, je ne cessais de tapoter les poches fermées de ma veste en duvet pour m'assurer que les gants y étaient. Dans quelque état d'ébriété que je me trouvais, je me rappelais soudain de le faire. Si je remarquais qu'un gant était fourré dans une poche ouverte, si je voyais quelque bout de gant en dépasser, je sursautais et j'allais parfois jusqu'à m'injurier et la refermais avec une hostilité tellement marquée envers moi-même que, dans la rue, le métro ou à la table voisine, je provoquais souvent l'inquiétude et attirais des regards curieux. *Mi amor*, je ne vais pas perdre ces gants, je te jure, marmonnais-je, comme si c'étaient les siens et qu'il était de mon devoir de les lui rapporter. Et, de tout l'hiver, pour la première fois, je ne perdis ni gants ni bonnet. Toutefois je perdis mon écharpe, au cours d'une longue nuit d'ivresse en janvier, à Berlin, où je passai trois semaines ce premier hiver sans Aura pour fuir Brooklyn pendant les vacances et je me refusai à en acheter une autre malgré le froid de cette ville dont on dirait qu'il provient des champs de bataille de la steppe russe jonchés de cadavres gelés. À mon retour à Brooklyn, près d'une semaine plus tard, je me mis à porter une des écharpes d'Aura à la place, un pashmina noir à dessins blancs, brodé de fils d'argent. On me disait : Quelle belle écharpe, ou : Quelle jolie écharpe, et je disais : C'est celle d'Aura, et parfois les gens, les femmes particulièrement, répondaient : Oui, c'est ce que je pensais, ou ils me tapotaient l'épaule. C'était l'écharpe que je mettais de nouveau tandis que je me préparais pour mon second hiver sans Aura.

Cette fois-ci je n'atteignis pas la mi-décembre avant de mettre la main à la poche de ma veste un soir que je sortais du métro et de réaliser que j'avais perdu un gant. Je trouvai un vieux gant gauche dépareillé et quand je le perdis à son tour, je ne m'en préoccupai pas. Mais j'étais toujours décidé à ne pas perdre mon couvre-chef, une chapka en drap gris avec des oreillettes doublées de fourrure synthétique. Aura était avec moi quand je l'avais achetée dix dollars à Chinatown au cours de notre dernier hiver.

Aura a occupé l'appartement du Copilco depuis environ l'âge de six ans jusqu'à ce qu'elle aille à l'université du Texas. À son retour de Brown elle a habité dans le nouvel appartement de sa mère pendant quelques mois avant de revenir à Copilco, où sa mère n'avait pas encore vendu l'appartement. C'est là qu'Aura et moi passâmes notre première nuit. Cet endroit a été témoin de bien des moments décisifs de la vie d'Aura. Quand elle avait onze ans, sa grand-mère Violeta vint pour ce qui ce devait être une visite d'un mois, peut-être un peu plus. Il était même possible qu'elle s'installe définitivement. Mais au bout de quelques jours, Aura était dans sa chambre quand elle entendit sa grand-mère qui lançait à sa mère d'horribles insultes auxquelles celle-ci répondit en lui ordonnant avec indignation de quitter les lieux. Ce qu'elle fit, sauf que plutôt que d'aller arpenter le parking pour se calmer avant de remonter demander pardon à sa fille pour les choses terribles qu'elle lui avait dites et vice versa, ainsi qu'Aura s'y attendait, elle fit sa valise et s'en alla, sans plus jamais parler à sa fille ni même à sa petite-fille. À cette époque, Juanita buvait rarement, joggait avec Rodrigo le week-end et prenait des cours d'aérobic. Son corps était ferme, sa peau lisse et fraîche, et elle était toujours bien habillée. Tu ne peux pas imaginer comme elle était jolie, disait Aura avec une fierté pleine d'adoration de petite fille. Elle ne découvrit jamais, ou ne me dit jamais, ce qui avait été cause de la dispute, mais elle pensait que s'il y avait un moment qui marquait le début du long déclin, au début quasiment invisible, de sa mère, c'était la rupture avec Mama Violeta.

Six ans plus tard, ce fut au tour de Katia d'être chassée de l'appartement de Copilco. Alors elle n'était plus considérée comme aussi parfaite que par le passé. Depuis son adolescence, la tête tournée par sa beauté et les garçons et butée comme elle l'était, elle n'avait cessé de s'opposer à Juanita. Puis, malgré ses excellentes notes, elle avait échoué au concours d'entrée à l'UNAM. Mais quand Katia, qui voulait étudier la gestion et rêvait d'une carrière dans la mode, fut acceptée dans une université privée, c'est Juanita qui trouva l'argent et le lui donna. Quelques semaines passèrent. Katia rentrait à la maison avec des sacs du Palacio de Hierro et autres boutiques de luxe, et un jour avec des bottes italiennes qui se gravèrent à ce point dans la mémoire d'Aura que, chaque fois qu'elle cherchait des bottes à New York ou faisait du lèche-vitrines, c'était comme si elle les voyait, à peine usées, un peu poudreuses et tragiques, lui rappelant sa demi-sœur qui avait soudain disparu de sa vie après l'avoir pratiquement dominée, tel un tyran, si longtemps. Pendant des années Juanita avait ignoré l'attitude de Katia envers sa demi-sœur pour ne pas faire de peine à Rodrigo. Mais quand elle découvrit que Katia ne s'était même pas inscrite et dépensait l'argent de ses études en vêtements, pour ces bottes, et son petit ami, elle avait l'avait chassée de la maison. Rodrigo ne défendit pas sa fille, peut-être par peur. Katia avait dix-neuf ans, elle n'était pas une enfant, et elle avait fait preuve d'une ingratitude diabolique. Maintenant elle devait apprendre à se débrouiller toute seule. Et Katia ne perdit pas de temps pour prendre le contrôle de sa vie, comme si elle n'avait attendu que ça. Elle se trouva un endroit où habiter, du travail comme mannequin, et reprit ses études à mi-temps qu'elle paya elle-même. Rodrigo continua à la voir plus ou moins en secret. Juanita ne pardonna jamais à Katia. Mais Katia aussi ne pardonna jamais à Juanita pas plus qu'elle ne s'excusa ni ne donna signe de vouloir se rapprocher d'elle. Dix années passeraient avant qu'Aura et Katia ne se revoient.

Même si Aura n'avait pas vu sa grand-mère ni parlé avec elle depuis l'âge de douze ans, elle avait une photo de Mama Violeta dans notre chambre à Brooklyn. On y voyait une femme d'apparence européenne à la peau blanche bien que ridée, avec de longs membres osseux, des joues tombantes, une bouche molle (exactement celle d'Aura quand elle était triste), et une vivacité familière dans son regard blessé et intelligent. Sur notre lit, au-dessus du couvre-lit multicolore, se trouvait un petit coussin que Mama Violeta avait brodé de fleurs baudelairiennes violettes, gris perle et cramoisies à tiges noires avec « AURA » en jaune sur le pot.

Les fameuses premières séances d'analyse quand Aura avait onze ans :

Est-ce que tu trouves que ta mère ne t'écoute pas, Aura ?

Est-ce que votre mère vous écoute, Doctora ?

Juanita, qui s'inquiétait que tant de départs et de ruptures aient traumatisé les filles – le père d'Aura, la mère de Katia, Mama Violeta – avait pris des rendez-vous séparés pour elles avec le Dr Nora Banini, psychanalyste qui enseignait la psychologie à l'université. La petite fille à l'allure d'elfe, avec son visage animé et sa voix râpeuse, les cheveux dans les yeux, assise sur le canapé en cuir, penchée en avant avec les coudes sur les genoux, le menton sur ses doigts entrelacés, fixa Nora Banini qui, assise en face d'elle, poursuivit sans se démonter :

Tu m'as l'air en colère, Aura, mais comme nous venons juste de faire connaissance, je ne pense pas que ce soit contre moi. C'est contre ta mère que tu es en colère ?

Mais j'ai vraiment envie de vous connaître, Doctora. Est-ce que vous êtes en colère contre votre mère ?

S'il te plaît, Aura, appelle-moi Nora. Peut-être que tu en veux à ta mère de t'avoir amenée ici aujourd'hui ? Pourquoi crois-tu qu'elle a voulu que nous ayons cette occasion de parler ?

Parlons plutôt de votre mère. Est-ce qu'elle est gentille avec vous ? Pourquoi est-ce que vous ne voulez pas parler de votre mère, Doctora ?

Aura verrait Nora Banini jusqu'à l'âge de vingt-sept ans, bien qu'alors elle fût plus souvent à New York. Katia elle aussi continuerait à voir Nora Banini, jusqu'à ce qu'elle eût passé la trentaine, fût mariée et mère de famille.

À l'été 1990 – chute du mur de Berlin, écroulement imminent de l'Union soviétique – Aura fut envoyée en camp de vacances à Cuba. Juanita, autant pour embêter Rodrigo que pour d'autres raisons, était alors devenue une anti-gauchiste sarcastique. Alors pourquoi envoyer Aura là-bas ? Aura avait naguère rêvé d'étudier la danse avec Alicia Alonso mais ces rêves appartenaient au passé. À treize ans, radicalisée par l'élection présidentielle volée aux Mexicains et l'invasion de Panama par les États-Unis, Aura se proclamait haut et fort communiste pro-cubaine et Juanita prévoyait, du moins selon Aura, qu'il suffirait de quelques semaines passées à Cuba pour mettre à bas les illusions utopiques de sa fille. Le camp était près d'une plage et rassemblait des adolescents du monde entier, dont beaucoup en provenance des pays scandinaves. Ils étaient logés dans ce qui semblait être un ancien hôpital aux longs couloirs peints en vert donnant sur des chambres vertes sans air qui contenaient six lits chacune. La première nuit Aura fut empêchée de dormir par la chaleur suffocante et les pleurs sonores d'une autre Mexicaine dans la chambre voisine qui s'était déjà fait voler son portefeuille bourré de dollars donnés par ses parents. Il ne fallut que quelques jours à Aura pour perdre ou se faire voler ses sandales puis ses baskets. Elle finit pieds nus. Ils avaient à chaque repas du riz et des haricots dont ils étaient obligés de jeter les restes dans des bassines qu'on faisait passer afin de les ajouter au riz et aux haricots qui seraient servis au repas suivant en une sorte de gruau de plus en plus gluant et d'apparence de plus en plus boueuse. Aura cessa de s'alimenter. Quand sa mère vint la chercher à l'aéroport Benito Juárez, elle avait tellement maigri qu'elle était obligée de tenir son pantalon. Elle était pieds nus, sa peau caramélisée par le soleil était parsemée de piqûres d'insectes grattées jusqu'au sang et ses vêtements n'avaient pas été lavés depuis son départ du Mexique. Quand Juanita lui demanda ce qu'elle avait fait pendant ces trois semaines, elle répondit gaiement :

J'ai flirté avec des Danois, Mami !

Pour Aura, le mot de « communisme » provoquerait toujours un haut-le-cœur au souvenir des bassines communes de riz et de haricots rances. Mais sa nouvelle maigreur lui conférait une joliesse de garçon manqué qu'elle-même ne pouvait nier. La délectation anxieuse provoquée par ce que son miroir lui révéla à son retour se développa rapidement en une quasi-anorexie dont elle souffrit jusqu'à vingt ans passés. Quelques semaines plus tard elle rencontra le garçon qui deviendrait son premier amant au cours d'une rave en plein air au Bosque de Tlalplan qui ne se termina qu'au matin. Juanita avait naturellement interdit à Aura d'aller à des raves, problème qu'elle résolut en prétendant qu'elle allait passer la nuit chez des copines. La ruse fut bientôt éventée et Aura se vit privée de sortie pendant deux mois, période chère à sa mémoire du fait qu'elle avait découvert un dimanche après-midi, dans le bureau de Tío Leopoldo, un volume à la couverture bleue des œuvres choisies d'Oscar Wilde, nom qu'elle reconnut pour l'avoir vu sur les calendriers de la librairie Gandhi ainsi que sur le T-shirt porté par un adepte du noir connu sous le nom de O.D., qui se noircissait ongles et paupières et était copain du garçon qu'elle avait rencontré à la rave. Le visage aux yeux tristes, aux bajoues, à la coiffure en ailes repliées imprimé sur le T-shirt d'O.D. lui avait rappelé Mama Violeta. Aura avait rapporté le volume au Copilco pour lui tenir compagnie pendant les semaines restantes de son emprisonnement. Elle avait écrit au feutre rose sur la couverture de son carnet : « Je ne voyage jamais sans mon journal. On devrait toujours avoir quelque chose de sensationnel à lire dans le train », entouré d'un petit troupeau de cœurs roses. Quinze ans plus tard, quand elle s'installa dans l'appartement d'Escandón, elle sortit le gros volume bleu d'une caisse de livres, me le montra et me raconta son histoire. Il est maintenant à Brooklyn.

Le garçon rencontré à la rave s'appelait Dos Santos et il avait dix-huit ans, cinq ans de plus qu'Aura. Dos Santos était en fait son nom de famille mais Aura ne l'appelait par son prénom que quand elle téléphonait chez lui et qu'elle tombait sur ses parents. Dans la vieille malle où Aura gardait aussi ses journaux, je trouvai des centaines de photocopies des poèmes de Dos Santos, fourrées dans des sacs en plastique. Environ à l'époque où ils se connurent, Dos Santos venait de terminer un roman de six cents et quelques pages qu'il donna à lire à son père, ce que celui-ci s'empressa de faire. Quand il l'eut fini, il déclara à son fils que c'était une cochonnerie sans une once de talent ou de promesse. Sous ses airs assurés, Dos Santos était un garçon confiant et même naïf qui révérait son père, éminent économiste qui enseignait à l'Institut technologique autonome de Mexico. Totalement démoralisé, il jura de ne plus jamais écrire, bien qu'il prétendît que c'était la seule chose qui valût la peine de vivre.

Jamais auparavant Aura ne s'était sentie si nécessaire à quiconque, sa mère exceptée. S'il y a une chose que les jeunes écrivains ne doivent jamais faire, avait dit Aura à Dos Santos, c'est montrer ce qu'ils écrivent à leurs parents. Excellent conseil qu'elle-même suivait rarement. Elle avait été transportée par la lecture du pavé de Dos Santos. Sincèrement, elle ne disait pas ça pour le réconforter. Des pages de prose sauvage qui inventait sa propre grammaire, pleines de plaisanteries stupides et incompréhensibles, et une imagination si bizarre qu'il devait se juger heureux que son père ne l'ait pas fait enfermer ! (Le roman ne se trouvait pas dans les écrits de Dos Santos contenus dans la malle.) L'enthousiasme et les compliments d'Aura, probablement accompagnés de baisers mis au point avec les Danois sur la plage de Cuba, redonnèrent confiance à Dos Santos quant à ses capacités littéraires et son esprit rebelle, et cette conviction, après tout, avait fait de lui ce qu'il était, un personnage, El Poeta ou ce qu'on voudra, pas juste un raté de dix-huit ans qui sortait avec une fille de treize. Aura et Dos Santos devinrent l'un pour l'autre des compagnons indispensables. C'était l'ami secret avec qui correspondre par signes qu'elle attendait.

OÙ EST TON SENS DE L'HUMOUR, MAMAN ?
L'AMOUR

Ce n'était pas anormal : l'amour. Tomber amoureuse, construire un amour jeune et innocent, c'est terrible. Rien d'anormal non plus dans le fait de croire que tout le monde était contre moi – d'après Freud, la paranoïa est une réaction naturelle pour les jeunes amoureux. Sauf que dans mon cas la paranoïa n'était pas sans fondement. Elle se tenait fermement sur les épaules de ma mère, son corps faisant office de piédestal, tandis qu'elle grimaçait, levait les mains au ciel et gémissait le jour où elle fit connaissance avec l'objet noir de sa haine : Mon Premier Petit Ami, assis ici – dans SON FAUTEUIL ! – chaussé de lunettes de soleil par un sombre vendredi d'automne, sous l'évidente influence de la marijuana. Déride-toi, Ma, où est ton sens de l'humour ? Mais ma mère, ma mère célibataire, surtout en ce qui concernait sa fille âgée de treize ans, pubescente et réglée, n'avait pas d'humour. Pas une goutte. Ma mère célibataire, en particulier, est accablée de soupçons, percluse d'avertissement sévères fondés sur des statistiques, des sondages, des scénarios catastrophes. Toutes choses qui n'avaient rien à voir, ou très peu, mais plus probablement rien du tout, avec le fait que sa fille était amoureuse pour la première fois. Au lieu de tendresse et d'attention, les punitions et les interdictions pleuvaient comme des feuilles tombant prématurément des arbres. Cet automne ne passa jamais. Il fit s'effondrer l'avenir devant lui comme dans une réaction en chaîne. *Avance rapide*, quand ce dont j'avais besoin, c'était de *retour en arrière*.

— Aura Estrada

Le mépris inflexible d'une mère autoritaire pour le petit ami de sa fille adolescente gagne généralement, et le couple formé par Dos Santos et Aura était de ceux que peu de mères, même à moitié lucides, auraient encouragés. Dos Santos finit par disparaître de la vie d'Aura, comme lentement entraîné par un courant sous-marin que même lui ne remarqua pas avant de se fondre dans les années perdues qui tournaient autour de ses vingt-cinq ans. Mais Aura ne cessa jamais de croire en Dos Santos – de même que des années plus tard elle crut en moi. Chaque fois que nous retournions pour la première fois dans une libraire de Mexico, je savais ce qu'Aura espérait trouver sur la table des nouvelles parutions : le premier roman ou le recueil de poèmes de Dos Santos. Et je pensais, sans jamais le dire : Il a bien plus de trente ans, maintenant, si ça doit arriver, est-ce qu'il n'est pas grand temps ?

La dernière fois que j'ai vu Lola, la meilleure amie d'Aura à l'UNAM, qui elle aussi avait été élevée par une mère célibataire à Mexico, elle me dit :

J'aurais aimé avoir une mère comme ça, dont j'aurais su qu'elle veillait sur moi et se battrait pour moi quoi qu'il advienne. Tu vois ce que je veux dire ? Une mère qui se bat pour toi comme une mère, mais aussi comme un père devrait le faire.

Je comprenais plus ou moins. Je suppose que moi aussi j'aurais eu besoin d'un tel père, le mien ayant été en fait l'opposé de quelqu'un qui se battrait pour vous.

Cette conversation avec Lola eut lieu dans un bar de Ludlow Street la nuit du réveillon. Elle continuait de travailler sur sa thèse de doctorat à Yale et, tout comme du temps qu'Aura était en vie, elle passait régulièrement par New York avant de reprendre le bus pour aller retrouver son fiancé, Bernie Chen, qui faisait son doctorat à Cornell. Cinq ans plus tôt, quand j'avais fait sa connaissance, juste après qu'Aura et moi avions commencé à sortir ensemble, elle m'avait pris à part pour me prévenir avec une franchise stimulée par l'alcool :

Si Juanita est d'accord pour qu'Aura soit avec toi, alors elle sera avec toi. Mais si elle est contre – Lola fit lentement non de la tête – alors elle ne sera pas avec toi. Tu sais ça, non ?

Tu veux donc dire que si la mère d'Aura ne veut pas qu'elle soit avec moi, tu crois qu'elle peut faire qu'on se sépare.

Le pouvoir de Juanita sur Aura a quelque chose de magique. C'est comme si elle pouvait jeter la foudre depuis le Mexique.

Je rencontre Juanita dans quelques semaines, dis-je. À Las Vegas, si tu peux le croire.

Lola tâcha de me remonter. Quand Juanita verra à quel point Aura est heureuse avec toi, dit-elle, tout ira bien. C'est tout ce qui importe pour elle en fin de compte.

Avec le bannissement de Katia, il y avait plus d'argent pour l'éducation d'Aura. Comme elle devait maîtriser trois langues afin de pouvoir faire un doctorat en littérature comparée, on l'envoya passer les trois étés suivants en Europe : deux fois à Paris pour étudier le français, une fois à Cambridge pour suivre des cours de littérature anglaise. Juanita et Rodrigo n'avaient quitté le Mexique que pour se rendre en automobile de l'autre côté de la frontière, la plupart du temps au Texas, et une fois au Belize. Il était impossible de manifester une gratitude qui fût à la hauteur des sacrifices que sa mère faisait pour elle, mais Aura essaya. *Fille de mère célibataire à plein temps,* c'est ainsi qu'Aura se décrivait dans son journal. Aura persistait à qualifier sa mère de célibataire en partie parce que, vu les fréquentes absences de Rodrigo, c'est ce qu'elle était en réalité. Même si elle n'était pas encore capable de formuler ses pressentiments, Aura se consumait souvent d'inquiétude à propos de sa mère. Tous les jours de la semaine elle quittait en hâte l'université pour prendre la place de la bonne aux fourneaux afin de préparer elle-même le déjeuner de sa mère, ce qui permettait à Juanita de passer quelques heures en compagnie de sa fille au lieu de déjeuner avec les professeurs et ses collègues dans les habituels restaurants et *fondas* où Aura savait que sa mère était parfois incapable de résister à cette deuxième ou troisième tequila, ou plus, entraînée par l'exemple. Comme sa mère, Aura ne savait pas vraiment faire la cuisine – Ursula préparait leur dîner avant de s'en aller l'après-midi – mais elle commença à apprendre dans un livre de cuisine internationale en langue anglaise qu'elle avait trouvé dans les bacs d'occasions sur le trottoir de la librairie Gandhi. Elle faisait presque chaque jour les courses au supermarché. Elle préférait le poisson, plus rapide à cuire et théoriquement bon pour la santé, mais les noms anglais des poissons ne correspondaient pas à ce qu'elle trouvait à la poissonnerie du Superama. Si la plupart étaient trop chers, on trouvait toujours des filets de *punta de venta* en sachet qui étaient abordables. On a du *punta de venta*, Ma, annonçait-elle à sa mère quand elle lui téléphonait à l'université pour lui dire de se dépêcher de rentrer, et lorsque Juanita répondait : Encore ? Aura la rassurait en lui disant qu'elle l'avait préparé d'une façon différente de la dernière fois, qu'il ait été bouilli, frit, à la *veracruzana* ou même en sauce *meunière**.

Un jour Juanita déclara : Aura, tu sais, tu n'es pas obligée d'acheter toujours du *punta de venta*, je te donnerai de l'argent pour acheter du poisson frais, on peut se le permettre. *¿ Cómo ?* demanda Aura, interloquée. Sa mère lui demanda si par hasard elle croyait que *punta de venta* était une espèce de poisson ? Bien sûr, répondit Aura, elle savait que c'était un poisson. Attends, tu veux dire que ce n'en est pas ? Alors qu'est-ce que c'est ? Sa mère lui expliqua que sous l'appellation *punta de venta* le supermarché vendait tous les poissons qui avaient passé la date de péremption. Ohhh ! Elles éclatèrent de rire et Juanita dit : Tu sais, *mi amor*, tu n'es pas obligée de me faire la cuisine tous les jours. Il y eut un bref silence. Aura demanda : Tu veux dire que tu ne veux plus que je te fasse la cuisine, Ma ? *Hija*, répondit Juanita, ça va me tuer de faire le trajet tous les jours entre le travail et la maison juste pour manger, *el tráfico está de la chingada*. Aura émit une sorte de gloussement, auquel sa mère répondit par un gros rire forcé, provoquant un nouveau fou rire, pas aussi exubérant que le premier. *Hija, corazón*, demanda gentiment Juanita, tu n'en as pas un peu assez de faire toutes ces courses et ces déjeuners, est-ce que tu peux te permettre de perdre tout ce temps ? Tu ne préférerais pas manger avec tes amis ?

Nous sommes toutes une pure invention, remarqua Juanita un beau jour, au cours d'une autre conversation qu'Aura rapporta dans son journal.

Aucune des *tías* d'Aura n'était une vraie parente. C'étaient de fausses ou prétendues parentes. Une prothèse de famille, selon l'expression d'Aura.

Et que suis-je censée faire de ça ? demanda Aura. Comment est-ce censé m'aider, de savoir que je suis une pure invention ?

Pas toi seulement, moi aussi, répliqua sa mère. Et tu devrais en être heureuse, et reconnaissante, au lieu de t'en plaindre toujours comme tu fais.

Est-ce que Juanita pensait que son mari, ou ses deux maris – peut-être même tous les maris, partout et toujours – étaient des prothèses eux aussi ? Détachables, comme faisant partie d'une famille imaginaire ? Est-ce que seules les relations mère-fille étaient réelles ?

En lisant le journal d'Aura qui concernait les mois qui suivirent notre première rencontre, quand elle était retournée au Mexique pour aller passer Noël à Guanajuato, je trouvai bizarre de ne pas être inclus dans cette distribution si familière – les *tías*, Mama Loly, Vicky Padilla, les parrain et marraine qui étaient aussi les professeurs d'Aura, Fabiola –

avec qui je passerais les vacances de l'année suivante en tant que nouveau et plus âgé petit ami new-yorkais d'Aura. Le patron de Juanita, généralement appelé El Dramaturgo, vint lui aussi à Guanajuato ce Noël-là. Dans sa jeunesse il avait écrit une pièce genre *Jeunes machos en colère* qui était encore régulièrement jouée dans les écoles mexicaines. Au Colegio Guernica, Aura avait tenu le rôle de la jeune épouse, pleine d'allant bien qu'incessamment maltraitée, du macho. « C'est pas marrant de s'extraire des balles du corps, *carajo* ! » – telle avait été une de ses répliques, qui était devenue une scie à laquelle les femmes de la maisonnée – y compris Ursula – recouraient dans les moments de chagrin réel ou feint. El Dramaturgo avait maintenant passé la cinquantaine et était directeur des sciences humaines, un des postes les plus importants de l'université. Peu après la fin de la grève qui avait envoyé Aura à Austin, El Dramaturgo avait engagé Juanita comme secrétaire administrative des sciences humaines, un poste important. Maintenant Juanita avait son propre bureau un étage sous le sien, avec deux secrétaires et un salaire respectable. Ç'avait été un choix intelligent, bien que non conventionnel, que celui de Juanita – personne ne s'y retrouvait comme elle dans le labyrinthe obscur de la massive bureaucratie de l'université, il n'y avait pratiquement pas un fonctionnaire, une documentaliste, un vigile sur le campus qu'elle n'appelait pas par son prénom. Elle aurait pu changer de carrière, devenir un des dirigeants du syndicat des employés de l'université – on lui avait fait savoir qu'elle aurait pu y rendre de précieux services – mais elle était liée par l'affection et la reconnaissance au corps professoral, aux diverses facultés qui lui avaient permis de survivre à son arrivée dans la capitale avec sa petite fille. L'université était pareille à une cité-État de la Renaissance qui avait accueilli Juanita comme une enfant trouvée afin d'en faire une de ses grandes dames, au fait des influences qui s'affrontaient à l'intérieur de ses murs.

Au moins, notait Aura dans son journal, elle était maintenant trop grande pour qu'on lui demande d'appeler El Dramaturgo « Tío ». Son premier matin à Guanajuato, Aura fut chargé par sa mère d'aller acheter un cadeau qu'elle devait donner elle-même au Dramaturgo – elle choisit un porte-mine en bois sculpté – et des fleurs pour la fête qui se déroulait cet après-midi en son honneur chez la mère de Tía Vicky, où ils habitaient tous. Carlota Padilla, une des dernières stars de l'Âge d'or encore en vie, ne jouait quasiment plus que les grand-mères et les vieilles bonnes pleines de sagesse dans les telenovelas. Elle habitait Mexico et possédait une vieille hacienda restaurée dans les faubourgs de Guanajuato qui ressemblait à ces couvents de l'époque coloniale aujourd'hui reconvertis en hôtels cinq étoiles, avec un verger entouré de murs et une piscine. Aura erra avec bonheur dans les rues, admirant l'architecture coloniale et les montagnes escarpées qui encerclaient la ville. (Elle aimait souvent citer la phrase d'un Dr Vigil éméché dans *Au-dessous du volcan :* « Guanajuato est situé dans un magnifique cirque de collines escarpées. »)

J'ai acheté les fleurs (Mrs D, de VW) et à mon retour j'ai trouvé el Dramaturgo déjà là, *tequileando* avec ma mère, donnant le coup d'envoi aux activités alcooliques qui pour moi se sont terminées dans l'horreur. Conversations. Flatteries – sincères et fausses. Le repas. Viande. Je m'abstiens. Tequila. Thé glacé pour moi. Je débarrasse mon assiette, quitte la table. Je danse seule dans un coin, je regarde la télévision. Encore plus de tequila – ma mère et son *jefe*. Le mari de ma mère adopte une position inattendue au cours d'une discussion politique véhémente. Un autre *dramaturgo* arrive, celui-ci vient de Guadalajara rien que pour voir El Dramaturgo. Encore plus de tequila. Ma mère commence à aborder des sujets délicats. Au point que plus tard, en partant, *dramaturgo* n° 2 me murmure : Suis ta propre voie. En ai-je une ? Mes nerfs sont à vif. J'ai envie de commencer mon doctorat, entrer dans une université prestigieuse, écrire, étudier, travailler, avoir une vie. Mon parrain est gentil. Il me flatte de toutes les manières. Je ne suis pas sûre de le croire. Si même la moitié de ce qu'il dit sur moi est vrai, j'adorerais. Il est soûl. Comme ma mère.

De quels sujets délicats pouvait-il s'agir, *mi amor* ? Peut-être s'était-elle de nouveau étendue sur l'absurdité qui consistait à aller étudier la littérature latino-américaine dans une université *gringa* ? Juanita n'avait-elle pas élevé et préparé Aura exactement pour ça, aller étudier à l'étranger ? Maintenant elle ne voulait plus la laisser partir. Juanita craignait de se retrouver sans Aura, craignait de se retrouver seule avec un homme qu'elle n'aimait plus, et qui n'allait pas l'aider parce que la seule façon de le faire eût été de l'aimer. Cette crainte avait été transmise à sa fille, la plus lourde des valises qu'elle avait apportées à New York. Aura ne pouvait pas aimer son beau-père si au moins il n'essayait pas de rendre sa mère heureuse. Elle savait bien que ce n'était pas seulement sa faute à lui, mais pour elle, seul comptait le bonheur de sa mère.

Pourquoi est-ce que tu m'as laissée grandir sans un papa ? avait demandé Aura à son père, le visage brûlant, dans le restaurant, là, à Guanajuato, la première fois qu'elle l'avait vu en dix-sept ans. Pourquoi est-ce que tu n'as même pas répondu à mes lettres ? Pour l'instant, tout va bien, s'était-elle dit. Je n'ai pas pleuré. Mais alors elle pleura. Elle posa la tête sur ses bras croisés et sanglota et son père vint s'asseoir à côté d'elle, et posa la main sur son dos et sans doute se demanda pourquoi il faisait ça, et pourquoi elle faisait ça, et pourquoi vivre puisque la vie se révèle un tel bordel, assis là avec sa fille qui sanglotait, qu'il n'avait pas vue depuis dix-sept ans, de la boue plein son pantalon.

Eh bien, évidemment qu'elle allait pleurer. Mais il dit ce qu'il avait à dire, ses mains fines croisées sur la table, l'explication qu'il avait probablement répétée en chemin :

J'ai pensé qu'il valait mieux que tu n'aies qu'un père, *hija*. Après que nous nous sommes séparés avec ta mère et qu'elle a épousé Rodrigo, je voulais que tu le considères comme ton père et que tu l'aimes. J'ai pensé que c'était mieux pour toi. Ce n'est pas bien pour un enfant d'avoir deux pères. Bien sûr je t'ai toujours aimée, et tu m'as toujours manqué.

Merci, Pa, avait-elle dit. Moi aussi je t'ai toujours aimé, et tu m'as toujours manqué. Mais merci de quoi ? Par la suite, plus elle avait pensé à la réponse de son père, plus elle avait éprouvé de peine et de colère. Son vrai père, avait-elle compris ce jour-là, était un homme intelligent, sensible et imparfait, qui vivait comme elle, sans cesser de vouloir s'excuser pour son existence. Tout en lui – ses yeux pleins de douceur, sa voix étouffée, sa politesse, la boue mystérieuse sur son pantalon – l'avait remplie de compassion. Elle voyait que leur amour, leur complicité intelligente auraient pu les renforcer mutuellement. Quelque chose d'essentiel, dont tous deux avaient besoin, leur avait été arraché. C'était l'homme qui aurait dû être son père.

Le lendemain de Noël, après être allée dire au revoir à Fabiola et au clan Hernández, Aura revint à pied à la maison Padilla et elle allait mettre la clé dans la serrure quand le bois ancien de la grande porte fut secoué dans son cadre comme par l'onde de choc d'un tremblement de terre, suivi par des cliquetis métalliques dans le verrou qui firent trembler la poignée. Elle attendit un instant, inséra la clé, la tourna, poussa le lourd battant, et trouva Héctor, son père, de l'autre côté, dans le vestibule pavé, tout agité, ses cheveux grisonnants tombant en désordre sur son front. Il tendit faiblement les mains vers la porte quand elle la laissa se refermer derrière elle. Ils se regardèrent, s'embrassèrent, s'étreignirent un peu maladroitement, échangèrent des vœux, puis Aura dit : Quelle surprise, Pa, qu'est-ce que tu fais ici ? Il était habillé de la même manière que la dernière fois qu'elle l'avait vu – le même costume, elle était sûre – sauf la cravate, mais il paraissait plus âgé, comme s'il avait vieilli d'une décennie en quatre ans. Il avait l'air épuisé et hagard. Je n'arrivais pas à ouvrir la porte, expliqua-t-il avec un pauvre sourire. Vicky m'a dit que tu étais ici, poursuivit-il, et j'ai décidé de venir te dire bonjour, *hija*, mais je suis désolé, maintenant je dois partir, comme tu vois, je m'en allais. *Está bien*, Pa, dit-elle, *Feliz año, pues* – le désarroi affaiblissait sa voix. *Igualmente, hija*, dit-il – j'espère que la nouvelle année t'apportera tout le bonheur que tu mérites – et il se pencha pour lui donner de nouveau un baiser sur la joue après quoi il dit : *Perdón*, Aura, cette porte il y a un truc pour l'ouvrir qui m'échappe. Elle l'ouvrit en soulevant la clenche qu'elle rabattit de côté, et elle dit : c'est un peu difficile, Pa, et elle poussa la porte à deux mains et la tint ouverte en tendant le bras, souriant et s'inclinant en un petit salut qu'il ne sembla pas remarquer tandis qu'il la remerciait et s'enfuyait comme un prisonnier qui recouvre la liberté.

Au bout de l'allée il lui fit avec nervosité un geste d'adieu et s'engagea dans la rue, et ce fut la dernière fois qu'Aura vit son père. Dans un coin sombre du grand living elle trouva sa mère et Vicky assises à une table comme deux diseuses de bonne aventure louches, les yeux baissés, dans la fumée de leurs cigarettes avec une bouteille de tequila entre elles. Elle comprit qu'elles étaient en train de rire et s'étaient arrêtées à son entrée ; elles se moquaient de mon père, pensa-t-elle. Elle n'allait pas leur donner l'occasion de lui faire un compte rendu railleur de sa visite, ne leur poserait pas de question, irait droit à sa chambre faire sa valise pour se rendre dans une heure à l'arrêt de bus. Mais Vicky demanda : Tu as vu Héctor ? et elle dut répondre : Oui, Tía, il était en train de s'en aller. Il n'est venu que pour te voir, dit sa mère sans lever les yeux. C'est Vicky qui lui a téléphoné pour lui dire que tu étais ici. Je sais, dit Aura, il me l'a dit. Merci, Tía… eh bien je dois aller faire ma valise. Ce qui s'est passé, reprit sa mère, c'est qu'il s'est rappelé qu'il devait aller ramasser des bouteilles vides au marché, c'est pour ça qu'il était si pressé. Les deux femmes ricanèrent. Aura dit : *Yayaya* et se dirigea vers sa chambre. Elle allait à la plage avec P., qui était son petit ami de manière occasionnelle depuis l'été. Ils devaient prendre l'autocar avec couchettes de première classe à Mexico pour Puerto Escondido, dans l'État d'Oaxaca, avant d'emprunter le bus local pour longer la côte afin d'atteindre ces trois plages sauvages séparées par des falaises et des promontoires rocheux : Ventanilla, San Agustinillo et Mazunte. Elle avait envie de voir ces plages depuis l'âge de quatorze ans, quand des copines de classe avaient commencé à y aller et que sa mère ne lui avait pas permis de les accompagner. Il n'y avait pas de station balnéaire conventionnelle ni d'hôtel mais de nombreux endroits où on pouvait louer un abri et un hamac. Certains suspendaient leur hamac entre deux arbres ou plantaient leur tente sur la plage sans rien payer. La liaison d'Aura avec P. ne durerait que quelques mois, mais son nouvel amour pour cette partie de la côte persisterait.

Au cours des quatre ans et sept mois suivants, elle y viendrait au moins huit fois, cinq avec moi, comme si elle subissait l'attraction d'un destin irrésistible : la géographie et le sort ne font qu'un. P. l'emmena à Ventanilla, la plus sauvage des trois plages, qui ne possédait pas même la plus rustique des auberges de jeunesse. La plus grande habitation consistait en une sorte de hutte à un étage au toit de chaume à deux pointes soutenu par des troncs de palmiers abritant une plate-forme en bois, autour de laquelle courait à mi-hauteur une cloison en planches. Un auvent de chaume protégeait l'entrée et s'étendait au-dessus du sable brun. Pour une somme modique le pêcheur qui habitait là avec sa famille louait des hamacs ou permettait aux voyageurs de suspendre les leurs aux piliers de l'auvent ou de planter une tente dans le sable, ainsi que firent P. et Aura – ce pour quoi ils payaient était l'accès aux toilettes et, pendant la journée, aux hamacs protégés du soleil. La cuisine, non loin de la maison, était une *palapa*, toit conique soutenu par des piliers sous lequel la femme du pêcheur et ses sœurs tenaient un petit restaurant où elles servaient le petit déjeuner et tout le long des longs après-midi, les poissons, crevettes et homards rapportés par le mari et les frères dans les chaloupes qu'ils mettaient à la mer avant l'aube.

Avec ces grands espaces d'océan, de ciel et de plage, et la vie paisible et simple que menaient le pêcheur et sa famille – un mode de vie qu'il semblait qu'on pouvait adopter ou emprunter rien qu'en louant un hamac –, Ventanilla transforma Aura, fille de la mégalopole, élevée dans un petit appartement sans possibilité d'échapper aux personnalités éprouvantes qui y habitaient, où souvent, comme elle le note dans son journal, elle n'avait d'autre choix que de rester assise, la tête *bourdonnante de colère,* face à son antagoniste du moment, et où elle avait dû apprendre à maîtriser pour survivre *les arts de l'argumentation et de la repartie cinglante.* Elle ne savait pas qu'il existait en elle un espace pour un endroit tel que Ventanilla. Elle avait découvert une nouvelle façon d'être là, pensait-elle, un moi qui lui avait toujours été caché, plus vrai, elle en était convaincue, que celui de la petite habitante de Mexico, anxieuse, renfermée sur elle-même et insolente.

Ventanilla était un paradis, écrit-elle dans son journal, qui était également un labyrinthe, du fait qu'il contenait tant de choses qu'elle n'avait jamais vues ni expérimentées auparavant. Même le goût de la papaye n'était pas le même. La discipline appliquée des pélicans tirant des longues lignes de vol tandis qu'ils écumaient l'eau à la recherche de poissons avec leurs énormes becs. Les hérons blancs perchés pensivement sur les rochers. Le vent de l'océan qui lui soufflait au visage toute la journée, robuste, chargé de sable, mais aussi caressant. La découverte qu'il était possible de passer presque toute une journée dans un hamac à lire, écrire, regarder l'océan, rêvasser ou fermer les yeux pour écouter les cris et les rires des enfants du pêcheur, leurs fragments de discours apportés par le vent comme des vers de poésie expérimentale.

Les journées étaient si longues qu'en fin d'après-midi elle n'était pas sûre que ce qui s'était passé le matin ne datait pas de la veille, le soir survenait toujours comme une bonne surprise, rafraîchissant le sable brûlant, emplissant le ciel et l'air d'aquarelles couleurs de jus de fruits, jusqu'à ce qu'enfin il fasse trop sombre pour lire. Il était si peu exigé ni attendu de la nuit que c'était presque comme de retomber en enfance. S'endormir en écoutant le broiement mécanique des vagues tout en sachant qu'on était hors de portée. Les enfants du pêcheur passaient des heures à jouer au *fútbol* avec un ballon en plastique si dégonflé que c'était plutôt un chapeau, et les petites filles bavardes qui se promenaient en portant dans leurs bras, comme des poupées de tissu, leurs bébés perroquets et leurs chatons n'étaient jamais à cours d'histoires quand elles revenaient de la pièce unique qui constituait leur école à Mazunte. Elle avait appris le nom de chaque enfant et n'avait pas cessé de les prendre en photo, non seulement cette fois-là mais aussi les suivantes. Cependant la longue ligne de jungle et de palmiers derrière la plage lui faisait peur, il devait y avoir des serpents et elle imaginait des yeux qui l'épiaient, cachés dans l'ombre verte. Dans l'épais brouillard du petit matin les silhouettes qui passaient sur le sable ressemblaient à des fantômes de Comala.

À une extrémité de la plage s'élevait une falaise escarpée surmontée d'une grande croix solitaire. Des millénaires d'érosion avaient pratiqué, dans l'éboulis d'énormes blocs qui avançaient dans l'océan au pied de la falaise, une fenêtre triangulaire qui donnait son nom à la plage, où les couchers de soleil étaient encadrés comme des parties détachées du ciel. Aura passa beaucoup de temps à tâcher d'imaginer quand et comment le vent et l'océan avaient pénétré le rocher, l'instant où la lumière et l'écume avaient fait leur percée, à quoi cela avait-il pu ressembler ? La plage de Ventanilla était *mar abierto*, largement ouverte sur l'océan, ses courants traîtres et ses vagues énormes. Les nouveaux venus étaient prévenus des risques de noyade, même si les surfeurs n'en tenaient pas compte.

L'océan vous entoure dès qu'on s'en approche, écrivit-elle dans son journal, et vous pousse et tire et séduit à l'aide du murmure de son retrait écumeux sur le sable pétillant. Les grosses vagues restent suspendues dans l'air pendant des instants miraculeux devant votre regard. Elles tombent tombent tombent avec fureur, et vous jettent à terre et vous emportent avec plus de force que vous ne pouvez vous y attendre.

La plupart du temps, quand j'ouvre les yeux le matin, la première chose que je vois, projetée hors de mon cerveau et de mes orbites comme par des rayons laser d'horreur, est Aura quand on m'a appris qu'elle était morte et que je me suis précipité à son chevet et que je l'ai vue. Ou l'andain blanc de l'écume qui recule et la découvre flottant sur le ventre, et je crie toujours : NON ! Ces visions peuvent me venir à tout moment. La panique monte en moi tel un tir silencieux de DCA, ou descend, car c'est aussi comme la sensation de tomber dans son sommeil excepté qu'on est éveillé. Des éclairs brûlants sur mon front, la sueur le long de ma colonne vertébrale, des frissons. Merde, je crie, parfois tout bas, parfois assez fort pour faire tourner les têtes. Sur le quai du métro ou dans la rue ou dans un bar sombre, les poings serrés à mes côtés, le regard au sol, secouant la tête Non Non Non non NON NON non non NON ! NON ! – reprenant mes esprits en sursaut, regardant autour de moi.

Je suis terrifié à l'idée de te perdre en moi. À Brooklyn parfois j'essaie de sautiller sur notre trottoir comme tu faisais, mon ange. Elle me défiait de le faire, et je m'exécutais, et elle était là, le visage déformé par l'hilarité que provoquaient mes efforts ridicules. Ce sautillement agile de joueuse de marelle aux talons ailés si rapides que la vision en était brouillée, qu'elle exécutait sur le trottoir en donnant des ruades, ruades, ruades tout en fonçant avec allégresse comme si elle se propulsait dans son enfance à Copilco, avec les autres petites filles groupées sur le parking comme un troupeau d'agnelles qui la regardaient. Je voudrais que tous ceux qui marchent dans Degraw Street s'arrêtent pour se rappeler Aura sautillant sur le trottoir comme elle faisait, au lieu de me remarquer occupé à essayer de l'évoquer dans mes membres vieux d'un demi-siècle, à l'aide de cette espèce de claudication d'ours savant, surprenant et déconcertant mes voisins et les autres passants par ma vaine danse de veuf.

11

Février 2003 (Mexico)

Mon enfance gâchée dans le sac à main sans fond de ma mère, un pinceau à lèvres et un poudrier, des pièces à conviction interdites peut-être : une veine bleue qui bat sur son front. Yeux baissés cherchant le pardon. Angoisse et, plus tard, rage insatiable.

Il y a trop de bruit dans ma tête, la mémoire fait son office, les souvenirs que je préférerais oublier reviennent, reviennent. Cet endroit sera ma perte. L'ombre de ma mère. *Aura*, ce foutu livre, une fiction et ses coïncidences. La fiction est devenue réalité. Ou je suis une fiction. Un cauchemar de ma mère. Je ne peux pas être moi. Raison peut-être pour laquelle me vient l'idée récurrente de la mort. La seule façon pour moi de m'affirmer, de me trouver, d'être un individu, de commettre un acte totalement volontaire. Au moins de trouver une langue qu'elle ne comprenne pas, la mienne. Mais en même temps anxiété, nausée, culpabilité. Psys de merde qui ne résolvent rien dans la pratique. Savoir n'est pas agir. Cet endroit où je vis : pures larmes.

Désillusion romantique.
Mon enfance détruite : une ruine.
Une jeune vieille : j'ai laissé mourir l'espoir.
Avec elle, tout est angoisse, scepticisme.

Mars 2003, Copilco – je fais ces rêves. Des hommes qui me courent après, je dois sauver une bande de types, ma mère qui se noie dans la mer, mon vrai père qui revient et nous abandonne encore, une piscine avalée par la mer.

25 mai 2003 – j'ai besoin d'être amoureuse, concernée. Ce matin j'ai quitté la maison de P. en colère, ne sentant tellement rien, tellement peu concernée. La sensation d'être un cube rouge au milieu du désert.

3 juin – la force me vient seulement quand je me sens en sécurité. Pendant deux semaines je fonctionne, puis pendant deux semaines je suis un légume comateux pas même capable de lire. Je n'étais pas faite pour une carrière universitaire. Depuis l'âge de dix-huit ans, je me sens poursuivie par l'idée que j'aurais dû me vouer à quelque chose de complètement différent. Une profession qui n'exige pas de moi cet engagement dans la solitude. Je ne sais pas comment m'engager, ni dans une profession ni envers quelqu'un. Il y a quelque chose en moi qui cherche à détruire la confiance que j'ai si lentement construite. Puis je passe deux semaines avec le sentiment d'être créative et sûre de moi et je commence à me sentir bien en compagnie de ma solitude et de mes livres (Chesterton, Yeats) mais ces deux semaines bénies sont suivies de la ruine

spirituelle, l'absence de motivation, toute la journée au lit ou à regarder dans le vide et à attendre dans l'angoisse que le téléphone sonne, et la présence masculine des bars la nuit et cet absurde compagnonnage qui ne fait que me laisser plus seule. Quelle blague, tout ça n'est que l'effet des règles et des hormones.

J'ai tant d'amis et je me sens si isolée dans cette maison, la maison de mon enfance, où j'ai passé tellement de bons moments mais surtout des moments qui ont mis mes nerfs au supplice.

Morts dans la même semaine :
Bolaño
Compay Segundo
Celia Cruz
Lupe Valenzuela (ancienne femme d'El Dramaturgo)
Bolaño né l'année de la mort de Dylan Thomas (et de Staline)

Ventanilla, 3 juillet – je suis de nouveau en face de l'océan. Ils sont surpris que cette fois-ci je ne sois pas venue avec P. J'espère qu'ils m'aimeront pour moi-même. C'est bizarre quand j'ai décidé de venir ici, je n'ai même pas pensé à P., à nous, ici. J'ai juste pensé au plaisir de revoir les magnifiques visages bruns des enfants. La femme du pêcheur a vingt-quatre ans, et elle a déjà cinq enfants. Parfois j'essaie d'imaginer ce que ce sera de faire un doctorat, j'essaie de voir si c'est vraiment ça que je veux et je suis en pleine confusion. Au moins j'ai Kafka avec moi, ses exquis récits posthumes, *La Grande Muraille de Chine*… mais je ferais mieux de me replonger dans Derrida pour des raisons professionnelles… j'espère que l'écriture ne m'abandonnera pas.

La pensée est un facteur de changement, elle a des répercussions dans la vie.

Septembre 2003 – je suis à New York. Le départ a eu lieu. Les débuts sont difficiles. Et les nouvelles idées aussi – ma pensée est obscurcie par des toiles d'araignées, des fils de mort tissés par la crainte de l'échec et de ne jamais trouver ma place. Je me fais peur. Je ne comprends pas ce besoin compulsif de la rue et de la nuit qui me fait tant de mal. « Tu es un danger public » – ma mère a raison.

Février 2004 (Paris)

*OÙ SONT LES AXOLOTLS ?**

12

C’est un robot ?

Aura me montrait, dans son carnet, le dessin d’une paire de chaussures à lacets entourées de minuscules notes manuscrites et de motifs aux lignes angulaires et ondulées.

Ce sont des chaussures qui viennent quand tu les appelles, dit-elle.

Tu veux dire que tu cries : Chaussures, venez ici, et elles arrivent où que tu sois ?

Ouais, dit-elle. Enfin, il ne faut pas être trop loin. Et elles ne peuvent pas monter ni descendre les escaliers.

On peut les porter ?

Il faut pouvoir les porter. Les robots, m’expliqua-t-elle, doivent être utiles, sinon ce ne sont pas vraiment des robots.

Nous étions à Copilco, assis sur le divan du living. Le carnet, à spirales et à couverture cartonnée rouge, était ouvert sur ses genoux. Les chaussures robots étaient son invention, bien qu’elles n’aient pas encore dépassé le stade de la conception. Aura aimait les robots. Elle m’expliqua que les chaussures seraient équipées de capteurs programmés pour répondre à la voix de leur propriétaire et que les chaussures marchaient en direction de la voix, dans une pièce ou un appartement, ou dans une maison à l'intérieur d'un certain rayon. Quand on ne voulait pas les appeler, par exemple quand on voulait sortir la nuit sans réveiller personne, il y aurait aussi une télécommande. La robotique serait à l'intérieur des chaussures. La mise au point de la marche était compliquée, mais représente-la-toi, me dit-elle, comme un *pentamètre iambique synchronisé qui avance tout seul.*

C'est une sacrée invention, dis-je. Elle salua de la tête comme un cheval de cirque tout fier, dit merci, et tourna quelques pages de son carnet, s'arrêtant à une page où était dessinée une robe. C'était une robe étrange, avec des cerceaux bleus, jaunes et rouges qui semblaient tourner autour de la jupe. Tu porterais vraiment ça ? demandai-je, et elle dit que oui. C'étaient les robes qu'elle griffonnait le plus volontiers et j'en ai partout dans ses carnets de Columbia. C'était notre « premier rendez-vous ». Neuf mois après le soir où j'avais fait sa connaissance à New York – je ne l'avais pas vue depuis, ni n'avais eu de nouvelles – fin août à Mexico, elle était apparue à El Mitote, minable rendez-vous de bohèmes et des cocaïnomanes à la limite du quartier de Condesa. J'étais en train de boire au bar avec mes amis Montiel et Lida, et soudain elle se trouva devant moi. De nouveau bonjour, ma mort. J'avais l'impression de la voir à travers un épais brouillard constitué à la fois par la fumée des cigarettes, ma surprise mêlée de timidité et mon ébriété.

Pourquoi tu n'as pas répondu à mon e-mail ? me demanda-t-elle. Je lui affirmai que je n'avais jamais reçu d'e-mail. Elle m'avait envoyé un e-mail, insista-t-elle, dans lequel elle me remerciait de lui avoir envoyé mon livre et m'annonçait qu'elle revenait à New York. Je ne pensais pas qu'elle était du genre à remercier pour l'envoi d'un livre, c'est ça ? Eh bien, je ne sais pas ce qui est arrivé à cet e-mail, dis-je. Il a dû se perdre.

Ce soir-là au Mitote, on n'aurait pas dit, à voir Aura, qu'elle était étudiante. Son élégante coiffure avait disparu. Ses cheveux dépeignés lui tombaient dans la figure. Elle était venue avec un petit groupe d'amis qui étaient à l'autre bout du bar. Elle partait pour New York dans trois jours, me dit-elle, pour commencer son doctorat à Columbia. Cette nouvelle produisit en moi une silencieuse explosion d'étincelles. Je devais retourner à New York dans trois semaines. Alors on n'aura pas le temps de se voir avant ton départ, dis-je, mais elle répondit : Pourquoi pas ? On a le temps. Et nous convînmes de nous retrouver le soir suivant au San Angel Inn, un bar-restaurant dans une vieille hacienda où on buvait des margaritas et des martinis servis dans des pichets miniatures en argent et des petits seaux à glace, installés dans de robustes divans en cuir. Je suis sûr de n'être pas le premier type à avoir essayé de l'impressionner en l'invitant là, mais au moins elle ne penserait pas que je ne fréquentais que des rades tels que le Mitote.

Toujours assise sur le canapé en vinyle beige à Copilco, elle continua de tourner les pages et arriva à celle qui était couverte de mots tracés au stylo-bille turquoise. C'était une nouvelle qu'elle avait terminée depuis peu. Tu veux que je te la lise ? me demanda-t-elle. Elle est très courte, rien que quatre pages. Je dis bien sûr, et elle me la lut. C'était l'histoire d'un jeune homme dans un aéroport qui n'arrive pas à se rappeler s'il part ou s'il arrive. Elle était rédigée dans un ton minimaliste et solitaire rappelant l'ambiance des aéroports, avec un humour pince-sans-rire adorable. Mais, vu tout ce qui me passait par la tête, je n'étais pas concentré à cent pour cent. Au dîner, je m'étais déjà demandé comment me débrouiller pour la revoir le plus vite possible à New York. Mais elle m'avait pris complètement par surprise en m'invitant chez elle. Est-ce qu'elle ne voulait que me lire une nouvelle ? Assis près d'elle, je regardai ses lèvres ravissantes former les mots et je me demandais si j'allais vraiment l'embrasser dans les minutes, ou les heures qui suivraient, ou jamais.

Cela faisait un an que les parents d'Aura avaient quitté Copilco pour leur nouvel appartement. Il ne restait plus dans le living que le canapé où nous étions assis et la table ronde, gris et blanc métallique, où Aura avait pris des milliers de repas en famille. La plupart de ses livres et de ses affaires se trouvaient maintenant dans des cartons. La malle était là. Il y avait des mots aimantés sur la porte du réfrigérateur et un autocollant « Keep Austin Weird ». À l'intérieur se trouvait une bouteille de bière Indio, à moitié vide et recapsulée et du jus d'orange Jumex dans une carafe cylindrique brillante à laquelle je boirais le lendemain matin après m'être brossé les dents avec un doigt enduit du dentifrice d'Aura. Des bouteilles vides entassées dans un coin, des cartons de pizzas fourrés derrière une poubelle. Aura vivait seule ici depuis environ six mois. Les amies qui continuaient à vivre chez leurs parents venaient passer le week-end, dormant sur le canapé ou par terre. Elle avait donné des cours de poésie anglaise et de fiction latino-américaine aux premières années de licence à l'UNAM tout en terminant son mémoire de master sur Borges et les écrivains anglais, se préparant à ses examens, durant des mois éprouvants pour les nerfs, mais aussi de folles nuits. Il n'y a pas de ville où la nuit est plus longue, plus excessive et absurde qu'à Mexico. Elle était convaincue que chaque fois qu'au cours des dernières années elle avait commencé à faire de sa vie un vrai désastre, c'était parce qu'elle s'était de nouveau abandonnée à la nuit de Mexico, où elle aurait pu facilement faire la fête sans *jamais* s'arrêter.

Pendant des mois, la date de son départ pour Columbia lui avait semblé située dans un avenir impossiblement lointain. Mais juste l'autre jour, en faisant une machine, elle avait pensé : la prochaine fois que je porterai ces chaussettes, je serai à New York. Mais le Mexique lui manquerait aussi. Elle parlait encore, avec animation et gratitude, de la fête que sa mère avait donnée deux semaines auparavant dans l'appartement de Tía Cali avec son toit terrasse, pour célébrer son master : un orchestre, la danse, la nouvelle robe rouge qu'elle portait – quatre ans plus tard, c'était encore celle qu'elle préférait mettre pour les mariages et les soirées élégantes. Elle avait des photos de la fête dans son sac et me les avait montrées au San Angel Inn.

Une fois qu'Aura eut terminé de lire l'histoire du jeune homme à l'aéroport, je lui dis que je l'avais vraiment aimée, et elle me remercia et me demanda ce que j'avais particulièrement apprécié. Tandis que je parlais elle se tenait parfaitement immobile, comme si elle entendait mon pouls et le mesurait tel un détecteur de mensonges. Alors elle déclara que je ne pensais pas ce que je disais et que je ne l'avais dit que parce qu'elle me plaisait. Je ris et dis : C'est absolument vrai que tu me plais, mais la nouvelle elle aussi m'a plu, sincèrement, et je lui récitai pratiquement la partie où son héros ramasse par terre un prospectus annonçant qu'un verre est offert à l'occasion de l'ouverture de la nouvelle ligne pour Hawaii par une compagnie mexicaine porte 37 où il se rend pour boire et essaie sans succès de gagner à la loterie un voyage à Hawaii. Elle rit en se laissant tomber de côté, les yeux fermés, comme si ce n'était pas elle qui l'avait écrite, qu'elle l'entendait pour la première fois, et trouvait la chose hilarante. Ce fut la première des nombreuses conversations que nous devions avoir les années suivantes à propos de son écriture, qui se passeraient plus ou moins exactement de la même manière, à savoir qu'elle commencerait par prétendre que mes compliments étaient destinés à m'assurer son affection, ou du sexe, ou simplement la paix domestique. Ce soir-là sur le canapé, nous commençâmes à nous embrasser et finîmes au lit, à nous embrasser et nous caresser. Je fus tellement surpris par la chaleur, le parfum et la souplesse de sa jeunesse et par le tournant inattendu que prenait mon existence que je manquai de me laisser emporter tel un chiot qui s'ébat dans un champ de tulipes et je m'exhortai à ne pas perdre le contrôle, à lui faire l'amour comme un adulte et non comme un adolescent surexcité. Mais c'est alors qu'elle me demanda si je voulais bien qu'elle garde son jean. Nous n'allions donc pas baiser. Je dis : Pas de problème, nous ne sommes pas pressés. Je m'exprimai avec douceur, bien qu'il y eût peut-être dans ma voix une trace de déception ou de défiance. D'un ton à la fois plaintif et rebelle, comme si elle n'était pas du tout prête à assumer cette tâche aussi peu désirable qu'apparemment inévitable, elle me demanda : Il faut que je te suce ? Je ris et répondis : Bien sûr que non, tu n'es pas obligée de me sucer, et je me demandai : comment est-ce qu'on traite nos filles ? Je dis qu'évidemment je voulais faire l'amour avec elle, mais seulement quand elle serait prête. *Muy bien*, dit-elle. Le nez dans ses cheveux, je dis : Hmm, tu sens bon, pas juste tes cheveux, toute ta tête sent bon, ta tête sent le gâteau. Elle pouffa et dit : Ce n'est pas vrai. Si, c'est vrai, insistai-je, ta tête sent le gâteau, le *tres leches*, miamiam mon préféré. Je mis de nouveau le nez dans ses cheveux et je la respirai et l'embrassai avant de faire semblant de prendre une grosse bouchée de sa tête et de lui déclarer de nouveau : Ta tête sent le gâteau ! Un peu plus tard nous nous endormîmes dans les bras l'un de l'autre, Aura toujours vêtue de son jean. Au plafond brillaient des centaines de petites étoiles qu'elle avait collées, aidée de Lola, en suivant scrupuleusement la carte des constellations fournie avec.

Alors que j'étais dans la salle de bains, le lendemain matin, elle se pencha hors du lit pour sortir mon portefeuille de mon pantalon qui traînait par terre. Quand je revins dans la chambre elle avait à la main mon permis de conduire. Elle leva les yeux et s'exclama : Quarante-sept ans !

Ouais, dis-je, gêné.

Je pensais que tu étais au moins plus jeune de dix ans. Je t'en donnais trente-six.

Je suppose que je devrais te dire merci, fis-je. Non, quarante-sept.

Elle ne m'avait jamais demandé mon âge. J'étais cependant surpris qu'elle ne le sache pas. Je pensais que Borgini, au moins, le lui aurait dit. Ce jour-là, qui était un dimanche, Aura allait à un mariage. Elle rentrerait tôt chez sa mère. Elle avait beaucoup à faire pour préparer son départ à New York, le lendemain matin. Je lui téléphonai ce soir-là et c'est Juanita qui répondit. C'était la première fois que je lui parlais, mais elle connaissait déjà mon nom. Hola Frahhhnk, cette prononciation mexicaine qui dans la bouche d'Aura sonnait comme un joyeux criaillement d'oie. Ce jour-là Juanita se montra si amicale que je pensai qu'Aura devait lui avoir parlé de moi en bien. Aura n'était pas encore revenue du mariage, mais elle avait emporté le portable de sa mère. Je supposai qu'elle avait dû égarer ou perdre le sien. Juanita me donna son numéro et je tombai sur sa messagerie. Aura me rappela plus tard dans la soirée. Elle parlait sur un bruyant fond de musique et de voix. Elle me déclara qu'elle avait passé un bon moment avec moi et s'excusa de m'avoir forcé à écouter sa nouvelle et je lui répondis que j'avais été ravi de l'écouter ainsi que de découvrir les chaussures qui venaient quand on les appelait. Je lui dis que je lui téléphonerais dès mon retour à New York dans dix jours. En raccrochant je pensai : Dans dix jours, sa vie aura totalement changé.

Cela faisait six ans que je louais un appartement bon marché à Mexico, que je sous-louais généralement chaque fois que je retournais à Brooklyn. Quand je travaillais en tant que journaliste indépendant dans les années quatre-vingt en Amérique centrale, comme j'étais parfois payé par virement depuis New York dans des banques de Mexico, j'étais obligé d'y retourner pour toucher mes salaires. La première fois ç'avait été en 1984, alors qu'Aura avait sept ans et que la mégapole, comparée à Managua, Tegucigalpa ou Guatemala City, me paraissait scintillante et inépuisable, pleine d'occasions et de surprises. Pas plus de vingt-quatre heures après mon arrivée à Mexico, au musée Rufino Tamayo, j'avais rencontré une jeune punk fluette âgée de dix-neuf ans au visage délicat de princesse maya, étudiante aux Bellas Artes, vêtue d'un pantalon de survêtement et chaussée de baskets rose fluo, avec qui j'avais flirté sur les marches du musée. Mais je ne la revis pas. Le lendemain elle partait au Yucatán rejoindre sa famille pour Noël. Le petit hôtel où j'étais descendu garda mon passeport en gage jusqu'à ce que les banques rouvrent après les longues vacances et que je puisse payer ma chambre. C'est là qu'un après-midi, à la cafétéria, je fus abordé par deux putes – plus âgées que moi, ayant de beaucoup dépassé la trentaine – qui m'accompagnèrent dans ma petite chambre. Ces deux beautés mûres portaient des culottes pareilles à celles des publicités du *Life* de mon enfance. L'une d'elles arborait une fine bande de poils pubiens qui montait telle une flamme jusqu'à son nombril. L'autre, musclée, avait les cheveux plus clairs. C'est jusqu'à ce jour l'unique fois que je le fis avec deux femmes, sur le lit à une place au mince matelas à ressorts. Elles applaudirent avec enthousiasme chaque orgasme, les miens comme les leurs, et je leur laissai mon transistor en paiement. Quand la brune me déclara que nous recommencerions le lendemain si je trouvais une autre monnaie d'échange, j'eus l'impression, sans plus, que c'étaient deux femmes au foyer bisexuelles qui le faisaient surtout pour le plaisir. C'est plus d'une année plus tard que je retournai à Mexico, environ six mois après le tremblement de terre. De l'hôtel, il ne restait plus qu'un pan du mur arrière sur lequel était visible la manière dont les étages s'étaient effondrés pour former une sorte de sandwich club dont le contenu avait débordé sur les côtés. La ville était pleine de ruines telles que celle-là, plus dans certains endroits que dans d'autres. Le sud, où vivait Aura, qui n'était pas construit comme le centre sur l'argile du fond de l'ancien lac, était la zone la moins affectée. (Juste à cet instant j'avais voulu demander : Aura, qu'est-ce que tu m'as dit que tu t'étais rappelé au moment où le tremblement de terre a commencé ? Elle m'en avait parlé une ou deux fois mais je ne me le rappelle pas exactement, c'est perdu.) J'avais suivi le tremblement de terre aux nouvelles et je savais que de nombreux journalistes d'Amérique centrale avaient été envoyés pour le couvrir, et que certains en étaient revenus bouleversés. Le fait que ce qu'ils avaient vu n'appelait pas de commentaire politique, du moins qui soit lié à la géopolitique ou la guerre, rendait la chose encore plus dévastatrice. J'avais un ami, Saqui, qui avait couvert plus de guerres qu'aucun des journalistes de mon âge que je connaissais : l'Afghanistan, l'Afrique, le Moyen-Orient et l'Amérique centrale. Il m'avait raconté que le soir de son arrivée, deux jours après le séisme, il avait quitté son hôtel de l'Avenida Reforma, dans l'air chargé de smog, de poussière de ciment et d'une fumée âcre, et qu'en traversant l'avenue il avait vu, dans l'une des ruelles fermées à la circulation, le cadavre d'une petite fille vêtue d'un sweat-shirt et d'un jean et chaussée de baskets, qui semblait avoir été roulé dans la farine. Deux Mexicains se tenaient au-dessus d'elle, et mon ami me dit qu'ils lui avaient lancé un regard chargé d'affliction mais aussi d'une telle menace qu'il s'était éloigné comme s'ils avaient pointé des armes sur lui, n'osant pas même regarder derrière lui avant d'avoir retraversé l'avenue. Quand il s'était de nouveau retourné il avait aperçu les deux hommes toujours debout près du petit corps comme s'ils attendaient un bus, et il s'était dit que c'était la chose la plus horrible qu'il avait jamais vue. Il y avait aussi les mères en pleurs devant les écoles qui s'étaient écroulées au milieu des cours. Seize écoles, des milliers d'enfants, des écoles qui étaient censées être à l'épreuve des séismes et ne l'étaient pas du fait de la corruption des membres du PRI qui avaient contracté avec les entrepreneurs. Il y avait bien un commentaire politique à faire, quelque maigre consolation qu'on pût en tirer. Et les volontaires venus du monde entier qui s'étaient joints aux centaines de milliers de Mexicains à la recherche des survivants dans les décombres et les acclamations épuisées qui saluaient chaque découverte de l'un d'eux. Cependant, ce qui avait le plus étonné Saqui, c'était la rapidité impitoyable avec laquelle la ville s'était remise à vivre, la circulation reprenant alors que les taupes humaines continuaient à creuser et que les mères poursuivaient leur attente éplorée et que l'odeur de la mort empuantissait l'air chaque jour un peu plus.

Je retournais au moins une fois par an à Mexico, à laquelle j'avais rapidement fait allégeance, fasciné par cette mystérieuse atmosphère médiévale de la ville qui, sur ses décombres, célébrait sa renaissance comme jadis les cités fêtaient la fin de la peste par des carnavals et des mystères. En 1993, ma petite amie et moi avons même vécu pendant un an à Coyoacán, et nous avons dû passer devant Aura qui avait quinze ans à l'époque, qui traînait avec d'autres adolescents débraillés et des hippies sur la place – elle y allait tous les week-ends – ou avons dû compulser des livres non loin d'elle dans les librairies Parnaso et Gandhi, ou nous avons dû la croiser sur sa bicyclette, qui tressautait sur les pavés de la Calle Francisco Sosa. En 1995, quand nous nous séparâmes, mon ex-compagne resta dans notre appartement de Brooklyn et je m'installai à Mexico, me sentant libéré de l'échec d'une relation et stimulé par le fait de recommencer une nouvelle vie, remonté à l'idée que j'allais retrouver et épouser la fille que j'avais embrassée sur les marches du Museo Tamayo une décennie plus tôt. J'étais vraiment ce genre d'imbécile romantique et bien que je fusse certain de ne pas avoir oublié son nom, Selena Yanez, il n'est pas vrai que la chance sourit toujours aux imbéciles, et je ne l'ai jamais retrouvée, ni même quelqu'un qui la connût.

Les années suivantes je finis par passer beaucoup plus de temps à Mexico qu'à New York, jusqu'à ce que je trouve un poste à temps partiel à Wadley College. L'idée était d'habiter à Brooklyn tant que j'enseignais et à Mexico le reste de l'année. Mon appartement était sur l'Avenida Amsterdam dans le quartier de Condesa, un cinq pièces plein de coins et recoins dans un bâtiment qui avait près de cent ans, négligé par son propriétaire. (Il est aujourd'hui en prison, ayant été arrêté quelques années auparavant pour avoir blanchi de l'argent pour une bande de kidnappeurs.) Le gaz fuyait continuellement dans la cuisine. Le circuit électrique était aussi ancien que dangereux, le plancher spongieux était recouvert d'une peinture couleur brune de bains publics visqueuse et écaillée, et les carreaux manquants des portes-fenêtres aux cadres rongés par les termites laissaient passer la pluie et parfois des oiseaux égarés. Pour tout meuble, je possédais mon lit bon marché de marque Dormimundo, deux tables, quelques chaises et une vieille commode qui était déjà là quand j'emménageai. Il y avait des arbres devant la façade et durant les longs après-midi pluvieux d'été, je me disais que c'était l'endroit le plus calme que j'avais jamais trouvé pour écrire. Quand j'emménageai, Condesa était encore un paisible quartier résidentiel avec des maisons occupées par des petits-bourgeois, des immeubles art déco, des vieilles villas, des rues bordées d'arbres, des jardins, des places circulaires ornées de fontaines, quelques vieilles boulangeries juives et des cafés d'Europe de l'Est sentant le moisi, vestiges des immigrants et réfugiés juifs qui avaient peuplé le quartier avant de prospérer et d'aller s'installer à Polanco et dans la banlieue. Mais Condesa était aussi sur le point de connaître une transformation rapide qui allait faire de ce quartier le plus branché de la ville et même de toute l'Amérique latine, métamorphose provoquée, disait-on habituellement, par le retour des descendants de ces mêmes juifs mexicains, jeunes bohèmes, artistes, entrepreneurs et consommateurs de cocaïne.

Au cours de ces premiers mois à Mexico tandis que je cherchais Selena Yanez, je ne cessai de passer d'une femme à l'autre, ce qui était ce dont j'avais besoin à mon avis, du fait que je n'avais connu, depuis l'université, que des relations stables l'une après l'autre et qui parfois même se chevauchaient. D., avec qui je m'installai à New York après l'université ; Gus (dont je divorçai avant ma vingt-sixième année et qui est aujourd'hui probablement mon amie la plus proche) ; J. ; et M., et enfin S. Puis, pratiquement avant de m'en rendre compte, je tombai dans un nouveau cauchemar fait d'une suite de séparations et de retrouvailles – surtout de séparations –, la liaison la plus obsessive, frénétique et autodestructrice de toute ma vie. C'était une femme qui faisait tout pour s'empêcher de réussir au point qu'on en avait le cœur brisé, une artiste douée probablement destinée à ne jamais réaliser son potentiel, plus jeune que moi de treize ans, qui avait rompu les ponts avec sa famille de la grande bourgeoisie, la seule des quatre sœurs à n'avoir pas vécu à la maison jusqu'à son mariage. C'était encore un phénomène récent qui voyait les jeunes femmes éduquées se mettre à vivre leur vie et s'installer dans de petits appartements telles leurs semblables de New York ou Paris. Elle savait à peine que faire d'elle-même. Blessée et pleine de contradictions, elle était aussi totalement maniaque. Le lendemain de la première nuit que je passai chez elle, elle me jeta dehors pour m'être trompé de porte-serviettes. Une *niña perversa*, ainsi qu'elle aimait se qualifier, provocante et magnifique avec ses immenses yeux noirs perpétuellement animés d'une hostilité aux raisons impénétrables, et pourtant si douce et gentille sous tous ces airs. Je ne crois pas avoir jamais rencontré quelqu'un qui ait tant besoin de l'amour qu'elle ne pouvait s'empêcher de repousser. C'est semble-t-il un genre de personne que tout le monde connaît, mais qu'apparemment j'ignorais. N'aurais-je pas dû savoir ce qui m'attendait après cette première nuit chez moi quand elle m'avait déclaré que nous baiserions une semaine et plus jamais ensuite ?

Pendant une semaine elle se présenta consciencieusement tous les après-midi à ma porte au travers du judas de laquelle, une fois qu'elle avait sonné, je la voyais tortiller nerveusement une mèche de cheveux, après quoi elle disparut. Je devins quasiment fou. Je l'attendais devant chez elle, je coinçais dans la plaque portant son nom sous le bouton de sa sonnette des petits poèmes d'amour écrits sur des bandes de papier pliées comme celles qu'on trouve dans les biscuits chinois. Après un mois environ, elle céda, et nous recommençâmes. À dire vrai, je me suis sérieusement avili et détraqué avec Z. Je n'avais pas un ami qui n'essayât de me convaincre de fuir les affres de cette liaison. Le fait que j'y aie gâché tant d'années est la preuve qu'il me manquait quelque chose que tout homme mûr au fonctionnement normal devrait posséder, sauf que je ne savais même pas en quoi ce quelque chose pouvait consister. Une fois que nous eûmes fini par nous séparer, je dus me confronter, pour ce qui me parut être la première fois, au fait que même si je me révélais totalement à une femme, et que je faisais de mon mieux pour l'aimer, cela ne serait pas nécessairement suffisant pour qu'elle m'aime en retour. Je glissai progressivement dans une longue déprime. J'eus des liaisons, fus beaucoup largué (bien que par presque aucune femme à laquelle je tenais) et larguai moi-même en quelques occasions. Tout me laissait à penser que je n'étais plus jeune. Les années passèrent l'une après autre jusqu'à ce que j'arrive à ma cinquième année de solitude, sans aucune liaison qui ait duré plus que quelques semaines ou quelques jours, chacune séparée de la suivante par un intervalle d'une année ou plus. Je bricolais vaguement un roman sans envie ni raisons d'en finir, faisais peu de journalisme ; allais au club de gym ; fréquentais des endroits tels que le Mitote ou le Closet, une boîte de strip-tease ; finissais la nuit au Bullpen ou au Jacalito et autres bars dont je ne me rappelle pas le nom ni l'adresse. Je considère aujourd'hui cette période comme une répétition de celle, d'affliction, de mélancolie, de solitude et de dissolution de moi-même, qui m'attendait plus loin et qui ne finira peut-être jamais. Durant toutes ces années mon père mourait lentement. Il lui fallut longtemps pour mourir. Il faisait de fréquents séjours à l'hôpital et se battait pour survivre dans le désespoir et la panique, totalement terrifié par la mort, souffrant beaucoup, et où que je me trouve – au Mexique, une fois à Barcelone, une fois à La Havane ou je faisais des recherches – j'étais sans cesse rappelé à Boston pour assister à ce qui devait être ses derniers instants, auxquels il échappait toujours.

Quelques jours après cette première nuit passée avec Aura à Copilco, avant mon départ pour New York, l'Argentine à qui je devais sous-louer l'appartement vint me donner un chèque et prendre les clés. C'était une dessinatrice dans la trentaine, qui venait de se séparer de son mari mexicain. Elle avait des yeux bruns et tristes, un double menton, des cheveux blonds cendrés et elle portait un jean serré délavé et une chemise en flanelle qui révélait la naissance obscure de ses seins. Après avoir réglé les détails de la sous-location, nous allâmes prendre quelques verres et elle me raccompagna en voiture. Il était tard, la rue était vide et sombre, et je ne sais comment nous finîmes par baiser sur place, moi sur le siège du passager et elle à califourchon sur moi. En regardant par-dessus son épaule, je remarquai avec stupéfaction avec quelle rapidité le pare-brise s'était embué de ce que la lumière des réverbères derrière les arbres faisait ressembler à du givre rosé. Quand avais-je baisé dans une voiture pour la dernière fois ? – à l'université je crois. Cela faisait des mois que je n'avais pas fait l'amour. Pourquoi cet épisode totalement inattendu à ce moment ? Est-ce que j'étais en train de revenir à la vie ? Je ne la revis jamais.

De retour à New York, je ne me dépêchai pas de voir Aura. Je ne dirais pas qu'il s'agissait là de stratégie, mais j'avais l'impression que, si je voulais avoir mes chances avec elle, il ne fallait pas la brusquer. J'étais certain qu'elle avait été rapidement prise par sa nouvelle vie à Columbia : ses études, ses nouveaux camarades, de brillants jeunes hommes venus de tous les coins de la planète – des fringants spécialistes en robotique ! Comment ne m'oublierait-elle pas ? Je m'apprêtai à la déception, me jurai de ne pas lui en vouloir. Je n'étais pas arrivé depuis une semaine que ma mère me téléphona pour m'annoncer que mon père était de nouveau à l'hôpital. J'allai à Wadley, donnai mes premiers cours et partis voir mon père à Boston dans la chaleur de la fin de l'automne. J'avais alors envoyé un e-mail à Aura pour lui dire bonjour et elle me répondit depuis sa nouvelle adresse à Columbia en m'envoyant son numéro de téléphone. La première fois que j'appelai, dans un tel état de nerfs et d'excitation que j'avais l'impression que mon estomac était un panier d'anguilles, c'est sa camarade de chambre, la botaniste coréenne, qui répondit d'une voix pleine de jeunesse et de gaieté qui me fit l'effet d'une brise de printemps. Elle m'apprit qu'Aura était sous la douche. Elle était *sous la douche*. Cette phrase évoquait tant de choses – il devait être six ou sept heures, on était en semaine, ce n'était pas une heure habituelle pour prendre une douche à moins qu'elle ne soit en train de se préparer à sortir, ou à quoi que ce soit, pensai-je, que les étudiants appellent une « sortie ». Même aujourd'hui je souffre à l'imaginer engagée dans ce doux rituel pour tout autre que moi : sortant de la salle de bains, les cheveux enturbannés dans une serviette, une autre autour du torse, choisissant sa robe, séchant ses cheveux, mettant sa robe, s'examinant dans le miroir, se maquillant, enlevant sa robe pour en mettre une autre – une moins jolie et sexy mais qui cache le tatouage yin-yang, moitié lune moitié soleil, qui orne sa poitrine au-dessus de son sein gauche depuis qu'elle a quinze ans – remettant du *lip gloss* de la main sûre d'un calligraphe zen, allant et venant dans l'appartement les pieds nus ou chaussés de bas, dans cet état d'excitation retenue qui précède une sortie dans la nuit. Je laissai mon nom, lui demandai de dire à Aura que je rappellerais, ce que je fis quelques jours plus tard. Nous parlâmes un moment de ses cours et de ses professeurs – le directeur du département, le Péruvien à la peau pâle qui lui avait dit qu'elle était acceptée, avait pris un poste dans le Michigan et décampé, comme ça ! – mais elle paraissait contente, m'apprit qu'elle avait fait une soirée pour les étudiants de son département, qu'elle avait trouvé à Spanish Harlem tous les ingrédients mexicains dont elle avait besoin, même les sirops en bouteille, un grand pain de glace et les instruments indispensables pour faire des *raspados*. Elle adorait donner des fêtes. Je lui demandai si elle était libre pour dîner un de ces soirs. Elle préférait qu'on déjeune. Je lui répondis que je ne déjeunais jamais, que ça interrompait mon travail. Pourquoi ai-je dit cela ? Parce que je pensais que me proposer de déjeuner était une façon de me faire comprendre qu'elle préférait que nous soyons seulement amis. Il n'en fallait pas beaucoup, à l'époque, pour me décourager. Avant de raccrocher, elle répéta qu'elle était toujours libre pendant la journée. Je me demande si j'aurais fini par céder pour aller déjeuner avec elle ou prendre un café l'après-midi à la Pâtisserie hongroise, et comment cela aurait affecté nos destins. Mais sur ces entrefaites je reçus la nouvelle que mon père déclinait rapidement. Il avait été transporté de l'hôpital de Boston dans une sinistre maison de santé à Dedham, sur la Route 128. Il était entendu que l'installation dans la maison de santé signifiait que la fin était réellement proche, cependant mon père avait si souvent échappé à la mort que j'étais sûr qu'il y échapperait de nouveau, bien que ce ne fût le souhait de personne, en particulier pas de ma mère.

Mes parents avaient été malheureux en ménage. Je ne les ai jamais vus s'embrasser, pas une seule fois. Il avait dix-huit ans de plus qu'elle. Ils finirent par se séparer pendant ma dernière année de lycée, ce que mes sœurs poussaient ma mère à faire depuis des années. Mais la séparation ne se transforma jamais en divorce. Après qu'il eut pris sa retraite, à l'âge de soixante-dix ans, mon père acheta un petit appartement en Floride où il passait l'hiver, reprenant la route pour le Massachusetts le printemps venu. Il avait aussi un appartement à Walpole, mais il le vendit au bout de quelques années et reprenait la vie commune avec ma mère dans notre maison de Namoset chaque fois qu'il revenait dans le nord, au prétexte que ma mère n'était pas capable de s'occuper seule de la maison – payer les factures, les jardiniers, etc. Lorsqu'il eut quatre-vingt-huit ans et qu'il commença à être malade et ne put plus faire de longs trajets en voiture, il vendit également l'appartement en Floride. La vie commune avec mon père, sa maladie et sa nature acariâtre fatiguèrent ma mère au point qu'en quelques années elle finit par paraître presque aussi vieille et gâteuse que lui. Dans sa jeunesse, à l'université, mon père avait joué au football et au base-ball en semi-pro, mais au cours de ses dernières années, rongé par un cancer des intestins, il était aussi décharné que Fidel Castro. En 1999, il s'étouffa dans son vomi pendant son sommeil et passa huit jours dans un coma dont il émergea miraculeusement avec une lueur de folie dans le regard et des membres grêles électrifiés par une énergie de squelette dansant. Dès lors il souffrit de pertes de mémoire et de troubles de l'orientation, ce qui ne l'empêchait pas de faire quotidiennement les mots croisés du *Times* et de donner son avis sur tout pendant encore quatre ans. Il lui arrivait de proférer des paroles étranges et inquiétantes, comme si son coma avait ouvert une brèche d'où s'échappait librement une logique onirique, comme lorsqu'il m'avait demandé au téléphone juste après le 11 septembre : Frankie, pourquoi est-ce que tu n'es pas allé monter la garde dans les aéroports ? Je n'avais aucune idée ce que qu'il voulait dire. Frankie, persista-t-il, tous les jeunes hommes sont en train de monter la garde dans les aéroports, pourquoi tu n'es pas avec eux ?

Environ à la mi-septembre, je me rendis directement de Wadley à son chevet. La chambre était une boîte en ciment et il était relié à la familière potence de transfusions, de sacs à urine et de moniteurs. Mon père passa ses derniers jours dans cet horrible endroit, à fixer le mur, allongé sur le côté. Les infirmières étaient méchantes. Ma mère me dit qu'elle n'en avait pas rencontré une seule qui soit aimable. Quand je commençai à demander à mon père comment était sa mère, il se mit à sangloter. Je ne l'avais jamais vu craquer comme ça. Sa mère était morte des années avant ma naissance et elle ne m'avait jamais inspiré une grande curiosité. Mon père appartenait à une famille russe émigrée qui avait fui les pogroms. C'était l'un des plus jeunes des huit ou neuf enfants, et il était arrivé pendant la Dépression. Il avait travaillé durant toute sa vie d'adulte, jusqu'à la retraite, comme chimiste pour une société qui fabriquait des produits dentaires à Somerville, partant au travail tous les matins à six heures. Sa mère, m'apprit-il ce jour-là, était « une vraie salope qui n'arrêtait pas de jurer », sans cesse en bagarre avec son mari et ses enfants, rendant tout le monde malheureux. On était loin du portrait qu'il m'en avait fait des années auparavant, qui devait être la version abrégée destinée aux enfants. Mais la façon dont mon père pleura, comme pris d'une rage impuissante, en parlant de sa mère, me surprit encore plus. Je pense qu'il croyait que si je lui parlais de sa mère, ce n'était que parce que sa mort était imminente. Il se figurait probablement que je faisais preuve de l'opportunisme du romancier : autant enregistrer ça avant que ce soit perdu à jamais. Il avait eu ce qu'on pourrait appeler une vie de merde, mais il avait vraiment profité de ses rares plaisirs : son jardin de fleurs et son potager, les paris sur les courses et les matchs de foot, ses romans d'espionnage et ses livres d'histoire américaine. À quatre-vingt-six ans, il continuait à aller à Fenway et achetait une place debout pour voir lancer Roger Clemens. En quasiment tout il s'était mieux débrouillé que moi : il avait eu une maison en banlieue, fait entrer ses enfants à l'université, épousé une belle femme d'Amérique centrale, secrétaire bilingue dans l'usine où il travaillait quand ils s'étaient connus, future institutrice, qui ne l'avait jamais vraiment aimé, tout comme il ne l'avait probablement jamais aimée. Mais le fait de n'être pas aimé par sa femme ne rendait pas plus facile à mon père le fait de quitter la vie. Je lui annonçai que je reviendrais la semaine suivante. J'étais sûr qu'il tiendrait encore une année. Bientôt, papa, lui déclarai-je, nous regarderons ensemble les Red Sox en championnat. Nous disions toujours en plaisantant qu'il n'était pas question qu'il parte avant que les Red Sox aient fini par gagner le championnat. Cela n'allait pas être cette année, 2003, même si on pouvait le penser. J'avais déjà acheté mon billet de train pour Boston pour le prochain week-end quand j'appris au téléphone, dans le bureau de la taille d'un placard que j'occupais à Wadley, la nouvelle de sa mort. Il était mort seul, en fixant le mur, du moins c'est ce que je m'imaginai.

On peut dire que je n'ai pas eu l'occasion de pleurer mon père mais je ne crois pas que je l'aurais regretté tant que ça de toute façon. Une nuit je me réveillai d'un cauchemar et il était assis au bord de mon lit, avec un ovale enténébré à la place du visage, comme l'entrée d'un trou noir. C'est juste un peu plus de deux semaines après l'enterrement qu'Aura m'appela pour me dire qu'elle avait un besoin urgent de me parler. Elle voulait que je la conseille à propos d'un problème qu'elle avait. Elle voulait me voir le jour même. Je pouvais ? Je lui dis de me retrouver à deux heures au Barnes and Noble d'Union Square. J'étais à une des tables des nouvelles parutions qui se trouvent en façade quand elle se dirigea vers moi. Elle portait un jean délavé et un chandail à rayures sous un sweat-shirt à zip et à capuche. Les cheveux qui lui cachaient en partie les yeux semblaient amplifier son sourire. Jeté sur son épaule, un sac à dos en toile portant l'emblème de Columbia. Elle était encore plus maigre que la dernière fois que je l'avais vue à Mexico, six semaines auparavant. Mes seules amies se sont retournées contre moi, lâcha-t-elle. Ce furent ses premiers mots. J'ai foutu un tel bordel ! Elle rit, comme si elle se faisait honte, la princesse en péril. Je suggérai que nous sortions parler dans le square. C'était un jour d'automne ensoleillé, exactement comme celui de l'enterrement de mon père, un ciel d'azur limpide, quelques nuages blancs, les arbres tachés de couleurs, l'air propre et frais, un beau jour qui faisait d'Union Square, dis-je à Aura, un jardin du Luxembourg moins les statues des reines. Les reines se sont enfuies, poursuivis-je, mais on dirait qu'elles ont quitté leurs robes de pierre brune pour pouvoir courir, tu ne crois pas ? Regarde tous ces sacs en papier marron froissés dans le caniveau mêlés aux feuilles, et jetés en boule dans ces poubelles là-bas, et celui-ci tout droit sur le banc à côté de cet homme qui mange un sandwich ? Ce sont les robes des reines. Aura considéra d'un lent regard circulaire tous les sacs en papier, comme si je disais vrai, et sourit. Et où sont-elles allées ? demanda-t-elle. C'est ce que tout le monde essaie de savoir, répondis-je. Eh bien, peut-être que je peux m'enfuir là-bas moi aussi, poursuivit-elle. Nous nous assîmes sur un banc et elle m'exposa le problème qu'elle avait avec ses amies. Durant les premiers jours à Columbia deux filles, amies inséparables, dont aucune n'était en première année, avaient adopté Aura comme la troisième roue proverbiale. L'une d'elles, Moira, venait de République dominicaine et de New York, l'autre, Lizette, était vénézuélienne. Au cours d'une conférence sponsorisée par le département, Moira, très jolie mulâtresse mais également *neurótica* totale et *pinche obsesiva de controlar todo*, était tombée amoureuse d'un étudiant de Princeton qui était venu parler de « L'enfance chez trois écrivaines latino-américaines ». Nous fîmes alors une brève digression à propos de ces trois femmes : l'une, Clarisse Lispector – Clarice l'Inspector, ainsi que l'appela Aura –, était notre préférée à tous deux. Elle aimait aussi Rosario Castellanos, que je n'avais jamais lue. Aura dit que la troisième, dont je n'avais jamais entendu parlé, était pratiquement la seule écrivaine contemporaine qui trouvait grâce aux yeux des professeurs de son département et cela parce que ses romans *se prêtent parfaitement à l'étude*. Au début, le type de Princeton avait semblé s'intéresser à Moira et ils avaient même décidé de se voir le week-end suivant, mais depuis son retour dans le New Jersey, c'est à Aura qu'il téléphonait. Pis, il avait envoyé un e-mail à Moira pour lui annoncer qu'il était tombé amoureux d'Aura, allant jusqu'à se décrire comme la victime de la *flechazo*, la flèche de l'amour, et Moira avait immédiatement réexpédié cet e-mail à Aura et Lizette, et probablement à d'autres personnes du département. Après une série de confrontations agitées, Moira et Lizette avaient écrit à Aura un e-mail qui mettait un terme officiel à leur amitié, comme si elle avait signé une sorte de contrat qu'elles annulaient. Aura était allée les voir, mais les coups qu'elle avait frappés à leur porte n'avaient pas reçu de réponse, bien qu'elle eût distinctement entendu des voix étouffées chez Lizette. Elle se retrouvait donc sans amies dès la sixième semaine de son premier semestre, ayant été injustement accusée d'être une voleuse d'hommes.

Après avoir fait mine de me plonger dans de sages délibérations je demandai : Est-ce qu'il a choisi ce thème parce qu'il est plus intéressé par les problèmes des femmes que par tout autre sujet ou parce qu'il veut donner cette impression aux femmes ?

Aura se mit à rire. Oh, mais il doit y avoir des moyens plus faciles de draguer, même à l'université, dit-elle. Il est obsédé par sa mère, et je suis obsédée par la mienne, et c'est donc de ça que nous avons parlé. Mais le fait que ce type soit obsédé par sa maman ne signifie pas que je veux coucher avec lui. Probablement le contraire.

Eh bien, moi je ne suis pas obsédé par ma maman, dis-je, et c'est un problème que tu n'auras pas avec moi.

Le sac d'Aura était alourdi par les livres et par son ordinateur. Est-ce qu'elle allait à la bibliothèque ? Non, mais elle avait des lectures à faire. De tout le restant de sa vie il n'y aurait pas une journée où elle n'aurait pas « de la lecture à faire ». Elle pensait aller dans un café. Si elle voulait, lui proposai-je, nous pourrions aller lire chez moi et ensuite je l'emmènerais dîner. Nous prîmes le métro pour Brooklyn et passâmes le restant de l'après-midi et une partie de la soirée chez moi, elle assise sur le vilain canapé à rayures bleues et blanches qui était destiné à être le premier meuble qu'elle jetterait, et je m'endormis rapidement, bercé par le léger et rapide cliquetis de son clavier.

Il faisait encore assez chaud pour que nous dînions dans le jardin d'un restaurant méditerranéen de la Cinquième Avenue dans Park Slope. Ensuite j'essayai de l'embrasser sur le trottoir. Elle détourna la tête avec un sourire charmeur. Eh bien, elle ne voulait pas m'embrasser ? dis-je en riant, comme si ça m'était égal qu'elle m'embrasse ou pas, jamais.

Nous retournâmes chez moi et fîmes l'amour jusqu'à l'aube et de nouveau à notre réveil en fin de matinée. Mais au moment où elle partait, je dis :

Est-ce que je te reverrai ?

Elle me regarda, un peu déconcertée, et répondit : Bien sûr. Elle revint le soir même.

13

Ma mère et ses amis appartiennent à la génération de ceux qui n'ont qu'un vague sens de la réalité, me dit un jour Aura. La génération post-soixante-huitarde coincée à Mexico qui ne s'est pas révélé être San Francisco, New York ni Paris, juste le même Mexico, seulement plus traumatisé et désorienté qu'avant.

Cette génération d'intellectuels s'était prise de passion pour la psychanalyse. La promesse d'une forme plus élevée, plus juste et poétique de la vie – d'après les notes d'Aura – devait maintenant être recherchée et réalisée au cœur de l'individu et dans le cercle de la famille et des intimes, avant que certainement, un beau jour, les masses puissent à leur tour en profiter. Certains psys mexicains faisaient l'objet de discussions et de cancans incessants dans le cercle des collègues et des amis de ma mère et de mon oncle. Il y en avait qui séduisaient leurs patientes. Et cela devint une mode et presque un devoir, pour cette génération, d'envoyer ses domestiques, des femmes et des adolescentes qui étaient presque sans exception analphabètes, en analyse. Au Mexique, bien sûr, même une secrétaire peut se permettre d'employer au moins une bonne à mi-temps, du fait des bas salaires. L'oncle d'Aura fut parmi les premiers à envoyer sa « *muchacha* » au psychothérapeute de la famille. Si lui-même, sa femme et ses enfants étaient en analyse, avait expliqué Leopoldo, le fait que la bonne poursuive une psychothérapie ne pouvait que bénéficier à la Gestalt de la maisonnée.

Telles étaient les circonstances qui avaient inspiré à Aura le roman sur lequel elle travaillait durant la dernière année de sa vie, et qu'elle avait intitulé provisoirement *Mémoires d'une étudiante*. L'étudiante, prénommée Alicia, originaire de Mexico, fait un doctorat en littérature à New York. Alicia ne veut pas être professeur, mais elle n'ose pas affronter sa mère afin de poursuivre son rêve secret. La vraie Aura ne cachait pas toujours à sa mère son désir d'écrire mais elle savait que celle-ci le désapprouvait. Elle pensait qu'il fallait que sa fille concentre toute son énergie sur sa carrière universitaire si elle voulait réussir.

Aura avait terminé deux chapitres de son roman et laissé de nombreux fragments. Le premier chapitre traite de l'enfance d'Alicia à Mexico. Nous faisons connaissance avec sa mère, Julieta, la bonne, Irma et l'ex-petit ami de Julieta, Marcelo Díaz Michaux, psychanalyste qui vient tout juste de rentrer à Mexico après plusieurs années d'études et de pratique en France. Plus tard dans le roman, Marcelo Díaz Michaux allait convaincre Julieta que sa bonne, Irma, devait devenir sa patiente et qu'il allait l'envoyer en France dans un asile expérimental. Comme la vraie Ursula, Irma est une toute petite femme bavarde et gaie, décrite comme possédant, à quarante ans, le corps d'une enfant de dix ans. Je me rappelle Aura riant à la pensée de ce qu'allaient être les premières séances entre Irma et Marcelo. Une bonne témoin de secrets de famille, amie et confidente d'une petite fille solitaire, devait également figurer dans le roman.

L'asile utopique avait également son modèle : La Ferté, une clinique renommée à quelques heures de Paris. Aura avait déjà obtenu de son directeur, âgé de quatre-vingt-huit ans, la permission de lui rendre visite, ce que nous devions faire l'année suivante, au printemps 2008.

Voici les derniers fragments de son roman qu'Aura écrivit, que je trouvai dans un document isolé dans son ordinateur :

> Marcelo Díaz Michaux :
>
> Même morte Julieta me fait un sale coup. Et maintenant il est impossible de la vaincre… enfin, nous verrons. Je suis jeune – aujourd'hui, soixante ans c'est comme trente ans avant – elle est morte, alors qui est le gagnant ? Bien sûr elle nous a privés de maison, moi et Alicia, mon épouse, et notre enfant, du fait qu'elle a décidé au dernier moment de la laisser à notre bonne, Irma Hernández, qui habite aujourd'hui en France, quelque part non loin de Paris, destination pour laquelle je m'envole à l'instant.
>
> LES PERSONNAGES
>
> *Marcelo Díaz Michaux*
>
> Né en 1946 à Mexico, d'un père diplomate et d'une mère au foyer. Élevé à Mexico par sa mère (surtout). Il a été au lycée français de Mexico où il a rencontré Julieta. À l'âge de vingt-six ans Mar-

celo est allé étudier la psychiatrie à la Sorbonne. Deux ans plus tard, quand il a reçu l'invitation au mariage de Julieta, sa chute a commencé. Quinze ans plus tard il revient à Mexico pour ouvrir un cabinet où il pratique une sorte de thérapie lacanienne. Parallèlement il commence à travailler à un essai sur les nuages en tant que construction idéologique.

Alicia – la fille de Julieta

Elle est née en 1977 : palmes, anneaux, échouée, fonceuse, obscène, écheveau, bourrasque, crevasse, baguette de tambour, motte de gazon, crocus, empiéter, broncher, glisser, idiote, taper, bakchich, une araignée qui tisse.

Alicia avait l'âge qu'Aura aurait eu, si elle avait vécu neuf mois de plus, le 24 avril, au printemps 2008. Si tout s'était passé selon nos plans, nous aurions été à La Ferté au printemps 2008, et Aura aurait été enceinte.

Étais-je le modèle de Marcelo Díaz Michaux ? Apparemment, nous n'avions pas grand-chose en commun. Elle lui avait donné dix ans de plus que moi, ce qui était peut-être la manifestation d'une inquiétude, une blague sur notre différence d'âge. Évidemment cette histoire de fou, le mariage de sa fille avec son ex-amant, n'aurait pas beaucoup plu à Julieta. Mais, éminent psy parisien, Marcelo aurait eu beaucoup plus d'argent que moi. Ainsi donc, l'été 2007, Marcelo et Alicia auraient passé leurs vacances à Tulum, ou quelque part dans le Yucatán, comme la Riviera maya, sur la calme mer des Caraïbes, pas sur une plage hippie du Pacifique aux rouleaux tumultueux. Étant allé à Tulum, et pas dans l'État d'Oaxaca, Alicia est vivante au printemps 2008, où elle atteint sa trente et unième année. Pourquoi, cet été-là, Aura et moi ne sommes-nous pas retournés à Tulum, où nous avions passé cinq jours pendant la première semaine de 2004, plutôt qu'à la plage dans l'État d'Oaxaca ? Parce que je ne pouvais pas me permettre de louer une maison pendant deux semaines, ce que je pouvais faire à Oaxaca.

palmes
anneaux
échouée
fonceuse
obscène
écheveau
bourrasque
crevasse
baguette de tambour
motte de gazon
crocus
empiéter
broncher
glisser
idiote
taper
bakchich
une araignée qui tisse

J'ai mémorisé cette liste, et y ai souvent réfléchi, me concentrant parfois sur un seul mot jusqu'à ce que j'y trouve Aura, et me mette à pouffer, comme si elle était avec moi et que nous riions tous deux de ce qu'elle avait voulu signifier par « baguette de tambour ». Ou je psalmodiais la liste des mots en attendant qu'il en ressorte des images, des souvenirs, d'autres mots, des visions.

*

Crevasse : cénote. Sur la route en terre qui passait devant notre hôtel à Tulum, avant de pénétrer dans la réserve de biosphère maya, il y avait un petit cénote, crevasse apparemment sans fond pleine de l'eau cristalline d'une rivière souterraine. Nous avons arrêté notre voiture de location – nous étions en maillot de bain – et sommes allés nager en compagnie des gosses du village qui grimpaient aux arbres décharnés de la rive pour plonger dans l'eau. Je suivis leur exemple, provoquant sourire et rires timides, lançant dans l'air gros ventre poilu débordant d'un maillot de bain et torse en forme de barrique blanc d'hiver, provoquant une grande éclaboussure au contact de l'eau, m'enfonçant à grands mouvements de bras et coups de talon aussi loin que je pouvais dans les profondeurs froides et violacées jusqu'à ce que, vaincu par la crainte de pénétrer accidentellement dans une grotte dont je ne pourrais plus ressortir, je rebrousse chemin en battant frénétiquement des pieds. La péninsule du Yucatán, lûmes-nous dans notre guide, est une immense plaque de calcaire friable dans laquelle l'impact d'une météorite géante il y a plusieurs millions d'années a provoqué des fissures et des crevasses profondes au travers desquelles suinte l'eau de pluie, alimentant les rivières souterraines qui courent sous la surface aride de la péninsule. Un cénote se forme chaque fois que se produit un effondrement de terrain au-dessus d'un vide contenant de l'eau, ou que le mouvement des plaques tectoniques ouvre une crevasse dans la couche calcaire.

Portail des enfers : c'est ainsi que notre guide qualifia à l'intention de son troupeau de touristes un cénote dont la surface vert pomme cachait les profondeurs ténébreuses de l'entonnoir renfermant les squelettes des victimes de sacrifices humains qui y étaient jetées après que leur cœur eut été arraché. *Hell-Ha* : tel est le nom qu'Aura avait donné au parc à thème maya Xel-Ha, piège à touristes bondé dans lequel nous entrâmes, alléchés par la promesse de cénotes et de lagons dans lesquels on pouvait plonger avec un tuba, bien qu'il y eût sous l'eau plus de paires de jambes qui gigotaient que de poissons et des tas de saletés semi-translucides qui dérivaient entre deux eaux.

*

Il y eut aussi ce petit lagon, ou lac, ou étang que nous avions trouvé un après-midi dans la réserve de biosphère maya. Nous nous y étions enfoncés sur une route en terre pleine d'ornières boueuses et de cratères marécageux, bordée de chaque côté d'une jungle ininterrompue de broussailles, quand à droite nous avions vu un petit parking et une tour d'observation jaune vif qui s'élevait au-dessus des arbres bas telle une chaise égarée de surveillant de baignade. Nous nous arrêtâmes, sortîmes et suivîmes le sentier menant à la tour dont nous montâmes les marches en zigzag jusqu'à la plateforme à son sommet. Ce fut une surprise de voir la mer caraïbe toute bleue à pas plus de deux cents mètres, au-delà de la voûte des arbres de l'autre côté de la route et aussi, comme il était plus tard que nous croyions, le soleil descendre dans le ciel, orange et palpitant.

En repartant, au lieu de reprendre la route de Tulum, nous suivîmes la piste jusqu'à ce lagon caché où nous nous assîmes sur un ponton en bois à ras de l'eau, sans personne aux alentours. Nous vîmes bientôt les pastels iridescents du coucher de soleil se répandre sur l'eau et enflammer le ciel au-dessus de la bande de jungle qui nous séparait de l'océan. L'atmosphère vibrait de cris d'oiseaux, comme si chaque arbre et chaque plante, incandescents, cachait un ou deux animaux bruyants et, stupéfaits, nous nous enfonçâmes chacun de notre côté dans une méditation sur la sublimité folle de ce dont nous étions témoin, nous emplissant séparément d'une sensation d'émerveillement mystique et de solitude qui finit par se mêler en un unique émerveillement mystique et une solitude commune. C'était comme si nous venions d'être mariés par les oiseaux au cours d'une cérémonie secrète. Il m'arrive parfois de penser que si les cénotes sont réellement les hublots donnant sur les enfers et que je puisse en emprunter un pour être de nouveau uni à Aura, c'est sur la berge de ce lagon que j'émergerai et la trouverai en train de m'attendre.

Eh bien, Hell-Ha, *mi amor* ? Il n'y a pas de souvenir heureux qui ne soit chargé d'un virus ayant sauté de la mort à la vie, empruntant chaque souvenir pour remonter le cours du temps avec voracité, m'obligeant à désirer que rien de mon propre passé n'ait existé. Mais je suis comme une sentinelle qui sommeille à la porte du local de la quarantaine, laissant passer les détenus. En fait c'est moi qui me sens isolé en compagnie de mes seules versions.

Aura ne peut pas dire : Mais ce n'était pas vraiment comme ça, *mi amor*, c'était plutôt comme ci. Un jour ce serait à elle de tenir ma main décharnée pour me guider dans nos souvenirs des débuts de l'amour. Cette douce allégresse de se réveiller pour la trouver auprès de moi. L'appartement se remplissant d'une musique que je n'avais jamais entendue, mélodieuse, intelligente, juvénile – Belle and Sebastian – au cours des matins les plus heureux de ma vie jusqu'alors. (Quatre ans plus tard je ne m'y étais pas encore fait, à la surprise quotidienne du bonheur.) Elle avait apporté ses CD les premières nuits qu'elle était venue dormir. « Dear Catastophe Waitress », « Wrapped Up in Books », « Judy and the Dream of Horses », et

Si tu te trouves pris par l'amour
Dis une prière au type qui est là-haut
Remercie-le pour chacun de tes jours
Tu devrais le remercier d'avoir sauvé ta peau.

Est-ce que tout cela a été pour de vrai ? Dans ma vie à moi ? Je ne peux pas écouter ces chansons sans m'embuer. Soda Stereo, Charlie García, Smiths, Pixies, OOIOO, ses chers Beatles et Dylan. Et qu'est-ce que j'ai fait aimer à Aura ? Iggy Pop et les Stoogies, je présume. *Te quiero aún más hoy que ayer*, je t'aime plus aujourd'hui qu'hier – tous les matins c'étaient les premiers mots que je lui disais comme les gens qui par superstition ne manquent pas de prononcer rabbitrabbitrabbit en se réveillant au premier jour de la nouvelle année. Il faudrait des mois avant que vienne le matin où j'oublierais de les prononcer. Aura faisait mine, pendant environ deux minutes, de s'indigner : Quoi, tu n'es déjà plus amoureux de moi ? En moins d'une année cette répétition commença par sembler trop automatique. Ce n'était pas cependant une chose à jeter comme si elle était trop usée, il y avait encore des matins où je voulais qu'elle l'entende, ou que j'avais juste envie de la lui dire. Un matin, au cours de cette première ou deuxième semaine, elle me tira du lit et m'emmena à la chaîne, mit son CD de Bjork et l'avança jusqu'à : « It's Oh So Quiet », cette chanson qui parle de tomber amoureux, où ses shh-shhhs se métamorphosent en des hurlements euphoriques de WOWWW WOWW... THIS IS IT !!! – j'étais capable d'inspirer ça ?! Aura avait les yeux bridés comme Bjork et ses cheveux de lutin coquin tombaient comme les siens. Un autre soir, assise sur mes genoux, elle m'avait lu un poème du recueil de Carol Ann Duffy qu'elle avait apporté : *Au bout de l'enfance, les maisons se sont perdues... jusqu'à ce qu'enfin tu apparaisses à l'orée de la forêt.* C'est dans la clairière de cette forêt que celle qui parle dans le poème, le Petit Chaperon rouge, avait *posé les yeux sur le loup* pour la première fois. *D'une voix traînante de loup velu*, le vieux loup, à la gueule tachée de vin, était en train de réciter ses poèmes, tenant le livre dans ses *pattes poilues* – Aura baissa la voix sur ces rimes, le bout frisotté de son collant sur ses orteils se dressant en mesure comme les oreilles d'un chat en direction du son. *Quels gros yeux... quelles dents*, hahaha, *et m'a offert un verre, mon premier*. Pourquoi le Petit Chaperon rouge veut-il aller avec le vieux loup ? Aura pressa son front tiède contre le mien : *Voilà pourquoi. La poésie.* Elle répéta : *LA POÉSIE.* Le Petit Chaperon rouge veut être poète lui aussi.

Quelle petite fille n'aime pas énormément le loup ?

— psalmodié et étiré avec exubérance comme le refrain d'un hymne de rock favori. Sauf que le poème finissait mal, du moins pour le loup. Après dix années passées à écouter le loup chanter les mêmes vieilles chansons sans avoir trouvé sa propre voix, le Petit Chaperon rouge ouvre le loup en deux *du scrotum à la gorge* à coups de hache et découvre *les os de sa grand-mère* à l'intérieur. Oh non, dis-je, s'il te plaît, mon amour, ne me fais jamais ça, je ne t'empêcherai pas de chanter, je ne suis pas ce genre-là de vieux loup !

Notre premier dimanche ensemble à New York, nous étions allés acheter le premier sandwich au pastrami d'Aura chez Katz's Deli. Nous avions projeté d'aller ensuite au Metropolitan Museum, puis de faire peut-être une promenade dans le parc, de prendre un verre dans un bar d'hôtel romantique et dîner tard quelque part. Les sandwichs de chez Katz's étant énormes, j'avais proposé qu'on en partage un et commandé deux soupes aux boulettes de pain azyme, parce qu'elle n'y avait pas encore goûté, mais elle avait tellement aimé les petits bouts de pastrami que l'employé lui avait fait goûter et était tellement excitée à la vue des sandwichs débordant de viande juteuse, qu'elle en avait voulu un entier. Elle l'avait dévoré. Puis, à peine étions nous sortis, elle avait déclaré qu'elle avait mal au ventre. Elle avait un regard ahuri, les traits tirés, et quand je pressai mes lèvres et mon nez contre sa joue elle était moite et avait une légère odeur de moutarde et de gras. Ohhh, gémit-elle, pliée en deux, se tenant l'abdomen, il faut que je rentre à la maison. Tu veux dire chez moi ? demandai-je. Elle acquiesça. Je fis signe à un taxi et nous retournâmes à mon appartement à Brooklyn, où elle passa le reste de l'après-midi au lit, tandis que je lui faisais boire de l'Alka-Seltzer, courais acheter de la camomille au supermarché, regardais un match de foot sans le son pendant qu'elle dormait, lui chatouillais l'intérieur de l'avant-bras ainsi que je savais déjà qu'elle voulait que je fasse, promenant le bout de mes doigts sur sa peau avec la légèreté d'une plume. Le soir venu, elle se sentit mieux et je commandai une soupe au poulet et au riz et un Sing Chow Mei Fun pour moi chez le chinois du coin et nous regardâmes un DVD. J'avais quasiment oublié qu'il était possible de passer un dimanche comme Aura et moi venions de le faire.

Aujourd'hui, chaque fois que je passe devant chez Katz's Deli, je m'arrête pour regarder en une muette confusion le trottoir, le long serpent noirâtre du caniveau, l'air vide au-dessus de ma tête. Il m'arrive parfois de me planter là où ça a eu lieu et de murmurer : Tu veux dire chez moi ? Descendre dans le souvenir tel Orphée pour ramener un instant Aura à la vie, tel est le but désespéré de tous ces petits rites et reconstitutions inutiles.

Pour fêter le cinquantième anniversaire de Juanita, deux des *tías*, Lupe et Cali, et quelques amis, dont le dentiste d'Aura quand elle était petite, l'avaient invitée avec Rodrigo à passer un long week-end à Las Vegas. Aura avait cours le vendredi et le lundi, de sorte que nous partîmes samedi matin rien que pour dîner avec sa mère le soir même avant de repartir le lendemain. Une montagne noire au sommet plat, à moins que ce ne soit qu'une colline, surplombe Las Vegas, s'élevant sur l'horizon du désert de Mojave telle une gigantesque camionnette noire sur un parking vide, brûlante et étincelante dans la lumière éclatante. Aura et moi décidâmes qu'elle irradiait le mal, le vaporisant en cercles continus, comme de la pisse de chat, sur la ville rutilante. Notre chauffeur de taxi était en partie responsable de cette première impression durable, qui nous avait conduits comme s'il avait ordre de nous mener le plus vite possible à la montagne sinistre où son seigneur et maître, qui était aussi celui de notre destin, nous attendait dans sa grotte. Fonçant sur la longue avenue toute droite qui passe derrière le Strip miroitant, faisant crisser ses pneus à chaque redémarrage, il conduisait comme s'il était en rage, comme s'il savait déjà quel était notre destin et qu'il était impuissant à le prévenir. Aura s'accrochait à son siège en hoquetant et nous échangions des expressions inquiètes. Le chauffeur se prénommait Boguljub, d'après sa carte d'identité, et son véhicule était un 4×4 avec un écran électronique face aux passagers qui ne faisait qu'amplifier la sensation de claustrophobie par les réclames pour les spectacles, les casinos et les promos de restaurants de grillades qui y défilaient sans discontinuer. Nous passâmes devant une affiche de Siegfried et Roy, Maîtres de l'Impossible, bien que l'un d'eux, je ne me rappelle pas lequel, ait été déchiqueté et presque tué par un de leurs tigres un mois plus tôt – un tigre blanc qui avait traîné Siegfried ou Roy tout autour de la cage, les mâchoires serrées sur son cou et le secouant, selon les mots du présentateur, « comme une poupée de chiffon ». (Comment et pourquoi *lui* avait-il survécu ?) Boguljub prit à gauche, pied au plancher tandis qu'il filait le long de la petite rue menant à notre hôtel, le Venetian. Nous n'allions pas à la montagne, en fin de compte. Belzébub, évidemment, tel est le nom dont nous l'affublâmes par la suite, bien qu'avec ses cheveux blonds et ses yeux bleus il ressemblât moins au taxi à tête d'enclume des terreurs enfantines d'Aura que la montagne du mal.

Quelle qu'ait été la crainte que m'avait inspirée la déclaration de Lola selon laquelle Juanita pouvait mettre fin à notre liaison d'un simple mot, je ne me rappelle pas l'instant de notre première rencontre. *Hola*, Ma, je te présente Francisco, et les yeux de Juanita posés sur moi pour la première fois – aucun souvenir de cela. J'avais dû regarder les photos que nous avions prises avec notre appareil jetable. Juanita, Rodrigo assis à une table chargée de paquets et de cocktails, Juanita montrant un T-shirt rose imprimé « New York City » en lettres pailletées et souriant comme si c'était le plus beau cadeau du monde. Aura avait toujours été une impatiente acheteuse de cadeaux de dernière minute – les années suivantes, c'est souvent moi qui devais choisir les cadeaux destinés à sa famille. Les photos montrent un atrium en verre, le visage empourpré et ravi de Juanita, Rodrigo avec une casquette de base-ball sur les yeux, Aura qui ressemble à Audrey Hepburn – collégienne en chandail crème, jupe en laine grise, coiffée à la Jeanne d'Arc, contente d'être avec sa maman. On ne s'occupa pas beaucoup de moi. Peut-être était-ce en partie par timidité, la leur comme la mienne, mais aussi je n'étais qu'un petit ami de plus. Les copains d'Aura allaient et venaient, pourquoi pas moi ? Peut-être qu'ils ne savaient pas encore mon âge, et que dans moins de trois ans je célébrerais mon cinquantième anniversaire. Aura gâtifiait sur sa mère, bêlant « Mami » et arrachant à

Juanita des sourires extatiques. Je ne percevais pas encore, sous son attitude calme et retenue, la tendance qu'avait Rodrigo à bouder dans son coin. À un moment, je surpris Juanita assise en face de moi en train de m'observer. Elle détourna le regard quand elle réalisa que je l'avais remarquée. La deuxième fois que je la surpris à me regarder, plus tard ce même soir, je crois qu'elle s'était fait son opinion. Aura et moi, comme tous les amoureux, avions la possibilité de nous couper du monde, de nous pencher l'un vers l'autre pour rire de tout ce que l'un ou l'autre pouvait raconter. La première fois que je surpris Juanita à nous épier pendant un tel moment c'était six semaines plus tard, au Mexique, au gala du Nouvel An au Salon del Lago où Leopoldo nous avait invités, et son expression était plus songeuse et triste que lorsqu'elle n'avait fixé les yeux que sur moi. On aurait dit un Prospero maternel, qui a perdu tous ses pouvoirs, occupé à espionner le duo complice formé par une Miranda et un Caliban inexplicablement énamourés.

Mais, à Las Vegas, je ne faisais attention qu'à Aura, et ne me rappelle pas m'être beaucoup préoccupé de l'effet que je pouvais faire sur sa mère. La plupart des autres photos de nous à Las Vegas avaient été prises dans notre chambre d'hôtel au goût clinquant, moi perché telle une gargouille au sommet d'un fauteuil qui ressemblait à un trône papal, Aura posant comme un mannequin de Vogue dans son luxueux peignoir de bain parmi les meubles prétentieux. Une autre après l'amour, adossée aux oreillers, les revers écartés du peignoir révélant le petit tatouage et les versants lisses de ses seins, les yeux un peu endormis mais fixant l'appareil d'une manière directe et confiante – un regard d'axolotl.

Plus tard ce soir-là, à une table de vingt-et-un au casino du Bellagio, Aura avait gagné cinquante dollars avec la première mise de sa vie. Enfant de la chance !

Nous avions rejoint ses parents, les sœurs Hernández et leurs amis – jusqu'alors je les avais à peine vus, ils étaient tout le temps occupés à faire du shopping ou à jouer – pour nous rendre au dîner d'anniversaire. Le Bellagio paraissait aussi immense et imposant que le Louvre, avec sa suite interminable de salles de jeu, de bars, de restaurants, de boutiques et les touristes qui prenaient des photos. Un instant nous étions en train de marcher avec les autres, absorbés dans notre conversation et l'instant d'après nous étions seuls dans la foule, Juanita, Rodrigo, les *tías*, leurs amis, personne en vue, tous disparus. Nous ne connaissions pas le nom du restaurant où nous allions, ni sous quel nom la réservation avait été faite.

Pendant presque deux heures Aura et moi errâmes d'un restaurant à l'autre – il y en avait au moins une douzaine –, vérifiant les listes de réservations et suppliant de hautains maîtres d'hôtel de nous laisser de nouveau parcourir leurs salles. Nous répétâmes le circuit une fois, deux fois, à l'intérieur du vaste Bellagio. La troisième fois que nous nous arrêtâmes au Cirque, nous fûmes renvoyés par un glacial : Vos parents ne sont pas ici, avant d'avoir pu ouvrir la bouche. Nous avions fait tout le chemin jusqu'à Las Vegas pour cela, pour dîner avec Juanita le samedi soir. Nous finîmes par nous arrêter afin de prendre quelques verres à l'un des bars du casino. Et si je ne revois jamais ma mère ? me demanda Aura. Où sommes-nous de toute façon, Francisco ? Je tâchai de la rassurer. Mais je savais qu'à Las Vegas rien n'est impossible et les gros titres des tabloïds – *Une famille mexicaine et leurs amis disparaissent sans laisser de traces au Bellagio* – défilaient déjà dans ma tête comme sur l'écran du taxi de Belzébuth. Nous reprîmes notre dérive étourdie dans le casino, nous tenant la main comme deux enfants qui ont peur d'être séparés. Une nouvelle demi-heure passa. *¿ Cómo se dice una cobija de indios ?* me demanda Aura tout à trac, mais avant que j'aie pu répondre elle dit : Couverture indienne ? *¿ Se dice así ?* et laissa échapper un petit cri – Rodrigo était là, nous barrant la route, nous prenant fermement aux épaules comme pour nous empêcher de nous échapper. Il avait quitté le restaurant pour aller à notre recherche. Après nous avoir longtemps attendus, ils avaient fini par dîner. Peut-être qu'on pourrait les rejoindre pour le dessert. Il nous mena à un restaurant genre cafétéria avec un buffet que je n'avais même pas remarqué. Une nouvelle scène de retrouvailles entre Aura, sa maman et les *tías*. Nous allâmes ensuite faire un tour sur le boulevard de néons avec ses fontaines illuminées et une fausse tour Eiffel. À la fin de la matinée suivante nous repartîmes pour New York. Dans l'avion, tandis qu'Aura étudiait, je regardai un film dont le héros était un cheval de course. Pendant les scènes de course je sautai sur mon siège comme si j'étais le jockey sans m'en rendre compte jusqu'à ce qu'un coup de coude me fasse me tourner vers Aura qui était en train de m'imiter en bondissant sur son siège, les yeux rivés à l'écran, en exagérant mon expression absorbée, et elle rit et se mit à m'embrasser tandis que je souriais comme un dément, vainqueur inattendu, menant mon cœur fringant sur la piste semée de crottin jusqu'au paddock du gagnant !

Près d'une année après la disparition d'Aura, sa cousine Fabiola m'apprit que Juanita avait essayé de persuader Aura de me quitter. Aura le lui avait dit, mais pas à moi. Il faut qu'elle comprenne, avait-elle déclaré à Fabis, que je suis amoureuse. Fabis m'apprit aussi qu'à l'époque où elle était allée voir Aura à Brown, Juanita téléphonait tous les matins à huit heures pour parler de ce qu'Aura allait faire dans la journée, des progrès de sa thèse, et ainsi de suite. Fabis avait été surprise de constater à quel point Aura était gentille avec sa mère chaque fois qu'elle appelait, même si elles étaient rentrées tard la nuit précédente et je me rappelle avoir souhaité que ma mère s'occupe autant de moi, même si aujourd'hui je suis content qu'il n'en ait pas été ainsi et qu'elle ait respecté ma liberté. Après que Fabis eut accompagné Aura à New York pour l'aider à s'installer à Columbia, Juanita lui avait téléphoné pour la remercier. Elle lui avait déclaré qu'elle lui avait évité les dix séances avec un psychiatre dont elle aurait eu besoin si Aura était allée toute seule à New York. Que voulait-elle dire par là ? se demandait Fabis. Dix séances avec un psychiatre ? Je ne comprends toujours pas. Le compte rendu de Fabis me sembla contenir les clés possibles d'une scène qui m'avait longtemps dérangé, même si je ne saurai jamais ce qui l'avait provoquée. Un jour, rentrant en compagnie d'un ami, j'avais trouvé Aura assise par terre dans la cuisine, le téléphone à la main, en train de pleurer et de répéter d'une voix très angoissée :

Non, Mamá…

NON, Mamá…

Nooooon…

Non, Mamá, NON…

Nous refermâmes vite la porte derrière nous et allâmes acheter une bouteille de vin sur Atlantic Avenue, à plusieurs rues de là. À notre retour Aura avait raccroché et ne semblait pas même ébranlée, même si elle gardait le silence. Quand je lui en parlai plus tard, elle se contenta de dire : Oh, rien. Tu sais, ma mère… Mais je ne me rappelle qu'une ou deux autres fois où j'ai vu Aura aussi égarée. Sa mère doit être particulièrement désespérée, je me rappelle avoir pensé, peut-être même qu'elle menace de se suicider, même si elle n'en a pas l'intention, mais cela suffit à faire flipper sa fille.

Personne ne détestait autant Roméo que la mère de Juliette – c'est la phrase que je tenais prête au cas où elle aborderait le sujet de l'hostilité de sa mère à mon égard. Mais Aura ne le fit jamais, et je n'eus donc pas à l'utiliser. Maintenant, je savais, grâce à Fabis. Mais cela n'avait pas dû être si facile pour Aura d'ignorer les conseils de sa mère. Il n'avait certainement pas suffi de déclarer : Mais je l'aime, Mami, et voilà tout. Il s'était passé plus tôt une chose que j'avais presque oubliée. Nous étions au Mexique pour le mois que durent les vacances de Noël, moins de trois mois après que nous avions commencé à nous voir, bien que nous habitions déjà ensemble à Brooklyn. Nous étions dans mon appartement de Condesa. (Ma sous-locataire argentine était retournée avec son mari en moins de deux mois.) Après la description que j'en avais faite d'un étage entier avec vue sur un palazzo florentin, Aura était déçue. Elle ne voyait aucun charme dans les portes-fenêtres pourries avec leurs carreaux manquants et fêlés, la fenêtre de la cuisine qui ouvrait sur un patio aux allures de puits qui devenait un nid à moustiques à la saison des pluies, la perpétuelle fuite de gaz dans la cuisine, les meubles grossiers achetés sur le trottoir, et pire que tout, la chambre sans fenêtre aux murs et au plafond tachetés de restes des moustiques que j'avais tués au cours de nombreuses heures d'insomnie passées debout sur mon lit ou armé d'un magazine roulé ou d'une tapette. C'était la première fois que je décevais Aura à ce point. Qu'est-ce que cela signifiait ? Et si j'étais pareil à cette chambre ? Un crétin négligent, vieillissant et romantique dont la promesse enthousiaste se révélait être une sinistre cellule suffocante aux murs pleins de cadavres, meublée d'un lit inconfortable et bon marché. Oui, oui, bien sûr qu'il est comme ça, *hija*, c'est tout ce que tu peux attendre de lui, tu ne crois pas que j'en connais un bout sur les hommes de son genre, les *niñotes* de ma génération qui refusent de grandir ?

Je n'ai aucune preuve qu'Aura et sa mère eurent jamais pareille conversation. Mais pendant trois jours et trois nuits d'affilée, Aura se montra froide et même cruelle envers moi comme elle ne l'avait jamais été et ne le serait jamais plus. Elle ne fit l'amour qu'une seule fois, avec une telle apathie que ma bite alla se réfugier sous le lit. Le matin, elle était partie avant même le petit déjeuner pour l'UNAM où elle allait voir sa mère, ses professeurs et même son ancienne analyste, Nora Banini. Elle semblait ne pas vouloir me présenter à ses amis. Pendant ces longues journées, elle ne me téléphona pas. Était-elle avec son ex-petit ami ? Borgini peut-être ? (Juanita, je le sais aujourd'hui, avait fortement encouragé sa relation avec lui.) Mais je savais qu'Aura n'était pas comme ça. Vraiment ? J'étais hors de moi, saturé de crainte jusqu'aux os. Elle me traitait comme une femme traite un homme dont elle ne veut plus et avec lequel elle se prépare – rassemblant ses arguments, répétant avec sa mère et ses amies – à rompre.

Qu'est-ce qu'il y a ? je gémis quand elle rentra. Qu'est-ce que j'ai fait ? Tu as raison, cet appartement est un trou à rats, je vais m'en débarrasser. Oh, mon Dieu, tu ne m'aimes plus ? Juste comme ça ?!?

Elle avait les yeux baissés. Elle était face à moi de l'autre coté du lit, occupée à tirer le drap, à retaper la vieille couette qui perdait ses plumes. Le silence se dirigeait en rampant vers la mort. Les pattes des carcasses collées aux murs commencèrent à trembler, et aussi les ailes, les moustiques étaient ressuscités par mon cœur brisé, dont ils allaient bientôt sucer jusqu'à la dernière goutte de sang.

Enfin Aura dit, tout bas : Ce n'est pas ça, Frank. Ne t'inquiète pas, ce n'est rien, ça va passer.

Et ça passa, le lendemain matin. Ça s'envola, comme une plume, et elle réapparut, comme si elle s'était cachée dessous pour me taquiner, telle qu'elle était avant, me harcelant pour que je l'accompagne partout. Ce matin-là elle voulut que j'aille avec elle à l'Immeuble fantôme. Nous ne parlâmes même pas de la raison de sa froideur. J'étais soulagé de laisser ces trois jours derrière nous comme s'ils avaient été porteurs d'un germe mortel.

L'Immeuble fantôme était la plus célèbre horreur de l'Avenida de los Insurgentes, un énorme bâtiment d'habitation à moitié abandonné surplombant le voisinage de ses quinze étages aux larges façades anguleuses, sommé par une construction en béton qui évoquait les restes calcinés d'une tour de contrôle. On aurait dit qu'il avait à peine survécu au bombardement de Dresde. On avait proposé à Aura d'écrire un article pour un nouveau magazine auquel une foule de jeunes écrivains avaient très envie de collaborer, mais elle n'avait encore jamais rien écrit de ce genre. Elle venait de passer le premier semestre à Columbia à suivre des cours qui exigeaient pratiquement qu'elle apprenne une nouvelle langue – la théorie critique –, dont l'un avec le professeur Gayatri Chakravorty Spivak, probablement la plus grande star de la critique littéraire depuis Edward Said. Aura était intimidée et déconcertée par Spivak tout en l'adorant. La chance qui lui était offerte d'écrire pour un magazine qui faisait part aux branchés de la capitale des nouvelles tendances et adresses la mettait aux anges.

Elle avait décidé d'écrire un papier sur l'Immeuble fantôme. Tout ce que j'en savais c'était que ces bars louches ouverts toute la nuit, El Bullpen et El Jacalito, se trouvaient au rez-de-chaussée avant d'avoir été fermés. Qu'est-ce qui s'y passe ? demandai-je. On fume du crack ? Probablement, répondit-elle, mais je ne sais pas, c'est pour ça qu'il faut y aller. Elle m'apprit que l'été précédent un avocat y avait été assassiné dans son bureau. Oh génial, dis-je, c'est rassurant, les avocats y ont leurs bureaux et s'y font tuer. Nous étions en train de considérer la façade qui semblait avoir été léchée par les flammes, dont les carreaux et le béton couleur de crotte étaient craquelés, troués et effrités par endroits. L'éclat des vitres aux rideaux miteux ou aux stores baissés était assombri comme par la suie. Plus haut, des étages presque entiers n'étaient plus que des trous noirs calcinés. Ne faisant pas confiance aux ascenseurs, après avoir passé une petite porte donnant sur le hall, nous nous engageâmes dans un escalier aux odeurs d'humidité rance et de pisse. Des pas rapides et légers, un gosse scrofuleux, T-shirt sale sans manches, tatouages, du genre qu'on exécute grossièrement à l'encre bleue dans les prisons, longue mèche de cheveux évoquant un dard de raie dans le dos, un sac en papier roulé à la main, les yeux baissés, passa comme une flèche sans nous saluer. Au premier étage nous nous retrouvâmes dans un couloir sombre, pas de lumière, portes fermées, silence, une odeur de rongeurs et de moisi. Certaines portes étaient munies de plaques dont l'une annonçait *Oficina Jurídica* – Cabinet d'avocats. Nous tournâmes dans un autre couloir qui était si long qu'on aurait dit qu'il disparaissait dans l'obscurité. Nous retournâmes à l'escalier et montâmes à l'étage suivant, puis à celui d'après, chacun semblant plus abandonné et claustrophobe que le précédent. J'avais envie de m'en aller. Il aurait pu nous arriver n'importe quoi, surtout à Aura, dans cette ruine à peine habitée, et j'en aurais été responsable. Mais à l'étage suivant, quand je me mis à prendre le chemin de la sortie, elle me tira par le bras et murmura : Plus haut, montons plus haut – comme si elle était sous l'emprise d'un charme. On ne va pas plus haut, dis-je. On s'en va. Plus tard, elle et Fabiola devaient se moquer de l'ancien « correspondant de guerre » qui avait eu peur de l'Immeuble fantôme !

La Señora Gama, gérante de l'immeuble Insurgentes et responsable de la fermeture de deux commerces au rez-de-chaussée du bâtiment délabré – les fameux rades El Bullpen et El Jacalito – avance d'une démarche assurée dans le couloir sombre aux murs fissurés, vêtue d'une veste et d'une minijupe d'un bleu électrique. Avec un sourire forcé, elle s'efface devant ses possibles locataires futurs – deux jeunes femmes qui cherchent un espace pour ouvrir un atelier de couture – les invitant à s'engager dans l'escalier qui les mènera au huitième étage. C'est le plus haut que desserve l'unique des quatre ascenseurs à avoir survécu au tremblement de terre de 1985. Celui-ci est décoré de graffitis colorés et inintelligibles et les transporte au troisième étage[1].

Ainsi commençait l'article « L'Immeuble fantôme » qui parut quelques semaines plus tard dans le magazine *D.F.* Les deux jeunes femmes qui voulaient louer un espace pour leur atelier de couture étaient Aura et Fabis. Sans rien m'en dire, Aura avait persuadé sa cousine d'y retourner avec elle.

Curieuses de découvrir ce qui se trouve au-delà du dixième étage, les filles montent l'affreux escalier. La vue sur la ville est spectaculaire. Au sommet se trouve un écriteau marqué *Propriété privée.*

1. « *La Sra. Gama, administradora del Condominio Insurgentes y responsable directa de la clausura de dos de los lugares que amurallan la entrada al maltrecho inmueble – los conocidos antros El Bullpen y El Jacalito – camina segura en su traje de saco y minifalda azul eléctrico por el agrietado y oscuro pasillo del piso diez. Con una sonrisa forzada, invita a sus posibles futuras inquilinas, dos mujeres jóvenes buscando un espacio para empezar su negocio de costura, a tomar las escaleras hasta el piso ocho (el último que alcanza el único elevador sobreviviente de los cuatro que existían hasta el temblor del' 85 y cuyas paredes están adornadas por coloridos e inteligibles graffitis). Bajan en el piso cuatro.* »

Entrée interdite. Elles jettent un œil dans le couloir désert. Elles voient une grande colonne brûlée et couverte de graffitis. Là où naguère se trouvaient des fenêtres il n'y a maintenant plus que des cadres calcinés contenant un ciel sans nuages. Une radio diffuse de la musique. Elles suivent le son et au bout du couloir, derrière une porte entrouverte, elles voient un tapis rouge et deux hommes occupés à lire sur un canapé. Elles entendent des pas qui s'approchent. Elles échangent un regard effrayé et décampent sans un mot en direction de l'escalier.

Ravi par son article, le rédacteur en chef lui en commanda un autre. Nous nous installâmes dans l'ancien appartement d'Aura à Copilco, dans la chambre où elle avait passé la plus grande partie de sa vie. Il n'y restait presque plus de meubles et le téléphone était coupé. Même si notre présence n'était pas un secret, nous avions l'impression de nous cacher tels des adolescents en cavale.

Mais Aura devait bientôt avoir son appartement à elle. De jeunes architectes étaient en train de convertir d'anciens entrepôts en lofts à la limite d'Escandón. La maman de Fabiola, Odette, connaissait les parents d'un des architectes et avait acheté deux deux pièces en rez-de-chaussée à bon prix avant le début des travaux, l'un pour Fabis, l'autre comme investissement, et Juanita avait acheté un appartement pour Aura également au rez-de-chaussée, investissant toutes ses économies dans le premier versement. C'était un cadeau extraordinaire, destiné à assurer à Aura la sécurité et l'indépendance au début de sa carrière professionnelle. Les appartements devaient être prêts pour l'été.

Nous allâmes avec les parents d'Aura à Taxco, où Juanita avait grandi, passer le week-end avant Noël dans un grand hôtel récemment restauré, Los Ángeles de Las Minas, invités par le propriétaire, un bon ami de Leopoldo. Je ne connaissais pas encore l'oncle d'Aura – dont elle m'avait dit qu'il allait sans doute me détester et que j'allais sans doute le détester en retour. Il se révéla être l'homme qui se trouvait devant l'hôtel coiffé d'un casque de chantier jaune, des plans roulés sous le bras, les trois premiers boutons de sa chemise blanche impeccable défaits afin de laisser paraître une poitrine de nageur dépourvue de poils, un chandail jaune lâchement noué par les manches autour de son cou – l'unique frère de Juanita, son aîné de six ans, ancien diplomate, et auteur. Son bouc en pointe lui conférait l'air d'un diable apparemment cultivé, arrogant, vaniteux et puissamment intelligent, et cela d'une façon qui, plutôt que d'éveiller l'intérêt, vous mettait sur vos gardes.

Nous échangeâmes un salut et quelques paroles d'introduction polies bien que brusques. La construction de sa maison n'ayant pas encore commencé, Leopoldo n'avait aucune raison de porter un casque ; il allait seulement inspecter le terrain en compagnie de l'entrepreneur. Il était possible que le rouleau ne contienne pas de plans. Il était comme un petit garçon qui joue gravement à se déguiser en Bob le Bricoleur. Plus tard dans l'après-midi, je descendis au bar prendre une bouteille de vin sous prétexte de ne pas vouloir attendre le service d'étage, et je me glissai dans la boutique pour acheter un collier qu'Aura avait paru aimer ; c'est comme ça que j'étais, joyeux dépensier empilant les dettes avec une application d'écureuil. Le fait de surmonter cette mystérieuse crise de trois jours avait renforcé notre amour – notre mariage mystique avec les oiseaux de Tulum ne datait que de deux semaines. Je pris une photo d'Aura, dans un chemisier noir sans manches, sur le balcon de notre chambre en fin d'après-midi, un fond de montagnes dans une brume bleutée, ses joues et son nez empourprés, un sourire et une inclination de la tête timides, un éclat doux et vulnérable dans le regard, tout cela la faisant paraître encore plus jeune, étonnamment et absurdement plus jeune, telle une *quinceañera* énamourée tout juste enlevée que je reconnais avec quelque incrédulité chaque fois que je regarde cette photo. Comme le jour tombait, la montagne s'anima fiévreusement de lumières étincelantes et mouvantes qui lui donnaient l'air d'un globe de neige secoué, une vague rumeur électrique emplit l'air, comme provoquée par des moteurs de la taille d'insectes et de boîtes à musique flottant au-dessus de la vallée. Nous bûmes du vin sur le balcon. Je sortis le collier de ma poche.

Quand aujourd'hui je regarde cette photo d'Aura, je ressens notre différence d'âge d'une manière pour moi plus gênante que lorsque nous étions ensemble. Juanita disait rarement, du moins en ma présence, quoi que ce soit qui m'embarrasse ou me fasse me sentir coupable de mon âge. Je crois que c'était plus par considération envers sa fille qu'envers moi qu'elle jouait le jeu et faisait semblant de nous considérer ainsi qu'Aura désirait que nous le fussions, ou peut-être que c'était aussi pour elle-même. Juanita me parlait presque toujours comme si j'étais plus proche en âge de sa fille que d'elle-même, ce qui ne signifie pas qu'il aurait mieux valu pour nous deux que nous parlions comme deux parents. Ce qui me fait honte aujourd'hui c'est la façon, quand nous étions avec la mère d'Aura, dont je faisais parfois passer l'immaturité pour de la jeunesse, de sorte que lorsqu'on s'adressait à moi comme si j'étais pratiquement encore adolescent, ou un homme-garçon, un *niñote*, je me laissais aller à l'idée d'être camouflé et même flatté. Aujourd'hui soixante ans c'est comme trente jadis. Mais ce n'est pas ainsi que j'étais avec Aura. Aujourd'hui, je ne suis pas à l'abri du danger de confondre la façon dont la mère d'Aura me considérait ou me parlait avec quelque aspect que ce soit de celle dont Aura le faisait – l'une des trahisons corrosives de la mort.

*

Aura déclara : c'est ici que j'ai passé les jours les plus heureux de mon enfance. Nous étions dans une rue en pente de Taxco en train de regarder la maison de la grand-mère d'Aura, aujourd'hui occupée par la bonne qui avait été longtemps au service de Mama Violeta, bien que celle-ci fût toujours bien en vie. Avec sa façade indigo vif décorée de carreaux de faïence et ses volets jaunes, la maison à un étage à flanc de colline faisait le coin de la rue. Du point de vue élevé où nous nous trouvions, on aurait dit qu'on aurait pu atterrir d'un bond sur son toit s'il n'avait pas été protégé par un réseau dense de barbelés et de tessons de bouteilles. Pleine de petits patios ombragés et de pièces reculées, la maison donnait de deux côtés sur les sommets où se trouvaient les mines d'argent dont celle où l'arrière-grand-père d'Aura, ingénieur français, avait travaillé. Pendant ses vacances, il était arrivé à Aura de passer ici jusqu'à un mois entier. Aujourd'hui Mama Violeta ne parlait même plus à aucun des enfants de son premier mariage. Leopoldo avait sondé l'un de ses demi-frères et avait appris que Mama Violeta avait vraiment l'intention de léguer la maison à son ancienne bonne. Les quatre enfants du second mariage de Mama Violeta vivaient tous loin, l'un quelque part au Texas, les autres un peu partout au Mexique, comme la fille avec qui elle vivait maintenant sur une plantation d'avocats à Nayarit. Leur père, le second mari de Mama Violeta, n'aurait pas pu être plus différent du premier, l'acteur écervelé. Comptable dans une mine d'argent, il ne buvait pas d'alcool, entraînait les écoliers au *fútbol*, allait régulièrement à la messe et participait aux processions de la Semaine sainte. Il était mort quand Aura était encore à l'école primaire.

Mama Violeta était également une couturière douée et dans sa jeunesse avait rêvé de faire carrière à Paris dans la haute couture, projet qu'elle aurait peut-être réalisé si son premier mari n'était pas mort si jeune. Dans cette famille où on faisait souvent trop de cas de l'apparence, c'étaient la fille aînée de Leopoldo, Sandrita, et Katia qui étaient considérées sans conteste comme les rivales en beauté, mais Mama Violeta traitait souvent Aura en favorite. Mama Violeta avait jadis passé de nombreuses semaines à coudre une robe éblouissante. Pour qui était-elle ? Mama Violeta refusait de le dire. Toutes les petites-filles la convoitaient et rêvaient qu'elle fût à elles. Mama Violeta avait dit à Aura, alors âgée de onze ans, qu'elle était pour elle mais qu'elle devait promettre de garder le secret. Elle ne l'avait même pas dit à sa mère. Une fois la robe prête,

Mama Violeta l'avait donnée à sa cousine Sandrita parce que c'était la plus belle, et à la voir il était clair qu'elle l'avait destinée dès le début à Sandrita qui était grande et mince avec de longues jambes. Raison pour laquelle, quand Aura se mit à sangloter et révéla à sa mère la promesse non tenue de Mama Violeta, personne ne l'avait crue.

Toutes les familles sont folles, bien sûr, me déclara Aura ce jour-là, sur le trottoir de Taxco. C'est apparemment plus vrai pour les femmes que pour les hommes. La folie passe de mère en fille sur trois générations, puis s'arrête. Peut-être que ce n'est là que sagesse populaire, poursuivit-elle, mais cela ne signifie pas qu'il n'y ait pas là quelque vérité. Eh bien ma grand-mère est visiblement folle, et ma mère est folle aussi, donc ce qu'il faut que je découvre c'est si mon arrière-grand-mère l'était aussi.

Mi amor, tu n'es pas folle, dis-je, je te jure. Mais qu'en est-il de ton arrière-grand-mère ? Son arrière-grand-mère, disait Aura, était retournée en France voir sa mère, qui était sur le point de mourir, et n'était jamais revenue au Mexique. Elle était tombée malade et elle était morte. Malade de quoi ? demandai-je. Aura l'ignorait. À l'époque Mama Violeta entrait dans l'adolescence. Son père, qui ne s'était pas remarié, l'avait élevée seul avant de mourir quelques années plus tard.

Ça serait un endroit formidable pour écrire, dit Aura en désignant la pièce d'angle au premier. Si seulement nous pouvions convaincre Mama Violeta de nous vendre la maison. C'était un rêve qu'Aura poursuivait depuis longtemps. Elle voulait restaurer la maison pour sa mère, aussi, qui aujourd'hui refusait de même venir la voir. Mais Aura n'avait pas vu ni parlé à Mama Violeta depuis l'âge de douze ans, depuis ce jour où sa mère et sa grand-mère s'étaient tellement disputées à Copilco. Peut-être que l'été prochain, dit Aura, nous irions à Nayarit faire une visite surprise à sa grand-mère.

Ce dernier jour à Taxco nous achetâmes l'ange en bois chaulé au sourire lubrique quoique sympathique qui était suspendu au-dessus de notre lit à Brooklyn, nous surveillait sans cesse en se détournant lentement, nous surveillant.

¡Ay mi amor, qué feo eres ! Ce drôle de rire silencieux qu'elle avait, la bouche ouverte, les yeux fermés en remuant la tête.

¿ Soy feo ?

Sííííí mi amor, pobrecito.

Elle me disait aussi que je ressemblais à une grenouille. *¿ Cómo está tu papada ?* me demandait-elle, comme si la peau qui pendait sous mon menton, pas tout à fait une caroncule, vivait de sa propre vie. Elle tirait dessus à deux mains, riait et disait de sa voix rauque : *Tu papada, mi amor.*

Pobrecito, no tienes cuello. Pauvre de toi, tu n'as pas de cou.

Pauvre de toi, tu es vieux, disait-elle aussi chaque fois que je m'endormais pendant que nous regardions un DVD ou la télévision. Il est vrai que, même si j'aimais le film ou le programme, je m'assoupissais généralement. Cela n'arrivait qu'au lit, presque jamais au cinéma. Je m'endormais aussi en lisant au lit. Était-ce un symptôme de vieillesse ?

Je n'avais pas renvoyé les derniers DVD loués à Netflix par Aura. J'ai trouvé les enveloppes mais il manquait deux disques. Je ne savais pas ce qu'elle en avait fait, ne savais pas vraiment où chercher. Je continuai à payer l'abonnement mensuel ; ce que je ferai probablement le restant de mes jours, un contrat éternel, même si je ne loue plus jamais de DVD, ce qui sera probablement le cas. Aura devait encore des sommes astronomiques à chacun des loueurs de DVD du quartier et autour de Columbia. J'avais cessé de regarder des DVD chez moi de toute façon. Je n'aimais pas être seul dans la pièce avec le lecteur de DVD. Ses clic-clic et ses vrombissements, ses petites lumières furtives, son compagnonnage autonome et sans vie me déprimait, me donnait l'impression d'être la dernière personne vivante au monde.

Une froide nuit d'hiver, je m'endormis au côté d'Aura qui lisait au lit. Une heure plus tard elle me réveilla en me secouant.

Je sursautai. Quoi ?

Elle désigna l'interrupteur au mur qui commandait la lampe à laquelle l'ange était suspendu et dit : Éteins la lumière, *mi amor*.

Je la regardai, bouche bée.

Toute contente d'elle, elle partit d'un éclat de rire malicieux.

Je sortis du lit et fermai la lumière.

Gracias, mi amor.

...

Il fait froid ! Je ne voulais pas sortir du lit !

La façon dont elle prononce Frank quand nous sommes seuls, et la façon dont cela me réveille le cœur. Je l'entends et le sens en moi, ce faible quasi-cri d'oie caressé par des lèvres charnues, une voyelle remplie de duvet qui flotte sur son souffle en ignorant le *n* et donne une petite tape au *k*. Mais quand elle m'écrivait, dans ses e-mails, elle m'appelait toujours Paco.

Il lui arrivait parfois de dire : Pourquoi est-ce que tu ne pourrais pas avoir dix ans de moins ? Alors tout serait parfait !

C'était une imperfection, mon âge, nul doute. Mais ma soi-disant jeunesse – pas seulement le fait que je paraissais plus jeune que mon âge mais mon immaturité – nous rapprochait-elle ? Peut-être, parfois, mais elle l'inquiétait aussi. Comment en étais-je arrivé à cet âge sans avoir fait plus d'économies, ou avoir mieux préparé l'avenir ? Elle ne me considérait pas comme un raté, mais je redoutais qu'elle le fasse, qu'un jour elle ait même raison. Je m'inquiétais qu'elle me quitte à cause de ça – j'étais décidé à travailler dur, à gagner de l'argent – plus que de notre différence d'âge. Peut-être était-ce une illusion, mais nous prétendions tous deux que j'avais hérité de la solide constitution de mon père et que moi aussi j'atteindrais les quatre-vingt-dix ans en pleine forme, que j'allais être un de ces hommes carrés à la poitrine puissante, têtu et couillu, du genre Picasso et Mailer, à la différence que je me contenterais avec bonheur d'une seule femme ! Par le passé, quand j'étais plus jeune et que j'avais des petites amies qui étaient un peu plus âgées qu'Aura, on m'avait parfois demandé si j'étais leur père, l'humiliation la plus communément réservée à l'amant plus vieux ; mais cela ne m'était jamais arrivé quand j'étais avec Aura. Comment cela était-il possible ? Je présume que quand nous étions en public, nous ne donnions pas cette impression.

Je lui avais dit un jour que mon père croquait les oignons comme des pommes, habitude, pour moi, qu'il devait à son appétit et à ses manières de paysan russe. Quiconque mangeait ainsi des oignons ne pouvait avoir une constitution faible. Quelques jours plus tard, alors que j'étais seul dans la cuisine, sous le coup d'une impulsion, je mordis dans un oignon rouge, pour voir l'effet que cela faisait. Aura qui était dans la chambre à l'autre bout de l'appartement entendit le bruit et cria : Tu viens de mordre dans un oignon ?! N'essaie pas de m'embrasser !

Comment avait-elle su que ce n'était pas une pomme ?

Dans les grands magasins, elle me poussait à acheter des produits de beauté pour homme, crèmes anti-âge et autres, y compris du Botox. S'il te plaît, *mi amor*, pour moi, tu ne veux pas avoir l'air jeune pour ta jeune épouse ? Je me demandais si elle était sérieuse : si je revenais un beau jour avec la figure comme une croûte de tarte surgelée après une injection de Botox, serait-elle horrifiée ? Elle m'envoyait des liens sur des crèmes anti-âge aux hormones de veau et autres choses du même genre. Elle savait que je n'en mettrais jamais. Mais Aura était folle de crème pour le visage. Au cours de notre précédent séjour à Paris, qui avait été court – juste deux jours, parce que je n'y étais venu que pour la promotion d'un livre – j'avais passé quatre heures à suivre Aura dans la boutique Sephora des Champs-Élysées. Aura, ça n'est pas possible que nous passions l'un des deux après-midi que nous avons à Paris dans un magasin de produits de beauté. Elle répondit : Mais ils ont des choses qu'on ne trouve pas à New York ! Sur quoi la plupart de ses trésors lui furent confisqués par la sécurité à Charles-de-Gaulle parce qu'elle avait mis tous ces tubes et flacons dans son bagage de cabine.

Nous étions dans le métro ce premier automne. J'avais accompagné Aura jusqu'à la station de Carroll Gardens et elle m'avait persuadé de venir à Columbia avec elle. La rame était immobilisée à une station. Elle m'embrassait sur les lèvres, sur tout le visage. Ce matin-là elle ne pouvait pas s'arrêter de m'embrasser, et je riais et l'embrassais et je jetai un regard de côté et vis un critique littéraire très connu qui habitait non loin, qui nous regardait, debout dans son imperméable sombre au milieu du wagon, avec sa bouche pareille à une fente butée entre des rides tombantes et un nez comme un vieux marshmallow. Quand je le croisais dans le quartier il me disait rarement bonjour, se contentant d'un bref signe de tête et souvent pas même cela, mais je suis sûr qu'il savait qui j'étais, et comme nous nous étions côtoyés à des fêtes vingt ans auparavant, il connaissait mon âge, bien qu'à l'époque, à peine sorti de l'université, il avait l'air d'avoir la quarantaine. Il était donc là, avec sa couronne de cheveux gris, sa peau d'une pâleur qui virait au gris, son imperméable d'un gris-vert graisseux, nous regardant avec le désir et la soif vitreux d'une momie. Je me rappelle même avoir eu un léger frisson de soupçon et de crainte, comme si son regard avait eu le pouvoir de jeter un mauvais sort. La rame repartit et il s'assit et ouvrit son journal.

Aura n'est jamais revenue s'asseoir sur son Fauteuil de Voyage sur le palier de l'escalier de secours, c'est pour un voyage sans retour qu'elle est partie. J'ai essayé de puiser du courage dans le rude anti-mysticisme de cette pensée. Certains matins en entrant dans la cuisine je regardais par la fenêtre et voyais le fauteuil couvert de neige, les rameaux des arbres du jardin alourdis de neige, la neige recouvrant le palier de l'escalier de secours, environ trois centimètres d'épaisseur sur le siège. Cela me rappelait le haïku de Borges : Cette main est la main qui a touché tes cheveux. La neige à la place qui était la tienne.

14

Décembre 2003

Tout a changé. Un autre chemin s'est ouvert, et je ne sais pas où il mène.

Époque de : Nous contre le Monde.

Le Monde contre Nous.

Je ne sais toujours pas écrire un journal ;

Journal : encore une année qui approche de sa fin. Je ne cesse d'être surprise par le fait que chacune, depuis que j'ai quitté le lycée, a comporté un événement particulier. Un acte définitif qui m'a fait prendre une nouvelle direction. Avec un peu de chance ma vie obéira à cette loi encore de nombreuses années. Aujourd'hui je ne sais pas jusqu'où cette route mènera dans l'avenir... *iste caminho... nao sel... en si sei que en estou contenta.* Avec des doutes et des coups de cafard comme toujours, mais en général, très, très contente de la vie, de ses surprises et de ses cadeaux. En fait je dois dire/écrire à quel point je suis reconnaissante. Avant Paco le monde s'était obscurci. Je m'étais effacée. La solitude m'avait abattue. J'avais perdu espoir. La douleur de la solitude profonde, un Cœur qui n'appartenait à personne.

Paris 2004 – (une année plus tard !)

Une fête à l'étage supérieur. Ma vie la tête en bas. Méconnaissable. Je suis grosse, plus mince. J'ai vingt-sept ans. Bourrée. Essayant d'écrire je ne sais quoi. Vie si belle. Je ressens la culpabilité de la beauté. Je ressens la culpabilité d'être. Qu'est-ce que je fais !?

24 décembre 2006

Nous seuls. Rien que Paco et moi à Noël. C'est la deuxième fois, la première c'était à Paris et c'était magique. Nous sommes dans un avion, nous avons passé presque toute la journée à voyager, Paco endormi sur mon épaule. L'amour est une religion. On ne peut le croire que quand on l'a vécu.

15

Aura était bloquée dans un ascenseur de la bibliothèque Butler – elle m'avait appelé de son portable alors que j'étais à Wadley. Il y avait d'autres personnes avec elle, dont l'une ne cessait d'actionner la sonnerie d'alarme, diffusant jusqu'à moi la panique comme par pressions répétées sur la valve d'un atomiseur. Je dis à Aura de rester calme, que la panne serait sûrement réparée bientôt et de m'appeler dès que ce serait fait. N'ayant pas eu de ses nouvelles, quinze minutes plus tard je la rappelai et elle ne répondit pas. Le cours allait commencer. (Nous étudiions *Les Boutiques de cannelle*, le livre qu'elle aurait avec elle ce dernier jour sur la plage.) Je n'avais pas éteint mon portable. Environ au milieu du cours, je dis à mes étudiants que je devais passer un coup de fil et je sortis – je tombai sur sa messagerie et je lui laissai un message lui demandant de me dire si tout allait bien. Je m'imaginais des scénarios horribles : l'air qui manquait, Aura qui étouffait, une crise de claustrophobie. À la fin du cours qui fut un désastre, comme elle ne répondait toujours pas, je téléphonai au standard de Columbia et j'attendis jusqu'à ce qu'enfin un employé de la sécurité m'apprenne qu'on n'avait pas entendu parler d'une panne d'ascenseur à la bibliothèque Butler. C'était comme si l'ascenseur s'était évaporé, avec ses occupants, et que personne ne s'en était aperçu.

En fait, quelques secondes après son appel, l'ascenseur s'était remis en marche, la porte s'était ouverte et Aura était allée directement à la salle de lecture, où les portables étaient interdits, et elle y avait passé plusieurs heures avant de relever ses e-mails, avait entendu mon message affolé et s'était souvenue…

Ou ce jour où nous devions aller à un cocktail à Manhattan. Aura était à la maison et j'étais plus près de Manhattan de quelques stations de métro, à Dumbo, où j'écrivais dans le studio d'un ami, loué pour quelques mois à un prix dérisoire. Nous avions convenu qu'elle prendrait le F jusqu'à York Street, me retrouverait sur le quai et que nous prendrions le métro suivant pour Manhattan. Une rame arriva, ses portes s'ouvrirent, quelques personnes sortirent. Le suivant arriva quelques minutes plus tard. La station, où l'hiver était retenu prisonnier, était un congélateur crasseux de ciment et de fer. Les téléphones étaient cassés. Il n'y avait pas de réseau. Rats robots sur les rails se nourrissant d'électricité et de limaille de fer. Comment cela était-il possible ? Nous avions calculé le temps, je lui avais téléphoné pour lui dire : Je descends à la station, et elle avait répondu : Donne-moi encore cinq minutes, et j'avais donc attendu cinq minutes de plus. Elle est encore en train de s'habiller, pensai-je, elle essaie des robes qu'elle trouve trop sexy ou trop à la mode ou qui montrent trop ses seins ou son tatouage. Si elle aimait admirer dans le miroir ses robes préférées, dont certaines étaient des cadeaux de ma part, elle ne les portait jamais au-dehors. Quatre rames étaient passées. J'avais les pieds et les mains gelés, le nez qui coulait. Je gravis les nombreuses marches pour lui téléphoner de la rue. Je dus marcher presque un bloc avant d'obtenir un signal. Le vent soufflait en rafales de l'East River, faisant voler les papiers tels des chauves-souris gelées. Ni son portable ni notre fixe ne répondait. Je retournai à la station et, comme je descendais les marches j'entendis plus bas le bruit d'une rame qui arrivait ou qui partait, pareil à celui d'une grosse vague qui déferle. Sur le quai je vis au loin les lumières et le point orange d'une rame qui s'éloignait en direction de Manhattan. Et si elle l'avait prise ? J'attendis encore une demi-heure avant de remonter de nouveau. Je téléphonai à nos hôtes, mais elle n'était pas là non plus. Cette sensation déjà-vue de solitude, de déroute et de tristesse, de : Est-ce que c'est pour de vrai ? Puis – je ne savais que faire – je redescendis dans le métro. Si je décrivais tout cela à un psychanalyste comme un cauchemar que j'avais fait, est-ce qu'il n'y serait pas question de séparation et de mort ?

Ce qui s'était passé, c'était qu'Aura avait pris le métro à Carroll Gardens, était descendue à la station suivante, Bergen Street, où elle m'avait attendu. Elle avait confondu Bergen et York Street, deux arrêts plus loin, ou n'avait pas compris quand je lui avais exposé mon plan. Elle avait fini par retourner à la maison, aussi déroutée et triste que moi, et elle s'était arrêtée chez Sweet Melissa pour boire un chocolat.

Lorsque nous arrivions à un des aéroports de New York, nous étions obligés de faire deux queues séparées à l'immigration, même après notre mariage, la queue d'Aura étant la plus lente. Je passais toujours le contrôle des passeports avant elle et l'attendais devant la sortie des étrangers. Parfois on me demandait de circuler et je me repliais à la réception des bagages, mais souvent on me laissait tranquille, mon inquiétude augmentant à mesure que passaient les minutes. Enfin je la voyais apparaître devant une guérite et je m'inquiétais de nouveau que ses papiers ne soient encore une fois pas en règle, ou que le préposé soit de mauvaise humeur, ou aime juste embêter les Mexicains, et la refoule sous le moindre prétexte. Nous avions tous entendu de pareilles histoires. Aura avait appris en téléphonant à l'ambassade américaine au Mexique que la bourse Fulbright ne garantissait plus l'obtention d'un visa d'étudiant. Et si d'une minute à l'autre, ici, au seuil de la porte, elle était obligée de retourner au Mexique sans même être autorisée à me parler ? J'avais rarement l'occasion d'épier Aura d'aussi loin, la regardant poser les doigts sur le scanner et répondre aux questions avec docilité, soutenant le regard de l'officier des douanes, souriant ou même riant en réponse à une de ses remarques, ou conservant son sérieux et son calme – cela me rappelait toujours quand j'étais petit et que je regardais ma mère parler à un policier qui venait de lui mettre une contravention, ou à un employé de banque, ou à un boucher, la délicate beauté et la qualité d'étrangère de ma mère que je voyais reflétées dans leurs yeux, et la conscience que j'avais d'une séparation insurmontable – jusqu'à ce qu'enfin je voie le haussement d'épaules du douanier qui tamponnait son passeport, et que quelques secondes plus tard Aura vienne se réfugier dans mes bras.

*

Moments de séparation passagère, d'absence et même de perte qui étaient comme de petites répétitions de ce qui allait arriver. Pas des prémonitions, mais de véritables visites de la mort qui venait emporter Aura, la ramenant, retournant dans son trou.

La mort, un métro qui va dans la mauvaise direction et dont on ne peut pas descendre parce qu'il ne s'arrête pas. Pas d'arrêts pour prendre un chocolat dans la mort.

Cette semaine après notre premier Noël ensemble au Mexique, nous passâmes cinq nuits dans un hôtel sur la plage de Tulum. Les trois premiers matins nous nous trouvâmes obligés de nous rendre au bureau des passeports de Cancún, ce qui représentait cent cinquante kilomètres dans chaque sens. Aura s'était aperçue, avant que nous allions à la plage, que depuis notre arrivée au Mexique quelques semaines auparavant, elle avait perdu son passeport. Tía Lupe avait envoyé en express le certificat de naissance de Guanajuato à l'agence FedEx de Cancún. La réputation de la bureaucratie mexicaine n'est plus à faire : de longues queues s'étirant jusqu'à l'époque de l'empire aztèque ; de nombreux rendez-vous à prendre à ce guichet ou à ce comptoir ; de nombreux documents officiels à acheter dans ces minuscules papeteries toujours tenues par de charmantes vieilles dames, à remplir, faire certifier devant notaire, puis à acheter et remplir de nouveau parce qu'un employé avait détecté une erreur stupide et infinitésimale, puis à refaire certifier devant notaire, et ainsi de suite. Aura était une habituée de la bureaucratie mexicaine, l'UNAM étant parmi les pires. Il était fascinant d'observer avec quel calme imperturbable elle endurait tout cela, la sérénité, la politesse et même l'enjouement avec lesquels elle s'adressait aux préposés, qui lui gagnaient jusqu'aux plus mesquins et hostiles. Tout cela me révéla une nouvelle facette de son caractère. J'avais adoré faire la queue avec Aura, même si cette activité avait occupé la quasi-totalité de nos vacances à Tulum. Cette route sans charme sur laquelle nous passâmes une si grande partie de ces brèves vacances à parcourir en côtoyant sans les voir des plages, des cénotes et des ruines, était pareille à n'importe laquelle, malgré les panneaux annonçant stations balnéaires et centres aquatiques aux noms et aux caractères mayas. Notre voiture de location était équipée d'un lecteur de CD et à une station-service, comme je lui avais dit que je ne le connaissais pas, Aura avait acheté une compilation de José José. C'est la seule musique que nous écoutâmes pendant ces longs voyages, les mêmes ballades tristes qu'écoutait sa mère dans la Tour terrible en versant des larmes d'épouse délaissée.

Sur la route de Tulum nous ne cessions de voir de petits panonceaux peints à la main indiquant la direction de « Subway », ce qui devait être le nom d'une ville maya, supposai-je, en prononçant *Soobway*. Je dis même : c'est peut-être Subwaj qui est écrit. Mais non, c'était un *y*, pas un *j*. Pour une raison mystérieuse, quelqu'un tâchait d'attirer les voyageurs à *Soobway*. En fait c'était la première franchise des sandwiches Subway de l'État de Quintana Roo, installée dans un petit centre commercial près d'un golf dans la banlieue de Tulum. Dès lors Aura ne manqua presque jamais de passer devant un Subway où que ce soit dans le monde sans déclarer : Voilà ton village maya, *mi amor – Soobway*. Quand nous passions de l'autoroute à la piste en terre menant à notre hôtel, notre voiture rebondissait et semblait s'envoler dans un nuage de poussière brune comme si elle chevauchait une note indéfiniment tenue de la voix sonore de José José, et cette sensation de dislocation de nouveau, d'être propulsé à travers une frontière, depuis un monde intermédiaire, dans la ville de Tulum. Pour finir, une bureaucrate déclara à Aura derrière le guichet qu'elle ne pouvait obtenir son passeport que dans le lieu de sa résidence principale. Pourquoi ne l'avait-elle pas dit le premier jour ? Il n'y a pas de réponse à cette question.

Aura à côté de moi dans le lit : Qu'est-ce que tu deviendrais, *mi amor*, si je te quittais ?

Je mourrais, *mi amor*, tu le sais.

Tu mourrais, je sais, tu mourrais vraiment, n'est-ce pas ?

Bien sûr.

Et elle riait, avec une sorte de ravissement enfantin, et disait : Ou si quelque chose m'arrivait, si c'était moi…

Non, Aura ! Non, arrête !

… si c'était moi qui mourais…

Alors je mourrais aussi. Vraiment. Aura, n'en parle même pas !

Tu mourrais, n'est-ce pas ? Ay, *mi amor* – secouant tristement la tête.

Tu as tellement de chance, Francisco, disait-elle. Tu es l'homme le plus verni du monde, tu as une femme jeune, intelligente et talentueuse qui t'aime comme je t'aime. Tu te rends compte de ta chance ?

Je sais, *mi amor*. Je suis le type le plus verni du monde.

C'est vrai, Francisco.

Je le sais.

Et si tu dois devenir père à ton âge, il va falloir que tu te maintiennes en forme. Les bébés pèsent lourd, tu sais, et il faut les porter tout le temps.

C'est pour ça que je vais si souvent au club de gym. Je me prépare.

Et il faut faire tout le temps attention quand on marche dans la rue. Si ni l'un ni l'autre n'est doué pour faire attention, je n'aurai pas de bébé avec toi.

Je sais, *mi amor*, je ferai attention pour tous les deux, je te le jure.

Chaque jour est une ruine fantôme. Chaque jour est la ruine du jour qui aurait dû être. Chaque seconde qui passe, tout ce que je fais ou vois ou pense, tout est fait de cendres et de débris calcinés, les ruines de l'avenir. La vie que nous devions avoir ; l'enfant que nous devions avoir, les années que nous devions passer ensemble, c'était comme si cette vie avait déjà eu lieu des millénaires de cela, dans une ville secrète perdue dans la jungle, aujourd'hui en ruine, ensevelie sous la végétation, à la population éteinte, jamais découverte et dont l'histoire n'avait jamais été racontée par personne

– une ville perdue au nom oublié que j'étais seul à me rappeler – *Soobway*.

Sur le quai de la station de Ninety-sixth Street où, après un déjeuner tardif au Ollie's de Columbia, nous attendions l'express de Brooklyn, Aura disait : Ohh, tu sais, c'est un texte qui traite de la façon dont les textes génèrent des discours sur eux-mêmes, donc pas de raison de mentionner les auteurs ou leurs intentions. Eh bien d'accord, je sais que c'est vrai, mais… Mais pendant la discussion qu'ils avaient eue en cours cet après-midi-là sur la nouvelle de Borges « Pierre Ménard, auteur du *Quichotte* », personne n'avait ri ne serait-ce qu'une seule fois. Mais Frank, Frank, s'exclama-t-elle, est-ce que personne ne s'est rendu compte que Borges faisait de l'humour quand il a écrit cette nouvelle ? Le narrateur, me rappela-t-elle, est un critique médiocre qui s'indigne que son ami Pierre Ménard n'ait pas été mentionné dans un catalogue d'écrivains importants compilé par un autre critique. Okay, mais est-ce qu'il y a quelqu'un d'autre pour dire que Ménard était si important ? La baronne et la comtesse, dit Aura, toutes deux amies de Pierre Ménard et du critique. Mais il n'y a que la baronne et la comtesse ! s'exclama-t-elle. Et la comtesse française, elle habite W*ee*chita ou un endroit comme ça maintenant, mariée à un riche gringo, tu ne penses pas que c'est un indice ? Un indice que Borges lui aussi est bête et se moque des mauvais écrivains vaniteux. Elle prit la voix de basse d'un professeur : Non, *Ow-ra*, faux. Bête ? *¿ Qué ?* Des *mauvais* écrivains ? Ce n'est pas de cette façon que nous lisons le texte ici, *Ow-ra*.

Les pompons rouges et roses se balançant comme des régimes de bananes miniatures, trois de chaque côté des oreillettes andines du ridicule bonnet pointu d'Aura et le pompon qui le couronnait pareil à un épi se secouèrent légèrement à l'unisson avec ses joues qui tressautaient de l'éclat de son rire. Aura se moquait elle aussi, les yeux brillants. Elle poursuivit ainsi, bavarde et exubérante, jusqu'à Brooklyn. Aura était en train de découvrir ces jours-ci qu'elle n'était pas comme les autres étudiants, qui ne se donnaient pas le droit de prendre en compte la personne d'un auteur et sa malice. Ce n'est pas toujours avec tant de légèreté qu'elle révélait ou reconnaissait ces différences qui l'inquiétaient parfois – Je vais me faire renvoyer ! On va me reprendre ma bourse ! On va m'envoyer au Goulag !

Est-ce que tu crois que Jim a une jambe de bois ? me demanda-t-elle, passant à un sujet qui la préoccupait dernièrement. Le mari de Valentina, Jim, le banquier super-riche, aussi pas mal plus vieux que sa femme – je n'avais pas remarqué ? Est-ce que son boitement n'était pas provoqué par une prothèse ? À partir du genou, son tuba, son tibia, comment on appelle ça ? Et si elle demandait à Valentina si Jim avait une jambe de bois et qu'il n'en avait pas, est-ce qu'elle serait vexée ? Valentina était tellement gênée par l'air prématurément âgé de Jim qu'elle ne le laissait pas approcher de Columbia. Eh bien même s'il a un tibia en fromage, dis-je, ça ne doit pas être du camembert ordinaire, ce type est plein aux as. Ay, *mi amor*, dit-elle gentiment, *¡ qué tonto eres !* Un soir, quelques mois plus tard, en sortant du cinéma, nous nous laissâmes distancer par Valentina et Jim pour que je le regarde marcher. C'est peut-être vrai, pensai-je. Cet été-là, ils nous invitèrent dans leur maison de campagne et nous allâmes nous baigner – ce n'était que de l'arthrite.

En attendant le métro pour Brooklyn, en l'écoutant, en regardant son visage, si rayonnant de l'animation d'un petit animal et de l'innocence qui lui était particulière. Quelle était cette innocence ? De quoi Aura était-elle innocente et moi pas ? Un lourd passé d'échec et de déception. Est-ce que l'amour me rendait innocent de nouveau, effaçant cette histoire ? Aura était innocente du pouvoir de ses dons et cela, cette promesse et cette humilité innocentes, lui donnait l'air parfois si fragile à mes yeux. En de pareils moments, là sur le quai du métro, pratiquement enivré d'amour pour elle, je sentais à quel point elle était vulnérable – si étourdie par sa propre ardeur, si physiquement fragile – à la poussée d'un fou qui l'aurait jetée au-devant d'une rame. Cette crainte récurrente d'un tel accident était si puissante que je ressentais presque le besoin de la pousser moi-même, comme si j'étais ce fou et qu'il fallait que je me débarrasse de l'inévitable, ou comme si je n'étais juste pas capable d'endurer tant d'amour et de bonheur une seconde de plus, et, simultanément, pris d'une soudaine panique, je l'attirais loin du bord du quai. Les mains autour de sa taille ou sur ses épaules, je la ramenais doucement dans la masse des passagers en attente, je me plaçais entre elle et la voie et déposais sur sa joue un baiser de soulagement. Je n'ai jamais compris cet affreux besoin de la pousser accompagné de celui simultané de la mettre à l'abri, la sauvant d'ennemis fantômes mais aussi de moi-même.

16

En novembre, la première fois que je mis ma veste en duvet au seuil de mon second hiver sans Aura, je trouvai un sachet vide de couleur rose qui avait contenu un préservatif dans la poche de poitrine, et pendant un instant je ne pus me rappeler comment il était arrivé là. Je regardai les mots qui y étaient imprimés : *Extra feucht, Zartrosa,* comme si c'était un code que j'avais oublié. Il datait des quelques semaines que j'avais passées à Berlin l'hiver précédent. Un soir j'étais allé dans un bar avec une jeune femme, juste une fille en fait, étudiante en art mexicaine qui était venue rendre visite à Pancho Morales, un écrivain que j'avais connu à Mexico et qui se trouvait à Berlin avec une bourse d'échange de l'État allemand. Elle étudiait à Londres mais connaissait Berlin comme sa poche, et nous étions en route pour un autre bar quand elle réalisa qu'elle avait perdu son bonnet, sorte d'objet d'art qu'elle avait fait elle-même – encore une Mexicaine folle de couvre-chefs – et elle avait voulu retourner chez Pancho voir s'il s'y trouvait, et il s'y trouvait effectivement, accroché à la patère de l'entrée. Il y avait aussi là un arbre de Noël, entièrement dépouillé de son écorce et de son feuillage. Ses branches pâles étaient décorées de ce qui ressemblait à des flocons de neige et des glaçons, qui étaient en fait des bandes de gaze délicatement nouées et des éclats de miroir suspendus à des fils blancs. Quel bel arbre de Noël, dis-je, parce que c'était vrai, et il se révéla que c'était elle qui l'avait fabriqué pour Pancho et sa femme. Tu dois faire des choses étonnantes, dis-je, et elle répondit que je pouvais en voir sur son ordinateur si je voulais. Nous allâmes dans la chambre, enlevâmes nos chaussures, nous assîmes sur le futon posé par terre, et elle ouvrit son portable et se mit à me montrer ses œuvres, et peu après j'embrassais son cou et, comme elle se penchait en avant, son chemisier remonta, révélant la peau de sa taille et ses reins, et j'embrassai cela, aussi, et puis elle me demanda : Tu veux me bouffer la chatte ? – comme ça, avec une franchise déconcertante, tout cela comme un écho à ma première nuit avec Aura, quand elle m'avait lu sa nouvelle et m'avait montré ses dessins de chaussures robots. Aura et moi n'avions pas baisé cette nuit-là, mais la fille de Berlin et moi le fîmes, après que je lui eus bouffé la chatte comme elle me l'avait demandé, avec un appétit féroce, longuement. Nous avions utilisé une capote qu'elle avait dans son sac et qui était dans un sachet rose.

Elle n'avait que vingt-cinq ans, l'âge d'Aura quand nous nous étions rencontrés, mais aujourd'hui cinq ans avaient passé, et Aura aurait eu, avait, trente ans. Nous restâmes au lit jusqu'à tard dans la matinée. C'était une de ces journées berlinoises sans lumière, qui passent sur des ailes silencieuses comme une chouette couleur de suie, et il n'y avait aucun bruit dans l'appartement. Pancho était embarqué dans une de ses fameuses virées qui devait durer trois jours, et sa femme ne donnait pas signe de vie. Nous baisâmes encore un coup, allâmes au cinéma au Sony Center, mangeâmes des saucisses et bûmes du *gluhwein* sur un marché de Noël, et à trois heures du matin je la mis avec ses nombreuses valises dans un taxi pour l'aéroport et je retournai à l'appartement où j'habitais, qui appartenait à un ami guatémaltèque et à sa femme, une Allemande. Quand je me réveillai c'était comme si cette nuit et demie de sexe et de compagnie féminine n'avait jamais eu lieu. Je me sentais comme tous les matins, la même noirceur, la même tristesse, les mêmes souvenirs, les mêmes images (Aura morte...). Sexe et intimité avec une ravissante jeune femme ne faisaient pas de différence, je pouvais baiser autant que je voulais, ou pas, et cela ne changeait rien – plus tard, quand je trouvai le sachet rose dans mon jean je décidai de le garder pour me souvenir de cette leçon, et je le mis dans la poche de ma veste en duvet. Au cours des semaines qui suivirent alors que j'étais à Berlin et après mon retour à New York, nous échangeâmes quelques e-mails, après quoi je n'en entendis plus parler, bien qu'il m'arrive de temps à autre de regarder sa page sur Facebook. Elle faisait du snowboard dans les Alpes. Elle avait décidé de ne plus boire ni de prendre de drogue. Elle faisait de la sculpture avec des éclats de miroir.

*

Valentina étant venue me voir en compagnie de Jim, je lui demandai de m'aider à régler mon fond d'écran pour pouvoir y faire défiler des photos d'Aura – sans Aura, j'avais besoin d'une aide extérieure pour résoudre les moindres problèmes informatiques – et elle remarqua que j'avais au moins cinq cents photos d'Aura dans mon ordinateur.

Pourquoi est-ce que tu as tant de photos d'Aura ? me demanda-t-elle.

Parce que je l'aimais, dis-je, et que je ne pouvais pas m'arrêter de prendre des photos d'elle.

Valentina se tourna vers Jim et lui demanda : Pourquoi tu n'as pas des photos de moi dans ton ordinateur comme Frank avec celles d'Aura ?

L'air bien élevé de Jim signifia : Des photos dans un ordinateur sont une preuve d'amour, mais la maison où nous vivons sur Gramercy Park n'en est pas une ?

Certains soirs je retrouvais Valentina et d'autres amies d'Aura comme Wendy ou Juliana, une Chilienne qui était aussi à Columbia, dans un bar proche de mon appartement ou ailleurs, parfois même à Manhattan. À elles aussi Aura manquait, et elles cherchaient à la retrouver à travers nos conversations et à travers moi, tout comme je faisais avec elles, les encourageant, les tyrannisant, les implorant de me décrire le moindre détail qu'elles se rappelaient, même les moments les plus banals qu'elles avaient vécus avec elle. Il y avait des complications et des dangers dans le fait de nous rapprocher ainsi durant des mois, ces mois des premiers hiver et printemps de la mort d'Aura, juste avant que je n'aille à Berlin et, surtout, après mon retour.

Valentina était une *norteña*, aux longues jambes fines, au maintien droit de cavalière et à la désinvolture et la démarche effrontées d'une fille gâtée de grand propriétaire terrien. Sauf que ses parents étaient des professeurs de musique qui possédaient un petit magasin d'instruments de musique dans une galerie marchande de Monterrey et que Valentina avait passé beaucoup plus de temps avec les punks qu'avec les chevaux. Avant Jim, elle avait eu pour amants toute une série de musiciens de rock drogués et autodestructeurs et autres types du même genre. Aujourd'hui elle s'habillait à la mode emo, avec des coiffures extravagantes qui lui donnaient toujours l'air de sortir tout droit du salon de coiffure le plus branché de Tokyo. Elle partageait avec Aura une volubilité enfantine, et elles ne cessaient de déclencher l'une chez l'autre des accès de fou rire. *Raua*, c'est ainsi que Valentina appelait Aura ; *Navilenta*, tel était le nom qu'Aura donnait à Valentina. Elles se parlaient et correspondaient dans une langue qui était quasiment de leur invention. Elles s'aimaient, mais leur amitié avait ses côtés blessants, et Valentina pouvait parfois faire preuve d'une insensibilité étonnante. Aura avait été intimidée par Valentina, jusqu'à ce que, les années passant, elle se rende compte qu'il n'y avait pas lieu de l'être. Valentina était intelligente et sa conversation était amusante, mais comme chez beaucoup de New-Yorkais riches et branchés – son mari était un de ces types de la haute finance qui hantent les galeries de Chelsea et de Williamsburg ou les clubs de rock et de musique expérimentale, il était vêtu en vieux rocker punk, mais ce punk ne buvait que des grands crus – je l'appelais Old Man Sex Pistol – une grande partie de cette conversation était de pure mode, ce qui ne signifie pas qu'elle était vide, ni qu'elle n'était pas souvent brillante, mais elle adhérait souvent, quoique vaguement, à des scénarios reconnaissables. Valentina n'était pas heureuse dans son mariage. Ce mariage traversait une longue crise qu'elle tâchait sans cesse de résoudre. Elle désirait désespérément avoir un enfant, mais Jim, qui avait deux fils d'un premier lit, n'en voulait pas. Ce n'était pas facile pour une petite-bourgeoise mexicaine qui avait dépassé maintenant la trentaine d'abandonner une maison de douze millions de dollars sur Gramercy Park et tout ce qui va avec – masseuses et professeurs de Pilates et de yoga à domicile. Je me sentais attiré par Valentina, recherchant sa compagnie, sollicitant même son attention. Je me tenais aussi près que possible d'elle, la regardant au visage, tâchant de susciter chez elle un peu du badinage stupide qu'elle partageait jadis avec Aura, et chaque fois que j'y parvenais j'étais surpris par l'intensité du désir qu'il provoquait, un soudain besoin de sucre qui, quand il passait, me laissait dans un état de stupeur vide.

Mais Valentina pouvait être à ce point brutale que je me demandais si elle ne souffrait pas d'une forme d'autisme. Pourquoi tu ne redeviens pas comme tu étais avant d'avoir rencontré Aura ? me demanda-t-elle au cours d'une de ces soirées où nous nous étions donné rendez-vous dans un bar à vin. Son manque de tact semblait suggérer d'autres relâchements, et je me retrouvai en train de fantasmer et de me demander de plus en plus souvent si je pourrais ou non la baiser. Valentina m'excitait d'une manière déroutante. C'était comme si je préférais susciter l'incompréhension ou l'indifférence plutôt que la sympathie. J'avais découvert que je n'aimais pas qu'on essaie de me traiter avec délicatesse.

J'étais également gêné que Valentina pense qu'elle savait certaines choses à propos d'Aura et moi qui n'étaient probablement pas si géniales –

j'ignorais de quelles choses il s'agissait, mais j'avais des raisons de penser qu'elles n'étaient pas nécessairement vraies. Je voulais savoir, et ne voulais pas savoir, ce qu'elle croyait savoir.

Une nuit, comme Aura rentrait d'une soirée avec Valentina, se tenant devant moi dans une attitude de pénitente – pénitence qu'elle exagérait de manière comique – elle avait pressé le front contre ma poitrine tout en secouant la tête en signe de remords et avait lâché : J'ai dit à Valentina de vilaines choses sur notre mariage qui ne sont pas vraies mais je ne les ai dites que parce qu'elle est si malheureuse avec Jim que je voulais la réconforter. Je ne le referai plus, je te le jure ! Frank, est-ce que je suis horrible ?

Je pensais que c'était cela qui était derrière certaines attitudes moqueuses de Valentina. Elle aimait me rappeler qu'elle connaissait des facettes d'Aura que j'ignorais, mais aussi que personne n'a le droit de prétendre connaître quelqu'un mieux que quiconque – c'était un de ses grands thèmes – et que cette présomption avait même quelque chose de fasciste. Quand nous en venions à ce sujet avec les amies d'Aura, des alliances éphémères se formaient, Wendy jetant des regards furieux à Valentina qui improvisait avant de me choyer de la manière la plus vieux jeu qui soit, avec affection et *douceur**, me caressant la main tandis que je rageais en silence et, avec exagération, clignais des yeux et disais : Bien sûr que je connaissais Aura, tu ne peux pas me dire que je ne connaissais pas Aura. (La *douceur* – la technique révolutionnaire inventée au dix-neuvième siècle pour traiter les fous, que j'ai trouvée dans l'*Histoire de la psychanalyse** qu'Aura lisait pour son roman.)

Quand j'ai dit à Valentina qu'Aura m'avait avoué avoir inventé des choses sur notre mariage pour la consoler, elle avait quitté le bar, indignée et humiliée. Il était cruel de ma part de lui avoir dit cela. Juliana était avec nous et je pensais qu'elle allait courir après Valentina, mais elle resta au bar, vida son verre de vin en quelques gorgées et en commanda un autre. Une mélancolie teintée de gêne descendit sur nous. C'était la première fois que nous étions seuls. Je buvais du bourbon. Oh, Francisco, Aura manque tant à Valentina, laissa échapper Juliana avec un faible gémissement. Je sais qu'elle ne manque à personne plus qu'à toi, poursuivit-elle, mais ce n'est pas un concours. Francisco, Aura nous manque à tous, mais elle manque vraiment à Valentina. Je n'étais pas la meilleure amie de Valentina, c'était Aura, et parfois je pense qu'elle voudrait que je sois comme était Aura, et j'en suis tout bonnement incapable. Juliana avait des yeux bruns ombragés de longs cils recourbés et des cheveux brun roux qui avaient une façon d'encadrer son joli visage étroit, son cou et ses épaules de sortes de vrilles de vigne que je trouvais incroyablement séduisante. Dans le taxi qui traversait le pont de Brooklyn, je me rappelai comme Aura regardait la vue, et qu'elle exprimait souvent son admiration par des exclamations. Je me rappelai un soir en particulier où elle s'était tournée pour regarder par la vitre, la jambe crochetée derrière elle, la robe légèrement remontée pour dévoiler la souple face interne de sa cuisse de danseuse, son talon sortant de sa chaussure, les lumières du pont et des immeubles l'illuminant comme un éclair, et comment cela m'avait rendu presque fou d'un désir plein de jubilation. L'instant suivant, j'embrassais Juliana sur la banquette arrière du taxi. Nous allâmes chez elle à Park Slope et baisâmes jusque tard dans la nuit, et de nouveau le matin, comme si cela allait signifier quelque chose. Les anneaux de mariage passés à la chaîne en argent que je portais autour du cou tintaient et rebondissaient sur son visage ; je la regardai tressaillir sous leurs coups. Elle ne sentait pas comme Aura, sa peau, ses lèvres, sa salive, pas plus que la fille de Berlin, mais avec celle-ci ce n'avait pas été un fiasco. Je savais déjà avant de sortir du lit ce matin-là que nous n'allions jamais le refaire. *Pourquoi cela est-il arrivé ?* me demanda Juliana juste avant que je m'en aille, et je répondis, sans conviction : Parce que nous nous sentions seuls et qu'Aura nous manque à tous deux.

Plus tard ce même jour, j'attendis Valentina dans le petit square de West Village devant l'immeuble où je savais qu'elle allait prendre des cours de harpe deux fois par semaine, de trois heures trente à cinq heures. Lorsqu'elle sortit, portant des lunettes noires et son manteau orange à capuche fourrée qui lui descendait à mi-cuisse, je l'appelai. Elle traversa la rue et ne parut pas très surprise. Je m'excusai pour ce que j'avais dit dans le bar. Je saisis ses longs doigts admirablement manucurés qui apprenaient à jouer de la harpe et les baisai un par un avant d'embrasser ses lèvres. Nous nous mîmes à dire des choses qu'il semblait que nous avions gardées dans l'attente de cet instant précis. C'était fou. Nous décidâmes que nous allions nous enfuir au Mexique mais pas tout de suite, dans quelques mois, une fois qu'aurait passé l'année qui nous séparait de la mort d'Aura, pour que ça ne fasse pas trop mauvais effet. Oui, pour que ça ne fasse pas trop mauvais effet. Nous nous séparâmes, nous embrassant follement, poussant de petites exclamations entre deux respirations, est-ce que c'est pour de vrai ? Elle prit la direction de l'ouest, comme une espionne après un rendez-vous. Il y avait un arrêt du A à quelques rues de là, et je repartis pour Brooklyn, et je ne cessai de l'imaginer allongée sur son lit à un million de dollars, ses belles cuisses ouvertes, se masturbant lentement de ces doigts souples aux ongles vernis de harpiste, pendant que je la regardais. Le lendemain je lui écrivis un e-mail pour lui dire que, mon excuse exceptée, je n'avais pas cru un mot de ce que j'avais dit. Plus tard nous nous disputâmes pour savoir qui avait été le premier à dire : « au bout d'un an, pour que ça ne fasse pas trop mauvais effet ». Pourquoi est-ce que tout cela était arrivé ?

Nous tâchions tous de retrouver Aura les uns chez les autres, je suppose, bien que je ne pense pas que nous l'ayons reconnu. Nous étions seuls, encore sous le choc, effrayés. Il était très effrayant pour ces jeunes femmes d'avoir perdu une amie bien-aimée d'une façon si soudaine et horrible. Tout le monde était déboussolé. Pas étonnant qu'elles se soient jetées dans les bras de quelqu'un qui les comprenait, qui était lui aussi effrayé. Peut-être que j'essayais de retrouver mon ancien moi encore récent, le mari, utilisant les femmes et leurs corps pour essayer de rentrer en contact, comme par l'entremise d'un médium, avec l'amante qui était habituée à donner et à recevoir de l'amour chaque jour.

Maintenant, quinze mois après la mort d'Aura, nous ne nous parlions plus. Mais Valentina était enfin enceinte d'Old Man Sex Pistol, leur mariage était sauf. La deuxième année de mort allait être plus solitaire que la première.

Un après-midi, après mon retour du Mexique ce deuxième été, au supermarché du coin, la grosse caissière équatorienne à lunettes me dit : Oh, vous êtes tellement bronzé, *señor*, vous avez été à la plage ?

Je répondis : Non.

Et comment va votre femme, *señor* ?

Oh, elle va bien, dis-je. *Tú sabes*, elle a repris les études, elle est très occupée.

Mais elle me scruta comme ferait un médecin à qui vous mentez à propos de vos symptômes et elle dit : Mais cela fait si longtemps que je ne l'ai pas vue.

Cela fait plus de quinze mois, pensai-je. N'avais-je fait qu'imaginer qu'elle me regardait comme si elle savait que je mentais ? Il y avait un autre supermarché sur Smith Street, en face du Café le Roy, à dix minutes de marche. C'est là que j'irai dorénavant, décidai-je.

Aura attirait les travailleurs mexicains des restaurants new-yorkais, qui prenaient souvent le temps de lui parler. Aura ressemblait à la Mexicaine type, avec son sympathique regard plein de soleil et ses deux nattes noires sur les épaules – bien que ce ne fût pas son habitude de porter des nattes, même cela la rendait particulièrement ravissante. Elle était comme une sorte de petite fiancée du Mexique dans un équivalent contemporain d'un film sur la Seconde Guerre mondiale, faisant la tournée des popotes. Souvent, même dans les restaurants les plus élégants, outre les aides serveurs, les cuisiniers venaient lui faire la conversation dans leurs tabliers blancs pleins de taches. Elle leur demandait d'où ils venaient, et ils lui racontaient de petites histoires les concernant et lui posaient des questions aussi. Il y avait dans ces rencontres quelque chose de si spontané que je n'ai jamais vu un maître d'hôtel en prendre ombrage ou les presser de reprendre le travail. Parfois ils lui demandaient son numéro de téléphone, aussi, qu'elle ne leur donnait évidemment pas. Une fois, au tout début, dans un stupide excès d'enthousiasme, je donnai notre numéro à l'un d'eux, et il téléphona tous les jours pendant plusieurs semaines. C'était presque toujours moi qui avais répondu. Il avait un accent rustique, et demandait toujours à parler « *con la paisana* » et je lui répondais qu'elle était absente et, finalement, qu'elle était retournée au Mexique.

Le Café le Roy, où nous allions régulièrement bruncher le week-end, était le seul restaurant de Smith Street à avoir des serveurs mexicains, pas juste des aides serveurs et des cuisiniers. Il y avait une serveuse excessivement jolie qui ressemblait à une jeune Néfertiti, avec ses yeux comme de grandes pierres précieuses noires, et un creux satiné entre ses délicates clavicules dont j'avais du mal à détacher mes yeux. Elle était originaire de Puebla, comme beaucoup de ses confrères, et étudiait pour devenir institutrice. Quand cette serveuse, qui se prénommait Ana Eva, confia à Aura qu'elle risquait de rater son examen de littérature et d'être renvoyée, Aura l'aida pendant deux week-ends. Ana Eva devait rendre un mémoire sur le mouvement littéraire du vingtième siècle de son choix et Aura se décida pour Los Contemporáneos, poètes mexicains. Elle l'aida dans ses recherches et corrigea sa dernière version et Ana Eva finit par obtenir quasiment la meilleure note. Je n'avais pas été au Café le

Roy depuis la mort d'Aura. Je me demandais si Ana Eva y travaillait toujours.

Puis un après-midi, à la bibliothèque municipale de New York, alors que je lisais *Deuil et mélancolie* de Freud (« La fonction du deuil consiste à détacher du mort les souvenirs et les espoirs du survivant. » Vous êtes censé accepter cela et y travailler. Freud pense que le processus prend un à deux ans. Mais je ne voulais ni me détacher ni accepter, je ne le voulais pas, pourquoi devais-je vouloir être « guéri » ?), je sentis une main qui se posait avec légèreté sur mon épaule et je tournai la tête et c'était elle, la serveuse du Café le Roy, qui disait : *Hola*, Francisco… Je ne me rappelai plus son nom sur le moment et mon sourire troublé me trahit. Elle dit : *Soy Ana Eva, la mesera del le Roy...* Ses yeux égyptiens, ciselés dans ses joues, ses lèvres à l'arc parfait, son lip gloss rouge foncé. Je ne l'avais jamais vue que dans son corsage blanc et son pantalon noir de serveuse. Aujourd'hui elle portait un ample chandail gris qui aurait pu appartenir à un garçon, une jupe en coton bleu qui descendait très en dessous des genoux, des Converse rouges desquelles dépassaient des socquettes noires, ses longs tibias bruns, lisses et fins. Une étudiante. Elle m'arrivait à peu près au menton, un peu plus petite qu'Aura. Je cherchai quelque chose à dire.

Vous étudiez toujours ?

Je voulais vous parler, Francisco, vous dire à quel point je suis désolée et triste pour vous et Aura, fit-elle. Mas je ne savais pas où vous joindre.

Nous sortîmes dans Bryant Park. J'achetai deux cafés au kiosque du coin, et nous nous assîmes à l'une des tables en métal vert. On était au début du mois de novembre et il ne faisait pas trop froid. Elle portait une veste en jean et une écharpe en velours noir. C'était un jour couvert, l'herbe était encore verte, les feuilles tachetées de brun et de vert pâle. Je pensai à Paris, et aux reines de France en cavale. Ana Eva me dit qu'elle avait appris la mort d'Aura en lisant le petit avis annonçant la cérémonie et la lecture organisées par les condisciples d'Aura dans la section latino du *Daily News*. Elle faisait sa dernière année dans une autre université, à Baruch, et travaillait dans un restaurant à côté, mais elle vivait toujours à Brooklyn, dans Kensington. Sa beauté et sa gentillesse me rendirent une vivacité d'esprit que je n'avais pas ressentie depuis longtemps, comme si je m'étais réveillé d'un état d'éveil inférieur qui était peut-être une sorte de sommeil. Je me rappelai certaines pensées que j'avais quand Ana Eva se penchait pour me verser du café, et les réprimandes occasionnelles d'Aura : Oh, elle te plaît ? Il lui arrivait parfois de prendre plaisir à éprouver une jalousie que rien ne justifiait, ce qui ne l'empêchait pas de le faire. Elle me taquinait en déclarant que me serais contenté de tomber amoureux de n'importe quelle *mexicanita* de passage et que j'avais de la chance que ç'ait été elle. Je riais, mais aujourd'hui, comme je me trouvais à fixer le jeune visage d'Ana Eva d'un regard un peu trop intense, j'entendis Aura qui disait : *Cualquiera mexicanita, ¿ verdad ?* et je dois avoir un peu ri, parce que Ana Eva me demanda avec un sourire intrigué : *¿ Que pasó ?* et je dis : Oh, rien, *perdón*, je me rappelais juste comme nous aimions aller bruncher au Café le Roy. C'est une bonne chose, dit Ana Eva, parce que sinon je ne serais pas à l'université à l'heure qu'il est. Aura m'a sauvée en m'aidant à écrire mon mémoire. Personne n'a jamais rien fait d'aussi généreux pour moi, Francisco. Je ne savais pas quoi faire pour la remercier, ou lui donner une preuve de ma gratitude et de mon admiration. J'ai toujours pensé qu'un jour je trouverais un moyen de la remercier... ses épaules étroites se soulevèrent et elle parut un instant sur le point de pleurer puis elle soupira et ses épaules retombèrent. Je songeai à l'extrême jeunesse d'Ana Eva et me mis à préparer une excuse pour prendre congé. Elle dit : Parfois je sens Aura en moi. Son esprit me visite, j'en suis sûre. Il y a quelques jours j'ai entendu sa voix en moi, qui me demandait de m'occuper de vous, Francisco. Mais je ne savais pas où vous trouver, ni quoi faire. Au restaurant on m'a dit que vous ne veniez plus. Et voilà qu'aujourd'hui je tombe sur vous à la bibliothèque, comme si Aura avait voulu que je vous retrouve.

Évidemment, au cours de l'année et quelque qui venait de s'écouler, je m'étais souvent posé la question de savoir où pouvait se trouver l'esprit d'Aura. Je me demandais : Qu'est-ce qu'elle voudrait que je fasse maintenant, en supposant qu'elle puisse penser à moi, ou même veiller sur moi (mais sans me surveiller, espérais-je). Je pensais soit que l'esprit d'Aura avait disparu dans le néant, dans l'énergie pure, soit qu'il n'avait jamais quitté le Mexique. Elle prend probablement soin de sa mère, pensais-je. Si bien que lorsque Ana Eva me parla de la visite que lui avait faite l'esprit d'Aura, je pensai qu'elle le croyait, ce qui était tout ce qui importait de toute façon, puisqu'il n'y aurait jamais personne pour lui prouver le contraire. Peut-être qu'elle avait vraiment parlé avec Aura en rêve. Je suppose que c'est là que ça a commencé avec Ana Eva Pérez, avec la décision que je pris de la croire, ou de faire comme si.

S'occuper de moi comment ? demandai-je.

Elle baissa les yeux. Je ne sais pas, dit-elle, avec un petit rire gêné.

Me faire la cuisine, peut-être ? Vous savez faire le pain de viande de dinde ? Aura avait trois recettes pour ça. Et certains dimanches matin, aussi, elle faisait des *chilaquiles con salsa verde* pour le petit déjeuner, miamiam, mon plat préféré, sauf que ça lui prenait tellement de temps qu'ils n'étaient pratiquement pas prêts avant l'heure du dîner. Elle passait des heures dans la cuisine, sauf quand elle allait acheter la *salsa verde* au supermarché.

Je sais faire les *chilaquiles*, dit Ana Eva en souriant. Vous faites la cuisine ?

Avant oui, dis-je, quand j'étais marié. Peut-être devriez-vous me laisser faire la cuisine en premier. Après, si vous êtes satisfaite, vous pourrez me faire des *chilaquiles*.

Ça n'avait pas beaucoup de sens, mais c'est ce que je dis, et elle tomba d'accord. Nous échangeâmes nos numéros de téléphone. Quand je l'appelai quelques jours plus tard, j'avais des papillons dans l'estomac et j'allai même jusqu'à paniquer quand je dus décider ou non de laisser un message sur son répondeur, ce que je fis, honteux du ton détaché que j'affectai. Je n'avais pas ressenti ça depuis que je téléphonais à Aura à l'époque où elle habitait avec la botaniste coréenne. Était-ce signe que j'étais prêt à me lancer dans une nouvelle relation ? Je m'étais déjà demandé quand je serais prêt à le faire, si cela devait jamais être le cas, ou si je pourrais même être capable de trouver une femme que j'aimerais et qui m'aimerait elle aussi. La première fois ç'avait été à l'enterrement d'Aura, quand, devant tout le monde, sa mère m'avait soudain déclaré :

Tu as encore une autre chance, mais je n'aurai jamais une autre fille.

Je n'avais su que répondre à ça. Juanita avait perdu sa fille, son unique enfant, et n'en aurait jamais d'autre. Devais-je me contenter de dire cela ? Sa phrase contenait-elle aussi une accusation à laquelle je devais réagir ? En la regardant dans les yeux, j'avais dit : Oui, je sais. En moi-même, j'avais juré : Non, je n'en aurai pas. Ta perte n'est pas plus grande que la mienne. Mais l'était-elle ? Existait-il une façon de mesurer ? Et si elle était effectivement plus grande ? Qu'est-ce que cela disait de ma douleur ou de moi-même ? Ne devais-je plus jamais tomber amoureux et faire un pacte avec Juanita pour lui montrer à quel point j'aimais sa fille ? Est-ce cela qu'elle voulait ? Non elle ne le voulait pas.

Je n'avais jamais aimé personne autant que j'avais aimé Aura, même de loin, père, mère, frère et sœurs, ma première femme. Peut-être n'avais-je vraiment aimé personne avant Aura. Je croyais que j'aimais Aura comme un mari doit aimer sa femme, de la manière conjugale la plus sacrée, et bien plus.

Mais Juanita avait raison.

Tout ce que j'avais lu sur le deuil, tous les travaux scientifiques portant sur les veuves et les veufs que j'avais cherchés dans les bibliothèques et sur le Net étaient déroutants. Souvent ces études m'apprenaient que les veuves et surtout les veufs, se remariaient rapidement, parce c'est ce qu'ils savaient faire, ils savaient comment aimer et assumer les responsabilités du mariage. Ajoutée au deuil, la chute dans un quotidien vide et dénué de sens constituait une trop lourde charge, et ils réagissaient en trouvant un conjoint aussi vite que possible. J'avais lu sous la plume d'un psychiatre que le remariage devait être considéré comme un hommage au partenaire défunt et à la qualité de l'union passée. Mais les études montraient aussi que la plupart de ces remariages rapides ne marchaient pas et menaient vite au divorce. Les veuves qui avaient été heureuses en ménage étaient beaucoup plus vulnérables à ce que les spécialistes qualifiaient de deuil pathologique – « extrême solitude émotionnelle et graves symptômes dépressifs » – que les gens dont l'union n'avait pas été heureuse, ce qui était particulièrement vrai pour les veufs de mon âge. Si votre épouse était ce qu'ils appelaient une « figure d'attachement » – une personne que vous considérez comme la source de votre bonheur et de votre identité en tant qu'homme responsable et heureux – alors vous étiez particulièrement baisé. Selon ces études les groupes de soutien que constituent la famille (que je n'avais pas) et les amis (que je n'avais pas toujours) ne faisaient pas de différence. Si en plus, la mort de la bien-aimée était soudaine, inattendue, ou violente – comme la mort d'Aura – alors vous étiez spécialement « prédisposé à une réaction pathologique », dont le trouble de stress post-traumatique, comme pour les anciens combattants. Le deuil traumatique, avais-je appris, vous rendait plus sujet au cancer, aux accidents cardiaques, à la consommation d'alcool (*¡ sí, señor !*), aux troubles du sommeil, aux mauvaises habitudes alimentaires et aux « idées suicidaires ». En bref, ceux qui avaient perdu une épouse bien-aimée se voyaient retrancher dix années d'espérance de vie et ceux qui avaient passé la cinquantaine mouraient en moyenne à soixante-trois ans à moins qu'ils aient réussi un second mariage. Et si la morte était insupportablement jeune, belle, brillante, aimante, bonne, sur le point de réaliser ses promesses et ses rêves les plus chers (écriture, maternité), et que sa famille rendait le mari survivant responsable de sa mort – responsabilité qu'il était plus que disposé à accepter, bien que pas du tout selon les termes de l'accusation ? Je n'avais pas trouvé d'études concernant des telles cohortes de veufs.

Tout cela me disait que pour mon bien je devais essayer d'essayer. L'état d'homme responsable d'une autre personne et engagé dans la vie me manquait. Je m'étais bien débrouillé en tant que mari, si on ne comptait pas les dettes que j'avais accumulées, ainsi que des millions d'autres bons maris américains, et le fait que j'avais été incapable de changer d'appartement pour un plus grand et plus cher. La nuit de l'élection présidentielle alors que les résultats tombaient et que la victoire était déclarée tandis que la nation tout entière était plongée dans l'euphorie, j'avais sangloté sous l'ange, allongé dans mon lit. Notre enfant aurait grandi dans ce pays meilleur et plus dynamique, du moins c'est ce qui semblait cette nuit-là. Qu'y avait-il pour moi dans ce monde aujourd'hui ? L'espoir de pouvoir accéder plus facilement à une maison de retraite financée par le gouvernement ? de meilleurs foyers d'accueil pour SDF, si je devais en arriver là ?

Oui, je m'apitoyais sur moi-même. Pourquoi pas, bordel.

Mais je pouvais me reprendre. Je pouvais toujours être un mari et un papa. Ana Eva avait vingt-six ans. Était-ce trop jeune pour moi ? Aura et moi n'avions-nous pas su nous arranger de cette différence d'âge ? Nous aurions même pu devenir un couple Alpha. Aura avec son doctorat obtenu dans les meilleures universités et sa carrière littéraire bilingue, allait devenir extrêmement employable, à New York, au Mexique, ou n'importe où ailleurs. J'avais eu un bon métier, et j'avais gonflé mon salaire correct avec mes avances pour mes livres qui, quoi qu'on en puisse dire par ailleurs, reflétaient un engagement énergique dans le monde. Maintenant il me fallait recommencer de zéro. Ana Eva était une jeune femme admirable, intelligente et travailleuse. Elle voulait enseigner dans un établissement d'éducation primaire ou dans un collège. Elle s'intéressait à la littérature. Si nous nous mariions, elle aurait sa carte verte. Elle disait que notre différence d'âge n'était pas importante pour elle. Elle prétendait qu'il n'y avait pas de différence significative entre son âge et celui d'Aura. Avec ses études et son travail, il ne nous était pas facile de trouver du temps pour être ensemble mais bientôt Ana Eva passa tout son temps libre avec moi. Je l'emmenais dans des restaurants à Brooklyn, surtout dans notre quartier, généralement italiens. Étant serveuse, elle s'y connaissait en vins, et aimait composer notre menu. Quand nous allâmes dans le sushi de Court Street que je fréquentais avec Aura, le propriétaire israélien nous accueillit comme s'il était surpris et content de nous revoir, et je compris qu'il prenait Ana Eva pour Aura. Parfois elle venait travailler chez moi, ou nous nous donnions rendez-vous dans des cafés Wi-Fi pour « faire nos devoirs » ensemble. Je lui faisais des cadeaux, mais raisonnables – je ne lui offris pas un ordinateur portable pour remplacer le sien qui était lent et dépassé. Nous nous étions embrassés à notre premier rendez-vous, avions couché ensemble à notre second. Je lui faisais la cuisine à l'aide d'appareils et d'ustensiles qui n'avaient pas été touchés depuis Aura, avec l'impression de les arracher à leur deuil stoïque et de les forcer à la trahison. Vos gueules, poêles et casseroles, *la vie continue*. Je téléphonai à mes amis les plus proches à New York et au Mexique pour leur annoncer que j'étais tombé amoureux, quémandant félicitations et approbation comme un chien affamé et me rebiffant dès que je discernais dans leurs voix la moindre trace de scepticisme. Je dis à Ana Eva que je l'aimais et elle me dit qu'elle m'aimait. Elle partageait son appartement de Kensington avec deux jeunes étudiants, un Turc et un Slovène, qu'elle avait trouvés dans les petites annonces de l'université. Les garçons avaient une chambre à deux lits et elle occupait l'autre. Je n'aimais pas aller là-bas, ni dans le quartier, où il n'y avait pas grand-chose à faire le soir, et encore moins dans cet appartement morne, masculin et bizarre. Nous allions donc chez moi. Nous faisions l'amour dans notre lit, sous l'ange, devant la robe de mariée suspendue au miroir, les commodes et les placards encore bourrés des vêtements, bijoux, produits de beauté, sacs et chaussures d'Aura. Est-ce que ça ne gênait pas Ana Eva ? Elle me disait que non, qu'elle pensait que c'était magnifique, qu'elle se sentait en relation avec Aura, qu'elle était sûre qu'Aura était heureuse que nous nous soyons trouvés. Je lui promis que je retirerais la robe et que je déciderais quoi faire des affaires d'Aura après le deuxième anniversaire. Ana Eva dit que ce serait parfait. Je tâchai de me rappeler de jeter les anneaux de mariage par-dessus mon épaule quand nous faisions l'amour. Elle aimait regarder mes tatouages, et me poser des questions à leur sujet. Tous, sauf un, étaient le résultat d'une folle virée impulsive de trois jours datant du mois d'août précédent, réalisés par une jeune tatoueuse du nom de Consuelo qui travaillait dans un salon près de la Zona Rosa, qui portait toujours un gilet ample en cuir noir à même sa peau cannelle et ses tatouages couleur de myrtille. Le parfum de sa lotion de corps et l'odeur musquée de ses aisselles comme une drogue agréable quand elle se tenait penchée sur moi, ses longs cheveux noirs me chatouillant la peau en un contraste hypnotisant avec l'aiguille qui me pénétrait de ses pulsations brûlantes. Elle m'avait écoutée comme une psy, transcrivant les vagues suggestions qu'elle me tirait de sa voix calme, concise, presque chinoise, en idées de tatouages. J'en avais déjà un sur le bras, maintenant décoloré, qui représentait un squelette de Posada à cheval sur une comète que je m'étais fait faire au Mexique, dans les années quatre-vingt, voulant marquer ma « renaissance », après une liaison que je me rappelle à peine. J'en avais un sur l'avant-bras où était écrit *Natalia 17/1/09* – Natalia était le prénom qu'Aura voulait donner à notre bébé si c'était une fille, Bruno si c'était un garçon, et j'avais décidé que ç'allait être une fille, que ce serait Natalia, et que le 17 janvier 2009 serait sa date de naissance (alors que je me trouvais au lit avec Ana Eva nous n'en n'étions plus séparés que de quelques mois), sur le cœur, un cœur craquelé, 25/7/2007 écrit par-dessus et *Hecho en Mexico* en dessous ; sur ma cage thoracique, une jolie silhouette d'Aura en robe de mariée avec une couronne d'étoiles comme celle de la Vierge de Guadalupe et notre date de mariage : 20/8/05 ; sur une omoplate, le clown triste avec une larme qui lui coule de l'œil et les mots : *ris maintenant, pleure plus tard* ; et tatoué en cursives serrées, cette citation de l'« Oraison funèbre de sa femme », de Henry King, évêque de Chichester :

chaque Heure un pas vers Toi.

Mais tu ne veux pas vraiment mourir, me dit Ana Eva.

Parfois j'ai vraiment voulu, je crois, Ana Eva, jusqu'à ce que je te rencontre.

J'allai chercher mon exemplaire de l'« Oraison funèbre de sa femme » et nous lûmes le poème. Cela me fut l'occasion de parler à Ana Eva de ce qui s'était passé : la mort d'Aura, ma culpabilité, les accusations de sa mère, la façon dont l'amour survit à la perte et le défi qui consiste à continuer à faire vivre cet amour et, bien sûr, de la langue du poème lui-même, la manière dont sont exprimées des émotions apparemment évidentes de regrets éternels qui ne seront jamais mieux exprimées ni avec plus de vérité que dans ce poème qui avait été pourtant écrit trois cents ans auparavant. C'est pour cela que nous avons besoin de la beauté, pour illuminer même ce qui est le plus brisé en nous, dis-je, m'exprimant un peu comme je le faisais lorsque j'étais professeur. Pas pour nous aider à le transcender ou à transformer en quelque chose d'autre, mais d'abord et surtout pour nous aider à le voir. Ana Eva acquiesça d'un hochement de tête solennel, en étudiante respectueuse, et dit tout bas : Oui, pour nous aider à le voir.

Alors prends ça, connard de Sméagol, toi et tes étonnantes excentricités amoureuses d'homme de paille latino, va t'enculer avec ta foutue poupée chaussette, imbécile de *pendejo* !

Ana Eva me regarda d'un air sidéré. Qu'est-ce qui avait pu déclencher ça ? Pourquoi cet accès de rage quelques secondes après qu'elle eut réagi au poème avec tant d'empathie ?

Elle avait peur. Elle s'était réfugiée dans un coin du lit. Que se passait-il ? Était-ce à cause d'elle ? Pourquoi est-ce que je lui criais dessus à propos d'un Sméagol ?

Oh Ana Eva, non, non, ça n'a rien à voir avec toi, je suis désolé. C'est à propos de ce que Sméagol, un critique littéraire a écrit. Il nous a jeté le mauvais œil dans le métro. C'est lui qui a tué Aura, putain, pas moi.

Oh Paquito, *cariño* – elle rampa souplement jusqu'à moi. Tu n'as pas tué Aura, personne ne l'a tuée. C'était un accident. Ana Eva prit ma tête dans ses mains tandis que je sombrais dans un épouvantable remords. Jamais je ne m'emportais ainsi devant Aura. Avec elle, je me contrôlais. Une fois, au tout début de notre amour, je m'étais disputé avec un chauffeur de taxi arabe qui n'avait pas voulu nous emmener à Brooklyn, et bien qu'il eût fini par le faire, notre dispute, un échange véhément d'insultes, avait grimpé pour finir par exploser et nous nous étions retrouvés sous la pluie à la sortie de Cadman Plaza, prêts à nous battre, nous hurlant des jurons, après quoi le taxi avait ordonné à Aura et son amie Lola de descendre de la voiture et malgré mes exhortations elles lui avaient obéi et étaient sorties sous la pluie et Lola était allée se cacher dans le petit bois près de la sortie. Le taxi était parti. Aura et moi étions allés à la recherche de Lola en l'appelant et nous avions fini par la trouver tapie comme un chaton trempé derrière un arbre. Lola nous dit qu'elle était allée se cacher parce qu'elle n'avait jamais été témoin d'une telle violence. Cela l'avait terrifiée. Dégoulinant de pluie, nous attendîmes un autre taxi. Plus tard, Aura me déclara : Il n'y a rien de plus vulgaire que les gens qui se disputent avec les taxis, les serveurs et les vendeuses. Mon beau-père faisait ça je ne suis pas prête à supporter un petit ami qui le fait. Si tu te disputes encore avec un chauffeur de taxi, Francisco, je te quitte, je suis sérieuse ! Je ne recommençai jamais, pas une seule fois. Depuis ce jour je fus un passager docile et poli, ne protestant, à l'occasion, que d'une manière respectueuse et modérée. L'amour change votre comportement, il vous oblige à vous élever. On peut changer. Mais regardez-moi, qui m'emporte contre Sméagol, comme faisait mon père.

Ana Eva me demanda un jour quel aurait été le nom de Natalia, et je lui répondis : Eh bien, Natalia Goldman. Mais il était possible que nous prenions le nom de famille d'Aura, Estrada, ou même le nom de jeune fille de ma mère, Molina. Aura et moi en avions parlé. La petite ne serait qu'un quart juive. Pourquoi lui coller le nom le plus juif de toute la planète ? pourquoi Natalia aurait-elle dû passer sa vie à entendre des blagues sur Goldman Sachs !

Je pense que tu devrais être fier d'honorer ton père en portant son nom, dit Ana Eva.

Ah vraiment, dis-je. Eh bien, je ne suis pas d'accord. Je me rappelais mon père quelques années avant sa mort, au sommet de l'escalier à moquette bleu layette de notre maison de banlieue dans le Massachusetts en train de gueuler : Mon connard de père, ce paysan russe stupide, entre dans ce pays et les laisse lui coller un foutu nom juif comme Goldman. Il était boulanger, il aurait pu dire : Appelez-moi Baker. Il faisait aussi des pickles. Appelez-moi Pickle, pourquoi pas ? Ou je garde le nom que j'ai, merci beaucoup. Mais Goldman, non, merci. Et voilà que ce génie va changer son prénom de Moishe en Morton !

J'avais été estomaqué. Pendant plus de huit décennies mon père avait bouilli de ressentiment à cause d'un vilain nom qui n'était pas le sien, qui lui avait été arbitrairement imposé, et il ne l'avait révélé qu'une fois que le coma avait défait les vis de son cerveau. C'est alors que j'avais découvert que le nom de mon grand-père, notre véritable nom de famille, était Malamudovich. Je préférais de beaucoup ce nom à celui de Goldman. Pourquoi ne pas l'avoir pas gardé ? J'étais d'accord avec mon père, qu'est-ce qui avait pris ce crétin de paysan russe ? Malamudovich Molina – je préférais encore ça. Si je pouvais, je m'appellerais Francisco Malamudovich Molina, mon vrai nom.

Mais je n'arrive même pas à le prononcer, dit Ana Eva.

Paco M&M, alors.

Je préfère encore Goldman, dit-elle. C'est comme un nom de super-héros. L'homme en or.

Ouais ? Pourquoi pas Pickleman ? L'homme en pickles.

Quand j'emmenai Ana Eva à Katz's Deli pour lui faire découvrir le sandwich au pastrami, elle voulut bien en partager un. C'est comme la madeleine de Proust, marmonnai-je en prenant ma première bouchée. Elle demanda : Qui est Proust ? Quoi ? Une madeleine au pastrami ? Elle ne finit même pas sa moitié de sandwich. Je commençais à comparer ce que disait Ana Eva à ce que disait ou aurait dit Aura. Un jour Ana Eva demanda d'un ton plaintif : Est-ce que je dis jamais quelque chose de drôle ? Jamais, n'est-ce pas ? Oh, comme j'aimerais savoir comment être drôle.

Les qualités que j'avais aimées en Ana Eva au début, comme son caractère tranquille, commençaient à m'irriter. Elle avait cette franchise à propos des choses du sexe que j'avais déjà remarquée chez d'autres jeunes femmes. Mais son appétit pour la baise quotidienne était bien plus grand que celui d'Aura. Aura avait un milliard de choses en tête et un milliard de choses à faire. On pouvait flirter avec Aura au milieu de la journée et c'était délicieux, mais cela n'exigeait pas de passer automatiquement à la baise. Ana Eva avait une approche méthodique de l'existence dans laquelle tout le reste faisait patiemment la queue derrière le sexe, et les queues se formaient tous les jours. Quand on flirtait avec elle, elle était prise de frissons, et si on mettait la main sur sa poitrine, ou à l'intérieur de sa cuisse, elle se dégageait comme une écolière virginale et disait quelque chose comme *¿ Qué ha-ces ?* d'une voix soupirante de petite fille, et pressait encore plus fortement ses lèvres contre les vôtres ou elle vous repoussait un peu et passait soudain sa jupe ou sa robe au-dessus de sa tête et mettait les mains dans le dos pour dégrafer son soutien-gorge, libérant ses jolis petits seins aux tétons sombres et durs comme des bourdons – moment auquel je retenais toujours mon souffle. Elle avait de longues jambes maigres de faon et des bras minces et lisses et on aurait dit que je passais la moitié de mon temps emmêlé dans ces membres, dans leur animation sinueuse, les longs frissons et contractions qui les parcouraient de haut en bas. Parfois elle était à peine entrée qu'elle tombait à genoux devant moi et défaisait ma braguette. Je commençai à penser qu'elle avait trop d'appétit et d'énergie sexuelle pour moi et que je ne pouvais pas suivre, attribuant cela à notre différence d'âge plutôt qu'à notre différence de nature, bien que ce fût probablement les deux. Un soir que je lui déclarai que j'étais trop fatigué et que je voulais juste dormir, elle se mit en colère. Elle ne se contenta pas de soupirer avec impatience ou de rester de son côté du lit. Ses yeux jetaient des éclairs, elle voulait des explications. C'était la première fois que je la voyais si exigeante. Je suis juste fatigué, répétai-je. Je ne peux pas baiser forcément tous les soirs, dis-je, et peut-être que je n'en ai pas envie. Pourquoi je voulais qu'elle vienne passer la nuit chez moi, alors ? Quel intérêt, demanda-t-elle, si ce n'était pas pour faire l'amour ?

À partir de ce moment, je me mis à éprouver du ressentiment envers Ana Eva. Je devins cassant, et elle doit s'être rendue compte que je m'ennuyais souvent. Je sentis que la dépression qui m'avait plus ou moins accompagné constamment depuis la mort d'Aura me retombait dessus, mais plus lourde et sombre, chargée d'une atmosphère qui me pénétrait tout entier et attaquait mes terminaisons nerveuses. Un soir Ana Eva et moi étions en train de parler dans la cuisine et je réalisai que quelqu'un avait laissé une bouteille de poison sur le plan de travail, une bouteille qui ressemblait à une bouteille de mezcal mais qui contenait du poison, ce qui n'aurait pas été plus évident si l'étiquette avait été marquée VENENO avec une tête de mort au-dessus, et je dis : Ça ne devrait pas être sur le plan de travail, et je la rangeai dans un placard. Ana Eva demanda : Pourquoi est-ce que tu ranges le jus de pamplemousse dans le placard ? J'entendis ce qu'elle disait, réalisai que c'était un carton de jus de pamplemousse au moment où elle le disait et que j'étais en train de le ranger dans le placard au lieu du réfrigérateur, mais quand je la regardai c'est comme si elle était loin dans une autre pièce derrière un mur de verre fumé et je dis, avec l'impression de lâcher inutilement les mots dans une atmosphère gélatineuse : Parce que c'est du poison, Ana Eva. Je crois que c'est alors qu'elles commencèrent, ces hallucinations diffuses. Mes yeux étaient ouverts et enregistraient qui ou quoi était autour de moi, mes oreilles entendaient ce qu'on disait, mais en même temps je rêvais, je rêvais des images qui se déversaient dans l'air comme du pétrole de l'épave d'un tanker. Un soir nous allâmes voir un film sur un couple d'adolescents fugueurs. À la fin la fille meurt, et c'est la faute du garçon. La fille est dans l'ambulance, avec sa robe blanche couverte de sang, ses joues rondes et lisses, la vie qui se retire lentement de ses yeux, et je commençai à trembler de tout mon corps, je me mis à murmurer puis à crier : *Non, non ! Ne meurs pas ! NON !* Je me levai, descendis l'allée en me mordant le gras de la paume et en pleurant, Ana Eva sur mes talons, s'accrochant à moi tandis que je continuais à marcher, la traînant derrière moi, et je ne m'arrêtai pas, ne dis pas un mot jusqu'à ce que je me retrouve tout seul assis au bar du Rexo avec cinq verres vides de mescal alignés devant moi, à regarder l'Avenida Nuevo Leon, vide dans la lueur verte des lampadaires, avec ses quatre rues qui y aboutissaient à angles différents, l'un des carrefours les plus mortels de Mexico qui prenait une nuit de repos, le *carrefour hanté.* Quelques années auparavant, mon ami Yunior, qui était venu me voir de New York, avait dit en voyant le bord du trottoir noirci devant le Rexo : Quelqu'un est mort ici, et j'ai su immédiatement qu'il avait raison. La montée d'adrénaline et la panique provoquées par la fin du film avaient reflué, remplacées par un vide apaisé par l'alcool et une solitude qui semblait éternelle. Je regardai la chaussée brillante de l'avenue quasi déserte et pensai : Cela ne finira jamais. Mais le bar était sur Houston Street, pas à Mexico et je buvais de la tequila et Ana Eva était assise en silence sur un tabouret, à moitié endormie, à côté de moi.

Quelques nuits plus tard elle se réveilla comme d'un cauchemar, se serrant la tête dans ses petits bras bruns, qui avaient l'air de trombones triangulaires. Elle respirait comme si elle poussait de petits cris, puis elle dit : Excuse-moi, je ne peux plus, je ne peux plus dormir à côté de sa robe de mariée et la sentir tout autour de moi, je ne peux pas, je ne peux pas, *lo intenté pero ya no puedo. Ayyy, Aura, perdóname !*

Quand nous rompîmes, une semaine plus tard, je dis à Ana Eva que cela n'avait rien à voir avec elle, qu'elle était merveilleuse mais que je ne n'étais pas prêt à avoir une liaison. Mais tu ne penses pas qu'Aura voudrait que tu sois heureux ? fit-elle d'une voix implorante. J'étais ahuri qu'elle le prenne si mal. Je croyais qu'elle ne pensait qu'à partir. Quand elle s'agenouilla devant l'autel d'Aura et la robe de mariée pour lui dire au revoir, elle me rappela Flor, notre ancienne femme de ménage. Puis elle évoqua notre « pauvre petit amour mort » d'une voix de petite fille perdue, et elle supplia Aura de lui pardonner, dit qu'elle avait fait son possible pour veiller sur moi comme elle lui avait demandé mais que je ne l'avais pas laissée faire. Ses épaules ne cessaient de trembler. Notre relation avait duré en tout presque un mois.

*

Plus tard je découvris que Malamudovitch signifie « fils de savant », ou « homme de savoir ». Et qu'est-ce que mon père avait appris de son père ? Et qu'est-ce que j'avais appris de mon père ?

Aura et moi avions grandi dans une atmosphère de malheur, de rage et, à divers degrés, de violence. Je n'en parlais pas beaucoup, mais c'était encore une chose que nous avions en commun. Nous savions d'où nous venions et ce que nous étions décidés à éviter dans la vie que nous avions. Un soir, j'avais douze ans, j'avais joué au football avec des copains, et j'étais rentré plus tard que je n'aurais dû. Nous devions aller dîner chez tante Sophie ce soir-là – peut-être était-ce une fête juive – et maintenant nous allions être en retard. Mon père me battit derrière la porte d'entrée, au pied de l'escalier. C'était le traitement habituel quand j'avais fait quelque chose de mal, mais il me donna un tel coup de genou dans le dos que je m'écroulai et je ne pus me relever. Toute la moitié inférieure du corps était paralysée. À l'hôpital, tandis que j'étais allongé sur la table d'examen et que je sentais les picotements dans mes jambes m'annonçant qu'elles revenaient lentement à la vie, le médecin, le visage grave, avait demandé comment c'était arrivé. Ce fut mon père qui répondit. Il dit : Frankie s'est blessé en jouant au football, docteur. J'aurais dû parler et l'envoyer en prison, ou au moins lui faire des ennuis, mais je me suis tu. Comme je le détestais. Pendant des années j'ai juré que tout ce que je voulais c'était de ne pas être comme lui. Rien ne pouvait plus me décourager, ou me faire éprouver plus de mépris envers moi-même, que de sentir cette rage qui alimentait ses colères bouillir en moi aussi. Je me disais, en insistant, que mon tempérament était plus proche de celui de ma mère, que nous étions des gens faciles qui supportions les avanies sans nous plaindre, des gens essentiellement doux bien que presque trop passifs pour se défendre. Nous ne répondions que rarement – jamais en ce qui concernait ma mère – pas plus que nous n'exprimions notre colère en paroles.

Mais la colère n'était-elle pas une étape répertoriée du deuil ? Où était la mienne ? J'avais été beaucoup de choses depuis la mort d'Aura, mais pas en colère. Quelle serait l'expression appropriée de cette colère ? Devait-elle même être appropriée ? Quand j'avais fait ma sortie sur Sméagol, était-ce un signe de progrès ? Après ma rupture avec Ana Eva, je sentis une rage noire qui se tenait à mes côtés d'un air menaçant. J'avais envie de célébrer la venue tardive de l'étape de la rage. Et j'attendis que quelque chose se passe.

Un soir au club de gym, quand je retournai au vestiaire, un type en costume et sans cravate parlait dans son iPhone devant mon casier. Ses cheveux brun orange étaient encore humides de la douche. Sa serviette en cuir ciré se trouvait sur le banc, avec un exemplaire du *Financial Times* et du *Wall Street Journal* soigneusement pliés qui dépassaient du rabat latéral. Un financier, il y en avait beaucoup dans mon club et je les entendais souvent se plaindre et s'apitoyer sur leurs problèmes. J'enlevai mon T-shirt trempé de sueur. Il aurait dû se déplacer ou au moins pousser sa serviette pour que je puisse m'asseoir devant mon casier. J'attirai son regard et désignai mon casier de ma main qui tenait la serviette. Il me fixa d'un regard vide et poursuivit sa conversation. J'attendis en soutenant son regard. Il se détourna légèrement. Il semblait très absorbé dans sa conversation. Je finis par dire : Vous voulez bien pousser vos affaires ? Et juste comme ça, je vis ce fils de pute lever les yeux au ciel et sourire d'un air méprisant tout en me tournant le dos. Je le pris par l'épaule et le forçai à se retourner – NOOON je ne l'ai pas fait. J'aurais voulu, mais je ne l'ai pas fait. Je tremblais d'une envie de meurtre rentrée, je le jure, mais il était en train de glisser son téléphone dans sa poche et de prendre sa serviette. Il passa devant moi sans un regard. Quelques types avaient remarqué ce qui s'était passé, et je sentis leurs regards et leurs rires silencieux. Ils regardaient mes tatouages, se moquaient de moi, tandis que ma colère se dissolvait dans l'humiliation comme dans un bain d'acide. Je restai longtemps sous la douche.

Entre-temps je continuais de payer l'abonnement d'Aura au club de gym. Je ne trouvais pas la force d'envoyer la paperasse : certificat de décès notarié, et cetera. Et ce fut tout – ma colère avait fait long feu comme un pétard mouillé.

Bientôt les économies d'Aura et mon crédit allaient être épuisés. Et après ? Que devaient devenir mon amour et mon deuil ? Je me retrouvai à observer les SDF avec un peu trop d'intérêt, de la même façon que j'observais les écrivains célèbres ou même publiés aux alentours de ma vingtième année. Je me rappelle, en première année d'université, avoir pris, avec autant d'incrédulité que de terreur respectueuse, le joint rose shocking que me tendait Ken Kesey, dans une chambre de motel dans le nord de l'État de New York. Le soir même on m'avait dit que Ken Kesey m'avait remarqué dans le public pendant sa lecture et s'était tourné vers l'étudiante en écriture créative, poétesse importante qui avait eu l'honneur de le présenter, pour lui demander : Qui est ce chérubin bouclé ? Je parie que toutes les filles aiment le materner. C'est ce que Ken Kesey avait dit de moi. Un chérubin bouclé, que toutes les filles aiment materner. Impressionnée, la poétesse m'avait invité avec quelques autres étudiants à raccompagner Ken Kesey à son motel. Il devait s'être demandé pourquoi je ne disais rien, pourquoi je me contentais de rester assis au bord du lit, partageant son herbe, les yeux dans le vide, riant en même temps que les autres, détournant les yeux chaque fois qu'il me regardait ; ou peut-être que non. Où est mon mentor SDF, qui me remarquera sur le trottoir ou dans un wagon de métro bondé pour dire : Qui est ce raté bouclé ? S'il ne se reprend pas il va se retrouver rapidement ici. Est-ce qu'il croit qu'il est le seul à avoir perdu sa femme ?

D'après les études sur le deuil, du moins celles écrites par des psychanalystes, les rêves du survivant devraient rendre compte du processus inévitable, quoique lent, de son détachement de l'Objet perdu. J'avais lu le cas d'un veuf dans la cinquantaine qui après un deuil long et difficile, avait rêvé d'une petite crotte sur un tissu blanc, ce que son analyste avait interprété comme un progrès important. Quelque aimant qu'il ait été, il mettait la mort et la perte à leur place appropriée. Il était prêt à se réengager dans la vie, à aimer de nouveau. Une nuit je rêvai qu'Aura m'avait quitté. J'étais seul dans un appartement très en désordre mais grand qui n'était pas le nôtre. Puis Aura entra par la porte. Elle était triste, elle avait le cœur brisé parce qu'elle était tombée amoureuse d'un marionnettiste hippie espagnol et était partie avec lui dans le Vermont mais il l'avait quittée. Reviens, la suppliai-je. Je sais que nous nous aimons. Elle ne semblait même pas s'apercevoir de ma présence. Elle était allongée sur un divan, échevelée, blême, avec la tête un peu branlante, mais surtout distante et préoccupée. Elle finit par se lever pour s'en aller. Elle ne me dit même pas au revoir et avec indifférence se fraya un chemin parmi les débris qui jonchaient le parquet. Elle avait à moitié passé la porte. Je ne la reverrais plus jamais. Mais je me précipitai pour lui saisir le bras et la tirai à l'intérieur. Et voilà que nous nous embrassions follement en disant *mi amor mi amor* et dans le rêve je savais que j'avais trompé le destin et que je l'avais reconquise ; et oh, nous étions si heureux.

Puis ce fut le second Jour de l'an sans Aura. Dans la ville de *Soobway*, perdue au plus profond de la jungle, le ventre d'Aura devenait énorme, le bébé ne cessait de donner des coups de pied, la naissance de Natalia était prévue dans dix-sept jours. J'avais accepté ce poste de professeur très bien payé dans une médiocre université du Nord-Est qu'on m'avait proposé le printemps dernier – cent soixante-quinze mille dollars par an. Une lourde charge de travail, il n'y aurait pas beaucoup de temps pour écrire, mais cela n'était pas grave tant que Natalia était bébé et qu'Aura terminait son premier roman. Faire des économies. Dans quelques années, peut-être que nous nous installerions au Mexique.

J'avais passé le premier réveillon sans Aura à Berlin, avec Moya et son épouse allemande, Kirsten, dans un restaurant vietnamien dont on aurait dit qu'il était en plastique orange vif et que nous avions choisi parce qu'il allait être bientôt minuit. Cela faisait un moment que nous marchions – plus tôt, chez eux, nous avions bu une bouteille de prosecco de marque Bella Aura que j'avais trouvée dans un supermarché – et n'avions pas trouvé ailleurs où dîner. Nous avons commandé à manger et une bouteille de champagne. Le propriétaire et sa famille étaient sur le trottoir avec une partie des employés, qui accrochaient des pétards à un escabeau. Dans les rues de Berlin on célèbre le Nouvel An comme une fête guerrière, ou une sorte d'exorcisme de la guerre, avec pétard, fusées, petites bombes qui explosent partout, groupes de jeunes accroupis les doigts dans les oreilles derrière des mortiers à chaque coin de rue, l'odeur de poudre saturant l'air glacial. Alors que nous approchions de l'heure fatidique, je déclarai à Moya et Kirsten : Ça ne signifiera rien pour moi, parce que la seule date qui marque le passage de l'année pour moi c'est le 25 juillet. Mais quand Moya et Kirsten s'étaient levés pour aller à la porte avec leurs verres de champagne voir les feux d'artifice et célébrer les douze coups de minuit avec les clients et les gens du restaurant, je les suivis. Aura et moi avions passés ensemble quatre Jours de l'an, rien que quatre. Quand minuit arriva ce fut de toute façon un rude choc et, après avoir donné l'accolade à Moya et Kirsten, je fis quelques pas dans l'ombre pour m'isoler. Nous avions passé le Premier de l'an à Paris quelques années auparavant, ayant loué un appartement pour un mois dans le quinzième arrondissement. Gonzalo et Pia, amis mexicains qui s'étaient installés à Paris, nous avaient invités pour le réveillon. Ils avaient des enfants en bas âge, ainsi que le frère de Gonzalo et sa femme qui étaient venus leur rendre visite. C'était un de ces dîners où les adultes sont toujours en train de s'occuper des enfants, mais les enfants eux aussi font partie de la fête. J'avais joué à Super Mario et m'étais battu à l'épée avec le petit Jero. C'était un réveillon simple de couples mariés, mais agréable. Aura et moi étions partis avant une heure et avions décidé de nous promener dans Pigalle, avec ses bars et ses clubs miteux. Nous étions entrés dans l'un d'eux à la vitre embuée et aux prix bas où jouait un orchestre africain. Il était bondé d'Africains et d'Européens et presque tout le monde dansait. L'orchestre, composé de guitares électriques et pedal steel, de tambours parlants et d'un saxophone, était formidable, et le chanteur guitare solo était une vraie bombe. Nous avions dansé jusqu'à l'aube, quand l'orchestre avait fini par s'arrêter et que les gens avaient commencé à s'en aller. Une fois sur le trottoir, suants et ravis, clignant des yeux dans la lumière grise de Paris, nous avions décidé de rentrer à pied plutôt que de prendre le métro. Nous allâmes voir les statues des reines et le palais de Babar au jardin du Luxembourg, parcourûmes les rues autour de la Sorbonne et poussâmes jusqu'à l'immeuble qui faisait face à une église médiévale où Aura avait partagé un appartement avec deux Japonaises à l'été 2001, quand elle prenait des cours de français. Nous avions trouvé un café ouvert et commandé des omelettes, des frites et du champagne après quoi, nous avions pris le métro jusqu'à La Motte-Picquet-Grenelle. C'est ainsi qu'avait commencé 2005.

Maintenant ç'allait être 2009. Je devais retrouver Lola et son fiancé Bernie Chen dans un bar de Ludlow Street à deux heures du matin. Ils étaient venus de New Haven pour compter les douze coups de minuit sur Times Square. Je ne sais pas pourquoi ils voulaient faire ça. J'avais bu seul chez moi en regardant du foot à la télé. Peut-être parce que j'étais déjà un peu éméché, peu après minuit je décidai d'aller boire un ou deux verres dans un bar proche avant de prendre le métro pour Manhattan. En l'honneur de ce grand jour, et de Lola et Bernie, je mis mon costume. Il avait été fait une semaine ou deux après la mort d'Aura par un vieux tailleur mexicain qui m'avait été recommandé par la petite amie d'un ami qui travaillait pour le gouvernement et qui m'avait dit qu'il faisait des costumes pour ses patrons. Je voulais un costume de deuil noir corbeau, en un tissu rêche et épais, que je m'imaginais porter tous les jours pendant au moins une année. Le vieux tailleur qui était venu prendre les mesures dans notre appartement d'Escandón – cela se passait quelques semaines avant que j'en sois chassé – était un élégant grand-père aux bons yeux vifs dans un visage affaissé et parsemé de taches de vieillesse, qui portait au revers de sa veste une petite éponge rouge où étaient piquées des épingles. Il me dit qu'il ne croyait pas qu'Aura voudrait me voir porter tout le temps un costume de deuil. En désignant d'un geste les photos d'Aura qui étaient partout dans l'appartement, le tailleur dit : Je vois à ses yeux et à son sourire que votre femme était pleine de vie, Francisco, et je sais qu'elle ne voudrait pas que vous vous laissiez aller comme ça à afficher une telle tristesse. Est-ce que je peux vous recommander une laine gris anthracite ? C'est digne, mais un peu plus léger que le noir. Et il ouvrit son échantillonneur.

Quand j'entrai dans le bar de Ludlow Street, Lola et Bernie étaient déjà là. J'avais froid car je ne portais qu'un sweat-shirt sous mon costume et ma chapka, celle de Chinatown, avec des oreillettes, qui m'avait tenu tout le premier hiver. Le bar était plein de gens debout, mais Lola et Bernie avaient trouvé une table, ce qui semblait être un bon signe pour commencer la nouvelle année. Lola ne buvait que de l'eau minérale et Bernie avait une vodka tonic. Lola et moi nous étreignîmes fort et après quoi elle cligna des yeux et dit : J'ai besoin de parler de tant de choses avec Aura que des fois je me dis que je vais juste lui téléphoner et ensuite je n'arrive pas à croire que ce n'est pas possible. Moi aussi, dis-je. Mais j'avais du mal à suivre la conversation. Peut-être qu'ils parlaient surtout ensemble, mais non, ils me regardaient. En fait, Lola était en train de me raconter une histoire sur Aura et sa mère. Il y avait sur la table une guirlande d'algues avec des flocons d'avoine et des taches de confiture de framboise ; on aurait dit une pieuvre écrasée. Après avoir vainement essayé de la soulever de deux doigts je pris une serviette pour l'essuyer mais quand la serviette toucha la table, il n'y avait rien. Je n'étais pas sûr qu'ils n'aient rien remarqué. Lola était en train de me raconter le jour où elles avaient déposé leur demande de bourse pour l'étranger. Les étudiants attendaient en longues files pour déposer leurs demandes, mais Juanita les avait emmenées directement au guichet. Lola se rappelait les regards furieux des étudiants et l'air mortifié d'Aura. Ensuite, dans la voiture, Aura avait pleuré comme un enfant : elle ne voulait pas passer l'examen pour la bourse, elle était épuisée par les études et le travail qu'elle avait fourni pour son master, elle avait besoin d'un break après ce qui lui semblait des années de pression et d'études constantes. De sorte qu'Aura n'avait pas passé l'examen, ce qui fait que Lola avait commencé son troisième cycle avant elle.

Ils avaient des nouvelles pour moi. Non seulement ils allaient se marier cet été à Hawaii, dont Bernie était originaire, mais Lola était enceinte. Le bébé naîtrait avant le mariage. Lola était maigre comme un haricot mais quand elle se leva et tira sur son chandail, on voyait la bosse qui ressemblait à une petite citrouille ronde. Ils savaient déjà que ce serait une fille. C'est pour ça qu'ils avaient tenu particulièrement à me voir. Ils voulaient appeler leur fille Aura, mais seulement si j'étais d'accord. J'étais d'accord pour qu'ils prénomment leur fille Aura ? Oh, Lola, Bernie, bien sûr que je suis d'accord, plus que d'accord, c'est une merveilleuse nouvelle ! J'étais vraiment touché, ce n'était pas juste un prétexte pour commander une autre bouteille de champagne, même si en fin de compte je la bus presque à moi tout seul. Incroyable le nombre d'amies d'Aura qui avaient des bébés, juste au moment où nous avions Natalia ! Lola, Valentina et la femme de l'ami d'Aura, Arturo, qui avait quitté Austin pour vivre à New York, et deux autres couples que nous connaissions au Mexique !

Lola et Bernie voulaient aller en taxi à la gare de Penn où ils devaient prendre leur train pour New Haven. Je décidai qu'au lieu de prendre un taxi je prendrais le métro, de sorte que je les accompagnai jusqu'à la station de West Fourth Street. Salut ! Je vous aime ! Félicitations. Bonne année ! L'année prochaine nous la fêterons avec la petite Aura ! Je me rappelle m'être dirigé vers une rue adjacente dans l'espoir qu'il y aurait un bar ouvert un pâté plus loin. J'entendis un *bang*, comme une petite bombe explosant dans mon oreille gauche, une portière claquée plus fort que je n'en avais jamais entendu claquer, qui résonna dans toute la rue, faisant sursauter sur leurs sièges tous les occupants des voitures bloquées dans le bouchon, nous y compris dans la voiture conduite par Juanita, Aura devant, moi à l'arrière et nous vîmes le grand gaillard qui venait de claquer la portière s'éloigner rapidement de la voiture qui était dans une allée, avec la silhouette d'une jeune femme au volant, et le jeune homme pleurait – la femme devait lui avoir brisé le cœur – et par la vitre baissée Juanita lui cria d'un ton railleur : *Ay, no llores* (*no YOHHH-res*). Hé ne pleure pas.

Quand je me réveillai, un homme était occupé à couper ma veste à l'aide de ce qui ressemblait à des cisailles de jardinier. Ils m'enlevaient mon sweat-shirt, posaient des électrodes sur ma poitrine. L'éclat métallique d'un toit d'ambulance. J'étais dans une ambulance, sur ta trace, *mi amor*... Ma chapka ! Est-ce que je l'avais laissée dans le bar ? Merde ! Où est ma chapka ? demandai-je, mais personne ne répondit. Puis on me poussa sur un chariot à travers une cascade de lumière fabuleuse, comme du sucre qui coulait d'un trou dans le ciel nocturne, dans l'ouverture semblable à une grotte à l'arrière d'un hôpital et dans un espace de réception malpropre. Un policier. Des gens se tenaient au-dessus de moi en parlant et me posant des questions puis je dois m'être à nouveau évanoui. Ensuite j'étais dans un ascenseur, seul avec un grand Noir tout vêtu de blanc. Qu'est-ce qui se passe ? On m'emmenait faire un autre scanner. Un autre scanner ? Le second, oui. Ça va aller ? Et l'homme en blanc répondit : Il est possible que vous mourriez, monsieur. Comme ça, d'une voix grave et sévère. Il est possible que vous mourriez, monsieur. Oh, pensai-je. Okay, *mi amor*, tu vois ? Je te suis, *está bien*. Les portes de l'ascenseur s'ouvrirent et il poussa mon chariot. *Resignación, señor, resignación*. Hell-ha, *mi amor*. Alors c'est ça que l'araignée tissait. C'est okay. C'est absolument o-kay. Et voilà que nous descendons dans le vrai sous-sol de velours, il ne fait pas si froid que ça en Alaska. Tu ne peux pas savoir à quel point tu m'as manqué. Oh, chaque seconde un pas vers Toi.

17

Nous avions loué une immense maison à San Miguel de Allende pour que Juanita et Rodrigo et quelques-uns de nos amis puissent passer le week-end du mariage avec nous. Mais le mardi soir je partis en bus pour Mexico parce qu'il fallait que j'y sois à onze heures le lendemain matin pour aller chercher le permis qui me permettrait d'épouser une Mexicaine au Mexique en tant qu'étranger. Je m'assis à l'avant pour regarder le paysage. Le bus était déjà loin de San Miguel quand je sortis l'enveloppe en papier kraft de mon sac à dos pour regarder la paperasse, les copies de demandes de permis, mes certificats de naissance, médical, et cetera. C'est alors que je réalisai que j'avais oublié mon passeport à San Miguel. Sans le passeport, on ne me donnerait pas le permis. Et j'avais besoin du permis mercredi à San Miguel pour obtenir le permis de mariage dans l'État et pouvoir trouver un juge pour nous marier. Jeudi soir les invités commenceraient à arriver, dont certains venaient d'Europe. Le mariage avait lieu le samedi. Le dîner de répétition et le cocktail avaient lieu vendredi. Mais si je n'avais pas mon passeport avec moi demain matin à Mexico, il n'y aurait pas de mariage. Aura était à San Miguel, je lui téléphonai, et elle trouva rapidement le passeport. Elle avait avec elle une des organisatrices du mariage qui élabora un plan. J'allai frapper à la porte de la cabine du conducteur. La porte s'ouvrit et je lui parlai par-dessus l'épaule pendant qu'il conduisait. Je lui expliquai la situation, et que mon mariage était en jeu. Cela faisait vingt minutes que nous avions quitté San Miguel. Il dit d'accord, il conduirait aussi lentement que possible pour donner à l'assistant de l'organisatrice une chance de nous rattraper. S'il ne l'avait pas fait avant que nous ayons atteint le péage de Querétaro, il serait trop tard.

L'assistant de l'organisatrice était dans un 4×4 noir. J'avais les yeux rivés au rétroviseur du côté droit dans lequel s'encadraient l'étroite route derrière nous et une partie du paysage aride. Il n'y avait pas beaucoup de circulation et je voyais les phares des camions et des voitures qui nous poursuivaient à différentes vitesses, nous rattrapant lentement. Dans le rétroviseur, la chaussée commençait à se dissoudre insensiblement dans la lumière qui s'obscurcissait, le ciel était plein de tours de nuages bleu-noir, et l'horizon ressemblait à un soir sur un océan venteux juste après le coucher du soleil. Je regardai l'heure sur mon portable. Il s'était quasiment écoulé quarante-cinq minutes. Qu'est-ce que j'allais faire si le mariage était annulé à cause de mon étourderie ? Pourquoi Aura et moi avions toujours tant de problèmes avec les documents officiels, passeports perdus et oubliés, le visa d'étudiante pour les USA dont elle ne s'était pas aperçue qu'il avait expiré avant d'arriver au comptoir de l'aéroport à Paris ? Nos vies auraient-elles pris une autre direction si nous avions été le genre de gens qui ne perdent jamais rien, qui ont toujours leurs papiers en règle ? La mésaventure est la mère de la comédie. Ces journées passées à faire la queue au bureau des passeports de Cancún, en riant et bavardant alors que nous aurions dû être sur la plage de Tulum, sans un instant d'exaspération ni de récrimination entre nous, nous avaient révélé autant de choses à propos de notre amour naissant que le sexe, probablement même plus. La mésaventure est le père des déplacements, voyages et détours inattendus, errances dans le désert, mais aussi visions providentielles, comme lorsque ce point noir pourvu de phares apparut dans le rétroviseur à la crête de l'horizon sombre. J'essayai de mesurer la vitesse de son approche. Il arrivait rapidement, comme un objet volant.

La mésaventure : mère-père de la mort : la tienne, puis presque la mienne. Le premier scanner avait révélé une tache de sang dans mon cerveau. Si la tache grossissait, cela signifierait l'hémorragie, et alors il est possible que je meure, monsieur. Deux points sombres sur l'horizon, l'un grossissant et l'autre, eh bien jusqu'au prochain scanner on ne saurait pas.

On voyait déjà des panneaux indiquant Querétaro et le péage. Mon portable sonna. C'était l'assistant de l'organisatrice. C'est vous ? Il fit un appel de phares. Oui ! Je frappai à la cabine du conducteur, lui appris la nouvelle, le remerciai avec effusion. Le bus ralentit et s'arrêta sur la bande d'arrêt d'urgence. Des navettes spatiales qui s'arriment. Les portes s'ouvrirent, je descendis les marches en bondissant et me trouvai à l'air libre en train de respirer l'odeur de sauge, de purin et de diesel sous les premières étoiles du ciel pourpre libéré de la pesanteur. Le 4×4 noir s'arrêtant derrière nous dans un joyeux nuage de gravier, la portière côté passager s'ouvrant et Aura sortant avec mon passeport à la main. J'étais perdu et me voilà trouvé, cette drôle de façon qu'elle a de courir, jambes raides, comme une danseuse qui quitte la scène, une étreinte au bord de l'autoroute : *Ay, Francisco ¿ qué te pasa ?* Tu ne veux pas m'épouser, Francisco, tu ferais bien de ne pas fréquenter les *cantinas* et de ne pas voir tes amis *cocainómanos*. Je te promets ! Le marié sauvé remontant dans le bus en agitant son passeport et les passagers applaudissant. *¡ Viva México, cabrones !*

J'ouvris les yeux et vis Gus – Augusta – ma première femme, assise sur un fauteuil à côté de moi au service des urgences. Nous nous étions mariés alors qu'elle avait vingt ans et moi vingt-trois et qu'elle payait ses études à Columbia en vendant de la coke aux étudiants au Cannon's Pub. La seconde année de mariage j'allai travailler comme journaliste en Amérique centrale et ce fut en gros la fin de notre mariage. Aujourd'hui c'était ma meilleure amie, plus ma famille que la vraie. J'avais donné son numéro de téléphone quand on m'avait amené à l'hôpital, bien que je n'en aie pas souvenir, et ils lui avaient téléphoné à cinq heures du matin. Cela ne faisait pas trois heures qu'elle dormait et elle était encore un peu éméchée. C'est son mari qui l'avait amenée de Brooklyn avant d'aller se recoucher. Elle avait des poches sous ses yeux bleus larmoyants, ses cheveux châtains étaient tout décoiffés. Les urgences étaient bondées : le Nouvel An était après Halloween la nuit la plus chargée de St Vincent. D'un côté j'avais un gros type à l'accent d'Europe de l'Est qui était tombé dans une vitrine et qui avait dans le dos, aux bras et aux cuisses des entailles profondes. Sa copine pleurait dans ses mains et il n'arrêtait pas de lui gueuler d'arrêter. De l'autre côté j'avais un grand travesti blanc avec de l'ombre à paupières bleu ciel dégoulinante et un accent du Sud qui avait fait une tentative de suicide aux barbituriques. Il allait mieux et n'arrêtait pas de parler, se lançant dans l'histoire de sa vie dès qu'il avait remarqué que j'étais réveillé, sa fugue à l'âge treize ans qui l'avait mené à New York. Il avait un numéro de travesti. Il déclara à Gus qu'elle avait l'air hommasse et celle-ci lui rétorqua de la fermer. Le sang que j'avais sur le visage était surtout séché mais l'oreille gauche saignait toujours. Chaque fois qu'une infirmière passait en coup de vent, Gus lui criait de me nettoyer, mais elle disait qu'elle avait plus urgent à faire. Je demandai à Gus ce qui m'était arrivé et elle dit que personne n'était certain. Peut-être que j'avais été agressé avec un tuyau métallique ou un marteau, peut-être que j'avais été renversé par une voiture et que j'étais tombé sur la tête. Quoi qu'il en soit, j'avais été trouvé étendu inconscient dans le caniveau. Mon oreille était dans un sale état mais la blessure la plus grave était à l'arrière du crâne. En plus j'avais trois côtes cassées. La police, dit Gus, avait demandé si j'avais des ennemis.

Des ennemis ? Je réfléchis. La mésaventure : mère-père de la mort, mais aussi du mélodrame le plus débridé. Tu leur as parlé de l'oncle et de la mère d'Aura ? demandai-je en plaisantant à moitié. Il n'était pas concevable que Leopoldo ait payé quelqu'un pour me suivre depuis le bar de Ludlow Street jusqu'à West Village. Lorsque je me réveillai de nouveau, j'étais ailleurs, dans un couloir. Gus était toujours avec moi. Je lui dis de rentrer chez elle mais elle répondit qu'elle ne le ferait que quand j'aurais une chambre et qu'on aurait nettoyé et pansé mon oreille. On allait bientôt me faire un autre scanner. J'allais devoir rester à l'hôpital, même si je n'avais plus d'assurance.

Qu'est-ce que j'ai à l'oreille ? Elle va rester déformée ?

Elle a l'air vraiment moche. Je suis désolée.

Je tâtai l'organe gluant qui m'élançait.

Pas Leopoldo. Qui d'autre voudrait me faire du mal ? Je pensai au dernier livre de journalisme que j'avais écrit à propos d'un meurtre : Mono de Oro, Tito, et leurs miliciens assassins et homo, la *pareja diabólica*, pas de pires ennemis que ceux-là, mais me suivre jusqu'à un bar du Lower East Side pour m'écraser ou me filer un coup sur la tête ?

Gus, je t'ai dit que j'ai perdu ma chapka ? Tu peux croire ça ?

À la fin de la matinée on me mit dans une chambre. Gus partit dormir en me promettant de revenir dans l'après-midi, bien que je l'aie assurée qu'elle n'était pas obligée. Je partageais la chambre avec un autre patient, caché par un rideau. Le petit lavabo était coincé derrière le lit et par terre dans le placard, dans un sac en plastique, se trouvait mon costume sur mesure tout déchiré. Des barreaux en aluminium autour du lit, les instruments de mesure. Pourquoi est-ce que j'avais une intraveineuse, qu'est-ce qu'ils me mettaient ? La télévision silencieuse haut sur le mur. Un bracelet en plastique. Oh les souvenirs – salut, papa. Une vue de briques de New York et d'un ciel venteux par la fenêtre. C'était l'hôpital où la première pandémie de sida avait frappé à New York, où elle avait fait rage pendant des années. Combien de jeunes et de moins jeunes étaient morts dans cette chambre, dans ce lit ? Un souvenir de ballons noirs s'élevant au-dessus des toits du West Village, et d'avoir su pourquoi. Souvenirs de mes premières années à New York, quand je travaillais dans les restaurants généralement en tant qu'aide serveur, des visages et des voix des serveurs mais seulement de quelques noms : Sandy, Gino, leurs discours et plaisanteries salaces, parfois drôles, parfois pénibles. Danny, qui se glissait derrière moi pour me chanter à l'oreille : Tout ce que veut Lola, Lola l'a… Tous ces serveurs morts, combien d'entre eux étaient morts dans cet hôpital ?

On me mit des agrafes à l'arrière du crâne et il sembla que mon oreille resterait déformée. Une petite équipe de médecins en blouse vint me voir. La tache dans mon cerveau ne s'était pas étendue, m'apprit l'un d'eux. J'avais eu de la chance de ne pas avoir fait d'hémorragie. Je souffrais d'une grave commotion. Ils voulaient me garder en observation pendant deux nuits. Cette douleur bizarrement agréable à mon côté venait de mes côtes cassées. Quand je me réveillai en fin d'après-midi, Gus était là. Devine quoi, dit-elle, tu as été renversé par une voiture qui ne s'est pas arrêtée. Une adolescente de Brooklyn. Elle a tout avoué à son père parce qu'elle pensait qu'elle t'avait tué et il l'a obligée à téléphoner à la police.

Je réfléchis. Puis je dis : Je me souviens maintenant. Une voiture, oui. Elle est arrivée sur la plage en faisant le tour de cette grande dune de sable. Je regardai Gus avec le sentiment maintenant familier d'être surpris par mes propres paroles. La voiture est venue droit sur moi, sur le sable, très vite. Gus me regardait bouche bée. Je fermai les yeux. Où était Aura dans cette scène ? Je disais n'importe quoi. Cette haute dune, le parking derrière, c'était une plage de Cape Cod où j'allais adolescent.

Eh bien, je ne crois pas, dit Gus, parce que tu as été renversé à côté de la Sixième Avenue. Pas de dunes de sable à ma connaissance.

Je ne me rappelais rien. Quelqu'un avait composé le 911. Dans ma chambre d'hôpital, plus tard le même jour, ou peut-être était-ce le suivant, Gus m'avait raconté quelque chose qui s'était passé dans la maison que nous avions louée à San Miguel l'après-midi du mariage. Aura, avec la gueule de bois, profitait de l'ombre et de la fraîcheur de notre chambre, allongée à plat ventre sur le lit. J'étais dehors, dans le jardin, avec des amis. Nous devions retourner à Mexico l'après-midi même et le lendemain nous prenions un avion pour aller passer notre lune de miel sur la côte du Pacifique. Gus était dans le living avec Juanita et d'autres personnes. La robe de mariée d'Aura était posée sur un canapé. Juanita avait pris la robe et l'avait tenue dans ses bras. D'une main elle avait soulevé l'ourlet déchiré, boueux et piétiné pour le regarder de près, et elle avait souri à elle-même. C'était un si beau sourire, dit Gus.

Quand je sortis de l'hôpital la secrétaire me dit que les frais d'hospitalisation seraient payés par l'assurance de la fille qui m'avait renversé. Elle me donna un formulaire à remplir. Elle ajouta que je devrais toucher aussi de l'argent et m'indiqua la marche à suivre. Ça ne sera probablement pas beaucoup, mais quand même quelque chose. Apparemment vous étiez plutôt éméché, dit-elle. Je devais revenir dans une semaine environ pour passer un IRM et me faire enlever mes agrafes. Si j'avais des nausées ou une grosse migraine ou des troubles de la vision ou du mal à marcher, il fallait aller droit aux urgences. Gus et son mari me raccompagnèrent chez moi. Pendant plusieurs jours j'eus la tête qui tournait, les jambes en coton et les intestins comme de la gélatine tremblante. Je me sentais foutrement vieux. On m'avait donné un désinfectant, des crèmes, du coton, de la gaze et des pansements pour mon oreille. Un bizarre liquide clair, comme s'il sortait du nez, dégouttait constamment de mon oreille. En arrivant je m'étais mis au lit, près de la robe de mariée d'Aura, sans ouvrir les lourds rideaux beiges. Le calme et le silence de cette pièce, ces longues journées, la lumière crépusculaire. Je lus certains des livres sur la mort et le deuil que j'amassais depuis plus d'un an. Je songeai à la sensation paisible qui m'avait envahi quand l'aide soignant m'avait dit dans l'ascenseur : Il est possible que vous mourriez, monsieur. Cette sensation de suivre Aura dans un sombre tunnel en velours. Eh bien, je n'étais pas mort, je ne l'avais pas suivie. Le soir j'allumais la télévision. Je me levais pour aller aux toilettes, me laver l'oreille et refaire le pansement. Le matin je sortais acheter un café et le journal en marchant lentement, comme un vieillard décrépit. Mais après quelques jours je ne me sentis plus si tremblotant quand je marchais. Je me remis un peu à travailler. Commandai à manger par téléphone. Quand je pris une douche, j'utilisai un peu du shampoing à la menthe poivrée d'Aura.

18

Tandis qu'elle écoutait le professeur, ses jambes [*illisible*] s'ouvrirent, son corps penché en avant, comme un bateau en train de couler.

Par une chaude journée de septembre, tandis qu'elle écoutait son professeur lire Pablo Neruda avec un parfait accent hispano-cubain, son esprit se perdait facilement dans les abysses de la page blanche qu'elle tenait sur les genoux. Étant arrivée en retard, elle avait été reléguée, sans déplaisir, dans un des coins de la salle sans air conditionné – jusqu'à ce que la sensation d'être regardée lui fasse lever la tête. Son mouvement involontaire coïncida avec la fin du poème de Pablo Neruda. Ce qu'elle découvrit en levant la tête aurait dû la prévenir de ce qui allait arriver, mais à cet instant, ignorant ce que les filles plus âgées savaient (elle pensa s'être trompée), il n'était pas possible que les yeux verts du professeur grossis par les verres de ses lunettes soient rivés sur sa poitrine. Ce n'était simplement pas possible. Pas devant toute la classe, pas pendant une lecture de Pablo Neruda (oh, mais particulièrement à cause de la lecture de Neruda). Non seulement les yeux du professeur demeuraient fixés là, du moins sembla-t-il à la (folle) imagination de Guadalupe – mais il osa même lui poser une question : *¿Qué piensas del poema Guadalupe ?* Avant qu'elle puisse répondre le professeur s'était déjà lancé sans conviction dans une diatribe contre Neruda et sa « poésie à l'eau de rose ». « *Neruda*, dit-il, *no lo vamos a leer, clase, porque ne me gusta.* » Guadalupe jugeait cette soudaine censure un peu étrange pour un cours de doctorants et la question qui la hantait depuis qu'elle avait posé le pied sur le tarmac du fameux aéroport JFK éclata dans sa tête comme un pop-corn dans un micro-ondes (la tête étant le pop-corn et la classe le micro-ondes) : qu'est-ce que je fais ici ? Okay, il n'y avait pas que cette question qui la hantait, mais trois, ou, plutôt, cette première question se déployait comme un éventail en papier chinois – d'autres questions, toutes faisant partie de la même scène bucolique et énigmatique en rouge, blanc ou noir. Puis elle pensa à sa mère. « Oui, ma mère », répondit-elle à un juge imaginaire dans un procès imaginaire de la Loi académique du Système judiciaire. Elle se figura également le juge – une sorte de triade floue composée de Derrida-Lyotard-Foucault – qui riait de tout cœur, très fort, et pas de tout cœur... Suivie par les juges, la personne qui enregistre les procès (l'enregistreur de procès ?), le public (portant tous des lunettes, prenant péniblement des notes sur comment ne pas répondre, comment ne pas être) qui se moquait d'elle. « Se moquant de moi »[1].

1. Fragment non corrigé, écrit à la main sur une feuille de bloc, avec beaucoup de ratures, de griffonnages et de corrections, trouvé dans les papiers d'Aura. Il date de son premier semestre à Columbia, quand son anglais était encore hésitant.

19

Le professeur qui n'aimait pas Neruda aimait cependant inventer des mots, tels que « *foota nota* ». En cours, il disait : Comme il est écrit dans la *foota nota*... Aura m'avait dit qu'elle avait fait la grimace et regardé Valentina, qui leva les yeux au ciel : la première étincelle d'amitié avait passé entre elles. Dans les départements de littérature espagnole et d'études culturelles et latino-américaines de tous les pays, des professeurs faisaient les malins en disant du mal de Neruda ou de tout autre et émerveillaient leurs étudiants en faisant des mots tels que *foota nota*. Dans son dos, ses étudiants appelaient ce professeur Mi Verguita. Mon Petit Pénis. Mi Verguita découvrait des références aux phallus dans tous les textes, et lançait des discussions sur des sujets et des contextes phalliques qui incluaient souvent des références amusantes ou forcées à son « signifiant privilégié » qui lui avait valu ce surnom. Mais Mi Verguita avait également publié des romans et avait affiché dans son bureau un dépliant pour une lecture qu'il avait faite dans un Barnes & Nobles, ce qui lui avait valu le mépris de certains des professeurs du département qui conspiraient contre lui.

Mi Verguita habitait à Boston avec sa femme et ses enfants et venait chaque semaine donner ses cours à New York. Aura avait pris un cours avec Mi Verguita – celui pendant lequel il avait rossé Pablo Neruda et avait découvert la *foota nota* – durant son premier semestre à Columbia. Au début, le cours se tenait dans une salle de séminaire mais ensuite ils se retrouvèrent le soir dans l'appartement que l'université mettait à la disposition de Mi Verguita. Il apportait toujours une bonbonne de quatre litres de rouge du Chili, et souvent aussi du rhum. Après le cours, Mi Verguita mettait de la musique – surtout des Caraïbes espagnoles – et encourageait ses étudiants à danser. Bientôt il concentra son attention sur une étudiante timide, jolie, généralement habillée de manière classique qui était venue directement de Bogotá étudier à Columbia – une jeune femme, dont il se révéla qu'elle était mariée à un ingénieur, lequel avait mis sa carrière entre parenthèses pour accompagner sa femme à New York afin qu'elle obtienne un doctorat d'une université prestigieuse, et qui travaillait en bas de la ville dans un magasin de réparation d'ordinateurs. Elle était émerveillée par Mi Verguita. Qui sait ce qu'il lui murmurait à l'oreille quand ils dansaient après les cours, mais cela lui faisait toujours lever le menton et le regarder dans les yeux en souriant et en mordant sa lèvre inférieure charnue comme un lapin qui détient un secret. Un après-midi Aura m'avait envoyé un e-mail de Columbia pour m'apprendre que Mi Verguita avait été suspendu. Apparemment le mari de l'étudiante, ne voyant pas sa femme rentrer après son cours, était allé voir le directeur du département pour accuser le professeur d'avoir séduit sa femme en la faisant boire. Quelques jours plus tard Aura et ses camarades se trouvèrent au cœur d'une enquête pour harcèlement sexuel.

Mi Verguita était le dernier, ou peut-être l'avant-dernier, professeur de littérature latino-américaine à plein temps du département. Les professeurs qui continuaient à traiter des romans et de la poésie dans leurs cours étaient poussés à la porte au bénéfice des spécialistes de la critique théorique et des études culturelles. Aura s'était bêtement inscrite dans un département où une purge était en cours. Le département se modernisait enfin, bien que tardivement, et rejoignait les programmes les plus en pointe dans le pays. Où était-il écrit que tous les départements qui enseignaient l'espagnol devaient une allégeance particulière au roman et à la poésie ? Quel était le pourcentage des personnes de langue espagnole dans le monde qui avaient jamais lu un livre ou étaient même suffisamment instruites pour en être capable ?

À la fin de sa seconde année à Columbia, le 29 mai 2005, Aura écrivit dans son carnet :

> Je ne veux pas être une universitaire.
>
> Je veux être moi. Je ne suis pas moi quand je suis une universitaire. Je ne suis pas une universitaire et je ne le serai jamais. *La imaginación / las imágenes se avalanzan en una corriente de descarga poderosa una vez fuera del tanque que es / se ha vuelto / la Universidad. Casa Pánica. Las restricciones que no se entiende a si mismo. No confiá en si mismo. Hay mejores maneras de la*

desconfianza que la auto referencia pedestre y estéril. Mi vida está en otra parte[1].

Pourquoi NYC ?

Je veux rester. [Ici Aura a dessiné huit cœurs flottants.]

Clarice l'Inspector.

Un recueil de nouvelles. *Variaciones sobre la verguenza.* [Variations sur la honte, ou la gêne ; *verguenza* peut être traduit des deux manières. Aura faisait la liste de cinq nouvelles qu'elle avait écrites ou projetait d'écrire.]

Je voudrais tuer ma télé.

J'aimerais ne pas en avoir.

Je n'ai pas besoin de télé.

Je ne sais pas comment commencer l'été. Peut-être que je n'écrirai jamais de la grande littérature. Il suffit d'écrire. Et écrire.

Une radiographie de ma petite enfance.

NO ESCRIBIR CON ESPERANZA NI DESESPERANZA, SÓLO CON ESMERO. [Écrire sans espoir ni désespoir, seulement avec beaucoup de dévouement.]

Parmi les papiers d'Aura je trouvai sa photocopie annotée du fameux texte de Foucault « Qu'est-ce qu'un auteur ? » Par curiosité, je le lus. Je n'ai pas

1. « L'imagination / les images qui se déversent en un puissant courant du réservoir / que l'Université / est devenue. Casa Pánica. Restrictions qu'eux-mêmes ne comprennent pas. Ils ne croient pas en eux-mêmes. Il y a plus de formes de doute intéressantes que le terre à terre et stérile autoréférentiel. Ma vie est ailleurs. »

lu beaucoup de théorie critique. Comme je l'ai compris, d'après Foucault, c'est ainsi que nous devrions considérer « l'auteur » : rien que comme un nom utile pour classer les textes, pour faire des livres avec d'autres livres. Il était facile d'imaginer Aura trouvant que c'était une idée drôle et borgésienne. Est-ce que son professeur et ses condisciples avaient fait une analyse de cet essai aussi solennelle que celle de « Pierre Ménard » ? Je ne sais pas. Ce texte me donnait l'impression d'une toile éblouissante tissée par une araignée aussi géniale que folle. Je lus la partie où Foucault cite l'affirmation de saint Jérôme selon laquelle même le nom de l'auteur n'a pas la crédibilité d'une marque de fabrique individuelle, du fait que des individus différents peuvent avoir le même nom, ou qu'on peut écrire sous le nom d'un autre, et ainsi de suite. Foucault demande alors : « Comment attribuer plusieurs discours à un seul et même auteur ? » L'étudiante soucieuse jette un coup d'œil aux pages suivantes de texte dense. La réponse de Foucault va être longue. La lumière de l'après-midi est en train de tomber. Cela fait deux heures qu'Aura travaille. Elle se demande : Est-ce que je ne ferais pas mieux de lire *Portrait de femme* ? N'est-ce pas son problème à la base, peut-être le problème le plus important en ce moment ? Se demander ce qu'il y a pour le dîner… du saumon sauvage ?

Dans son cours de critique théorique, donné par le nouveau directeur du département, un Chicano californien nommé Charly García, comme la rock star argentine, chaque étudiant devait faire une présentation d'un théoricien contemporain. Aura avait choisi Gayatri Spivak, la reine du département de littérature comparée de Columbia, dont elle avait suivi les cours en première année. Dans sa présentation Aura avait expliqué le développement des idées de Spivak depuis sa fameuse traduction de et sa préface à *De la grammatologie* de Derrida jusqu'à son texte capital : « Le subalterne peut-il parler ? » – dans lequel le geste autoréférentiel est porté jusqu'à ses conséquences ultimes – et son œuvre la plus récente : *Mort d'un disciple*.

Puis Aura en était venue à sa question centrale, la raison pour laquelle elle avait choisi Spivak pour sa présentation. Elle avait posé à la classe la question suivante :

Quel est le rôle de la littérature dans ce schéma théorique ?

Et elle avait répondu :

En fait il est prédominant. Spivak n'abandonne pas l'étude et la critique des textes littéraires, disait Aura, et elle expliquait quelques idées de Spivak sur l'importance de la littérature. L'une d'elles est que la littérature, les livres permettent un genre d'enseignement unique et invérifiable. L'aspect invérifiable de la littérature est central ici, avait poursuivi Aura, parce que, pour Spivak, c'est ce qui distingue le discours littéraire de tous les autres discours humanistes. Puis elle s'était lancée dans la description consciencieuse de certaines des critiques dirigées contre Spivak. Comment Spivak pouvait-elle être le principal tenant de la théorie subalterne et continuer de défendre la littérature, qui ne peut pas même tenter de représenter l'Autre, le Subalterne marginal dépourvu de voix, sans commettre un acte de colonisation ? Spivak, répondait Aura, ne craint pas les contradictions.

Charly García avait complimenté Aura pour sa présentation tout en déclarant qu'il était contre l'attitude de Spivak par rapport au texte littéraire. Je ne comprends pas, avait-il dit en martelant ses cuisses des poings pour rehausser son propos. Je ne comprends pas comment Spivak peut continuer à défendre le texte littéraire.

La thèse d'Aura allait avoir pour sujet certains des jeunes écrivains et artistes qui avaient émergé au Mexique dans les années quatre-vingt et juste après, avec la chute du PRI. Je me rappelle l'avoir vue devant son ordinateur en train de travailler sur sa cinquième ou sixième mouture. Elle m'avait regardé et avait gémi : Avant j'écrivais bien, et maintenant j'ai oublié ! Regarde ce qu'on m'oblige à faire ! Par *bien* Aura voulait dire : dans le style des critiques et des essais publiés dans les revues qu'elle aimait comme la *London Review of Books*, par exemple. Maintenant elle était obligée d'écrire en jargon une analyse politique et économique sur la chute du PRI.

Les étudiants qui ne répondaient pas aux critères exigeants du nouveau régime étaient renvoyés. Parmi les premiers se trouvait Moira, l'amie-ennemie des premières semaines d'Aura à Columbia. Aura était certaine d'être la prochaine. Avec moi elle ne parlait quasiment que de cela. Elle avait des insomnies presque toutes les nuits. Pourquoi Aura s'était-elle compliqué la tâche en choisissant pour directrice de thèse la brillante théoricienne littéraire marxiste et véritable tyran Pilar Segura ? Parce que l'Uruguayenne était la nouvelle star du département, le professeur avec qui les étudiants les plus en vue se vantaient de travailler, et Aura aimait la compétition. À l'automne 2005 – nous nous étions mariés à l'été – au cours d'une de leurs réunions, Pilar Segura déclara à Aura : Oh, Aura, vraiment tu es encore tellement innocente. Il faut se débarrasser de cet amour naïf que tu as pour le texte littéraire.

L'amour de la littérature n'est ni innocent ni naïf, pensa ma femme. De toute façon, l'amour de la théorie marxiste est-il moins naïf ?

Aura décida de faire un master d'écriture créative dans un centre universitaire de premier cycle. Elle n'avait quasiment rien montré à personne à part moi, et parfois à Lola, mais la déclaration condescendante de sa directrice de thèse lui avait donné le courage de s'exposer au jugement de la personne qui étudiait les demandes. Nous nous mîmes au travail pour traduire trois de ses nouvelles pour son dossier. Il fallait que ce soit ultra-secret : sa bourse à Columbia ne lui permettait pas d'étudier ailleurs. Je connais beaucoup de gens dans le monde qui méprisent les jeunes écrivains américains qui font des masters en écriture créative, s'engageant ainsi dans une voie sûre, conventionnelle et même bureaucratique menant à une carrière qui généralement, dans les meilleurs cas, est en fait une carrière de *professeur* d'écriture créative. Le choix d'Aura fut peut-être le plus courageux de toute sa vie. Rien qu'en s'inscrivant, elle mettait son doctorat en danger. Elle était terrifiée à l'idée d'un refus, même d'une critique, d'exposer son rêve d'une carrière littéraire à l'examen de son talent et de sa détermination. Elle n'en parlerait pas à sa mère – pas encore – est-ce qu'elle n'était pas suffisamment stressée, n'était-elle pas déjà à bout de nerfs ? Pour qu'elle puisse se détendre tout en préparant son dossier, je l'emmenai passer le week-end à Mohonk, un endroit qu'elle adorait. Mohonk Mountain House est un colossal château victorien dans la vallée de l'Hudson, décor parfait pour un film d'horreur gothique ou un policier genre Agatha Christie. Nous nous étions photographiés mutuellement en cadavres dans le long couloir qui desservait les chambres. Il y avait un spa et des masseuses. Il y avait un grand jacuzzi extérieur où on s'asseyait dans l'eau bouillonnante tandis que des volutes de vapeur s'élevaient de votre corps dans l'air frisquet de novembre. Des sentiers pédestres. La clientèle était composée essentiellement de familles de la classe moyenne avec pas mal de couples âgés et quelques jeunes. Si on voulait, on pouvait passer l'après-midi à jouer aux dames ou aux échecs en buvant du cidre chaud ou du chocolat et en mangeant des petits gâteaux et de la tarte à la citrouille qui sortaient du four. De somptueux fauteuils et canapés devant des cheminées dans lesquels on aurait pu rôtir un chevreuil. Nous nous assîmes devant le feu avec nos ordinateurs sur les genoux, pour traduire sa dernière nouvelle : « Un secreto a voces ».

Trois mois plus tard, en mars, elle reçut un e-mail d'un écrivain – un véritable et célèbre écrivain irlandais – qui enseignait dans le programme de master. Il lui disait qu'il aimait ses nouvelles mais qu'il voulait lui parler. Pouvaient-ils « bavarder un peu » à l'université ? Rendez-vous fut pris pour la fin de la semaine. Les jours suivants, ce bavardage à venir fut le sujet principal de nos conversations. Allaient-ils ou non l'accepter ? Pourquoi le Célèbre Écrivain Irlandais perdrait-il son temps à prendre rendez-vous avec elle s'il ne voulait pas l'accepter dans le programme ? Peut-être, dis-je, il veut savoir quel genre de visa tu as. Mais Aura était angoissée, elle était sûre que quelque chose n'allait pas, peut-être qu'eux aussi interdisaient qu'on étudie dans deux endroits à la fois. Le Célèbre Écrivain Irlandais l'attendait dans son bureau en compagnie de l'écrivain australien encore plus célèbre qui dirigeait le programme. Ils étaient amis, et il était clair qu'ils avaient parlé du cas d'Aura. Ils lui posèrent quelques questions personnelles. Ils lui affirmèrent qu'ils ne voyaient pas d'inconvénient qu'elle étudie en même temps à Columbia. Leur problème, ou plutôt leur souci, était autre. Ses nouvelles étaient impressionnantes, mais c'étaient des traductions, et il semblait qu'elle ne les avait pas traduites elle-même – à la fin de chaque nouvelle, elle avait indiqué : *Traduit par Aura avec l'aide de ses amis*. Mais les cours étaient donnés uniquement en anglais. Ils voyaient bien qu'elle était capable de tenir une conversation en anglais, mais pouvait-elle écrire en anglais ? Pour suivre les cours, c'était indispensable. Ils lui donnèrent vingt-quatre heures pour écrire un texte d'au moins six cents mots pour expliquer pourquoi elle voulait s'inscrire. Ce qu'elle fit. Quelques jours plus tard, le Célèbre Écrivain Irlandais téléphona de nouveau, cette fois-ci pour lui apprendre qu'elle était acceptée. Pendant la semaine suivante elle ne reçut aucune nouvelle. Devait-elle attendre une lettre officielle ? Peut-être que le Célèbre Écrivain Irlandais lui avait parlé avant de consulter le Célèbre Écrivain Australien qui n'avait pas été d'accord avec lui ? Oh, Aura, dis-je, tu es acceptée, envoie juste un e-mail pour en savoir plus. Ce qu'elle fit. Quelques jours plus tard, le Célèbre Écrivain Australien répondit : « Chère Aura, tout va bien. Vous avez été acceptée. Vous allez recevoir une lettre officielle, mais ceci est une VRAIE LETTRE. Nous sommes fiers et heureux de vous accueillir parmi nous. » Ce soir-là nous nous retrouvâmes dans un petit restaurant français avec un bar en zinc pour manger des huîtres. Nous partageâmes une bouteille de champagne avant d'aller voir un film avec Valentina et Jim dans le Village. Au sortir du cinéma Aura m'arrêta pour laisser Valentina et Jim prendre de la distance. Elle voulait que j'étudie la démarche de Jim. Était-ce la démarche de quelqu'un qui a une fausse jambe gauche ? Peut-être. Je n'étais pas sûr.

Une des nouvelles qu'Aura avait mise dans son dossier avait pour sujet une petite fille qui est surprise à voler dans les affaires de ses camarades. Ses parents, convoqués par la directrice de l'école, n'en croient pas leurs oreilles. *Ils la regardèrent comme s'ils avaient une inconnue devant eux.* Sa mère lui avait promis que, si elle se tenait bien, elle pourrait aller avec sa demi-sœur passer les vacances d'été chez la mère de celle-ci à Orlando, et le lecteur comprend que c'est la raison pour laquelle la petite fille vole, parce qu'elle ne veut pas aller à Orlando. En punition, sa mère la prive de faire de la bicyclette sur le parking de leur immeuble. La petite fille désobéit et va faire un tour pas juste sur le parking, mais pour la première fois de sa vie, elle se lance dans la dangereuse circulation de l'avenue. Encouragée par son admission au master d'écriture créative, Aura envoya la nouvelle, « Un viaje fallido », à un magazine littéraire sud-américain en ligne, qui l'accepta. Sa première publication ! Elle en informa sa mère. Mais Juanita fut dérangée par l'histoire. D'abord, elle n'apprécia pas que la mère ne comprenne pas pourquoi sa fille vole. Dans la vie, elle avait deviné, non ? C'était la raison pour laquelle Aura n'était pas allée à Orlando avec Katia. Pourquoi Aura révélait-elle des épisodes dérangeants du passé en distordant les faits ? Elle tâcha d'expliquer à sa mère qu'il s'agissait de fiction et que, si la nouvelle avait été plus longue, la mère fictive elle aussi aurait deviné la vérité. Mais le sens de l'histoire tenait dans la promenade à bicyclette, la brève incursion de la petite fille en direction de l'aventure et de la liberté – et d'un McDonald's où le week-end il y avait un clown et des enfants qui jouaient sur le toboggan en plastique, mais qui en cet après-midi de semaine était déserté et sale.

Plusieurs mois plus tard, quand Aura fit publier une autre nouvelle, qui se passe également dans un complexe résidentiel du genre de Copilco et parle d'une mère célibataire et de sa fille, sa mère réagit de la même façon. Est-ce que ces histoires étaient les premières tentatives d'Aura pour écrire une *radiographie de ma petite enfance* ? Il y avait là des secrets dangereux et troublants. Est-ce que de nombreuses jeunes femmes ne finissent pas par écrire sur leur mère ?

L'histoire devrait se conclure par le départ joyeux de l'héroïne pour des terres inconnues. Le lecteur est moins enthousiaste du fait qu'il connaît le désastre qui l'attend. Mais le désastre aura un revers resplendissant.

Ces mots, tirés des notes prises par Aura en préparation de son roman, semblent bizarrement prophétiques. Mais s'ils sont prophétiques ils posent une énigme obscène parce que comment peut-il y avoir un côté resplendissant à la mort d'Aura ? Je pense qu'elle faisait référence à ses études. Dans le roman, qui devait être narré à l'envers, les terres inconnues vers lesquelles le personnage d'Alicia s'embarque avec bonheur désignent New York et la sainte université où elle doit faire son doctorat. Ce qui devait être un désastre : son expérience universitaire. Rien d'autre, ni personne d'autre. Ai-je raison ?

20

Quatre nuits après l'enterrement d'Aura, sa mère me téléphona. Elle alla droit au fait. Il était clair qu'elle avait préparé son discours, peut-être l'avait-elle répété. Juanita dit :

Aura a fait des études à l'université. J'ai toujours travaillé à l'université ainsi que mon frère. L'université est notre famille et l'université veille sur nous ainsi que fait une famille, et ce que les avocats de l'université me disent, c'est qu'il est très suspect que tu n'aies pas fait de déposition.

Tout en l'écoutant, je me voyais reflété dans les panneaux de verre hauts de deux étages qui séparaient notre appartement d'Escandón de son petit patio : le téléphone sans fil collé à l'oreille, debout près de l'escalier en bois clair qui menait à la mezzanine. Rapetissé par la verticalité de l'espace, le haut mur jaune, j'avais l'air d'une minuscule figure aux traits brouillés dans le coin inférieur gauche d'un immense tableau. La porte coulissante était ouverte et j'entendais le murmure des bambous au fond du patio. Je les avais plantés moi-même, six en tout, sans pouvoir m'imaginer qu'ils pousseraient comme des plantes de conte de fées, quasiment jusqu'au deuxième étage. Moins d'une semaine avant sa mort Aura s'était tenue non loin de là où j'étais et avait levé les yeux sur moi tandis que je descendais l'escalier. J'adore cet appartement, avait-elle annoncé. L'appartement était à nous : sa mère l'avait acheté pour elle. Il était vide et neuf quand nous nous étions installés. En quatre ans, elle l'avait meublé avec lenteur et circonspection selon ses désirs et nos moyens. Un menuisier nous faisait des étagères qui devaient être livrées à notre retour de la plage. Maintenant j'étais de retour de cette plage sans Aura, et au téléphone avec sa mère. De quoi m'accusait-elle ? Que voulait-elle dire quand elle déclarait que d'après les avocats de l'université il était très suspect que je n'aie pas fait de déclaration ?

C'était Juanita qui avait décidé qu'Aura devait être incinérée. Cela signifiait que Fabiola, moi-même et Juanita, trente heures environ après l'accident fatal d'Aura dans les vagues du Pacifique, devions nous rendre directement de l'hôpital de Mexico où elle était morte à la *delegación* la plus proche, sorte d'amalgame entre le poste de police et le tribunal, pour faire une déclaration selon laquelle nous avions été témoins de la mort d'Aura, qui avait pour but de signifier que nous n'essayions pas de cacher quoi que ce soit par notre demande d'autorisation d'incinération. Il devait aussi y avoir une autopsie. Ils nous mirent chacun dans une pièce séparée – ou Juanita était-elle avec moi ? – mes souvenirs de cette période sont vagues, mais je me rappelle bien le sinistre remue-ménage de la *delegación* : prisonniers menottés assis sur un banc contre le mur, policiers et avocats entrant et sortant, les murs, les meubles, les bruns et les jaunes sales. Je n'avais pas dormi depuis notre dernière nuit sur la plage. C'était l'après-midi, ou le début de soirée, ou peut-être faisait-il déjà nuit. J'étais assis sur une chaise devant un bureau en acier face à une employée, une obèse dans la quarantaine, à l'air apathique, assise devant son vieil ordinateur – écran noir, lettres en néon vert – qui m'avait dit de lui raconter ce qui s'était passé. Je le lui dis donc, et elle dactylographia sans laisser paraître la moindre émotion, avec puissance et rapidité. C'était la première fois que je racontais en entier l'accident et la mort d'Aura, ce que je fis probablement avec plus de détails que nécessaire, ce qui ne l'empêchait pas de taper chaque mot à l'instant où il sortait de ma bouche, du moins fut-ce mon impression. J'étais toujours vêtu de mon maillot de bain, d'un T-shirt, mes sandales aux pieds. Pendant que j'attendais, je tremblais de froid, mais plus maintenant. Une fois que j'eus terminé de faire ma déposition, elle me demanda mes papiers d'identité. Je n'en avais pas. J'avais laissé mon passeport dans la maison que nous avions louée sur la plage de Mazunte. Je n'avais dans mon portefeuille qu'une carte de crédit. Du fait que je n'avais pas de papiers d'identité, la femme me déclara que ma déposition n'était pas valide. Toute cette dactylographie pour rien.

Mais Juanita, dis-je au téléphone, j'ai fait une déposition. Tu étais là. À la *delegación*. Elle n'a pas été enregistrée parce que je n'avais aucun papier d'identité. J'avais laissé mon passeport dans la maison à Mazunte.

En soulignant chaque mot – je connaissais cette voix, la voix la plus sarcastique et railleuse de Juanita – elle dit : Ayyy, quelle jolie histoire. Quelle jolie histoire. (*Qué bo*-niii-*ta his*-tohhh-*ria.*) Tu n'avais pas ton passeport. Tu l'avais laissé à la plage. Tu pourras raconter ta jolie histoire aux avocats et au juge.

Juanita, dis-je. De quoi est-ce que tu m'accuses ?

Le conseil que je te donne, dit-elle, c'est de quitter le pays pour ton bien.

Je ne fuis pas le pays, dis-je. Je n'ai aucune raison de quitter le pays.

Les avocats de l'université veulent te faire arrêter et emprisonner sur-le-champ, dit-elle d'une voix plus rapide. Mais je les en ai empêchés. C'est moi qui te protège dans cette affaire. Je ne veux pas te voir ni te parler, pas tant que l'enquête est en cours. Mon frère est mon avocat. À partir de maintenant tout ce que tu as à me dire, il faut le dire à lui.

C'est la dernière conversation que j'ai eue avec la mère d'Aura. Je téléphonai immédiatement à Leopoldo pour lui demander ce qui se passait. Pourquoi Juanita m'avait-elle parlé ainsi ? Leopoldo mit fin à cette brève conversation, la dernière également que j'ai eue avec lui, en me disant de mettre par écrit tout ce que j'avais à lui dire avant de me raccrocher au nez. Plus tard ce soir-là, ou peut-être était-ce le soir suivant, Juanita téléphona à Fabiola pour lui dire de ne pas m'approcher, ne pas me parler ni d'être vue en ma compagnie tant que l'enquête sur moi n'était pas terminée pour ne pas y être incluse elle aussi. Fabis traversa le couloir pour venir frapper à ma porte. Elle était quasiment en état de choc, comme si elle venait de survivre à un accident de la circulation. Elle tremblait, tâchait de ne pas pleurer et elle eut le plus grand mal à me dire ce qui venait de se passer. Elle téléphona à sa mère. Odette était indignée. Ce soir-là elle nous invita à dîner, Fabis et moi, dans un restaurant bondé pour que tous voient que nous n'avions rien à cacher.

21

La sensation que mon cerveau fuyait, projetant au-dehors des images oniriques. La fatigue comme une main dans un gant de cuir souple étreignant doucement mon cerveau, la pression sensible de ses doigts agités de mouvements convulsifs. Me réveillant à trois ou quatre heures du matin, et au lieu de juste fixer désespérément le noir, retomber dans un fragment de rêve ou de cauchemar l'un après l'autre. M'en réveillant en sursaut à l'instant même où j'éprouvais le soulagement de m'être endormi. Je finissais par abandonner, lâchais l'oreiller que je tenais serré sur ma tête, sortais du lit, tremblant et épuisé, fouillant et donnant des coups de pied dans les débris des images et des scènes qui m'avaient traversé de façon si saccadée.

Aura était bleue comme une sucette, ou l'un de ses anciens nettoyants ménagers surgelés, mais elle n'avait pas froid, pelotonnée contre moi, les jambes sous elle, se penchant lentement pour m'embrasser, et c'est alors que je m'étais réveillé en sursaut. Après j'étais dans le sous-sol sinistre où se tenaient les soldes d'un grand magasin, où dans une caisse en contreplaqué je trouvai les robes d'Aura, pliées en rectangles de la taille d'une brique, chacune entourée d'une bande en carton raide. J'en pris une, la reconnus, faisant de même avec quelques autres puis j'étais de nouveau réveillé, fixant le noir. Je rêvais que j'étais sorti avec elle au Parque Chapultepec, et que je voulais lui téléphoner pour l'inviter de nouveau, mais je n'arrivais pas à me rappeler son nom. Qui était cette charmante et brillante jeune femme ? me demandai-je. Mais je me rappelais bien son visage et, surtout, les jolies taches de rousseur qu'elle avait sur le nez. De ce rêve-là je me réveillai avec un grand sourire. Comme si le fait d'oublier son nom n'avait été que l'une de ses plaisanteries surnaturelles.

*

Les moulures genre gâteau d'anniversaire en haut des murs, l'ange et la robe de mariée et l'autel ; le cœur mexicain en fer-blanc martelé qui scintille au mur ; son bureau, ses livres, son ordinateur, son porte-crayons bourré, le cœur en chocolat de la Saint-Valentin, les yeux ronds et vides du chat en laine acheté au Chiapas ; des lampes de chevet dépareillées en provenance de l'antiquaire du quartier, l'une avec un abat-jour rouge et un coq sur son pied en céramique, son Robosapien sur le bureau en bois sombre ; ses vêtements dans les commodes et ses produits de maquillage et ses flacons de parfum ; les longs rideaux tirés à travers lesquels la lumière filtrait à peine ; les gargouillements et sifflements et les minuscules éléphants trompetant extatiquement dans les tuyaux du chauffage central, conservant sa douce chaleur à la pièce avec son radiateur bourdonnant, au cours de ces sombres semaines d'hiver après l'accident que je passai en majeure partie vautré sur notre couvre-lit multicolore. Ses livres, ses affaires, sa musique, ses odeurs persistantes, même faiblement, ou sinon les odeurs chauffées de toutes ses affaires. Réveillé par le crissement des pneus d'une voiture sur la neige d'avant l'aube, un chasse-neige qui passe en faisant le bruit d'un avion roulant sur la piste d'envol.

Sur Degraw Street, un soir, je l'avais vue penchée dans son manteau en duvet, caquetant et roucoulant, faisant danser son gant sous le regard fixe et tapi d'un chat égaré ou perdu réfugié sous une voiture, cela pendant dix minutes jusqu'à ce que le chat sorte et qu'elle le prenne dans ses bras. C'était une chatte tigrée noir et blanc, déjà chez elle dans ses bras, laissant pendre ses pattes par-dessus son bras. Écoute ce ronronnement ! Le chat me jeta un regard hostile quand je m'approchai. Elle avait dit : Francisco, on emmène ce chat, et j'avais dit : Non, Aura, nous n'avons pas le droit d'avoir des animaux domestiques, tu le sais, et j'avais dit : De toute façon c'est probablement un chat des rues ; qui sait quelles maladies il traîne, et j'avais dit : *Non, Owra*, on ne *peut pas*.

*

Je regrette que nous n'ayons pas pris un nouvel appartement, je regrette que nous n'ayons pas eu un chien ou un chat, je regrette que nous n'ayons pas loué l'appartement du rez-de-chaussée quand il a été libre de sorte à rester à New York cet été à nous occuper du jardin plutôt que d'aller au Mexique – j'ai écrit des e-mails à Aura à propos de tout ça. Je regrette pour ta mère, j'ai écrit. Je regrette de ne pas savoir quoi faire pour ta mère. Qu'est-ce que je pourrais faire pour aider ta mère – me jeter du pont de Brooklyn ? Quand je suis retourné au Mexique presque un an après ta mort, on m'a dit que tout le monde à l'université croyait que j'étais responsable de ta mort. Qu'à l'université chaque fois qu'on parle de toi, de moi ou de nous, quelqu'un remarque inévitablement : Ohhh, mais personne ne sait vraiment ce qui s'est passé. Quelque chose est arrivé, dit-on, mais qui sait quoi, tout ça est très mystérieux. Il n'a pas fait de déposition, vous savez ; il a quitté le pays sans même faire une déposition, très suspect. Même ton parrain, le professeur de littérature ou poète, est d'accord parce qu'il a peur du pouvoir qu'ont ta mère et Leopoldo à l'université. Il a même refusé une invitation à prendre part à une lecture organisée par tes amies plus d'un an après ta mort parce que je devais y participer ; il a dit : Je dois être fidèle à Juanita. Ton parrain, pour faire preuve de loyauté envers ta mère, a dit qu'il refusait de lire un poème ou de dire quelques mots sur toi parce que je devais être là, et qu'il devait être fidèle à ta mère. Comment ne seraient-ils pas devenus fous ? Comment n'auraient-ils pas eu la tête tournée par la haine et les accusations ? Essayer de comprendre et même de compatir est le moins que je puisse faire, probablement aussi le mieux que je puisse faire.

Le dernier roman qu'Aura a lu, qu'elle a commencé à Mexico et a terminé un jour avant notre départ pour la plage, était *La Vie brève* d'Onetti, et maintenant je l'avais avec moi à Brooklyn mais je n'avais pas encore le courage de le lire. J'ai lu son exemplaire du *Naufragé* de Thomas Bernhard, et aussi son *Au-dessous du volcan*, souligné et annoté de sa main tout du long. J'étais content de relire de nouveau de la fiction après tant de mois de livres sur le deuil et le veuvage et aussi de livres dont je pensais qu'ils pourraient m'aider à imaginer les psychanalystes français progressistes et leurs institutions qui figuraient dans le roman d'Aura. Un jour, en ouvrant mon édition de poche de *Pnine*, je découvris et suivis la piste magique des traits à l'encre verte d'Aura et je n'avais pas même terminé le premier chapitre que je sentis son rire monter en elle et se déverser d'entre ses lèvres quand le pauvre Pnine réalise qu'il s'est trompé de train pour Crémone. Le second arrêt d'hilarité, l'écureuil qui montre à Pnine comment pousser le bouton de la fontaine. Aura avait mis entre petites parenthèses vertes des expressions telles que « un vent bruissant » et « dans le soleil argenté » et avait écrit en capitales le mot « climat » dans la marge. Pourquoi noter « climat » à côté de chaque description de temps dans une nouvelle ? Je savais. C'est le Célèbre Écrivain Australien qui leur avait dit de tenir un journal du climat. Observer le climat, décrire le climat, n'est pas facile. Faites attention à l'usage littéraire du climat. Chaque jour de ce semestre – alors qu'elle se préparait également à présenter son projet de thèse – Aura avait soigneusement décrit le climat dans son carnet. Plus tard, Wendy devait m'apprendre qu'il n'y avait que deux étudiantes dans l'atelier qui avaient tenu quotidiennement un journal du climat : elle et Aura.

Parfois c'était comme un don divin, la sensation mémorielle du rire d'Aura en moi. Je ne pouvais pas le faire sur commande, mais parfois, comme quand j'avais lu *Pnine*, il arrivait comme ça, comme s'il venait du monde des esprits. Mais je pouvais étirer légèrement les coins de mes lèvres juste assez pour faire légèrement gonfler mes joues et les laisser là, comme deux œufs durs pelés tout chauds, ce qui ne manquait pas d'évoquer le sourire d'Aura au repos, sa douce expression de tous les jours, comme si je ne faisais pas que superposer son visage au mien, mais une partie de son caractère, tellement plus affable et aimable que le mien. Je continuai de chercher du pouce mon alliance à la base de mon annulaire, m'attendant à la toucher ; l'alliance était trop grande et je la retenais toujours du pouce chaque fois que je devais jeter quelque chose à la poubelle ; brefs accès de panique chaque fois que la nudité de mon doigt me surprenait, calmés un quart de seconde plus tard quand mon cerveau incrédule me rappelait – *Encore ?* Il faut encore que je te le *redise* ? – que l'alliance était sur une chaîne autour de mon cou avec celle d'Aura.

Au cours de ces semaines après mon accident, j'avais aussi essayé de relire *Lord Jim* : j'avais idée qu'il était temps pour moi de faire ce que fait Lord Jim, disparaître avec ma honte et ma vie brisée, aller me cacher dans quelque coin perdu et difficile où je pourrais peut-être repartir de zéro. Mais j'avais été déconcerté par ce livre, par la peur de la mort qui pousse les personnages, les grotesques galipettes qui ne méritaient pas même le nom de lâcheté ; des clowns pas drôles, ces hommes qui tâchaient d'apprêter le canot de sauvetage sous le couvert de la nuit pour abandonner le bateau transportant des pèlerins malais dont ils pensent à tort qu'il est en train de couler, tombant les uns sur les autres, l'un d'eux si paniqué qu'il finit par mourir d'une crise cardiaque, et le saut fatal de Jim dans le canot – cela me rappelait quand mon père, une semaine environ après être sorti du coma, avait arraché sa sonde gastrique, son tube à oxygène et son cathéter, s'était jeté par-dessus les barreaux de son lit et avait atterri sur le côté où il était resté à courir sur place tandis qu'une infirmière et moi le tenions, avec sa chemise remontée sur ses hanches, sa petite bite de vieillard se balançant, le choc de son énergie d'animal sauvage dans mes mains tandis qu'il continuait d'essayer de fuir la mort. Plutôt que de m'impressionner, sa vitalité, si c'est ainsi qu'il fallait l'appeler, me dégoûtait, me faisait honte, ou peut-être bien que j'avais été effectivement impressionné – parce qu'elle était impressionnante, pas de doute – et honteux, une fois que les infirmières l'eurent attaché au lit, les poignets fixés aux barreaux par des liens en cuir, comme un fou dangereux. L'hystérie de mon père, c'est cela que les marins terrorisés par la mort dans *Lord Jim* me rappelaient. Et je me souvins d'une conversation avec ma mère dans la chambre de mon père juste après – nous étions bien loin de savoir que mon père n'avait plus que quatre heures à vivre – où je lui demandai : Pourquoi est-ce que papa a si peur de mourir ? Et ma mère avait répondu tout bas : Qui sait ? c'est comme ça qu'est ton père. Tu vois, il a toujours été hypocondriaque. Est-ce que la terreur de la mort, me demandai-je, était une forme d'hypocondrie ? Quelques minutes plus tard, après que je me fus remis à regarder dans le vide comme je le faisais habituellement à l'hôpital, ma mère m'a dit : Je n'ai pas peur de mourir, avec son petit rire délicat et un air guindé, presque gêné. J'ai dit : Moi non plus, pas comme ça. Je ne crois pas que nous voulions dire que nous ne ressentirions pas la peur face à la mort, mais que la manière d'aborder la mort était une chose que ma mère du moins avait considérée et à propos de quoi elle avait pris une décision. Ne mange pas la bouche ouverte comme ton père, ne fais pas de bruit en mangeant ta soupe comme ton père, ne bats pas tes enfants comme ton père, baise ta femme, pas comme ton père, n'accueille pas la mort avec panique et couardise comme ton père. J'avais peur de bien des choses, cela me faisait-il semblable à mon père ? La peur des chiens était-elle liée à la peur de la mort ? – une peur primaire d'être déchiqueté et dévoré par des bêtes, les narines bouillonnantes, les museaux barbouillés de ton sang. À l'âge de trois ans environ, sur la pelouse devant la maison, j'avais tiré la queue d'un chien, un bâtard à poils gris et courts avec une queue qui ressemblait à un cobra, qui s'était retourné brutalement en grognant et s'était jeté sur moi, entaillant mon avant-bras de ses crocs pendant que je hurlais sous lui jusqu'à ce qu'un voisin accoure armé d'un râteau. J'ai toujours les petites marques et, depuis lors, les chiens menaçants – bien qu'en fait j'aime les chiens et que j'en aie eu plusieurs –, les chiens qui aboient, grognent ou me chargent avaient provoqué en moi la peur, des décharges d'adrénaline et la panique bien que j'aie appris à la cacher. Même à l'adolescence, le cœur battant, je parvenais à afficher un calme de façade plutôt que de fuir ou de me réfugier dans un arbre. Environ une semaine après la mort d'Aura, Odette et Fabiola m'avaient invité dans leur maison de campagne à Malinalco pour que je puisse me reposer et dormir. Tous les jours je faisais de longues promenades dans la campagne, sur des routes boueuses à travers des champs de maïs et des pâturages, surprenant des paysans, dont certains à cheval, qui n'avaient probablement jamais vu un homme comme moi, la cinquantaine, le teint relativement clair, visiblement étranger à la région, en train de marcher sur ces routes avec les larmes qui coulaient sur ses joues et allant parfois jusqu'à brailler comme un enfant – je parie qu'en m'entendant de loin, ils devaient penser que je riais et essayaient de voir ce qui était si drôle. C'est pendant ces promenades que j'avais découvert que quand les chiens couraient après moi maintenant, ou s'arrêtaient au milieu de la route, seuls ou en bande, montrant les crocs et grognant, ou aboyaient furieusement à mon passage derrière des portails et des barrières, je n'avais plus peur, et que ce qui suscitait en moi ces folles alarmes était maintenant de pierre.

Au cours de cette dernière nuit, la longue nuit qui précéda sa mort, Aura devait avoir eu conscience qu'elle allait mourir, ou du moins que la chose était probable ou très possible. Cet abîme devant lequel elle s'était tenue toute seule cette nuit-là, sans moi, était ce que je craignais maintenant, plus que je n'avais craint toute chose, ma chérie. Je n'étais pas capable de m'en approcher, d'y penser, sans sentir mon corps qui réagissait comme par le passé devant la menace des chiens, se tétanisant, se recroquevillant tout en continuant à me pousser de l'avant, parfois sans conviction, les yeux clos, la gorge soudain sèche et serrée, trop... Qu'avait-elle ressenti, qu'avait-elle su, à quoi cela avait-il ressemblé, qu'avait-elle pensé ? La terreur solitaire devait l'avoir saisie dans une intimité que moi-même ou quiconque n'avait jamais approchée, et que je ne peux pas même supporter d'essayer d'imaginer, ou que je ne suis juste pas capable d'imaginer. Même lorsque cet aide soignant m'avait dit : Il est possible que vous mourriez, monsieur, cela n'avait rien eu de comparable, parce que, à cet instant du moins, cela ne m'importait plus, ou peut-être n'y croyais-je pas vraiment, et je sais que cela importait à Aura, et qu'elle avait dû y croire. Cette nuit-là où elle avait dû ressentir une solitude et une peur que je ne suis pas capable d'imaginer, c'est alors aussi qu'elle avait dû me juger. Son jugement doit avoir été l'une de ses dernières pensées.

Fue una tontería, c'est ce qu'Aura dit à sa mère, à deux heures du matin, à Mexico, tandis que son chariot passait la porte des urgences. *Una tontería* : une bêtise, un acte stupide, une idiotie même, avait dit Aura à sa mère. Telles avaient été les dernières paroles que j'entendis dire à Aura, de ce ton d'enjouement forcé qu'elle utilisait souvent à l'égard de sa mère – la campeuse pleine de cran, Comment j'ai passé mes vacances d'été ? En flirtant avec des Danois, Mami. *Fue una tontería,* Mami. Ma *tontería* ? Mais elle ne dit pas cela, pas du tout. Ses paroles n'étaient pas accusatrices. Ses paroles étaient celles d'une héroïne. Je me rappelle sa mère croisant les bras, le visage livide, me fixant d'un air haineux et accusateur, et pourquoi pas ? Lui ramener sa fille dans cet état, paralysée du cou jusqu'aux pieds. Mais c'est un souvenir vague, peut-être imaginaire. Peut-être n'avais-je pas eu conscience de Juanita et de ce qu'elle m'aurait dit tandis que je suivais le chariot d'Aura après le voyage de douze heures qui nous avait menés de la plage à l'hôpital.

Peut-être que je ne me souciais pas vraiment de sa mère à ce moment-là, peut-être que je ne me rappelle pas simplement, peut-être que j'ai *refoulé* ce souvenir, parce que Fabis m'avait dit que ce dont elle se souvenait distinctement c'est de mon regard éberlué en réaction aux paroles de Juanita : Pourquoi est-ce que tu as dit ça ? et que sans même marquer le pas j'avais suivi Aura à l'intérieur de l'hôpital. Fabis m'avait dit que ce que Juanita m'avait déclaré, tandis que le chariot de sa fille passait devant elle pour entrer dans l'hôpital où elle allait mourir douze heures plus tard, était : *Esto es tu culpa*. C'est ta faute.

Pendant environ une semaine, en 2005, des mois avant notre mariage, Aura demeura éveillée toutes les nuits par la crainte qu'elle avait de se condamner, en m'épousant, à un triste veuvage précoce. Quand je me réveillais je la trouvais en train de fixer l'obscurité à côté de moi, avec son haleine brûlante d'insomniaque qui donnait l'impression qu'on ouvrait la porte d'un four, tout en sueur. N'était-il pas logique de penser que je mourrais au moins vingt ans avant elle ? Ne devait-elle pas réfléchir, et s'épargner cette épreuve ? Nous en parlâmes plus d'une fois. Je lui disais : Ne t'inquiète pas, *mi amor*, je ne tiendrai pas plus de soixante-quinze ans, je te jure. Toi tu n'auras pas encore soixante ans, tu seras toujours magnifique, et probablement célèbre, et il y aura sûrement un type plus jeune qui voudra t'épouser. Tu me jures ? disait-elle, soulagée ou du moins faisant semblant, et je jurais. Tu ferais bien de tenir ta promesse, Francisco, disait-elle, parce que je ne veux pas être une vieille veuve esseulée, ou finir comme ta mère. Elle savait à quel point la maladie de mon père avait usé ma mère. Mais même si je ne meurs pas à soixante-quinze ans, disais-je, tu pourras toujours m'entreposer quelque part pour aller vivre ta vie, vraiment, je m'en fous. Tant que nous avons des enfants, je m'en fous. Donne-moi juste un gosse, un gosse, c'est tout ce que je veux. Et elle disait : Okay, mais moi j'en veux cinq. Ou peut-être trois. Alors nous ferions bien de nous installer au Mexique, disais-je, pour qu'ils puissent aller à l'UNAM. De toute façon je voulais retourner au Mexique, c'était Aura qui, pour l'instant, voulait rester à New York. Un après-midi de ce dernier printemps, après son trentième anniversaire, Aura, qui était à son bureau, se tourna vers moi, qui lisais couché sur le lit, et dit : Nous avons tout pour être heureux. Nous ne sommes pas obligés d'être riches. On peut travailler dans une université si on veut. Nous avons nos livres, nos lectures, notre écriture, et nous avons l'un l'autre. Frank, nous n'avons pas besoin de plus pour être heureux, nous avons tant de chance. Tu te rends compte de la chance qu'on a ?

Un autre jour vers la fin de ce dernier printemps, Aura m'avait aussi annoncé qu'elle avait décidé qu'elle n'allait pas être de ces femmes qui après trente ans tiennent à toute force à rester aussi minces qu'elles l'étaient à vingt. Elle se laisserait aller à être *rellenita*, un peu rebondie, est-ce que ça me posait un problème ?

Esto es tu culpa. C'est ta faute. Est-ce qu'Aura a pensé ça, ne serait-ce qu'une fois, durant cette longue dernière nuit ? Que c'était ma faute ? Ce n'était pas ma faute. Bien sûr que c'était ma faute. Si je croyais vraiment que c'était ma faute, pourrais-je continuer à vivre ? Apparemment, oui, je pourrais continuer à vivre, si j'avais aussi peur de la mort que jadis des chiens. Sauf que je n'en ai pas peur.

Pendant ces premières semaines de mort, j'avais été sûr qu'Aura m'avait visité et m'était même apparue. Mais plus tard je m'étais convaincu, avec mon scepticisme rationnel new-yorkais et de Nouvelle-Angleterre, que je ne croyais pas aux esprits. Je ne croyais pas qu'Aura pourrait revenir s'asseoir dans son Fauteuil de Voyage, ou qu'en rentrant je la trouverais au milieu de la chambre dans sa robe de mariée, ne sachant plus où elle avait été et combien de temps elle avait été absente. Je me persuadai que ces premiers incidents étaient en fait dus au choc et au manque. Partout où j'allais ces premiers jours après la mort d'Aura, par exemple, j'entendais les chansons des Beatles qu'elle aimait : « Octopus Garden » diffusé à pleins tubes par la radio d'une voiture tandis que nous entrions dans l'immeuble de Yosh et Gaby où des amis venus de New York et d'ailleurs se retrouvaient ce soir-là ; « Lovely Rita » dans l'embouteillage devant le centre funéraire Gayosso ; « Lucy in the Sky » dans le supermarché où nous étions allés acheter de l'alcool. Il y eut plusieurs occurrences semblables les jours suivants qui surprirent tout le monde, et que les amies mexicaines d'Aura commentèrent avec des regards entendus. Est-ce qu'Aura correspondait avec ses amies par l'intermédiaire des chansons de Beatles ? Les Beatles n'étaient jamais passés de mode au Mexique : où qu'on aille, on entendait les Beatles. Donc ce n'était pas une coïncidence surprenante, pas vrai ?

Trois nuits après sa mort, j'étais presque au premier rang d'un concert en plein air dans le Zócalo où un ami m'avait emmené – alors les gens me trimballaient en toutes sortes d'endroits –, au cours duquel l'artiste allait dédier une chanson à Aura, et en levant les yeux j'ai vu, au-dessus de la scène et des bâtiments vieux d'un siècle donnant sur le Zócalo, le visage d'Aura lumineux dans le ciel nocturne comme s'il flottait à l'intérieur de sa propre sphère de clair de lune, son sourire le plus gentiment excité et aimant, et je lui rendis son sourire, tandis que les larmes la brouillaient. J'avais senti son amour ce soir-là et en avais éprouvé de la reconnaissance, mais je pensais aussi qu'elle jouissait de la nouveauté de la mort et de sa magie, comme si elle n'avait pas encore compris ce que cela signifiait. Deux nuits de suite elle m'avait réveillé, allongée sur moi en état d'apesanteur, l'appétissante nudité de ses seins provoquant en moi le même enchantement que toujours parce que je pensais que même les seins de la jeune Marilyn Monroe n'auraient pas pu être aussi rebondis et splendides que ceux d'Aura, ils me surprenaient toujours, probablement parce qu'elle faisait preuve d'une grande modestie et d'une grande discrétion à leur sujet. Et oh, et ce miel sexy dans son regard quand elle disait, comme elle faisait toujours : *¿Quieres hacer el amor ?* Comme je me suis branlé au lit durant les premières semaines sans elle, avec une furieuse et sinistre haine de soi cherchant à s'extirper, ou comme un singe insatiable ou un dément ; c'était hideux. La mère d'un ami m'obtint un rendez-vous chez une psychanalyste thanatologiste – élégante juive mexicaine et bouddhiste convaincue, qui m'avait prescrit des somnifères. C'est elle qui m'avait appris que les bouddhistes visualisent les morts récents à l'intérieur d'une lueur blanche pour les aider à partir et à trouver la paix, et un jour que je m'y essayais, j'ai vu Aura qui tâchait de revenir vers moi, les mains levées dans un geste d'imploration, l'air désespéré et terrifié de « disparaître dans la lumière ». Quelques jours plus tard, au club de gym, pendant une séance de spinning, j'ai de nouveau vu Aura, debout dans le coin, parfaitement visible bien que de la nuance transparente d'un fantôme, avec l'air de comprendre vraiment maintenant ce que la mort allait signifier, me faisant les mêmes signes que lorsqu'elle était dans la lueur blanche, me suppliant de l'aider, de ne pas la laisser disparaître, mais cette fois-ci perdue et paniquée.

Je suppose qu'on trouverait répréhensible que je sois retourné à mon club de gym deux semaines après la mort d'Aura, et dans une séance de spinning, pas moins, entouré d'une majorité de femmes qui essayaient de ne pas grossir et de types aux airs de seconds rôles de telenovelas gay. Quelle *fresa* ridicule, penserait-on. Mais il ne me restait plus grand-chose de mes anciennes routines quotidiennes, sans Aura. Les séances de spinning, une heure passée à suer sur un vélo d'appartement au son d'une musique lancinante, étaient au moins une manière de me fatiguer dans l'espoir de pouvoir dormir un peu et aussi de faire passer mes gueules de bois. Au milieu du cours, un soir, tout en pédalant, je pensai : Quelle est cette affreuse sensation nouvelle ? En moi, logé entre la colonne vertébrale et le sternum, je sentais un rectangle dur et creux rempli d'un air tiède. Un rectangle vide avec des côtés en ardoise ou en plomb, c'est ainsi que je le visualisai, retenant un air mort, comme l'air de la cage d'ascenseur d'un bâtiment abandonné depuis longtemps. Je crus comprendre ce que c'était et je me dis : Les gens qui ont tout le temps cette sensation sont ceux qui se suicident. Ma seule envie était de descendre de vélo et de prendre la fuite, ou de tomber par terre en position fœtale, ou de lever le bras pour demander de l'aide. Mais je continuai de pédaler dur, bougeant en rythme avec la musique et selon les instructions du professeur, et le rectangle plein d'air mort disparut lentement. Je ne me sentis pas *bien* après, mais elle était partie, cette sensation de vide absolu et de peur qui m'érodait de l'intérieur avec une précision géométrique, comme une preuve mathématique que la vie, du moins la mienne, n'a pas de sens.

Elle revient assez souvent, mais jusqu'alors elle a toujours disparu. De toute façon, pendant ces premières semaines ou mois après la mort d'Aura tout ce que je faisais me semblait vain et absurde. Je cherchais des amis avec qui boire tous les soirs. Ils comprenaient et, étant Mexicains, ils étaient prêts à boire avec moi, pas les mêmes amis tous les soirs, bien sûr, ils se relayaient, j'étais le seul qui buvait comme avec l'intention de transformer mon sang en tequila. Journées de gueule de bois abêtie et silencieuse. J'allais au club de gym puis dans les *cantinas*. Une nuit, bien après minuit, comme je n'avais personne avec qui boire et que j'avais encore envie et que tout était fermé, je suis allé au El Closet, le vénérable club de strip-tease ou de danse sur table – *un teibol*, comme on dit – qui demeurait ouvert jusqu'à l'aube et même après. Je n'y avais pas été depuis ma rencontre avec Aura. Je montai l'escalier, passai le palier de la cuisine où on pouvait souvent apercevoir les *teiboleras* en string pailleté en train d'engloutir leurs repas, avant d'arriver à l'étage où, à l'entrée du sombre vestibule menant aux chambres, je fus surpris de voir Blanca, la grosse dame qui apportait les capotes et les serviettes et faisait le ménage, toujours là avec sa même blouse de concierge débraillée et son cardigan noir avachi. Elle s'exclama d'un ton réprobateur *¡Pero Fraaank ¡Esto es* PECADO *! ¡Tu estás* CASADO *!* C'est un PÉCHÉ ! Tu es MARIÉ ! Ce n'était pas seulement qu'elle se rappelait mon nom après tout ce temps, c'était le fait de réaliser que la nouvelle que j'avais trouvé l'amour et une épouse était parvenue je ne sais comment jusqu'à elle, et surtout qu'elle s'en était souciée, qui me laissa un instant sans voix. Blanca que j'avais vue un jour à neuf heures du matin, le dos voûté marchant péniblement sur ses courtes jambes par les rues ombragées de Condesa, ayant enfin terminé ses tâches ménagères, probablement en direction d'un métro qui la ramènerait dans un lointain bidonville – ce troll chargé d'un travail horrible, avait été heureuse d'apprendre mon mariage, avait été heureuse pour moi. *Voilà un homme qui a besoin de se marier, qui ferait un bon mari.* Était-ce vraiment ce que Blanca avait pensé quand elle m'observait jadis au Closet ? Aujourd'hui, me voyant monter l'escalier pour la première fois depuis cinq ans, elle était indignée que j'aie trahi ses illusions. *¡Tu estás* CASADO *!* Mais Blanca, finis-je par répondre, ce n'est pas ce que tu crois, sincèrement, je suis juste venu boire un verre, et j'entrai dans la boîte.

Je m'assis à une table dans un coin, loin de la scène. Aux tables et sur les banquettes contre le mur, comme toujours, les *teiboleras* étaient assises en groupes, leurs petites cliques à elles, parlant entre elles, tâchant de faire passer le temps, cherchant des yeux de temps à autre un client par qui elles pouvaient se faire payer un verre ou même une danse contact, sinon plus. Certaines se levaient pour faire le tour de la salle tels des somnambules sensuels, ou pour se rendre aux vestiaires en vue de leur prochain numéro. Certaines étaient assises avec des clients ou se frottaient à leurs braguettes dans l'ombre des coins reculés de la salle. Des serveurs en chemise blanche et pantalon noir ne cessaient de faire leur ronde, extorquant aux clients des verres pour les danseuses. Une femme dans la cinquantaine vendait des cigarettes, des bonbons, des petits animaux en peluche et du parfum bon marché sur un plateau. Des femmes en tenue d'écolière criarde vendaient des tickets donnant droit à une danse ou menaient par la main les *teiboleras* aux clients qui les demandaient. Et parfois une *teibolera* se dirigeait vers les chambres de Blanca en compagnie d'un client. Sur la scène, à la limite de ma vision, je voyais, presque comme par le petit bout d'une lorgnette, les *teiboleras* qui, une par une, faisaient leur numéro qui consistait à danser, enlever leur haut qu'elles jetaient aux clients (certaines enlevaient le bas aussi), se tordre par terre, faire leurs exercices à la barre verticale. Parfum bon marché, une odeur de musc enfumée et féminine, l'air chaud et lourd comme une émanation intime de toutes les voluptés dénudées présentes dans la salle. Dans mes années les plus solitaire post-Z. et pré-Aura, il m'arrivait de fantasmer sur le mariage avec une *teibolera*. De temps à autre on en trouvait une qui faisait cela pour se payer des études. Une fois, dans un autre *teibol*, je rencontrai une *teibolera* qui étudiait la littérature à l'UNAM, qui parlait de Dostoïevski et de Rimbaud et m'avait demandé de lui envoyer un exemplaire de *Finnegans Wake* quand je retournerais à

New York parce qu'elle n'arrivait pas à le trouver à Mexico, ce que je fis, bien que je n'aie plus eu de nouvelles d'elle et que j'aie douté qu'elle m'ait donné sa véritable adresse, à Las Porales, ou même son vrai nom. Je lui avais nonobstant envoyé le livre. Là, au Closet, un soir, il y a longtemps, j'avais pris à part la vendeuse de cigarettes que tout le monde appelait Mami pour lui demander laquelle de toutes les filles présentes ferait une bonne épouse. Mami prit ma question au sérieux, ses yeux passant lentement d'une *teibolera* à l'autre jusqu'à ce qu'elle se retourne vers moi avec le sourire ravi et malicieux d'une *puta* retirée depuis longtemps et dise : *Ninguna*. Personne.

Ce n'était pas Mami qui travaillait ce soir-là, et je ne reconnus aucune des danseuses. Elles étaient parties depuis que j'avais rencontré Aura. Je repoussai toutes les sollicitations de verre et fis clairement comprendre que je ne désirais pas de compagnie. Mais alors une très jeune femme, en dessous rouges, aux bras minces et blancs comme de la craie, avec de longs cheveux noirs et un joli visage doux aux marques de petite vérole cachées par une épaisse couche de maquillage, s'assit à ma table et me dit à voix basse : Je vous ai observé. Pourquoi êtes-vous si triste ? Je lui répondis que quelque chose de terrible m'était arrivé mais que je ne voulais pas en parler, que je voulais juste boire seul. Mais elle avait dû me faire parler un peu, parce que je me rappelle qu'elle m'avait dit qu'elle avait dix-neuf ans, ce qui était peut-être un petit mensonge, qu'elle était protestante et qu'elle ne travaillait ici que pour pouvoir élever sa petite fille, ce qui était la raison pour laquelle presque toutes les filles, en tout cas les Mexicaines, travaillaient ici. Juste avant de s'en aller, elle me déclara : Je peux vous dire que votre cœur est noble. Il va vous arriver quelque chose de bien.

Je la remerciai de ses paroles et me dis : C'était comme recevoir la visite d'un ange. J'étais d'accord que, durant mes années avec Aura, mon cœur avait aimé d'une manière qui pouvait être qualifiée de noble. Il semblait au moins possible qu'un cœur brisé puisse encore être noble, mais je ne crois pas qu'un cœur en miettes en soit capable. Si cette *teibolera* angélique me voyait aujourd'hui, deux ans plus tard, persisterait-elle dans son jugement ? Restait-il quelque chose de mon noble cœur, tandis que je me terrais dans notre appartement au cœur de l'hiver les semaines suivant l'accident ? La prophétie se réaliserait-elle jamais ? Mais la vérité est que les *teiboleras* et les putes ont tendance à se tromper beaucoup.

Aura ignorait mon passé dans les *teibols*. Il y avait des choses qu'elle aussi ne me m'avait pas dites et que je ne découvris que plus tard – rien de comparable avec les *teibols*, rien que les modestes transgressions de l'adolescence. Ne dis pas à Frank comment j'étais, supplia-t-elle Brasi, son vieux copain du Colegio Guernica, le prenant à part dans la *cantina* où nous étions venus voir la retransmission d'un match de la Coupe du Monde qui avait lieu en Allemagne avec Fadanelli et ses amis, dont Brasi, qu'Aura n'avait pas vu depuis des années. De quoi était-il question ? Que ne voulait-elle pas que je sache ? Brasi m'avait confié plus tard, quand je revins au Mexique un an après sa mort, qu'au lycée Aura avait eu deux petits amis en même temps. L'un d'eux était le plus vaniteux de la classe : beau, riche, brutal, un vrai petit con – oui, il y en a aussi au Mexique. D'après Brasi, il était totalement amoureux d'Aura qui en avait fait la risée de tous. Elle lui mentait, le ridiculisait, le trompait, racontait à tout le monde ses confidences vaniteuses et stupides, sorte de jugement public dont lui seul n'était pas conscient. Ce n'était pas totalement injuste, mais, *carajo*, c'était vraiment cruel, dit Brasi, ce qui ne l'empêchait pas d'en rire encore quatorze ans après. Mais l'autre petit ami le faisait moins rire. Était-ce Dos Santos ? demandai-je. Brasi ne savait pas, il ne se rappelait pas. Il était difficile de croire qu'Aura avait pu agir ainsi, il devait y avoir eu une autre raison. Mais Brasi connaissait Aura depuis le cours élémentaire et aujourd'hui il enseignait la philosophie à l'UNAM. Je savais qu'il ne racontait pas d'histoires. Aura, pauvre bébé, ne m'avait jamais parlé de Brasi avant qu'on le rencontre par hasard ce soir-là, comme si elle avait eu peur de ce qu'il pouvait me raconter d'elle quand elle avait quinze ans et avait voulu cacher son existence. Quelquefois depuis la mort d'Aura, j'avais rencontré des gens qui l'avaient connue – bien que généralement pas si bien – dans des endroits comme cette *cantina* sombre de Colonia Roma, la Covadonga, qui était devenue tellement à la mode et où des gens de l'âge d'Aura venaient me voir pour se présenter, me faire leurs condoléances et parfois me raconter leurs souvenirs. Certains avaient utilisé des termes tels que *contestatária* qui signifie à la fois impertinente, insolente, caustique, sarcastique, froide ou distante. Ils parlaient comme si tout cela était de notoriété publique, bien que je n'aie jamais entendu quiconque la décrire de la sorte de son vivant. Généralement, ces souvenirs étaient évoqués avec un respect affectueux, comme s'ils disaient : Oh, oui, Aura était si intelligente et drôle, mais il fallait se tenir à carreau parce que, mon vieux, elle avait la langue acérée. Il m'était arrivé d'en être moi-même la victime. Ne me parle pas comme ta mère parle à Rodrigo, était généralement ma réponse, qui suffisait parfois à la faire battre en retraite quand elle ne rétorquait pas : Eh bien, ne sois pas aussi stupide que Rodrigo, alors.

Mais aucune de ses amies les plus proches ne m'avait décrit Aura ainsi. Ses camarades de lycée, celles qui étaient restées amies avec elle jusqu'à la fin, parlaient de la précocité de cette fille intelligente qui était aussi leur amie loyale et chaleureuse. À New York, à Columbia et parmi ses condisciples du cours d'écriture créative, Aura était connue comme quelqu'un de doux et timide, qu'il fallait toujours amadouer pour faire parler en cours. Elle en souffrait même. Dans l'un de ses carnets de Columbia, elle se décrit comme « une souris muette et timide ». Pourquoi un tel changement ? Peut-être avait-elle vu dans cette première personnalité toujours sur la défensive et prête à attaquer de manière préventive à l'aide de mots blessants quelque chose qu'elle avait hérité ou appris de sa mère, ou qu'elle associait à elle. Aura ne voulait pas être comme sa mère, de même que je ne voulais pas être comme mon père. À New York c'était comme si elle avait enlevé cette personnalité telle une armure hérissée de pointes pour la poser par terre.

Aura et moi ne parlions jamais de tout cela de façon trop explicite, bien que nous eussions dû peut-être, parce que qui sait ce que l'impact d'une connaissance de soi accélérée, plus claire aurait été, peut-être – la physique de nos destins étant si dynamiquement compactée en nous, réagissant aux moindres altérations et déplacements – aurait-elle mené Aura à une autre chaîne de décisions et de choix, qui aurait résulté dans le fait qu'elle n'aurait pas été à la plage de Mazunte ce jour de juillet, qu'elle serait allée dans une colonie d'écrivains pour travailler sur son roman, ou serait restée à la maison parce qu'elle aurait décidé plus tôt d'avoir un enfant et qu'elle aurait été trop enceinte pour aller à la plage, ou qu'elle m'aurait quitté ; ou même, si de toute façon nous avions fini par nous retrouver sur cette place ce même jour, serait-elle allée dans l'eau une heure plus tard, parce que peut-être elle serait restée à son bureau une heure de plus ; ou profondément perdue dans ses pensées – se demandant : Est-ce que c'est vraiment ce que j'ai fait, est-ce que j'ai vraiment enlevé l'armure hérissée de piques de ma mère ? – elle aurait ralenti ses pas qui l'avaient menée de ce fauteuil jusqu'à l'eau juste assez pour lui faire rater cette vague, ou l'aurait amenée, distraite, encore absorbée qu'elle eût été, à éviter cette vague plutôt que, abandonnée à l'instant – dans cette ultime et fatale impulsion de joie – de décider de la prendre tout comme j'avais pris la précédente.

Une chose qui n'avait jamais changé au cours des quatre ans et quelque que nous avons passés ensemble : une fois qu'Aura avait dépassé son deuxième ou troisième verre, elle se mettait à réciter de la poésie. Bien sûr parfois elle allait bien au-delà de ces deux ou trois verres, que ce soit avec moi ou ses copines, particulièrement Lola. Elle était célèbre parmi ses amies pour téléphoner toujours le lendemain, la voix pâteuse d'alcool et de remords, pour s'excuser, et elles lui disaient qu'elle n'avait pas à s'excuser, qu'elles avaient toutes bu et avaient passé un moment formidable. Avec moi, par contre, chaque fois qu'Aura buvait trop, la nuit se terminait généralement avec elle recroquevillée dans un coin pleurant sur son père. Je n'ai pas eu de père, se lamentait-elle, de la voix mal assurée de la petite fille dont elle semblait être possédée en ces moments. Mon papa m'a abandonnée ! Il nous a laissées toutes seules ! Il ne m'aimait pas ! Et elle pleurait tandis que je faisais de mon mieux pour la consoler. Certes, parfois cela m'exaspérait : est-ce qu'Aura allait pleurer comme ça sur son père le restant de ses jours ? Mais je m'interrogeais aussi, avec une pitié pleine de respect et d'étonnement, sur ce trou que l'abandon de son père avait laissé en elle.

Mon père, quant à lui, s'il avait tenu sa famille fermement dans sa poigne, ne nous avait pas fait de cadeau. Mes sœurs imploraient ma mère de divorcer, particulièrement à la suite d'un de ses accès de violence, qu'il exerçait sur elles de manière verbale et non physique comme pour moi. Elles n'avaient jamais eu la force et la détermination de s'éloigner de la maison à une distance suffisante, du fait qu'elles étaient extrêmement attachées à ma mère et voulaient toujours être proches d'elle. Il les dénigrait constamment. Je ne sais pas laquelle des deux – la riche agente immobilière trois fois mariée ou la pauvre réceptionniste d'un Holiday-Inn jamais mariée – maudit aujourd'hui plus amèrement la mémoire de mon père ou est la plus paranoïaque, sur la défensive, émotionnellement infirme. Une fois que tu as eu treize ans, m'avait dit ma mère, on ne t'a plus vu, tu étais toujours dans la rue avec tes copains et après le lycée tu as filé pour de bon. C'est vrai, maman, et ça m'a sauvé. Si les parents d'Aura étaient restés ensemble, si elle avait grandi dans un foyer stable, fille adorée d'un respectable avocat et politicien du Bajío, princesse de la Terre des Fraises, qui et où serait-elle maintenant ?

Les deux dernières années de notre vie commune, Aura avait cessé de pleurer sur son père. Était-ce parce qu'elle avait trouvé en moi un père de substitution fiable ? Voilà de la psychologie à bon marché dont je peux même imaginer qu'elle aurait bien fait rire Aura. Elle était convaincue que, de nous deux, c'était elle la plus mûre. Mais cela ne signifie pas qu'il ne pourrait pas y avoir là quelque vérité. J'étais plus qu'une seule chose pour Aura. Je jouais des rôles multiples, tout comme elle pour moi.

Dans la pièce de réception du centre funéraire Gayosso, devant la chapelle où reposait Aura dans son cercueil en émail blanc, je vis arriver un homme vêtu d'un costume gris fripé. Je ne le connaissais pas. Plus que son expression égarée, c'est son maintien qui attira mon attention, la façon dont il tenait ses bras en marchant. Il avait l'air de quelqu'un qui revient au pas de charge dans une pièce qu'il vient de quitter, dans l'espoir de plaider son cas une dernière fois. Ou comme s'il avait cherché quelqu'un à étreindre pendant des heures et que ses bras fatigués lui faisaient mal. Il avait un long nez et une tignasse brune virant au gris qui lui tombait sur le front. Je conclus qu'il cherchait Juanita. C'était Héctor, le père d'Aura. Je l'avais compris avant de l'apprendre de la bouche d'une des *tías*. Je le vis de près serrer longuement Juanita dans ses bras. J'allai à lui. Je suis Francisco, le mari d'Aura, dis-je. Oh, alors vous êtes le mari d'Aura, répéta-t-il d'une voix faible. Bien qu'il n'ait vu Aura que deux fois durant ces dernières vingt-sept années, il semblait profondément bouleversé par sa mort, je veux dire autant que quiconque, comme si lui aussi ne savait pas ce qu'il allait maintenant faire de sa vie. Je me sentais bizarrement protecteur, mais de quoi pouvais-je le protéger ? Nous n'avions vraiment pas grand-chose à nous dire, pas ici, à ce moment. Mais je restai assis à côté de lui sur un canapé dans un coin, sans quasiment dire un mot, et je fus soulagé par l'arrivée de Vicky. J'appris qu'Héctor avait eu une seule fille avec sa seconde femme. Aura m'avait dit qu'elle avait deux demi-sœurs qu'elle ne connaissait pas, bien qu'elle n'en fût pas vraiment sûre. Six semaines plus tard, à la fin du mois d'août, alors que je me préparais enfin à retourner dans notre appartement de Brooklyn sans Aura, je l'entendis dire, silencieusement mais énergiquement, à l'intérieur de mes pensées : Francisco, avant de quitter le Mexique, il faut que tu ailles voir mon père pour découvrir ce qui s'est réellement passé entre lui et ma mère. Aussi, découvre pourquoi il avait de la boue sur son pantalon – j'ai clairement entendu Aura me dire cela, comme si c'était sa dernière chance de résoudre ce mystère, qui lui permettrait enfin de terminer son récit du jour où elle avait rencontré son père dans ce restaurant de Guanajuato pour la première et unique fois en dix-sept ans.

À l'enterrement, Héctor m'avait donné son numéro de téléphone et m'avait invité à venir le voir. Je lui téléphonai, et quelques jours plus tard je pris le bus dans le quartier de Mexico appelé El Bajío, où Aura était née et où nous nous étions mariés, pour San José Tacuaya. Nous étions allés une fois à San José Tacuaya, le week-end précédant notre mariage, pour porter un panier d'œufs à un couvent de religieuses cloîtrées afin qu'elles prient pour qu'il ne pleuve pas le jour de notre mariage. C'était aussi une tradition de planter des couteaux dans le sol le soir précédant le mariage, et nous l'avions fait, aussi. Il plut quand même le jour de notre mariage, mais pas beaucoup, et un bref moment. Ce jour-là à San José Tacuaya, Aura avait voulu essayer de trouver la maison avec une cour où elle avait passé les quatre premières années de son existence, sans avoir aucun souvenir de quoi elle ressemblait de l'extérieur, ni même aucune idée du quartier où elle se trouvait.

Le trajet en bus de Mexico à San José Tacuaya durait cinq heures. Les moniteurs vidéo diffusaient sans cesse des films bruyants, ce qui rendait le sommeil difficile. Je finis par regarder la plus grande partie du deuxième film, qui racontait l'histoire d'un prolo de Philadelphie qui réussit à entrer dans l'équipe des Philadephia Eagles. Il était doublé en espagnol, avec les joueurs de foot, blancs et noirs, qui se jetaient des *chinga tu madre* et des *cabrón* à la figure et entonnaient des *¡Viva los Aguilas !* dans les vestiaires. Alors je me rappelai le pas du *quarterback* d'Aura. Quasiment toute ma vie j'avais eu l'habitude de faire le mouvement exécuté par le *quarterback* avant de lancer le ballon. Je le faisais sans cesse, parfois en regardant les nouvelles à la télévision, ou en pensant à quelque chose, manière pour moi de faire les cent pas. Un jour Aura m'avait demandé de le lui apprendre, comme si c'était un pas de danse. Pas difficile, lui dis-je, il suffit de faire trois pas en arrière. Tu tiens le ballon ici, sous ton menton, comme ça, et tu fais un pas en arrière, le premier, du pied qui est du côté du bras que tu utilises pour lancer – je l'exécutai, et après quoi les deux autres pas et le lancer. Mais Aura avait fait son premier pas avec le pied qui était du côté opposé à son bras de lancer de sorte qu'elle se retrouva de face et qu'elle se balança de droite à gauche comme un pingouin déséquilibré qui recule en trébuchant alors qu'elle tâchait de finir le mouvement, un invisible ballon coincé sous le menton, ses dents mordant sa lèvre inférieure, les yeux grands ouverts. C'était hilarant. On aurait dit Giulietta Massina faisant le clown dans la *Strada*. Elle devait avoir fini par comprendre, ce qui ne l'empêchait pas de le faire de travers. Parfois, quand elle me trouvait triste ou pas même, elle annonçait : *Mira mi amor*, et elle exécutait maladroitement ce mouvement, juste pour me faire rire.

Aux environs de San José Tacuaya, les champs de fraises brun et vert apparurent, couvrant la terre jusqu'à l'horizon, tandis que des deux côtés de l'autoroute se dressaient de petits restaurants et des étals proposant des fraises à la crème. Puis la banlieue commença, avec ses gigantesques usines d'automobiles et d'autres plus petites. Le père d'Aura habitait maintenant près du centre colonial, dans une longue rue bordée de tristes devantures. Il était facile de rater sa maison qui s'annonçait par une simple porte en bois coincée entre une pharmacie et un pressing. Héctor vint m'ouvrir et me précéda dans un étroit couloir qui menait à un petit patio humide et froid et à une vieille maison de trois étages qui jadis avait dû loger une famille prospère mais était aujourd'hui divisée en appartements. Héctor et les siens vivaient à l'étroit dans l'appartement du rez-de-chaussée aux meubles massifs et démodés qui me rappelaient la maison de mes grands-parents à Guatemala City. Nous entrâmes directement dans un bureau qui faisait également office de salon, où Héctor s'assit dans un fauteuil et moi dans un canapé bas placé devant une bibliothèque bourrée d'une impressionnante collection de livres de droit et autres œuvres savantes traitant de politique et d'histoire. Mais les volumes étaient couverts de poussière et semblaient dater des années soixante-dix ou plus tôt encore. Il semblait que pas un livre n'avait été ajouté depuis vingt-cinq ans. Héctor m'apprit qu'il était en semi-retraite et enseignait le droit à mi-temps dans un centre universitaire de premier cycle de la ville. Naturellement, je ne mentionnai pas son autre activité qui consistait, m'avait-on dit, à revendre des bouteilles vides sur les marchés. Il m'apprit que sa femme travaillait aussi et que sa fille, la plus jeune demi-sœur d'Aura, était serveuse à Mexico. C'était une surprise. J'avais envie de lui demander où mais sentis qu'il ne fallait pas.

La fois où vous avez vu Aura à Noël, à Guanajuato, il y a quelques années, c'était la dernière fois que vous l'avez vue ? Je savais que c'était le cas. Je sentais, avec quelque désarroi, le journaliste retors se réveiller en moi, posant des questions apparemment inoffensives afin de le mettre en confiance. Il me parla de l'après-midi où Aura l'avait trouvé en train de tâcher d'ouvrir la porte de la maison de la mère de Vicky Padilla, ce dernier adieu brutal et embarrassé. Ensuite, quand Aura avait trouvé sa mère et Vicky en train de boire de la tequila, quelque chose dans leur attitude lui avait fait éviter de parler de son père avec elles. D'une voix rendue plus aiguë par l'indignation, Héctor me dit que Juanita et Vicky s'étaient moquées de lui cet après-midi-là, que c'était la raison pour laquelle il était parti au lieu de passer du temps avec Aura. Juanita et Vicky s'étaient plaintes de n'avoir pas d'argent. Mais alors Juanita avait déclaré : Pas surprenant que nous soyons pauvres, mais toi, Héctor, tu n'as pas d'excuse. Aujourd'hui tu devrais être un homme riche et puissant mais regarde-toi, tu es encore plus pauvre que nous ! Et alors, dit-il, Juanita et Vicky s'étaient moquées de lui. Il raconta cela de sa voix basse et fatiguée, les mains lâchement entrelacées entre les genoux, les yeux dans le vague plutôt que fixés sur moi. Afin de faire preuve de compassion, je dis : Je sais comment peuvent être Juanita et Vicky quand elles sont ensemble. Puis j'évoquai leur déjeuner, quelques années auparavant, alors qu'Aura avait vingt et un ans. C'était pendant ses vacances de l'université du Texas. N'était-ce pas la première fois que vous la rencontriez en dix-sept ans ? demandai-je. Avez-vous été surpris en voyant que votre fille était devenue une jeune femme si belle et intelligente ?

Au bout d'un moment Héctor dit : Oui, belle, évidemment, une fille merveilleuse, et avec un hochement de tête appuyé il dit que non, non, il n'avait pas été surpris, il avait toujours su à quel point Aura était exceptionnelle, même quand elle était nourrisson. Il est évident, poursuivit-il, que Juanita a magnifiquement réussi l'éducation d'Aura.

Oh oui, acquiesçai-je. C'était le moment que j'attendais. Je poursuivis : Mais vous savez, Héctor, Aura n'a jamais vraiment accepté Rodrigo en tant que père, parce qu'elle ne s'est jamais remise de vous avoir perdu. Elle n'a jamais fait un secret de l'amour qu'elle avait pour vous. Elle n'a jamais compris pourquoi vous et Juanita vous étiez séparés. Aura était obsédée par ce mystère, de même qu'elle ne comprenait pas pourquoi vous l'avez évitée ensuite. Elle connaissait des tas d'enfants de divorcés qui continuaient à voir leurs deux parents. Pourquoi pas elle ?

Héctor m'avait écouté, immobile, penché en avant, comme pour mieux se concentrer sur chaque mot, mais alors il craqua. Il se redressa, se couvrit le visage de ses mains et fut secoué de sanglots secs et durs. Une fois qu'il se fut repris, il m'expliqua la raison de cette distance. C'était celle même qu'il avait donnée à Aura : Juanita s'était remariée et il pensait qu'Aura ne devrait avoir qu'un seul père. Mais pourquoi, demandai-je, n'avez-vous jamais même répondu à une seule de ses lettres ? Héctor répondit qu'il n'en avait jamais reçu. Peut-être est-ce mon expression carrément sceptique qui lui fit lâcher : Juanita, vous savez, a toujours été un peu folle. Puis, comme ça, Héctor révéla le secret de leur passé, celui qui avait été caché à Aura durant toute sa vie bien qu'elle en eût été témoin, ainsi que des événements dont elle semblait avoir eu l'intuition et dont elle s'était peut-être à moitié souvenue mais qu'elle n'avait jamais trouvé le moyen d'exposer ni même d'exprimer.

Il n'avait pas quitté Juanita, m'apprit Héctor. Quelles qu'aient été leurs relations à l'époque, il ne l'aurait jamais fait, à cause d'Aura, sa petite fille, qu'il adorait. Non, c'est Juanita qui l'avait quitté. Elle s'était enfuie à Mexico avec un autre homme, un politicien rival, en emmenant Aura avec elle. Après cela, me dit Héctor, je dus me l'arracher du cœur. J'ai arraché Juanita de mon cœur. Et alors tu as arraché Aura aussi ? pensai-je. Plus tard, Juanita avait essayé de revenir. Elle était retournée avec Aura à San José Tacuaya, et quand il était sorti à leur rencontre, de l'intérieur de la voiture, Aura, qui avait quatre ans, avait annoncé : On peut revenir à la maison maintenant, Papi ! Mais Héctor avait refusé de reprendre Juanita, il l'avait arrachée de son cœur.

J'étais sidéré. Était-ce cela à quoi Aura avait fait allusion dans son journal ? *Il y a trop de bruit dans ma tête, la mémoire fait son travail, les souvenirs que je préférerais oublier reviennent.* Ses souvenirs d'enfance, étouffés et niés, remplacés par un récit fragmentaire de mensonges, de douleur, de culpabilité et d'absurdités. Des souvenirs qu'elle avait tus, comme si ou parce qu'elle n'avait pas de mots pour eux.

Héctor avait les yeux secs et il était calme maintenant, comme épuisé. Je sentais que lui poser une question de plus serait lui faire violence. Ce qu'il m'avait dit, et tout ce que cela impliquait, devait être absorbé en silence, et très lentement. Mais j'avais quand même une question et le temps était venu de la poser. La fois où vous vous êtes vus au restaurant, dis-je, quand Aura avait vingt et un ans. Il ne pleuvait pas, il faisait sec, du moins c'est ce qu'elle se rappelait, mais vous êtes entré dans le restaurant avec de la boue sur votre pantalon. J'eus un sourire forcé. Aura s'est toujours demandé pourquoi, dis-je. C'était un autre grand mystère pour elle.

Il hocha la tête et répondit : J'ai crevé en venant et j'ai dû changer mon pneu. Il avait plu sur l'autoroute, et un camion m'a éclaboussé en passant dans une flaque de boue.

Un peu plus tard il se leva pour nous faire du café. Je regardai mon Blackberry. Il y avait un message urgent de John Silverman, un ami avocat de New York, un gars chaleureux et extraverti, qui s'était lié d'amitié avec Juanita à notre mariage.

Juanita avait décidé que c'était mon avocat, ce qui n'était pas le cas, et le sien, qui travaillait pour l'université, avait envoyé un e-mail à Johnny lui disant que j'avais deux jours pour évacuer notre appartement d'Escandón. Quand Héctor revint, je lui annonçai que je ferais bien de prendre le prochain bus pour Mexico. Vous ne restez pas pour déjeuner ? demanda-t-il d'un ton triste et inquiet. Sa femme était rentrée du travail plus tôt pour nous préparer un repas spécial, un *mole de olla*. Je m'excusai et dis : Je n'ai aucune idée de comment réagir à cette situation, donc il vaudrait mieux que je retourne m'en occuper. Je leur appris une partie de l'histoire : l'appartement acheté pour elle par la mère d'Aura, les versements mensuels que j'avais pris à ma charge pendant que j'essayais de réunir l'argent pour l'acheter. Il semblait douteux légalement, dis-je, qu'ils puissent expulser le veuf comme ça. Déménager en deux jours semblait impossible ! Héctor me déclara que, selon la loi mexicaine, il était sûr que j'avais des droits, que je n'étais pas seulement un tiers, ainsi que Juanita et son avocat me décrivaient. Je m'excusai et envoyai un rapide message à Johnny, lui demandant d'obtenir de Juanita et de son avocat quatre mois de délai pendant lesquels je continuerais à payer les mensualités. Ensuite je m'en irais et Juanita ne me devrait rien. Sinon, pouvais-je au moins avoir une semaine de plus ? Même si j'arrivais à trouver l'argent pour acheter l'appartement, il n'y avait probablement aucune chance que Juanita accepte de me le vendre. Je partis pour la station de bus, me sentant coupable de n'être pas resté déjeuner. J'avais promis à Héctor que je reviendrais aussi vite que possible, ce que je ne fis pas. Sur le chemin du retour, je téléphonai à Gus à New York pour tout lui raconter.

N'oublie pas, me prévint-elle, que ce n'est que sa version. Cela ne signifie pas que ce soit la vraie. Peut-être que le quitter a été la meilleure chose qu'ait faite la mère d'Aura. J'ai l'impression que c'est une mauviette. Elle pensait probablement qu'il allait rater sa carrière de toute façon.

Un politicien se fait voler sa femme par un autre politicien dans une petite ville mexicaine macho, dis-je, où tout le monde se connaît, tu ne crois pas que ça a fait du mal à sa carrière ?

Oh arrête, répondit-elle. Reprends ta femme et ta fille, pour l'amour de Dieu, et va baiser la femme d'un autre politicien si ça peut te faire du bien. Il y a deux côtés dans cette affaire. Comme toujours. On n'abandonne pas une fille comme Aura pour quelque raison que ce soit, cria-t-elle dans le téléphone.

Après avoir raccroché, je demeurai les yeux fermés, la tête contre le rideau de la vitre jusqu'à ce que je m'endorme, tombant dans un de ces états oniriques à demi éveillés où comme dans le *Docteur Jivago* je traversais en train les étendues sauvages et désolées de la Sibérie dont les loups hurlants m'avaient fait terriblement peur quand j'avais vu le film enfant. Juanita est pareille à une forêt sombre – pensai-je, ou rêvai-je comme si la phrase s'inscrivait lettre par lettre dans ma tête. Elle est la forêt, mais elle est aussi la mère de la forêt, sa reine, sa chasseresse, sa mauvaise fée. Elle est les loups, les ours, les poissons dont ils se nourrissent dans la rivière. Elle est le pic-vert qui hante la forêt, perçant les crânes pour se repaître des souvenirs comme si c'étaient des vers. Maintenant je suis emprisonné au cœur de cette forêt tandis que, chaque jour qui passe, je me souviendrai moins de ce que j'étais avant, jusqu'à ce que bientôt le pic-vert n'ait plus rien à dévorer. Est-ce qu'Aura elle aussi est emprisonnée dans cette forêt ? Je ne le saurai jamais, il n'y a pas de réponses en ce lieu.

J'étais encore dans le bus, à environ une heure de Mexico, quand je reçus un e-mail de Johnny, me réexpédiant le message qu'il venait de recevoir de Juanita :

> Cher maître, en réponse à votre requête empressée, je désirais vous faire savoir que je n'ai pas d'objection à ce que Frank reste une semaine de plus, jusqu'à la date indiquée, bien qu'il soit néanmoins important qu'il comprenne qu'après cette date je reprendrai possession entière de ma maison.

Il me faudrait encore deux ans avant que je réalise, en relisant de vieux e-mails écrits ce jour-là et les suivants, que je devais avoir aussi demandé à Johnny d'écrire ce message, qu'il m'avait envoyé en cc :

> *Querida Juanita* :
> Maintenant que j'ai lu attentivement votre précédent e-mail concernant Frank, je vois que je dois avoir omis quelque chose qui est très important. Frank m'a prié de vous demander si vous pouvez lui donner une petite partie des cendres d'Aura qu'il pourra rapporter à Brooklyn. Pardon de vous demander cela si brutalement, mais je ne sais pas comment on est censé poser une question pareille.

Plus tard, j'apprendrai que quand, deux jours après les funérailles, j'avais téléphoné chez Juanita pour la prévenir que j'arrivais elle avait dit à ceux qui l'entouraient qu'il fallait qu'elle cache les cendres d'Aura parce que je venais les prendre. Folie de la douleur d'une mère – elle frappe de pitié mon cœur indigné, pour autant qu'elle mérite de la pitié.

Le vieux tailleur m'avait dit qu'Aura n'aurait pas voulu me voir traîner ma tristesse dans un épais costume de laine noire et m'avait recommandé un gris anthracite. Quand Chuco, notre préféré de tous les gardiens de l'immeuble d'Escandón, gros quinquagénaire aux bons yeux presque féminins, m'avait vu pour la première fois après la mort d'Aura, il était sorti de sa guérite pour m'intercepter et m'avait dit : *Resignación, señor. Resignación.*

Ce qui aurait été le premier lundi après nos vacances à la plage, le menuisier vint comme prévu nous livrer nos magnifiques étagères. Aura était morte depuis douze jours. Le menuisier habitait une lointaine banlieue et, en dépit de la simplicité de ses origines et de son existence, il avait les cheveux couleur rouille et des yeux bleus dans son visage taillé à la serpe. Le matin où il était venu prendre les mesures, il avait remarqué qu'Aura et moi avions la gueule de bois après une nuit passée dans les *cantinas*, et, d'un ton bourru, il nous avait gratifiés d'un discours paternel à propos de l'alcoolisme de sa jeunesse auquel il avait renoncé pour toujours quand il était devenu père. Je lui appris pour Aura. Après un long moment de silence, il posa le journal – un des nombreux tabloïds de la ville – qu'il avait à la main sur la table et l'ouvrit à la page où se trouvait un reportage concernant une femme qui avait été renversée par une voiture à Polanco. Il y avait une photo de son cadavre étendu sur le ventre sur la chaussée, vêtu d'une robe bleue, les mains ouvertes, une mare de sang autour du crâne.

Le menuiser dit : Regardez cette femme, renversée par une voiture, mère de deux petits enfants. Ces choses peuvent arriver à tout le monde, Francisco, et elles arrivent tous les jours.

Trois hommes sages : le tailleur, le menuiser et le gardien. Au cours de ces premiers jours et semaines après la mort d'Aura, ils furent les seuls à faire preuve d'un tel bon sens.

Gris anthracite au lieu de noir.
Resignación, señor, resignación.
Ces choses arrivent tous les jours.

Le tailleur, du moins, je l'ai écouté.

Le 17 janvier 2009, à Brooklyn, New York, notre fille Natalia est née. Comment ai-je fêté ce jour ? Je ne me suis pas même rappelé que c'était ce jour avant tard dans l'après-midi. Je me suis soigné l'oreille, qui semblait guérir de telle façon qu'elle finirait par ressembler à celle d'un boxeur. Travaillé un peu. Suis allé me promener. J'ai songé à m'arrêter dans une église pour m'asseoir et penser à Natalia et Aura pendant un moment, mais je ne l'ai pas fait.

Peu après, par une nuit glacée et brumeuse, tandis que je rentrais d'un restaurant, je vis, dans un arbre au bout de notre rue, parmi les branches mouillées et nues, resplendissant dans la lumière des réverbères, Aura qui me souriait comme elle l'avait fait quelques nuits après sa mort quand elle avait semblé flotter dans son propre halo de clair de lune sur le Zócalo. Le bonheur et l'émerveillement eurent raison de mon incrédulité, et je restai là à lui sourire, me réchauffant à la lumière de son amour. J'allai à l'arbre, posai mes mains sur le tronc et l'embrassai.
Il me paraissait incroyable qu'Aura choisît un arbre du quartier pour s'y cacher, et particulièrement cet arbre, un vigoureux érable argenté, couvert de feuillage en été, bien qu'aujourd'hui ses rameaux expansifs et ses branches compliquées fussent nus. Au printemps, Aura avait parcouru les rues en photographiant les arbres aux jeunes feuilles et fleurs brillantes. Elle avait acheté un guide des arbres du nord-est pour pouvoir les identifier et apprendre leurs noms. Les jours suivants, chaque fois que je

descendais la rue, je trouvais Aura dans cet arbre, son sourire et ses yeux étincelants flottant parmi les branches, et sentais la joie qu'elle avait de me voir, et je m'arrêtais chaque fois pour embrasser le tronc. Mais un après-midi, je descendis la rue en pensant à autre chose et oubliai de regarder dans l'arbre, et je venais de le passer quand je sentis une force qui me tirait la tête en arrière comme si elle me tenait par les cheveux. Déconcerté, assagi, je retournai à l'arbre, m'excusai et l'embrassai. Je me demandais ce que les voisins pouvaient penser de mon comportement. L'arbre se trouvait juste devant la brownstone dont le sous-sol était occupé par un gros type dans la cinquantaine, genre motard avec des biceps énormes et une épaisse barbe grise. Je me demandais ce qu'il penserait quand il remarquerait que je m'arrêtais chaque fois devant son portillon pour embrasser l'arbre. Je ne craignais pas qu'il me fasse du mal mais je l'imaginais quand même sortant pour dire quelque chose du genre : Qu'est-ce que tu fous, bordel ? et je me demandais ce que je répondrais. Donc, après environ une semaine, s'il y avait des gens sur le trottoir, ou si je voyais de la lumière chez le motard et ses rideaux ouverts, je me contentais de chatouiller le tronc en passant tout en murmurant : *Hola, mi amor ¿ cómo estás hoy ? Te quiero.* Je ressentais une légèreté émotionnelle inhabituelle, quelque chose presque comme du bonheur, durant ces journées. Est-ce que je devenais un peu fou ? Ce n'est pas vraiment Aura dans l'arbre, me disais-je. Cependant, par une froide nuit, je me réveillai aux alentours de trois heures du matin et me rappelai que je ne m'étais pas arrêté pour saluer l'arbre une seule fois dans la journée. Je bondis hors du lit, passai ma veste en duvet sur mon pyjama, enfilai mes baskets et sortis. Il était tombé une pluie glacée. Le trottoir était gelé et me rappela qu'Aura n'avait jamais vraiment appris à marcher sur les trottoirs glacés. Elle glissait toujours et je lui disais qu'elle était comme Bambi sur l'étang gelé. L'arbre d'Aura n'avait jamais été aussi beau, émaillé comme il l'était et resplendissant, comme si un mélange de diamants liquides et de lumière d'étoiles lui avait été versé dessus.

Francisco, dit-elle, je ne me suis pas mariée juste pour passer mon temps toute seule dans un arbre !

¡ Claro que no, mi amor ! Je mis les bras autour du tronc et pressai les lèvres contre la rude écorce gelée.

Mon oreille guérit. C'était comme si Aura était sortie de son arbre pour lui donner un baiser miraculeux au milieu de la nuit, à moins que cela soit dû aux pouvoirs du shampooing à la menthe poivrée. Quoi qu'il en soit, elle avait l'air un peu plus lisse et neuve que l'ancienne, comme s'il lui avait poussé une nouvelle peau, avec pour cicatrices juste quelques dentelures à peine perceptibles le long du bord cartilagineux. Et cela me fit penser aux grandes et belles oreilles d'Aura, et que Natalia aurait dû être née maintenant, avec ses belles oreilles de bébé à elle.

Quelques jours plus tard je reçus par la poste un chèque de 17 612 dollars de la compagnie d'assurance de l'adolescente qui m'avait renversé.

Le 29 janvier, je me réveillai avant l'aube et trouvai Aura allongée à côté de moi dans notre lit, presque invisible, obscurité plus claire dans l'obscurité de notre chambre mais avec une forme distincte. Étais-je éveillé ? Était-ce le désir ? Ou était-ce l'effet de la lecture que j'avais faite la veille d'un livre écrit par un psychiatre qui avait étudié des cas d'expériences de mort imminente ? Ce que j'avais vécu après avoir été renversé par cette voiture coïncidait avec les détails récurrents et concordants des témoignages des survivants qui avaient convaincu ce psychiatre de postuler l'existence d'un autre monde au-delà de celui-ci. Si ce livre était de la foutaise, au moins il était suggestif.

Tu arrives de l'arbre ? demandai-je à Aura.

Non, répondit-elle. *Mi amor*, c'est ton imagination. *Pobrecito*. Elle eut un petit rire. Pourquoi est-ce que je me cacherais dans un arbre au beau milieu de l'hiver ?

Alors ça c'est mon imagination aussi ?

Non, c'est vraiment moi. Évidemment.

Aura, tu me jures ?

Sí, mi amor, c'est moi.

Je ne pige pas. Si tu peux venir me voir telle que tu es maintenant, alors pourquoi est-ce que tu ne viens pas tout le temps ? Je suis si seul sans toi.

On ne nous le permet pas très souvent, dit-elle. Si j'étais ici tout le temps, je serais un fantôme, et je ne veux pas être un fantôme. Les fantômes souffrent.

C'est logique, dis-je. Et je pensai : C'est vraiment logique.

Il y avait tellement de choses que je voulais lui demander. Vous pouvez imaginer. Mais avant que j'aie pu dire un autre mot, Aura déclara : Frank, je suis venue parce que j'ai besoin que tu fasses quelque chose pour moi. Je veux que tu ailles à Paris à la recherche de ma mère.

Ta mère est à Paris ?

Mais Aura avait disparu, dissipée dans l'air, dans la lumière glacée du petit matin.

J'écrivis un e-mail à Brasi pour lui demander de se renseigner pour savoir si la mère d'Aura était à Paris. Il me répondit le même jour qu'il était sûr que Juanita était au Mexique. Il l'avait vue le matin même à l'UNAM.

22

Les semaines suivant mon accident j'avais lu un roman récemment publié qui était décrit comme un livre sur le 11 septembre, l'horreur de ce jour et ses sombres conséquences étant la cause de la séparation du personnage principal et de son épouse traumatisée, qui le laisse à New York et ramène leur enfant en Europe. C'était une histoire de solitude, narrée par un homme déprimé, mais vers la fin, une fois qu'il récupère femme et enfant, tout semble s'arranger pour lui. Ils vont sur une plage dans les tropiques, où le narrateur découvre le bodysurf et encourage sa femme à s'y mettre elle aussi. Il lui dit que c'est facile. Ce qu'il décrit comme une vague légèrement menaçante arrive, et il dit quelque chose du genre : Allons-y, et il lève les bras et baisse la tête, attrape la vague et refait surface à quelques mètres de là, ravi. Mais sa femme n'a pas bougé. Elle n'a rien à faire du bodysurf. Quand il l'exhorte à attraper la vague suivante elle répond qu'elle préfère nager et s'éloigne calmement sur le dos.

Trop bizarre, une coïncidence impossible. L'auteur savait-il ? Quand il fait que la femme rejette l'invitation de son mari et qu'elle s'éloigne en nageant, savait-il qu'il lui sauvait la vie ?

Insupportable, si la réponse à cette question est en fait oui.

23

À notre mariage nous avions mis un appareil photo jetable sur chaque table, mais ensuite nous avions laissé les appareils dans un sac poubelle dans l'appartement d'Escandón. Ce n'est que quelques semaines après la mort d'Aura que je finis par donner à développer près de quinze appareils jetables. Je fus surpris par le nombre de photos intimes d'Aura et moi qui se trouvaient parmi les deux cent et quelques clichés. Nous deux en train de nous embrasser, de nous parler tout bas à table, de nous tenir dans l'ombre d'un coin discret, en train de danser serrés l'un contre l'autre. C'était comme si des détectives privés s'étaient cachés parmi les invités pour récolter des preuves. Ces photos donnaient plus l'impression de gros plans que celles prises par le photographe professionnel. Et pourtant il n'y a pas un de ces espions munis d'un appareil jetable qui nous ait surpris avec une expression dont je n'aie pas été content. Mon préféré parmi ces clichés, pris à fin la fin de la soirée, est d'Aura seule, de dos, avec ses plateformes disco de mariée à la main comme un athlète quittant la piste, un pied nu relevant l'ourlet de la robe révélant sa plante pleine d'ampoules, tachée de teinture, de transpiration et même de sang, conséquence des longues heures passées à danser. Il se révéla que l'œil rapide qui avait attrapé le pied nu juste au moment où il se relevait n'appartenait pas à un amateur chanceux mais à notre amie Pia, photographe dont l'œuvre est exposée dans le monde entier. La photo en noir et blanc qui figurait sur nos invitations – cadeau de mariage de Pia et de son mari Gonzalo – avait également été prise par Pia dans une rue de Montmartre proche de leur appartement. Elle représente Aura de la taille aux pieds, portant son manteau et ses bottes d'hiver avec une de mes jambes sur la gauche et nos mains jointes au milieu. Mais ce sont nos ombres noires qui se tiennent par la main découpées sur les pavés ensoleillés qui figurent au cœur de l'image.

Nous avions commencé à nous mettre en quête d'un prêtre catholique trois mois seulement avant le mariage. C'était le vœu de la mère d'Aura et je pensais que cela ferait aussi plaisir à la mienne. Je désirais surtout apaiser Juanita. L'organisation du mariage partait à vau-l'eau. Il y avait eu bon nombre d'échanges tendus à propos de l'argent, et des désaccords, surtout entre Aura et sa mère, dont les idées divergeaient. Ce mariage est la base en béton de ma dette. Juanita et moi partagions les dépenses plus ou moins à égalité. Elle invitait une centaine de personnes – famille, amis et collègues de tout le Mexique – et Aura et moi invitions environ une soixantaine d'amis. À la fin, il vint plus de deux cents personnes. Nos organisatrices, une équipe d'expatriées *gringas* de San Miguel de Allende, avaient tout un tas de suggestions qui étaient sûrement parfaites pour le genre de mariage dont elles s'occupaient généralement et qu'elles avaient voulu nous imposer à toute force et que j'avais dû constamment repousser, tout en tâchant de ne pas leur donner l'impression, tant à elles qu'à Juanita, que c'était parce que je n'en avais pas les moyens. Non, nous ne voulions pas de l'orchestre habituellement employé par elles ; nous avions engagé notre propre DJ. Nous ne voulions pas d'applaudisseurs lumineux, ni de danse mexicaine, ni de feux d'artifice. Oui, nous voulions l'âne avec des bonbonnes de tequila accrochées à la selle. Nous voulions les banderoles *papel picado* accrochées au-dessus des tables sous les tentes avec « Aura & Frank » découpé dedans. C'est Juanita qui avait eu l'idée d'en commander d'autres proclamant « Viva Red Sox » en mémoire de mon père. Nous voulions des mariachis pour après la cérémonie et la fin de la soirée. Nous voulions qu'il y ait assez de tequila pour durer jusqu'à l'aube. J'avais déclaré à Aura que je voulais que notre mariage ressemble à la grande scène de la fête de village dans *La Horde sauvage*, moins le massacre. Je lui avais fait croire un moment que j'arriverais à la cérémonie en compagnie de mes garçons d'honneur, Saqui et Gonzalo, à cheval et en costume mexicain, comme Steve Martin, Chevy Chase et Martin Short dans *Trois Amigos*.

Mais il se révéla beaucoup plus difficile que nous croyions de trouver un prêtre qui puisse ou veuille nous marier. Les couples mexicains réservent leurs prêtres généralement une année à l'avance, et sont supposés suivre des cours, et les prêtres sont censés célébrer la messe de mariage dans l'église. Rien de tout cela ne figurait dans nos plans. N'était-il pas possible de trouver un prêtre de gauche plus coulant ? Aura connaissait un monastère de Dominicains au sud de la ville qui, à cause de l'activité de ses membres dans les quartiers pauvres et au Chiapas, avait une sorte de lien non officiel avec l'université et elle prit rendez-vous. Le prêtre qui nous reçut dans le préau qui faisait office d'aire de réception ressemblait à un entraîneur de l'équipe de foot d'une université : large d'épaules, vêtu d'un jean et d'un blouson, les cheveux gris bien peignés et des lunettes à monture en argent. Le Padre Jacques était français. Il s'assit au bord du bureau de la réception, bras croisés, tandis que nous étions assis devant lui sur des chaises en plastique, tels des enfants dans une classe. Nous lui expliquâmes ce que nous voulions : qu'il vienne si possible nous marier à Atotonilco, le vieux sanctuaire catholique non loin de San Miguel, le 20 août. Mais notre mariage aurait lieu dans une hacienda restaurée que nous louerions plutôt que dans l'église. Si, vu les circonstances, il ne pouvait pas célébrer la messe – en fait nous ne voulions pas de messe de mariage – nous lui serions reconnaissants s'il pouvait prononcer une bénédiction. Nous paierions les frais de voyage, bien sûr, et ce qu'il demanderait en plus.

Aura avait reçu une éducation catholique normale – catéchisme, première communion – et j'avais été baptisé et confirmé. Nous lui avouâmes que nous faisions cela surtout pour faire plaisir à nos mères. Padre Jacques sembla comprendre et ne nous sonda pas plus avant. Mais il avait beaucoup à dire. Il prononçait l'espagnol comme s'il parlait français, en remuant vigoureusement les lèvres, comme un Français excité, en donnant des coups de menton dans notre direction. Il n'exigeait que six semaines de cours pour nous préparer. Nous avions encore le temps. Le Christ révèle aussi son union avec nous à travers le sacrement du mariage – ainsi commença la leçon. *Misterio Sacramental hasta la muerte*, je me rappelle parfaitement ses mots. Le mariage, comme tous les autres sacrements, devait être avant tout compris comme une préparation à l'ultime sacrement de la mort et à la grâce éternelle du salut ; tel était le point important. À nous de préparer nos enfants à la grâce éternelle du salut, et à eux de préparer les leurs. Il ne cessait de parler, répétant les mots de « Christ », « mort » et « salut », apparemment dans toutes les combinaisons possibles, devenant de plus en plus excité et abstrait. Je ne sais pourquoi, mais sa tirade me fit penser à Woody Allen dans *Annie Hall*, quand il se transforme en hassidim pendant qu'on dit le bénédicité à la table de la famille WASP où il est invité pour Thanksgiving. Je me mordais fort l'intérieur de la joue pour ne pas rire. Aura faisait des efforts pour sembler attentive et sérieuse mais je voyais ses yeux qui s'agrandissaient et ses lèvres qui s'amincissaient, signe qu'elle essayait elle aussi de ne pas éclater de rire. La mort, le Christ, la mort, le mariage, le salut, le Saint-Esprit, la Trinité, et ainsi de suite. Merci mon père, nous comprenons, notre mariage est une préparation au salut éternel. Mais de toute façon Padre Jacques ne pouvait pas nous marier, pas fin août. Non, *c'est impossible**. Il n'en fallait pas moins que nous suivions les cours préparatoires. Sur le trottoir Aura et moi nous appuyâmes au mur blanchi à la chaux en hurlant de rire. Quel prêtre *bizarro* ! oh, *mi amor*, moi aussi j'essayais de ne pas rire, c'était hilarant, la manière dont il n'arrêtait pas de parler de la mort !

Je ne crois pas que nous allons trouver un prêtre pour nous marier, dis-je, je suis prêt à abandonner. Aura dit : Ouais, je n'ai même plus envie d'un prêtre. Elle n'était pas même sûre de vouloir un mariage, en tout cas pas un grand. Elle n'arrêtait pas de dire qu'elle préférerait que nous nous mariions à la mairie de New York.

Alors comment se fait-il que nous ayons fini par nous laisser emporter à ce point ? Peut-être que c'était Juanita qui avait commencé à y voir le genre de mariage qu'elle avait toujours rêvé pour sa fille, du moins du point de vue de l'échelle, même s'il était décevant par ailleurs, à commencer par le marié, un mariage qu'elle n'aurait jamais pu s'offrir toute seule. Ce mariage était aussi une nouvelle façon de prouver à Juanita à quel point j'aimais sa fille. Juanita qui un jour avait saisi mon Blackberry alors que nous étions assis à la table d'un restaurant et, après l'avoir inspecté, avait déclaré que je ne pouvais pas être aussi amoureux d'Aura que je le prétendais parce que je n'avais pas de photo d'elle sur mon téléphone. Mais il n'y avait pas d'appareil photo sur mon Blackberry, et je n'avais jamais téléchargé des images de mon ordinateur sur mon téléphone parce qu'il ne m'était même pas venu à l'esprit de le faire. Je me rappelle d'avoir presque admiré Juanita d'avoir déniché cette unique anicroche dans un amour que j'étais toujours si fier d'exhiber, comme le tout petit détail proverbial qui met en échec le crime parfait. La préparation du mariage était encore une des choses qui portait sur les nerfs d'Aura, mais elle finit par s'y laisser prendre, passant des heures à organiser et à mettre à jour le site de la préparation de mariage sur son ordinateur. Elle gravait des CD à passer avant la cérémonie qui incluaient toujours des morceaux faciles de pop espagnole des débuts de son adolescence, comme Jeanette et Mecano, évocateurs de rêves de jeunes filles. Le placement des invités, les dessins de plans de table successifs, l'analyse des raisons pour lesquelles telle personne ou tel couple ne devaient pas être assis à la même table que tel autre, revenait à transformer les commérages en jeux de société.

Aura et moi comprenions nos raisons de nous marier : ce n'était pas seulement une impulsion romantique, comme pour moi la première fois, quand j'avais dans les vingt-cinq ans. Nous savions qu'il y avait des façons de s'engager, de se « sentir mariés » sans passer par la cérémonie. Si Aura et moi avions été plus bohèmes et que nous avions voulu fonder une famille à Berlin ou un endroit du même genre, nous aurions pu nous abstenir du mariage. Mais nous avions également des motivations pratiques, telles que le statut d'immigrée d'Aura. Aussi : le mariage comme expression-reconnaissance-célébration avec la famille et les amis. J'ai trouvé ma moitié manquante. *Nous nous sommes trouvés.* Joignons-nous de toutes les manières possibles, y compris le mariage. Faisons des enfants.

Notre gros album de photos en cuir que Natalia aimera tant regarder, bébé, petite fille, adolescente dédaigneuse : Regarde maman à côté de ce petit âne avec son sombrero en paille, en train de rire, les cheveux dans la figure – okay, elle est magnifique –, une bouteille de tequila à la main, une bretelle tombant et laissant voir cet infâme tatouage qu'elle a fait enlever au laser juste avant ma naissance pour que tout le monde ne le voie pas chaque fois qu'elle me donnerait le sein. Maman la bouche grande ouverte de surprise pendant que papa découpe le gâteau de mariage à la machette ! Tía Fabis et Tía Lida en train de jeter des pétales de roses sur maman, et elle sourit et saute dans le nuage de pétales en tendant les mains, de sorte qu'on dirait qu'elle est en lévitation. Mais, beurk, papa s'est teint les cheveux. Ça se voit parce qu'ils sont si uniformes et noirs, pas comme sur toutes les autres photos de l'époque. C'est maman qui l'a forcé. Elle a dit : Ouais, j'ai obligé Papi à se teindre les cheveux. Tu vois comme ton père ferait n'importe quoi pour moi ? Pauvre vieux papa. Maman voulait qu'il ait l'air plus jeune, particulièrement pour tous les amis, collègues et parents éloignés de Mama Juanita. C'était avant que maman oblige enfin ma grand-mère à aller aux alcooliques anonymes en lui disant qu'elle n'aurait pas le droit de me garder sinon. Aujourd'hui, Mama Juanita n'a pas bu un verre depuis quinze ans ! Ça ne l'empêche pas de se moquer de papa, qu'elle traite comme si c'était une autruche géante qui avait eu une attaque cérébrale, mais elle se moque de tout le monde, elle est à hurler de rire, je l'aime. Je m'amuse comme une folle quand je passe les vacances chez elle à Taxco ! Après que maman a écrit ce fameux livre sur la Mexicaine qui va vivre avec son mari psy dans un asile de fous en France et invente des chaussures robots, elle et papa ont racheté la maison à l'ancienne bonne de Mama Violeta mais c'est une autre histoire que j'ai entendue des milliards de fois.

La vidéo et les photos couleur du mariage étaient le cadeau de la cousine de Juanita. Mais je ne supporte pas de regarder la vidéo. Vous auriez cru que ce serait le contraire, d'autant que c'est la seule vidéo d'Aura que je possède. Cette vidéo qui me faisait pousser des cris d'embarras même quand Aura était en vie. Pourquoi tellement plus d'images de moi que d'Aura ? Pourquoi est-ce que le cameraman était si fasciné par moi ? Parce que j'avais l'air d'avoir miraculeusement recouvré la vue et que je ne cessais de sourire à tout bout de champ d'un sourire distendu de Muppet. Mon exubérance est pure – ce n'est pas comme si je ne me sentais pas digne de ce qui m'arrivait ou comme si j'avais l'impression de m'être tiré à bon compte d'un mauvais pas. Mais j'avais cessé – bien avant Aura – d'attendre ou d'imaginer qu'un jour pareil viendrait jamais, et c'est trop évident sur la vidéo. Il y avait quelque chose d'incontrôlé et d'indigne dans mon comportement, tandis que j'allais parmi les invités comme un chien qui s'ébat, en montrant à tout le monde mon énorme sourire.

Je n'avais pas de famille au mariage. Environ neuf jours auparavant, ma mère s'était cassé la hanche en tombant, et mes sœurs la soignaient. Mais j'étais soulagé de ne pas devoir avoir affaire à elles. La cérémonie se déroula sur une petite île au milieu d'un étang sur le terrain de l'hacienda, tandis que les invités regardaient depuis la pelouse. Le juge qui officiait avait vingt-six ans, un visage poupin, et n'avait été nommé que depuis un an. Pia prit une photo qui saisissait Aura se dirigeant seule vers l'île – avant de rejoindre son beau-père qui devait faire avec elle le reste du chemin – le visage caché sous son voile blanc, son bouquet à la main. Au-dessus d'elle, fumants, des nuages noirs sont visibles au-dessus d'autres encore baignés de soleil, projetant ombres et lumière sur les peupliers. C'est une photographie solitaire et dérangeante, la dernière d'un rouleau, et l'image est déchirée par des pignons à l'extrémité droite comme par des serres acérées. Il pleuvait, un crachin venteux, et les invités s'étaient abrités sous le porche de la maison, mais la pluie cessa avant la fin de la cérémonie. Je débitai mes vœux en souriant et en hochant la tête comme un pantin. Aura semblait attentive et sérieuse, un peu dépassée. Le mariage civil au Mexique est traditionnel et vieux jeu, long, mais sans poésie. Pas de phrase aussi mémorable qu'« aimer, honorer, chérir et protéger », bien que le vœu numéro quatre énonce que l'homme, étant le plus courageux et le plus fort des deux, a pour devoir de nourrir, diriger et protéger la femme. La femme est louée pour sa beauté, son sacrifice, sa compassion et son intuition. Elle doit toujours traiter son mari, dit le vœu numéro cinq, avec délicatesse et respect. Plus tard, Aura déclara en plaisantant qu'on aurait dû les réduire à une ligne pour gagner du temps – elle prit sa grosse voix : La vérité du Maître est l'Esclave, et la vérité de l'Esclave est le Maître.

Après la cérémonie, les mariachis se mirent à jouer, et deux petits garçons arrivèrent en tirant l'âne chargé de tequila sur la pelouse mouillée. Les Mexicains envahirent la grande tente blanche, s'asseyant où ils voulaient, ignorant totalement nos plans de table conçus avec tant de peine. Quand notre DJ mexicain branché se mit à diffuser Pérez Prado et quelques techno cumbias, il provoqua une ruée de Mexicains cinquantenaires, les invités de Juanita, en direction de leurs voitures, qui revinrent avec des CD des Beatles et d'ABBA que le DJ, après avoir protesté au début – « Alors vous ne pourrez pas dire que DJ OXO a joué à votre mariage » –, intégra à sa liste le reste de la nuit. On dansa jusqu'à l'aube. Il existe parmi les serveurs une tradition qui consiste à bourrer les mariés au maximum, ce qui était probablement jadis une excellente chose puisque la mariée était censée être vierge. Chaque fois que je me tournais, je voyais un serveur occupé à remplir mon verre de tequila. J'avais l'impression d'être poursuivi. En essayant de monter avec Aura dans la camionnette qui nous ramenait à San Miguel, je tombai à la renverse dans la boue en éclatant de rire.

Un riche ami de Juanita originaire de Guadalajara avait offert une grande partie de la tequila. Un de mes amis, propriétaire de restaurants dans le quartier de Condesa, m'avait fait un prix de gros pour le vin. Et ainsi de suite. C'est ainsi que nous réussîmes notre somptueux mariage qui aida à établir un sentiment d'unité familiale et la confiance, ainsi, je crois, qu'à calmer l'angoisse maternelle de Juanita. Même si Aura continuait à dire qu'elle aurait été tout aussi heureuse de se marier à la mairie.

Comment étions-nous censés être, maintenant que nous étions mariés ? Devrait-il y avoir un changement ? À ce propos un peu de timidité et de confusion s'étaient manifestées sous forme de gêne, durant la première journée et demie de notre lune de miel, dans une station balnéaire écologiste dotée d'une couveuse pour œufs de tortue sur la côte du Pacifique dans l'État de Nayarit. Quel beau matin ensoleillé ! Il est temps de se mettre à lire de la littérature sérieuse dans nos hamacs ! Le deuxième jour, nous fîmes une promenade à cheval. Le mien prit le galop sur la plage, ignorant mes cris et mes efforts pour l'arrêter. La comédie de notre histoire était rétablie : Aura s'amusa à m'évoquer en train de tressauter sur ma selle tandis que le cheval prenait le mors aux dents et que notre accompagnateur gloussait. Notre *cabaña* sur l'océan n'était éclairée que par des bougies et des lampes à pétrole ; il n'y avait pas d'électricité. Des crabes bleus se carapataient en tous sens et nous prîmes des photos d'eux acculés dans les coins, dressant leurs pinces de samouraïs. Il y avait un lagon que nous traversions en barque le soir pour aller dîner. Dans la salle à manger nous bûmes des margaritas et jouâmes au Scrabble à la fois en espagnol et en anglais. Aura lisait un livre qu'elle tenait sur les genoux tout en jouant. Les autres clients restaient eux aussi entre eux, et donnaient l'impression d'être des stars de rock et de petits truands de la finance qui prenaient des vacances bien méritées. Ils n'enlevaient jamais leurs lunettes de soleil ni leurs casquettes de base-ball et évitaient le soleil. La mer était trop forte et traîtresse pour nager. Des écriteaux interdisaient d'entrer dans l'eau. Il y avait une piscine conçue pour sembler faire partie de la plage. J'allai quand même nager dans l'océan, bien qu'il soit plus exact de dire que je m'y précipitai juste assez pour plonger sous une vague avant de ressortir en courant contre le reflux qui charriait des cailloux sous le regard désapprobateur d'un employé de l'hôtel qui désigna la pancarte en criant : *Está prohibido nadar, señor.*

Quoi qu'il arrive, avait dit Aura à son amie Mariana, elle savait qu'elle pouvait compter sur moi pour la protéger. Elle se sentait en sécurité avec moi. Je ferais toujours attention à elle. Je me jetterais au-devant du danger avant de laisser quoi que ce soit lui arriver, déclara Aura à Mariana, à Mexico, quelques jours avant que nous n'allions à Mazunte en juillet 2007, et c'était une des raisons pour lesquelles elle était heureuse avec moi.

Bien que, plus tôt ce même printemps, j'aie presque tué Aura. Nous étions allés à New Bedford où je voulais faire des recherches pour un roman que je commençais. Comme de nombreux New-Yorkais qui n'ont pas de voiture, je conduisais rarement. Je suis plus nerveux au volant maintenant que quand je conduisais de manière régulière, même si je ne suis pas un conducteur timoré. À Mexico, où Aura avait un petit coupé Chevrolet rouge qu'elle gardait chez sa mère, elle conduisait toujours, se faufilant dans la circulation anarchique et obstruée tel un coléoptère bourdonnant. Mais c'est moi qui conduisais notre 4×4 de location pour aller à New Bedford. Je ratai un embranchement et dans un sursaut de nervosité voulus le rattraper en coupant la file de droite, obligeant à freiner à mort la voiture qui s'y trouvait. Le conducteur klaxonna furieusement et des cris de *Connard* accompagnés de regards surpris et malveillants fleurirent autour de moi.

Aura était assis à la place du passager, là où aurait eu lieu la collision. Secouée, elle lâcha en anglais : Tu es un type vraiment, vraiment stupide.

Jamais elle ne m'avait parlé avec autant de mépris. Honteux, je poursuivis ma route, faisant mine de n'avoir jamais eu l'intention de tourner. Quelques minutes passèrent avant qu'Aura ne s'excuse tout bas, murmurant presque : Je n'ai pas voulu dire ça. Dans ce genre de situations, on dit des choses qu'on ne pense pas. C'est l'adrénaline, dit-elle.

Un type vraiment, vraiment stupide. Je n'arrivais pas à me sortir de la tête la phrase qui me harcela pendant des jours, m'emplissant de tristesse chaque fois que je me la rappelais. C'est une chose vraiment, vraiment stupide à faire que d'essayer de tourner sans même regarder à ma droite. Pourquoi une telle panique pour avoir raté un embranchement ?

24

Je sortis le paquet de Camel Lights d'Aura du tiroir du vaisselier, pris des allumettes, mis ma veste en duvet, et allai dehors. Il était plus de dix heures du soir et il faisait glacial. Quand je m'assis sur le perron, le ciment me brûla comme de la glace à travers mon jean. Quelques voitures garées étaient encore encroûtées de la neige qui était tombée la semaine précédente, ou étaient toujours emprisonnées dans leurs icebergs, mais sur les trottoirs et au milieu de la rue, elle était maintenant réduite à de petits tas ou à l'état de neige sale fondue et glacée. J'allumai ma cigarette. Cadenassée à l'intérieur de la grille en fer noir devant l'entrée et les poubelles, se trouvait la bicyclette d'Aura, à moitié enterrée dans un monticule de neige, sans sa selle, en train de rouiller. Je n'avais pas pu trouver la clé du cadenas. Toutes les deux semaines, apparemment, on lui volait sa selle. Où étaient ses selles maintenant ? Jusqu'où s'étend le trafic de selles de bicyclette volées ? Y avait-il quelque Moldave qui était aujourd'hui en train de pédaler assis sur la selle d'Aura ? C'était la première cigarette que je fumais depuis treize ans. J'inhalai et me mis à tousser. J'aspirai de nouveau, retins la fumée. Vertige, une lente nausée tourbillonnante montant en moi. Mes doigts et mes oreilles me faisaient mal. Je regardai au bout de la rue les branches noueuses et les menues branchettes noires de son arbre contre la lune juste derrière. Deux livreurs en bicyclette arrivèrent, la tête protégée par la capuche de leurs sweat-shirts portés sous leurs blousons, le bruit de leurs pneus écrasant la neige gelée, leur conversation à voix basse en espagnol mexicain ponctué de *güey* qui me parvenait comme à travers le filtre d'un percolateur. Je voudrais que mon amie revienne, pensais-je. Nous parlions par signes et formions une formidable équipe. Peut-être que j'en ai assez des gens qui ne comprennent pas cela, mais ce n'est pas comme si je voulais que tout le monde vive une chose pareille. J'écrasai la cigarette d'Aura et en allumai une autre. Serrez-la fort, si vous l'avez, serrez-la fort, pensai-je, tel est mon conseil à tous les vivants. Respirez-la, mettez le nez dans ses cheveux, respirez profondément. Dites son nom. Ce sera toujours son nom. Même la mort ne peut le voler. Le même, vivante ou morte, toujours. Aura Estrada.

25

Il fait si froid en Alaska...

Tu allais devenir une rock star. Tu n'en avais pas encore pris conscience, mais tu allais quitter Columbia – et finir par me lâcher moi aussi – pour le glamour grungy de la vie de tournée et d'une célébrité modeste à tout le moins. Raul, un gosse que tu connaissais de Mexico et qui était lui aussi à Columbia, en architecture, avait formé un groupe qui jouait dans les clubs du centre-ville et autour du nord-est. Le groupe avait décidé que ce qu'il lui fallait pour accéder « au niveau supérieur » c'était une chanteuse, et ils faisaient passer des auditions. Raul t'avait invitée à venir. Pendant des jours entiers, derrière les portes à double battant de notre chambre, tu étais restée assise par terre à passer cette chanson sur ton ordinateur et à chanter :

Stephanie says...
It's so cold in Alaska...

Je savais qu'ils te choisiraient. Tu ne possédais pas une grande voix, mais tu n'en avais pas besoin.

Il te suffisait d'être capable de chanter-parler, eh bien, comme Nico. Le groupe, j'en étais sûr, devait avant tout chercher un certain look, et tu ressemblais à une Bjork mexicaine. J'étais forcé d'accepter. Je me promis d'éviter la caricature du vieil amant qui contrôle tout. Il ne t'aurait plus suffi que de chercher un Tommy Mottola. Quoi qu'il en soit, tu ne pensais pas que ce serait la fin de notre couple si tu devais devenir chanteuse de rock, cela signifierait juste que tu serais absente certains week-ends et que tu passerais du temps à répéter. Je savais tout ce que cela pouvait signifier et signifierait probablement, mais je fermai ma gueule.

C'était au cours de notre premier hiver ensemble. Je t'ai accompagnée dans le Lower East Side le jour de l'audition, un lugubre samedi après-midi de février. Pendant que tu étais dans le studio d'enregistrement loué par le groupe, je t'attendis dans un café près du Tenement Museum. Je sirotai un café près de la fenêtre en m'exhortant à être content pour toi, avec « Stephanie Says » qui n'arrêtait pas de passer dans ma tête comme la plus triste des chansons d'adieu qui ait jamais été. Je sentis une sorte de deuil, pas la puissante éviscération elle-même, mais son ombre prédatrice, comme celle d'un requin, me traverser ce jour-là. Tout allait changer. Il fallait que je l'accepte. Enfin tu fis ton entrée dans le café, avec ce sourire bête et pincé, t'assis sur le tabouret voisin du mien, pris une gorgée de mon café – la surprenante tache de rouge vermillon que tu laissas sur le bord blanchâtre de la tasse – et puis après avoir engouffré une grosse portion de mon deuxième gâteau à la carotte, ton sourire s'élargit pour signifier la gêne, dévoilant tes dents du bonheur, et tu m'annonças d'une voix enjouée : *¿Te* *cae, güey ?* Raul dit que j'ai la pire voix qu'il ait jamais entendue, que je n'ai pas la moindre idée de comment chanter. Mais ils ont été gentils avec moi. Oh, celle qui est passée avant moi était bien, c'est elle qu'ils devraient choisir. Ils ont fait des vidéos de tout le monde. Frank, il faut qu'on mette la main sur cette vidéo pour la faire disparaître.

Je t'ai dit que tu avais été courageuse d'essayer et comme j'étais fier de toi et que j'adorais la manière dont tu chantais « Stephanie Says » et que je donnerais n'importe quoi pour voir cette vidéo.

Tu as toujours senti que tu étais destinée à la célébrité d'une manière ou d'une autre. Mais la crainte de t'illusionner ne te quittait pas. De n'être rien d'autre que les cours que tu avais suivis, les écoles où tu avais été, les livres que tu avais lus, les langues que tu parlais, tes bourses, ton master sur Borges et les écrivains anglais, et ainsi de suite, mais personne d'unique, avec un talent à soi. Tu recherchais désespérément quelque chose qui fût à toi seule. J'étais à toi seule, mais ce n'était pas ça que tu voulais dire.

26

« La Casa Grande » était le nom que nous donnions à Columbia, et le centre universitaire de premier cycle était « La Casa Chica », à la manière dont, au Mexique, un homme désigne la maison où il vit avec sa femme et ses enfants par le premier terme et l'endroit secret qu'il réserve à sa maîtresse par le second. Trois jours par semaine Aura donnait des cours pour les premières années à Columbia tout en travaillant à son projet de thèse et aidait à organiser un congrès sponsorisé par son département. Elle avait des cours au centre universitaire deux soirs par semaine en plus des lectures et des travaux pratiques. Elle acceptait toutes les propositions des magazines mexicains et celles, plus rares, des revues littéraires en anglais. Était-il possible de se charger à ce point de travail sans finir par en être écrasé ? Pas vraiment.

Il suffit de tenir jusqu'à l'été, nous exhortions-nous mutuellement. Cet été nous allons passer deux semaines à Mazunte – notre plage préférée de la côte du Pacifique. Ni l'un ni l'autre n'avions jamais passé plus d'une semaine à la plage. Notre lune de miel avait duré six jours.

À Columbia seules les amies les plus proches d'Aura savaient qu'elle prenait des cours d'écriture créative. Si on l'avait appris, elle aurait probablement été renvoyée. Possible même qu'on lui eût intenté un procès et qu'elle eût été expulsée des États-Unis. L'expulsion était notre cauchemar. Que se passerait-il si le visa d'étudiante obtenu par l'intermédiaire de Columbia était annulé ? La politique du centre universitaire concernant les étudiants sans papiers était de ne pas s'occuper de la question. Le fait qu'Aura y soit inscrite n'aurait pas la moindre valeur aux yeux des agents de l'immigration. Le mariage avec un citoyen américain ne donnait plus droit à la carte verte et nous avions été prévenus que son obtention était devenue extrêmement longue et compliquée. Nous savions que nous devions prendre rendez-vous avec un avocat spécialiste de l'immigration mais jusqu'alors tout ce que nous avions fait dans ce sens avait été de coller sur la porte du frigidaire le numéro d'un avocat recommandé par Silverman.

Au centre universitaire, le fait qu'Aura soit à Columbia n'avait pas à être tenu secret, mais elle n'en faisait pas non plus volontiers mention. Aura avait rapidement découvert qu'un grand nombre d'étudiants ne lisaient pas beaucoup. Ou ils lisaient principalement les mêmes auteurs américains contemporains, quelques Anglais, Irlandais et assimilés. Quand le Célèbre Écrivain Australien avait donné à lire le premier chapitre du *Portrait de femme*, en exemple de la « façon d'introduire des multiples personnages et leurs relations les uns aux autres », certains étudiants s'étaient plaints. Qu'est-ce que c'est que ça ? Chiant et vieux jeu. Comment est-ce censé nous aider à embrasser des points de vue multiples à la manière contemporaine ? Mais Aura et son amie Wendy s'immergèrent dans ces pages et se virent le soir précédant le cours pour les revoir ligne par ligne. Pour Aura, pouvoir lire ainsi de nouveau, en laissant chaque mot communiquer un sens et une émotion qu'elle n'était pas obligée de mettre de côté, fut une révélation. Je pense que ses cours d'écriture lui ont donné une nouvelle perspective sur Columbia. Leur combinaison finissait par lui offrir ce qu'elle attendait de ses études de troisième cycle. Le fait d'appliquer ses lectures pour son doctorat, même de manière inappropriée, à sa fiction, était une façon de se faire de nouveaux muscles et d'obtenir des motifs et des couches plus profonds. Elle commençait à se débarrasser du flou de ses premiers écrits en anglais. Elle prenait des risques avec plus de confiance.

> Et tu as pensé, c'est sûr ! Dieu aimera la harpe et l'accordéon de Baby D autant que la musque androgyne des anges ; et peut-être que tu le découvriras quand tu iras au Paradis, après ton passage par le Bureau de Shanghai. Et peut-être que tu trouveras ton costume d'ours dans un placard au Paradis…

Ce texte avait été écrit comme un exercice de travaux pratiques donné par le Célèbre Écrivain Australien et quand Aura l'avait lu, le silence était descendu sur la classe impressionnée et déconcertée. Et j'ai de nouveau senti mon cœur se briser quand une année plus tard il l'avait lu à la messe de souvenir – « un fragment… d'un fragment… d'un fragment d'une vie », l'avait-il appelé – ce fragment d'une vie qui continuait d'être encore tout pour moi.

Mais lire son projet de thèse est pénible. Elle y apparaît soit comme un papillon qui se débat sur un papier tue-mouches soit comme une patineuse qui exécute laborieusement les figures imposées du programme court. « Performativité en crise », le « fascisme larvaire de la subjectivité », le marché, la globalisation et ainsi de suite. Mais des idées telles que celle de Deleuze selon laquelle la littérature fait partie de la maladie même qu'elle combat infiltrent sa fiction avec espièglerie, comme dans la nouvelle « L'artiste belge », où tandis que l'artiste lit un livre intitulé *Histoire des microbes*, une jeune femme entre dans son appartement rempli de livres et dit : « Je ne supporte pas les livres. Ils me rendent nerveuse. » Elle travaillait sur son roman, et aussi commençait à publier de façon assez régulière : un essai sur Bolaño et Borges qui avait été remarqué par de jeunes écrivains new-yorkais, et des nouvelles. En mai, pour *Gatopardo*, une sorte de *Vanity Fair* latino-américain, elle écrivit un portrait d'un tailleur mexicain de Nashville qui fabriquait les costumes de scène d'Elvis et de Dylan. C'était la première fois qu'un magazine lui payait un billet d'avion. Sur les photos d'Aura prises à la fête donnée pour le Cinco de Mayo par le tailleur, elle semblait très assurée et mystérieuse, comme si elle appartenait à ce monde de Sudistes déguisés en cow-boys, où moi-même je ne me serais jamais senti à l'aise.

Cependant, à mesure qu'approchait son trentième anniversaire, rien de tout cela – quelques publications, le travail, l'ambition – ne suffisait à la tranquilliser. Elle était capable de réciter les noms de tous les écrivains plus ou moins de sa génération qui avaient publié un roman ou un recueil de nouvelles ou d'essais en anglais ou en espagnol avant trente ans et elle commença à se rendre folle, ainsi que moi-même, avec cette comptabilité. Aura, ma chérie, ce désespoir est une chose qu'il va falloir que tu surmontes. Ces écrivains n'avaient pas passé les années qui vont de vingt à trente ans à faire des études pour un doctorat dont ils ne voulaient même pas, n'arrêtais-je pas de lui dire. Ils avaient voué au moins une partie de ces années à leur écriture. Tout allait bien ! Elle avait commencé un peu tard mais elle se débrouillait parfaitement ! Mieux que parfaitement ! Ne voyait-elle pas à quel point elle se débrouillait magnifiquement ? N'avait-elle pas compris que tout le monde voyait à quel point elle était douée ?

Eh bien pas tout le monde. Elle avait été durement critiquée au cours d'un atelier par quelques étudiants et l'avait mal pris. (Une nouvelle qui depuis a été publiée de manière posthume dans *Harper's*, pas moins.) Si un seul étudiant disait une chose négative, elle se fixait là-dessus et rejetait tout compliment.

Cet été, *mi amor*, deux semaines à la plage à Mazunte. Nous allons louer une maison. Plus que trois mois à tenir !

Elle passa de nouveau une de ces périodes où tous les matins elle se réveillait avant l'aube et se rongeait les sangs. Elle se levait avec la tête qui tournait, épuisée. Parfois elle mettait du café dans la cafetière mais oubliait d'y verser de l'eau avant de la mettre en marche. Ou elle mettait de l'eau mais pas de café. Peut-être était-ce l'effet habituel de l'approche de la trentaine ? Elle avait téléphoné à Lola, qui elle aussi allait sur ses trente ans, et lui avait demandé à quoi elle pensait en premier quand elle se levait le matin, et Lola avait répondu : Aller pisser.

Le fait que j'étais en train de terminer mon livre, ce qui me donnait un air distant et préoccupé, ne facilitait pas les choses. Il y avait des jours où Aura s'asseyait à son bureau et tapait n'importe quoi sur son ordinateur pour noyer le bruit incessant des touches de ma machine dans la pièce voisine. Mon manque d'attention l'irritait et la blessait. Tous les jours elle me réprimandait pour avoir oublié de faire le lit, ou pour ne pas avoir rincé l'évier après avoir fait la vaisselle, ou pour ne pas avoir fermé un tiroir dans la commode de la chambre. Ma charge de travail n'était pas aussi lourde que celle d'Aura mais j'étais sous pression, moi aussi. Je donnais deux cours et j'étais en retard sur mon livre, que je devais rendre en mai. C'était un essai sur un meurtre politique en relation avec le crime organisé en Amérique centrale qui donnait lieu à un procès très acharné. L'affaire était très violente – les témoins, les témoins potentiels et autres personnes en relation avec l'affaire, ne cessaient d'être assassinés ou de disparaître – et mettait en scène des personnages sinistres et même des psychopathes, dont certains étaient venus se mêler à ma vie, à bonne distance apparemment. La collecte des faits était plus ou moins terminée ; j'avais fait un court voyage au printemps et me tenais au courant par Internet. Ce livre dominait parfois ma vie intérieure d'une manière que je détestais, y introduisant une frénésie obsessionnelle silencieuse et des émotions violentes qui me donnaient l'impression d'être isolé dans un monde que j'étais résolu à épargner à Aura. Je m'inquiétais aussi qu'on veuille se venger, sachant que le meilleur moyen de m'atteindre était de faire du mal à Aura. Rien de tout cela n'avait la moindre chance d'arriver mais la crainte que j'avais qu'ils pussent facilement nous atteindre au Mexique s'ils le voulaient – certains avaient des liens avec des narcos, avec le Cartel del Golfo et Los Zetas – exigeait de prendre des précautions. C'est pourquoi je dis à Aura que, le livre sortant à l'automne, ce serait notre dernier été au Mexique pendant au moins deux ans. Dans trois ans, pensais-je, les plus dangereux de ces ennemis, s'ils étaient encore en vie, auraient d'autres cibles.

Nous passerions l'été suivant en France. J'y arriverais, lui promis-je. Et cet été nous le passerions au Mexique, avec ces deux semaines à Mazunte, en louant une maison là-bas. Cela aussi je le lui promis. Mais il se révéla qu'Aura n'était pas sûre de passer ne serait-ce que cet été au Mexique. Elle n'arrêtait pas de dire qu'elle voulait vivre au moins un été à New York. Si je lui disais que l'été à New York était atroce, chaud, bruyant, puant, elle répliquait qu'elle voulait le découvrir par elle-même et que je n'avais pas le droit de le lui gâcher juste parce que cela faisait si longtemps que j'y habitais. Ses amies adoraient l'été à New York ! Parfois elle était reprise par son idée fixe de déménager pour un appartement avec un jardin où nous pourrions avoir un chien. Elle passait des heures sur Craigslist à la recherche d'un appartement à louer où les animaux seraient autorisés. Ce qu'elle voulait en réalité c'était vouer son énergie à elle-même pour une fois, à son écriture. Il aurait du être évident pour moi que c'était pour cela qu'elle ne voulait pas aller au Mexique. Même s'il avait été possible cet été-là qu'Aura ne sente pas qu'il fallait qu'elle soit près de sa mère – et je crois que ç'aurait été impossible ;

mais l'aurait-ce été ? – j'aurais pu insister pour que nous n'y allions qu'un mois. Nous n'aurions pas dû y aller du tout. J'aurais dû l'aider à être aussi brutale et égoïste, pour une fois, qu'elle aspirait peut-être à l'être. Nos voisins du rez-de-chaussée déménagèrent en avril et leur appartement fut brièvement disponible. Il y avait environ un créneau de cinq jours où nous aurions pu l'attraper. Le jardin possédait des buissons de roses, deux pommiers et un figuier, des arbustes, des carrés de légumes et de fleurs et de la vigne sur le grillage, qui exigeaient pour la plupart des soins constants, de sorte que nous n'aurions pas pu partir en été et laisser le gazon pousser, les mauvaises herbes se propager et le soleil tout brûler. Sans compter qu'il coûtait mille dollars de plus par mois que le nôtre. Et on n'aurait toujours pas pu avoir d'animaux. Non, *Ow-ra*. Je voulais aller au Mexique. Jury universel, si tu veux me juger coupable de quelque chose, que ce soit de cela. Nous aurions dû rester à New York cet été-là, à nous occuper de notre jardin. *¿Le gusta este jardín ?*

Depuis des années, Aura craignait que Rodrigo quitte sa mère. C'est l'alcoolisme de Juanita, qui s'était aggravé, qui était généralement la raison selon lui de leurs problèmes maritaux, bien que ce ne fût pas la seule. Dernièrement, plus encore que d'habitude, Aura avait supplié et harcelé sa mère de se faire aider. Pendant leurs conversations téléphoniques et leurs chats sur Internet quasi quotidiens, elles se disputaient souvent avec violence. Un soir au Mexique pendant les vacances de Noël, Juanita et Rodrigo nous avaient rejoints dans un restaurant-*cantina* du quartier de Condesa. Nous étions installés avec des amis à une grande table ronde. Au moment de partir, Juanita, se penchant en avant, attrapa un à un tous les verres qui étaient sur la table pour les finir, le regard fixé sur chacun comme si elle visait une boule de billard. Jaime, l'Espagnol à la voix grave, murmura une de ses blagues – Ay, *caray*, elle m'a pris de vitesse – ou quelque chose de ce genre. Aura tâcha de demeurer stoïque, mais sa honte et sa colère me percèrent le cœur. Ses joues virèrent presque au gris et avec son expression sinistre, la tristesse résignée dans ses yeux, sa bouche légèrement tombante, c'était comme d'avoir un aperçu de ce qu'elle serait à cinquante ans si sa vie se révélait décevante. Elle fusilla du regard son beau-père qui n'en pouvait mais, et alla rejoindre sa mère. Rodrigo avait laissé un guide du divorce sur la banquette arrière de la voiture de Juanita au moins un an auparavant et il s'y trouvait toujours, tel un putois endormi que personne n'ose éveiller. Aura était convaincue que la cause de l'alcoolisme de sa mère était la terreur d'être abandonnée par son mari, ainsi que la longue rupture avec sa mère, plaie qui ne cessait de saigner. Et il y avait Aura à New York, qui devenait femme, mariée, poursuivant ses propres ambitions, qui avait moins de temps pour elle. L'abandon, la solitude, l'impuissance, la peur, tout cela l'encerclant, se rapprochant, voilà ce que la vie de Juanita était devenue. Malgré ses menaces et insinuations, Aura ne pensait pas que Rodrigo partirait, ne fût-ce que pour la seule raison qu'il ne gagnait pas suffisamment d'argent pour vivre, même deux fois moins bien, avec ses seules ressources. Il était sur la route presque toutes les semaines et, dernièrement, aussi les week-ends. C'était un homme d'allure athlétique, l'air encore jeune. Il était difficile de croire qu'il n'avait pas de maîtresse. Et quand il était là il était cruel, à sa manière impassible, passive-agressive. Pourtant, en dépit de tout, on sentait qu'il était encore dévoué à Juanita, que ce n'était pas que le logis qu'elle fournissait. Il y avait indubitablement dans le caractère de sa femme une électricité dont lui, qui en était peu pourvu, ne pouvait pas se passer. Elle le tenait sur des charbons ardents.

Mais nous avions aussi vu que Rodrigo, qui était maintenant grand-père, avait envie de passer plus de temps avec ses petits-enfants – deux garçons et une fille, les garçons environ quatre et deux ans, la fille qui venait de naître. Jadis, Rodrigo avait passé des vacances avec Juanita et Aura, choisissant des moments pour aller discrètement téléphoner à sa fille bannie depuis longtemps, Katia, mais maintenant qu'il avait des petits-enfants, ses priorités avaient changé. Cet attachement croissant à sa famille, contre le refus persistant de Juanita de reconnaître l'existence de Katia, serait, avait craint Aura, ce qui finirait de séparer pour de bon son beau-père de sa mère. Si la famille pouvait être réunie, au moins pour les fêtes – Noël et la fête des pères – cela ne pourrait-il être suffisant pour empêcher Rodrigo de partir ? C'est moi qui avais avancé cette théorie et, après m'en être ouvert auprès d'Aura, j'en avais parlé à Rodrigo. C'est ainsi qu'avaient commencé nos entrevues secrètes avec lui et Katia. J'étais l'envoyé spécial de cette diplomatie de haute volée. Cela faisait douze ans qu'Aura n'avait pas vu sa demi-sœur. Aura avait absolument tenu à ce que nos négociations restent un secret pour sa mère. Jusqu'alors nous avions vu Rodrigo et Katia deux fois, une fois l'été précédent et de nouveau en hiver, dans deux restaurants différents. Les deux fois, Katia était venue avec son mari, cadre moyen dans une usine d'appareils ménagers dépendant d'une multinationale située en dehors de la ville. Ils étaient habillés comme un jeune couple de petit-bourgeois : Katia, pour cette première entrevue, d'une robe chasuble grise sur un chemisier blanc avec des boucles d'oreilles et un collier en or discrets ; son mari d'un pull écarlate et d'un pantalon foncé. Katia avait toujours son air effronté de star de lycée. Ses cheveux châtains étaient longs, brillants et bien coiffés. En dépit de son sourire amical – du moins le jugeai-je ainsi – il y avait derrière la vivacité de ses yeux quelque chose de réservé. Je sentais en elle quelque chose de sombre, venu de son enfance et de ses années de révolte dont elle ne parlait probablement avec personne, excepté le Dr Nora Banini. Je pense que c'est ce qui me donnait le sentiment que je l'aimais bien. Elle m'intéressait, je me sentais complice avec elle. J'avais moi aussi beaucoup de choses de mon passé que je tenais cachées. Nous nous étions bien débrouillés tous deux pour survivre par nous-mêmes et arriver là où nous étions aujourd'hui. Je dis à Aura que je ne pouvais pas comprendre qu'une mère, même si elle n'est que belle-mère, puisse chasser de manière aussi définitive même une enfant de dix-neuf ans, en refusant à tout jamais de tenter un rapprochement. Bien sûr, Katia n'avait jamais cherché à pardonner ou à se faire pardonner, l'un ou l'autre. C'était avant que je comprenne combien Katia avait été cruelle dans son enfance avec Aura, grâce à Fabis et aux journaux d'Aura.

Mais je ne pouvais pas ne pas avoir remarqué, dans la bonne humeur à peine contenue de Katia, à quel point cette première entrevue lui faisait plaisir. Nous étions venus lui demander de nous aider à sauver le mariage de Juanita. Elle nous déclara qu'elle n'était pas contre en principe. Elle regarda Aura qui lui faisait face et dit que sa petite sœur lui avait manqué. Aura lui rendit son sourire, répondit qu'elle aussi lui avait manqué, et se tassa un peu sur son siège. Si les circonstances étaient favorables, dit Katia, elle ne voyait pas pourquoi nous ne nous réunirions pas à Noël, mais... mais... Pour l'encourager, je laissai échapper un petit discours passionné touchant l'importance de la famille, déclarant que la famille passait avant tout pour moi. Rodrigo et Aura me regardèrent bouche bée et Aura demanda, avec un petit rire : Qu'est-ce que tu as dit ? Je sentis mon visage qui s'empourprait. Ils savaient que la famille ne passait pas avant tout pour moi, qu'aucun membre de ma famille n'était venu au mariage et que cela ne m'avait pas le moins du monde gêné. Écoutez, j'essaie d'être diplomate ici, aurais-je pu avancer, pas Moïse ou Jésus. Ce que je voulais dire, répondis-je à Aura, c'est que pour moi, maintenant, *toi* et *ta* famille, et la famille que *nous* allons fonder ensemble, passent et passeront toujours avant tout. Le visage de Katia s'éclaira : Aura, tu vas avoir un bébé ? Nooon, dit Aura, pas tout de suite. Un jour, plaçai-je, et Aura hocha la tête, et Rodrigo nous dit avec un sourire affectueux et ravi : *Órale*.

C'est le mari de Katia qui s'opposa ouvertement à nos propositions. Avec son air comme il faut, vigoureux et un peu sombre, il ne mâchait pas ses mots. Pourquoi devraient-ils prendre ce risque ? demanda-t-il. Il savait que Juanita était difficile. Pourquoi devrait-il exposer sa femme et ses enfants, la tranquillité de sa famille, à Noël, pas moins, à cette situation et à cette femme difficiles ? Vraiment, il était beaucoup trop tard pour ça. Katia n'avait aucun intérêt à sauver le mariage de son père, aucune raison de ne pas le voir prendre fin. L'air légèrement nauséeux d'Aura – on aurait dit qu'elle venait d'avaler à nouveau un sandwich entier au pastrami – montrait qu'elle sentait qu'elle trompait sa mère rien qu'en étant ici. Elle aurait au moins pu se permettre d'exulter un peu en silence : c'était elle qui vivait à New York, passait son doctorat et allait devenir un écrivain ainsi qu'elle en avait toujours rêvé. Mais je doute que Katia pensât s'en être moins bien tirée, avec sa vie de petite-bourgeoise bien rangée, avec une première maison en banlieue. Elle avait de beaux enfants, un mari jeune et dévoué, un emploi à mi-temps comme analyste de données pour une agence de marketing. À notre entrevue suivante, le mari de Katia déclara que ce serait à Juanita de faire le premier geste d'excuse et de réconciliation. Il jugeait sans doute que c'était se montrer conciliant. Tel aurait été le cas s'il avait eu seul l'idée.

Aura dit : Je suis ici pour une seule raison, pour aider ma mère. Si Papá la quitte maintenant, alors qu'elle est si vulnérable, cela la détruira. S'il y a un moyen de réparer la situation qui donne à Papi l'envie de rester, alors je dois essayer de vous demander votre aide. Mais si vous connaissez tant soit peu ma mère – elle regarda Katia – alors vous savez qu'elle ne sera jamais la première à faire des excuses.

Katia et son père acceptèrent de reprendre les négociations à notre retour de New York l'été suivant. À la fin tout cela fut pour rien. Au printemps, environ un mois avant le trentième anniversaire d'Aura, Rodrigo partit. En fin de matinée, alors que Juanita était au travail, il retourna à l'appartement, mit rapidement ses affaires dans des caisses, chargea la voiture et s'en alla. Il s'est tiré comme un rat, dit Ursula, la bonne, à Aura au téléphone. Ce n'était même pas dans sa voiture qu'il était parti. Il avait pris la petite Chevrolet rouge d'Aura, qu'il utilisait dernièrement comme si c'était la sienne. Où est-ce qu'il va vivre, demanda Aura avec dédain, sous un pont ? Cette plaisanterie devint sa manière de minimiser l'affaire. J'espère que Rodrigo dort bien ce soir, sous son pont. Nous ne savions pas où il habitait. Probablement chez Katia, pensions-nous. Je fus tout d'abord surpris que cette seconde désertion paternelle n'ait pas autant affecté Aura que j'aurais craint, en ravivant son ancien trauma, mais ce qu'elle avait dit se vérifia : elle n'avait eu qu'un père. Pour elle, Rodrigo était d'abord et avant tout le « mari », et maintenant il ne le serait plus. Quelques jours après son départ, nous prîmes l'avion pour le Mexique, premier des voyages du même genre que nous fîmes ce dernier printemps, en partant le vendredi après-midi après les cours d'Aura. Pendant ces week-ends, au lieu d'aller dans notre appartement d'Escandón, nous habitions chez Juanita. Je dormais sur le canapé-lit du bureau et Aura dormait avec sa mère dans son lit.

Alors que notre appartement d'Escandón était censé être vide depuis que Juanita et ses avocats m'avaient obligé à le quitter, Fabis, qui habitait en face, m'apprit dans un e-mail qu'elle avait vu de la lumière dans notre chambre pendant quelques nuits. Un soir qu'elle rentrait tard avec son petit ami, Juanca, comme elle grattait le panneau d'acier de la porte d'Aura avec sa clé comme elle faisait quand elle était en vie pour signaler sa présence en disant son nom, les lumières s'étaient éteintes puis rallumées. N'était-ce pas un cliché d'histoires de fantômes, les esprits qui se manifestent en éteignant et rallumant les lumières ? Ce dernier été, Aura et moi étions venus le 3 juillet. Une année plus tard, quand j'allai seul au Mexique pour le premier anniversaire, je partis de nouveau le 3 juillet, par le même vol du soir de Newark, et me rendis directement chez Fabis.

Notre appartement possédait une longue fenêtre horizontale en verre dépoli face au couloir et, dans la mezzanine, une fenêtre verticale masquée par un rideau. Il n'y avait pas de lumière mais je demeurai devant notre porte à la caresser de la main en parlant tout bas à Aura. Il n'y eut pas de lumières qui s'éteignirent pour se rallumer. Fabis m'avait dit que la dernière fois qu'elle avait vu la lumière c'était un mois auparavant. Il était difficile de penser que Juanita était venue passer la nuit ici, dans notre lit, que j'avais laissé derrière moi. Mais la semaine dernière quelqu'un avait débranché le répondeur. Cela faisait des mois que je téléphonais de Brooklyn pour écouter la voix enrouée d'Aura, jusqu'à ce qu'à partir d'un beau jour le téléphone ne réponde plus jamais. Mais Fabis avait déjà appris de l'une des *tías* ce qui s'était passé. Rodrigo avait emporté le répondeur dans l'appartement qu'il venait de louer quelque part en ville. Il continuait également d'utiliser la petite Chevrolet d'Aura. Pendant les semaines suivant la mort d'Aura, Rodrigo avait tenu compagnie à Juanita autant que possible mais cela ne les avait pas réconciliés pour autant. Avant d'avoir trouvé à se loger était-il venu dormir dans notre appartement ?

Un mur de béton d'environ deux mètres cinquante séparait l'arrière du parking du petit patio de notre appartement. Je voyais nos bambous en dépasser, couvrant le flanc de l'ancienne usine d'à côté. Les bambous avaient poussé à la hauteur de l'appartement qui était au-dessus du nôtre qui avait également un mur de verre de ce côté mais pas de patio. De sorte que leur vue consistait en nos bambous, le feuillage léger et dense des énormes plumes vertes, miroitant au soleil ou bousculées par la pluie et le vent, avec de longues pousses délicates qui dépassaient comme des mantes religieuses agitant leurs pattes. Je ne connaissais pas nos voisins de dessus, mais je suis sûr que tous les habitants de l'immeuble avaient entendu parler de la morte du rez-de-chaussée. Je me demandais s'ils pensaient jamais à Aura en contemplant nos bambous.

*

À la messe funéraire d'Aura dans la chapelle du centre funéraire, Katia avait assumé avec décision son rôle de sœur, du moins envers moi. Nous étions pratiquement accrochés l'un à l'autre ou plutôt elle me laissait m'accrocher à elle. Tandis que devant le cercueil blanc couvert de fleurs le prêtre décrivait machinalement la paix et le bonheur dont jouissait Aura maintenant que « ses souffrances sont terminées » et qu'elle est « enfin aux côtés du Seigneur », Katia s'était tenue à côté de moi, son bras fermement passé dans le mien. Elle m'avait mené dans la queue pour la communion et je m'étais agenouillé, avais ouvert la bouche et avais laissé le prêtre déposer l'hostie insipide sur ma langue pour la première fois depuis plusieurs décennies. Plus tard j'en eus honte, mais ce n'avait pas été un acte volontaire. J'avais été guidé, avais voulu être guidé, me serais laissé guider jusqu'au fond d'un précipice. Quand ma mère, au téléphone, avait elle aussi déclaré qu'Aura était en paix et heureuse aux côtés du Seigneur, cela m'avait mis dans une telle colère que je ne lui avais pas parlé de plusieurs mois.

Deux années auparavant, après que ma mère se fut cassé la hanche, mes sœurs avaient vendu la maison de Namoset et ma mère s'était installée dans une maison de retraite médicalisée en Floride, où elle avait son petit appartement. Quand nous lui rendions visite, ma mère passait sa frêle main dans la crinière d'Aura – c'était après qu'elle les avait fait pousser – et disait : Mais pourquoi est-ce que tu ne te coiffes jamais, Aura ? Pourquoi tu aimes avoir les cheveux dans les yeux ? Tiens, passe-moi une brosse. Et ma mère forçait Aura à baisser la tête et, avec une expression de concentration et d'effort presque stupéfaite, passait lentement la brosse dans les cheveux d'Aura. Après quelques coups de brosse, elle abandonnait, comme épuisée, et redonnait la brosse à Aura en disant avec un petit rire sot : Eh bien, tu peux le faire toi-même, non ? Ou elle déclarait : Mais pourquoi tu t'habilles comme ça, Aura ? Qui a jamais entendu parler de porter un jean sous une robe ?

Ensuite, Aura disait : Ay, Francisco, ta mère, ce n'est pas la gentille petite dame que tout le monde décrit. Ohhh, elle adore se foutre de ma gueule, plus ou moins. Aura appelait toujours ma mère « Señora. » Je lui disais de ne pas le faire, qu'on aurait dit que ma mère était sa patronne. Tu n'appelles pas ta mère Señora n'est-ce pas ? Appelle ma mère Yolanda, ou Yoli. Aura me promettait, mais chaque fois elle revenait à « Señora ».

Quand les cheveux d'Aura étaient-ils longs ? Quand étaient-ils courts ? Pourquoi ne puis-je me rappeler cela ? C'est quelque chose que je pourrais être capable de retrouver dans ma mémoire tout comme je retrouve les voyages d'Aura en regardant ses tampons : Juin 2005, court ; Février 2007, long…

J'avais l'intention de me rendre à Mazunte pour le premier anniversaire et, l'après-midi même du 24, de reprendre l'avion pour Mexico. J'avais payé une messe de souvenir le lendemain matin à Condesa. Quand Juanita et Leopoldo avaient commencé à me menacer par l'intermédiaire d'avocats, juste après la mort d'Aura, des amis m'avaient pourvu moi aussi d'un avocat. Il s'appelait Saúl Libnic et avait un cabinet avec un associé près de l'ambassade US. C'étaient des avocats d'affaires mais ils s'occupaient aussi des problèmes légaux que des clients américains pouvaient avoir au Mexique. Pour cet été du premier anniversaire, j'avais sous-loué un studio dans Condesa. Libnic habitait le quartier et chaque fois qu'il avait besoin de me parler, nous prenions le petit déjeuner dans un bar de jus de fruits sur l'avenue d'Amsterdam. Il avait une petite trentaine, à peu près ma taille, il était soigné et avait des yeux honnêtes et larmoyants. Ce matin-là, Libnic m'expliqua que puisqu'un dossier avait été ouvert et que je devais aller de toute façon sur la côte, autant prendre un rendez-vous avec le procureur de Puerto Ángel. Si le dossier avait été ouvert à Mexico, dit-il, il avait ensuite été transféré à Puerto Ángel. Que signifiait exactement, demandai-je, le fait qu'on ait ouvert un dossier ? Cela signifiait, répondit-il, qu'il revenait au procureur de Puerto Ángel de faire une enquête sur la mort d'Aura. Nous pouvions évidemment supposer qu'il n'y avait pas de preuves contre moi vu qu'il n'existait pas de mandat d'arrêt. Mais il fallait quand même que je témoigne pour la forme puisque je ne l'avais jamais fait. Si, j'ai témoigné, lui rappelai-je, c'est juste que mon témoignage n'avait pas été enregistré parce que je n'avais pas de passeport. Oui, dit-il, mais afin de clore l'affaire, il fallait que je témoigne. Vu l'attitude de l'oncle et de la mère d'Aura, dit Libnic, il fallait que je fasse fermer le dossier. Il me conseilla de le laisser m'accompagner à Puerto Ángel. Je devrais payer les dépenses, plus les frais de justice. Quand il m'annonça la somme, je lui demandai s'il était absolument nécessaire qu'il vienne. Non, pas absolument. Je lui déclarai que je ne pouvais pas me permettre de l'emmener. Dans ce cas il prendrait rendez-vous pour moi et sonderait le procureur pour savoir où en était l'affaire. De plus, il fallait que je le paie en liquide pour le travail qu'il avait déjà fait. Bien sûr, dis-je. Saúl, lui demandai-je, tu crois qu'il y a un risque que je tombe dans un piège ? L'État d'Oaxaca était gouverné par le PRI. L'oncle d'Aura ou ces avocats de l'université dont avait parlé Juanita pouvaient-ils faire que le procureur reçoive l'ordre de m'arrêter, ou pouvaient-ils le corrompre ? Pouvaient-ils trouver des faux témoins ? Libnic en doutait, bien que, vu la justice mexicaine, ce ne fût pas impossible. C'était la raison pour laquelle il avait suggéré de m'accompagner, par précaution. Je vais y réfléchir, répondis-je, mais je ne peux pas vraiment me le permettre. Je ne devais pas trop m'inquiéter, me rassura-t-il, apparemment le pire était passé. Je suppose que j'aurais pu me permettre de le faire venir, mais je ne voulais pas avoir un avocat avec moi à Mazunte pour le premier anniversaire de la mort d'Aura.

Les parents de Fabis arrangèrent un dîner chez eux avec Rodrigo. Nous ne nous étions pas vus depuis l'enterrement bien que nous ayons échangé quelques e-mails. Nous nous retirâmes dans le bureau du père de Fabis pour parler. Oui, me dit Rodrigo, Juanita continuait de me tenir pour responsable de la mort d'Aura. Mais elle ne suggérait plus que j'avais commis un crime. D'après Juanita, j'avais échoué à protéger Aura de son impulsivité. Elle ne m'accusait plus que d'irresponsabilité fatale.

Je me contentai de hocher la tête. Je savais que Rodrigo ne désirait pas discuter du bien-fondé de ces allégations. De toute façon, pensai-je, il n'y a aucun moyen de prouver que je l'avais protégée. Il est évident que je ne l'avais pas fait. Durant toute la vie d'Aura, sa mère avait essayé de la protéger de son impulsivité. Avais-je jamais pensé qu'Aura était impulsive ? L'aurais-je jamais décrite comme impulsive ?

Juanita n'était plus en contact avec les *tías* ni avec Vicky. La raison, m'apprit Vicky dans un e-mail, était que Juanita avait coupé les ponts avec tous ceux qui ne pensaient pas que j'étais responsable de la mort d'Aura, ou qui osaient suggérer, selon les termes de Vicky, que j'avais été « l'amour de la vie d'Aura ». Mais Juanita, pensai-je, doit sûrement avoir besoin de considérer notre mariage comme un épisode insignifiant dans la vie de sa fille ; quelque chose comme une porte de derrière imprudemment laissée ouverte, par laquelle le tueur était entré. Juanita avait plus de vingt ans de souvenirs d'Aura dans lesquels elles avaient été le centre de la vie l'une de l'autre. Qu'était-ce comparé aux quatre ans qu'Aura et moi avions passés ensemble ? J'avais appris par une amie d'Aura qui était encore à l'UNAM que Juanita racontait qu'Aura – plutôt son fantôme ou son esprit, je présume – habitait chez elle. Il n'y avait rien d'étrange à cela. Pendant quelques semaines, au moins, j'avais été convaincu qu'Aura était dans l'arbre au bout de la rue et depuis lors je n'avais pas pu passer devant sans me sentir coupable de l'avoir trahie en n'essayant pas de conserver cette croyance, et de ne plus m'arrêter pour l'embrasser, ou même lui murmurer quelques mots.

Juanita n'avait encore rien fait des cendres d'Aura, à la connaissance de Rodrigo.

Je lui dis que si le fait de parler à Juanita pouvait lui être de quelque utilité, je le ferais.

Il répondit qu'il était sûr que Juanita ne voulait pas me parler. Si moi, j'avais besoin de lui parler, je pouvais toujours envoyer un e-mail pour le lui demander, suggéra-t-il. Il me donna son adresse électronique : c'était le nom d'Aura, suivi de chiffres. Moi aussi j'avais une nouvelle adresse : AUFRA, avec des chiffres. Comme nous sommes semblables, pensai-je. D'une certaine manière, totalement, pathétiquement semblables.

Je n'ai pas besoin de parler à Juanita, dis-je. Si cela pouvait l'aider de me parler, je le ferais, c'est tout, parce que Aura aurait voulu que je le fasse.

Mais que lui dire si je lui parlais ? Je n'ai pas tué ta fille. Elle ne veut même pas entendre cela. J'ai tué ta fille, excuse-moi. C'est moi qui suis responsable. Tu as eu raison de m'accuser. Cela allégerait-il sa souffrance ?

Y a-t-il quelque chose que je peux te dire, Juanita, qui te libérerait de l'obligation de penser à moi, et de l'accusation qui te dévore, en admettant que c'est ce que tu veux et que c'est ce qui te dévore, et que tu veuilles t'en libérer ? Peut-être que non. Certaines personnes ont besoin de boucs émissaires, comme si c'était nécessaire à leur santé mentale ou à leur désir de rester en vie. Mais de la même manière, Juanita, y a-t-il quelque chose que je puisse dire qui me libérerait d'avoir toujours à penser à toi, qui t'empêcherait, toi, et tes accusations, de t'interposer entre moi et Aura, d'envahir chaque coin de ma douleur ?

Tous les soirs je vais au lit en espérant que cette nuit sera une de celles où je rêverai d'Aura, mais parfois ce sont des cauchemars à propos de Juanita que je fais à la place.

Pendant le dîner, Rodrigo nous montra des photos de sa nouvelle petite amie sur son portable. Elle était blonde, peut-être teinte, et paraissait beaucoup plus jeune que lui. Sur l'une d'elles, elle était enroulée dans un drap, une épaule nue. Il nous regarda nous passer son portable avec une expression de solennité sacerdotale. Je suis content pour lui, pensai-je. Voilà ce qu'un homme doit faire après un divorce. Il avait aussi scanné et téléchargé sur son portable quelques photos d'Aura petite fille qu'il m'envoya le lendemain.

Trois étés de suite, Aura et moi avions organisé un barbecue dans notre patio pour la famille et les amis. Environ une centaine d'hamburgers, plus des saucisses, des travers de porc et des hot-dogs pour les enfants. Je m'occupais du barbecue, Aura et

Fabis faisaient tout le reste, les salades et le *fideo seco*. Trois étés de suite – assez pour avoir établi une tradition familiale, je pense. Cet été, j'allais le faire dans le patio de Fabis, après la messe de souvenir. J'invitai Rodrigo et Katia. Je lui dis d'inviter Juanita aussi, sachant qu'il n'y aurait aucune chance qu'elle vienne. Il me dit que Leopoldo l'emmenait en voyage.

À la messe, Fabis, sa mère et moi étions assis derrière Rodrigo, Katia, son mari et leurs trois enfants. La petite fille à queue-de-cheval n'arrêtait pas de quitter sa mère pour aller grimper sur les genoux de Rodrigo et lui tirer les joues de ses deux petites mains. Il rayonnait de la fierté d'un jeune grand-père. Le mari de Katia n'arrêtait pas de lui prendre la main et de lui donner de rapides baisers sur la joue. Elle était très belle. Bien que je voie rarement Katia, songeai-je, chaque fois je l'aime plus. Elle m'émeut. Les gens changent, ils grandissent, et ça aide aussi d'avoir pour mari un brave gars qui vous adore.

27

L'avant-dernier été, Aura et moi avions passé quelques jours à San Agustinillo, la plage adjacente à Mazunte avec Jaime, Isabel et leurs jeunes enfants. Avec un autre couple – un professeur de poésie et son épouse – et quelques amis de Madrid, ils avaient loué une rangée de bungalows sur la plage. Aura avait pris quelques cours avec le professeur à l'UNAM. Il se montrait à la fois humble et galant. Je suppose que ce n'était un secret pour personne qu'il avait été amoureux d'Aura quand elle était son élève dix ans auparavant – elle le savait. Je le vis lui jeter un regard de côté insistant avec un air un peu confus, et je sus qu'il pensait quelque chose du genre : On dirait que c'était hier. Plus tard, alors que nous écoutions les vagues en silence, le professeur parla de son ami le poète Manuel Ulacia, qui s'était noyé une nuit, ailleurs sur la côte du Pacifique, quelques années plus tôt.

Sur la plage, des rochers et des pierres saillaient dans l'océan, barricadant les vagues de sorte à créer un haut-fond près du rivage dans lequel les enfants pouvaient se baigner.

Mais à l'extrémité déchiquetée et à pic du promontoire, les courants créaient des remous. C'est là que, le jour suivant, le professeur nageait quand nous l'entendîmes appeler au secours : *Auxilio, auxilio !* Jaime et moi-même avançâmes tant bien que mal sur les rochers et plongeâmes ou plutôt nous jetâmes maladroitement à l'eau, trop loin du professeur pour pouvoir le secourir, mais Aura se précipita au sommet d'un gros rocher, se jeta dans les airs et atterrit comme un rayon de soleil à côté du professeur avant de le tirer hors de danger, un bras autour de sa poitrine. Le fait que le professeur n'ait pas risqué en réalité d'être attiré en haute mer mais avait juste paniqué à cause du courant, ce dont il eut très honte ensuite, ne diminua en rien l'héroïsme d'Aura. Aura m'a sauvé la vie, ne cessait de répéter le professeur, l'air ahuri, comme s'il tentait en vain de prendre la chose à la légère. Aura t'a sauvé la vie ! nous exclamions-nous. *Mi amor*, à quoi pensais-tu ? Je l'ai entendu crier au secours, dit-elle, et j'ai juste réagi. Impulsive, oui, sans prendre le temps de réfléchir. L'impulsivité dénuée de peur d'un être humain supérieur, c'est cela que j'ai sincèrement pensé. Mon Aura ! Quelle mère elle va être ! Nous rîmes beaucoup également à mes dépens et à ceux de Jaime. Le professeur se serait noyé plusieurs fois avant que nous soyons arrivés à son secours. Je fus déçu de voir quelques heures plus tard, après le déjeuner et la sieste, que personne ne voulait plus parler de l'exploit d'Aura, comme s'il était plus important maintenant d'épargner le professeur, ou peut-être sa femme et ses enfants, en ne faisant plus allusion à l'incident.

Mais si ç'avait vraiment été un courant puissant qui avait emporté Aura et le professeur au loin et les avait noyés tous deux ? Que dirions-nous aujourd'hui de l'impulsivité d'Aura ?

Impulsivité : un excès incontrôlable qui s'élève de l'intérieur en bouillonnant.

Au départ nous devions aller au Mexique à la fin de mai ou en juin, mais Aura avait décidé d'enseigner l'espagnol à Columbia. Ce serait bon pour son CV, l'argent ne ferait pas de mal, et elle n'était pas pressée d'aller au Mexique. Mais comme nous devions faire des travaux dans l'appartement nous décidâmes que je partirais une semaine début juin. Aura dressa une liste des choses à faire : trouver un menuisier pour fabriquer des étagères, installer des lumières supplémentaires, acheter des instruments de cuisine, un bureau. J'avais hâte de me trouver seul au Mexique comme par le passé. Mais après quelques soirées arrosées dans les *cantinas* et de terribles gueules de bois, je me surpris moi-même. Qu'est-ce que j'avais espéré au juste ? Aura me manquait. Je lui manquais. Nous avions dépensé énormément d'argent en appels téléphoniques, ce dont je me plaignis dans un e-mail. Elle répondit : C'est pour ça que nous travaillons et que nous gagnons de l'argent, Francisco. Je lui achetai une table-bureau teintée en rouge sombre. Je me fis recommander un menuisier pour les étagères et pris l'avion pour New York.

*

Le 3 juillet 2007, à environ quatorze heures trente, Aura quitta pour la dernière fois notre appartement de Brooklyn, et je descendis nos valises au taxi. Son nouvel édredon multicolore avait été laissé derrière nous, plié dans le placard ; sa bicyclette sans selle était verrouillée à la grille. À seize heures, nous étions dans la salle d'attente des premières de la compagnie à l'aéroport de Newark. J'avais gagné une place en première après avoir accumulé des décennies de miles. Je dis à Aura qu'elle utilise le billet et que je voyagerais en classe économique. Nous bûmes du champagne et portâmes un toast à l'été.

À la fin de notre première semaine au Mexique, Aura commença à se sentir plus libre et à s'amuser. Nous sortîmes, vîmes nos amis. Elle lisait le roman de Juan Carlos Onetti, *La Vie brève*. Durant tout le printemps, elle avait dévoré Onetti. La nouvelle qu'elle était en train d'écrire, en espagnol, parlait d'un jeune homme qui abandonne ses études de doctorat pour aller enseigner dans un établissement d'éducation secondaire dans un coin perdu du Mexique. L'école et la faculté semblent imaginées par un Kafka mexicain – ce qu'un critique a précisément écrit, une fois qu'elle eut été publiée – de même que la conversation tendue que le héros tient au téléphone pendant la nuit avec son père qui habite Mexico. Le titre en est « La vida está en otra parte ». Elle travaillait à son bureau au rez-de-chaussée, la fenêtre coulissante ouverte sur le patio. Elle adorait son appartement. Elle était sûre que bientôt nous y passerions plus que les vacances d'été et les vacances scolaires, et cela ne me posait pas de problème. Si elle devait faire une carrière littéraire avant tout en espagnol, ainsi qu'elle en avait décidé, il ne serait pas bête d'habiter le Mexique un moment, et si nous devions avoir un bébé, elle voulait être près de sa mère.

Juste au coin de la rue, un centre commercial venait de s'ouvrir sur l'avenue Patriotismo. Nous étions à environ une demi-heure à pied de Condesa, et avant cela je n'avais aucun endroit où manger excepté de tout petits endroits de *comida corrida* et des étals, mais nulle part où prendre un café correct. Maintenant nous avions un Starbucks, un Sanborn's, un Italianni, et certains des restaurants de chaîne dont Aura avait la nostalgie, tous sous un seul toit, avec les magasins habituels. Nous y allâmes quelquefois déjeuner et une fois nous regardâmes un film d'arts martiaux avec Brandon Lee sur le mur géant de panneaux vidéo. Un soir Aura acheta un tube de mikado que nous emportâmes dans le TGI Friday's où nous jouâmes en buvant des tequilas et de la bière. C'était étonnamment absorbant et exigeait une agilité et une fermeté de la main digne d'un pickpocket. Aura gagna de loin. Ce tube en carton de mikado se trouve sur l'autel aujourd'hui. Mais quand je déversai les jonchets sur la table de la salle à manger, au lieu de la lumière surnaturelle que je m'étais certainement attendu à voir sortir du tube, une petite lueur survivante de cette douce heure ou une trace du toucher et du rire légers d'Aura, il ne ramena rien. J'étais seul avec un tas de bâtonnets en plastique.

Peut-être qu'on surestime le souvenir. Peut-être vaut-il mieux oublier. (Montrez-moi le Proust de l'oubli, et je le lis demain.) Parfois c'est comme de jongler avec cent mille boules de cristal à la fois, de tâcher de conserver tous ces souvenirs. Chaque fois qu'il y en a un qui tombe par terre et est réduit en poussière, une nouvelle crevasse s'ouvre en moi, à travers laquelle un autre bout de nous disparaît pour toujours. Je ne vendrais pas ce tube pour un millier de dollars.

Au Starbucks, Aura s'arrêta devant les étagères où étaient disposées les marchandises, saisit une cafetière à piston turquoise, et me fit ce sourire, avec les sourcils levés d'un air suppliant, qu'elle avait chaque fois qu'elle voulait que j'achète quelque chose de pas très sérieux. Elle avait déjà une cafetière à piston, sauf qu'elle était noire. Je lui demandai le prix. Elle me le dit. Nous étions censés dépenser quarante dollars juste pour mettre cette tache de turquoise dans notre cuisine ?

Tu en as déjà une comme ça, fis-je.

Elle eut l'air déçue mais la remit en place. Aujourd'hui cette cafetière elle aussi se dresse tel un signe ou indice mystérieux que j'ai raté et ne peux déchiffrer. Vu le rôle que sa vieille cafetière devait jouer au cours de notre voyage à Mazunte, elle fait plus l'effet d'un indice ou d'une preuve, bien que pas au sens légal.

Si je lui avais acheté la cafetière turquoise ?

Le 3 juillet 2008, un an jour pour jour après qu'Aura et moi avions décollé de Newark pour le Mexique, je suis de retour : même vol du soir, même surclassement en première. Sur le vol pour Mexico, je dois remplir le formulaire de l'immigration, qui me demande si je suis marié ou célibataire. Je marque marié, comme je fais toujours sur de tels formulaires. Trois semaines plus tard, le 22 juillet, je me rends en avion à Puerto Escondido et le lendemain un taxi me mène au cabinet du procureur de district à Puerto Ángel, dans une petite rue non loin du port à l'odeur rance.

On peut lire *Oficina de Investigación Criminal* sur une porte fermée au bout d'un couloir. Mais le procureur me mène dans un petit bureau sans fenêtre sur la gauche, où trône sur un bureau l'habituel vieil ordinateur bruyant. La lumière a quelque chose de tremblotant et de haché comme si l'air lui-même clignait rapidement des yeux. Il y a une raison à cela : les lames en plastique du ventilateur ont été fixées *sous* les deux ampoules du plafonnier auquel il pend. Le procureur est un jeune homme dégingandé avec un visage brun ciselé et des cheveux noirs et brillants, peignés en arrière. Je lui raconte mon récit comme je ne l'ai pas fait depuis les heures qui ont suivi la mort d'Aura, en l'occurrence à la femme de la *delegación* qui l'a tapé mais n'a pas pu l'enregistrer comme témoignage parce que je n'avais pas mon passeport. Ce récit s'est déroulé silencieusement en moi depuis ce temps, mais tout en changeant, cherchant et trouvant son chemin, comme un torrent furieux qui se rétrécit en ruisseau : un récit dans lequel j'assume ce qui semble être la part adéquate de responsabilité et de faute, moindre que celle que Juanita et Leopoldo m'assignaient, probablement pas suffisante pour m'envoyer en prison en quelque circonstance que ce soit, si on ne tient pas compte de la possibilité de la corruption, mais suffisamment pour m'assurer que l'autocondamnation, l'horreur et la honte ne puissent jamais me laisser de répit. Mais ce que le procureur me dira ce jour-là à Puerto Ángel une fois que j'eus terminé mon récit le modifiera encore.

La maison que nous avions louée à Mazunte était assez grande pour accueillir les amis dont nous espérions qu'ils viendraient passer au moins une partie des deux semaines en compagnie d'Aura, moi, sa cousine Fabiola et son copain. Au départ, Mariana, une autre amie d'Aura, devait venir elle aussi. Mariana travaillait à domicile comme masseuse et guérisseuse dans la tradition hindoue. Elle avait étudié à l'université pour devenir psychanalyste lacanienne jusqu'à ce qu'un jour, ainsi qu'elle le raconte, elle se soit avoué à elle-même qu'au lieu de sublimer l'ego, elle voulait s'en débarrasser. Nous étions au Pata Negra quand Mariana nous avait annoncé qu'elle ne pourrait pas venir. Elle avait du mal à joindre les deux bouts et ne pouvait pas se permettre de prendre des vacances. Elle ajouta que de toute façon elle ne voulait pas aller à Mazunte, parce que les vagues étaient trop fortes.

Quoi ? Mais Mazunte est une plage sans danger ! C'est cela que nous – Aura et moi, Fabis et Jaunca – lui répondîmes de façon unanime. Du fait que Mazunte forme une anse incurvée qui entrave suffisamment les vagues pour diminuer leur taille, leur vitesse et leur puissance, elle est jugée sans danger pour les baigneurs. Ventanilla et même San Agustinillo, ouvertes sur l'océan, sont les plages dangereuses. Vous risquez votre vie quand vous nagez à Ventanilla, pour ne rien dire de Puerto Escondido ou, plus au sud, Zipolite, connue pour ses courants traîtres et appelée Playa de la Muerte à cause du nombre de gens qui s'y noient tous les ans, ce qui ne l'empêche pas d'être fréquentée par les hippies, les drogués, les euro-nudistes et autres.

Je sais que Mazunte est moins dangereuse que ces autres plages, dit Mariana. Mais on ne peut pas y nager tranquillement. Peut-être que je me fais vieille, mais je n'aime pas être malmenée dans les rouleaux et avoir toujours du sable dans mon maillot et mes cheveux, même dans les dents.

Aura dit qu'une fois passé l'endroit où les vagues se brisent, l'eau était calme. C'était toujours là qu'elle nageait. Mariana dit qu'elle préférait de loin les Caraïbes, particulièrement Tulum. Oui, moi aussi j'aime Tulum. Nous aimions tous Tulum. Mais qui pouvait s'offrir une maison à Tulum pendant deux semaines ? Le voyage en avion était plus cher lui aussi, autant que de Mexico à New York. Mais nous aimions tous Mazunte. Les vagues pouvaient être grosses, mais elles ne me faisaient pas peur. En entrant dans l'eau, je n'avais jamais cette inquiétude au creux de l'estomac comme à Puerto Escondido. Les vagues de Mazunte ressemblaient à peu près à celles de Wellfleet, à Cape Cod, où j'avais appris à faire du bodysurf, adolescent.

La première fois que nous étions allés sur cette côte, Aura et moi avions un hôtel à Puerto Escondido, mais tous les matins nous prenions un microbus pour Mazunte et sa plage, à environ quarante-cinq minutes, et un taxi pour revenir. Quelques années avant que je rencontre Aura, j'avais passé le réveillon du deuxième millénaire à Puerto Escondido avec Jaime et Isabel. À mon arrivée les gens parlaient de la vague scélérate qui avait précipité trois surfeurs contre la falaise à l'extrémité de la plage le jour précédent, et les avait tués. Mon premier matin, après m'être baigné, j'allai prendre directement mon petit déjeuner dans un café sur la plage où le garçon, un Italien débraillé, me dit que la dernière fois qu'il était entré dans l'eau ici il en était ressorti en saignant des deux oreilles. Et Isabel me raconta l'histoire d'un de ses professeurs de lycée qui passait ses vacances à Puerto Escondido et qui avait été emporté par une vague monstrueuse alors qu'il se promenait un soir sur la plage. La nuit, dans ma chambre d'hôtel, allongé dans mon lit j'écoutais ces vagues qui me faisaient maintenant l'effet de broyer des os. Ce n'est que quatre ans plus tard que je retournai à l'eau à Puerto Escondido, pour prendre une leçon de surf avec Aura pendant le week-end de trois jours au cours duquel je fis ma demande en mariage. Une vague qui m'avait pris par surprise tandis que j'essayais de me lever sur ma planche m'avait envoyé cul par-dessus tête et celle-ci avait touché le fond avec une brutalité qui m'avait étourdi, m'ébranlant violemment la colonne vertébrale. Secoué et tremblant, j'allai m'asseoir sur la plage. Le professeur rit. Il dit qu'Aura était plus douée que moi. Elle était allongée sur la planche et le professeur, debout dans l'eau jusqu'à la taille, la faisait pivoter comme un enfant sur une luge pour l'envoyer surfer l'écume étincelante qui se formait plus loin. Il se révéla que ce n'était pas un vrai professeur. Il nous avait menti et avait pris les planches sans permission dans la boutique d'un ami qui avait une vraie école de surf. Notre leçon prit fin quand la mère de l'ami accourut en lui criant qu'il allait nous tuer et de rapporter immédiatement les planches.

Nous étions au Santa Fe, un des plus beaux hôtels de la plage. Dans le jardin, une noix de coco mûre tomba de son arbre et s'écrasa en giclant sur le sentier à quelques centimètres de moi. Cela nous fit rire mais si elle m'était tombée sur la tête, j'aurais pu facilement être tué.

Devant notre hôtel, de l'autre côté de la rue, il y avait un *mirador* en pierre, ou point de vue, face à la mer, et je m'étais dit que c'est là que je la demanderais en mariage, même si ça faisait un peu trop carte postale. Mais le *mirador* n'était pas si idéal que ça après tout, avec sa vue directe sur un amas rocheux surmonté d'une sinistre sculpture représentant une main de noyé sortant de l'eau. La sculpture avait été placée par les familles des nageurs et des surfeurs, mexicains et étrangers, qui étaient morts dans ces vagues.

J'avais caché la bague de fiançailles dans le coffre-fort de notre chambre. Je n'avais pas trouvé le moment ni l'endroit parfaits pour faire ma demande à Puerto Escondido, et je songeai à la faire à Mazunte où nous passions la journée. Mais où mettre la bague en sûreté quand j'irais nager ? Il y avait toujours des drogués qui volaient sur cette plage. Mais le dernier soir à Puerto Escondido je n'avais toujours pas fait ma demande. J'avais le cou raide et douloureux de ma chute pendant la leçon de surf, j'étais venu avec un rhume, et, pis, les crevettes que j'avais mangées le soir précédent m'avaient donné des crampes d'estomac. Au dîner je m'étais contenté d'un bol de bouillon de poulet et d'une margarita. Mais il fallait quand même que je le fasse. Je m'excusai et montai dans la chambre. Il tombait une pluie fine, un de ces crachins tropicaux qui donnent la sensation d'un air saturé d'humidité à l'intérieur d'un nuage, doux comme la plus délicate des soies sur le visage. Ce serait encore plus romantique, pensai-je, de faire ma demande sur la plage sous cette pluie. J'allai aux toilettes et en sortant je pris la petite boîte contenant la bague dans le coffre-fort et la mis dans ma poche. Aura entra dans la chambre. Allons sur la plage, dis-je. Pourquoi ? demanda-t-elle. Je ne veux pas aller sur la plage, il pleut. C'est à peine un crachin, dis-je, viens, il faut qu'on aille sur la plage. Il faut que je te demande quelque chose. Elle regarda ma main dans ma poche et sourit. Demande-le-moi ici, dit-elle en riant. Ay, *mi amor*, qu'est-ce que tu as dans ta poche ? C'est sérieux, dis-je, je sortis la boîte et mis un genou à terre.

Donc, Puerto Escondido, où nous nous étions fiancés, rétrospectivement, peut paraître nous avoir envoyé des signes suggérant un avertissement qui n'avait pas été perçu. Mais il avait été perçu. Excepté l'unique leçon de surf, nous n'y avions pas nagé. Nous avions nagé à Mazunte, dont on disait qu'elle était sûre. Et qu'en est-il de Mazunte, y a-t-il eu aussi des événements et des signes prémonitoires ? Le lien entre les prémonitions, les signes et la preuve – comment décider de ce qui n'a pas été correctement interprété ou aperçu et aurait dû l'être ? Une chaîne de preuves pareilles à des pas dans la neige fondante.

L'un des matins où nous prîmes le microbus pour Mazunte, nous rencontrâmes deux autres passagers qui montèrent à Puerto Escondido. C'était un Mexicain qui s'était installé en Suède après y avoir fait ses études, et qui était revenu en vacances avec sa femme suédoise. Il était programmateur ou technicien en informatique ou quelque chose de ce genre. Il était assis de l'autre côté du couloir parallèlement à Aura et pendant la demi-heure du trajet il avait monologué avec exubérance sur le Mexique et ses plages. La Suède avait bien des attraits mais pas de plages telles que Mazunte ! Il alla même jusqu'à psalmodier une longue liste de fruits tropicaux qui poussaient sur cette côte y compris, souligna-t-il, cinq genres de bananes différents. Il n'avait jamais été à Mazunte. Lui et sa femme étaient coiffés de chapeaux de cow-boy en paille qui paraissaient tout neufs. Nous descendions à l'intersection d'où l'on peut prendre une autre *camioneta* pour Mazunte, San Agustinillo ou Ventanilla. Ils descendirent un peu avant nous afin de visiter le petit musée des tortues de mer et la couveuse de Mazunte avant d'aller à la plage. Le côté ballot et péquenot du Mexicain avait enchanté Aura – *Les plus belles plages du monde ! Cinq genres différents de bananes !* Plusieurs chemins en terre tracés dans la jungle menaient du village à l'anse incurvée de la plage. Des *palapas* au toit de chaume, des restaurants, des hôtels bon marché et rustiques et des hamacs s'alignaient au fond de la plage. Au bord se trouvaient les fauteuils, les tables et les parasols qu'on louait à la journée – c'est là qu'Aura et moi étions assis quand soudain on entendit crier au secours et nous vîmes des nageurs courir à l'aide d'une personne accidentée. Nous nous approchâmes et vîmes le Mexicain venu de Suède au bord du rivage, étendu sur le ventre dans quelques centimètres d'eau, qui battait des bras et des jambes comme s'il était en train de se noyer. On le porta sur la plage et on l'allongea sur le sable où il resta à tousser, cracher et ahaner avec sa femme accroupie à ses côtés. Les gens faisaient cercle autour de lui. Certains avaient vu ce qui s'était passé. Il avait été renversé par une vague, avait apparemment été désorienté par la violence du déferlement, avait avalé de l'eau, et avait totalement paniqué, alors même que la vague refluait après l'avoir pratiquement déposé sur la plage. Il n'avait rien. Nous retournâmes à nos fauteuils. Plus tard, nous les vîmes passer en traînant les pieds, chargés de leurs affaires, leur chapeau sur la tête. Nous leur dîmes au revoir mais seule la femme nous répondit tandis qu'il fixait le sable d'un œil morose. Les années suivantes nous évoquions de temps à autre le Mexicain suédois – une histoire drôle-triste à propos du danger implicite d'un certain genre d'enthousiasme naïf et touchant, plutôt qu'à propos du danger lui-même et nous riions toujours.

Nous avions pris deux places de première classe dans le bus de nuit pour Puerto Escondido du 23 juillet, dont les sièges se convertissaient en quasi-lits. Nous avions décidé de ne pas prendre l'avion parce que Fabis devait faire des économies. De toute façon elle et Aura étaient toujours venues en bus. Ces projets frugaux étaient une nouveauté, et j'étais content de ne pas avoir à payer l'avion. Juanca devait travailler la première semaine et nous rejoindrait pour le week-end. À peu près une semaine avant notre départ, j'allai me faire un check-up chez le médecin de famille d'Aura pour mon premier taux de cholestérol et autres examens sanguins du même genre. Toute l'année Aura m'avait tanné pour que je le fasse mais je répondais chaque fois que je n'avais pas le temps. Je devais aller chercher les résultats samedi et les porter chez le médecin le lundi suivant. Entre-temps nous regardions la météo de Puerto Escondido sur le Net – celle de Mazunte n'était pas disponible – qui montrait des nuages et de la pluie tous les jours. Ce matin-là Aura me donna à lire une version de sa nouvelle dont le héros est un professeur marginal, « La vida está en otra parte ». Je trouvai beaucoup de bonnes choses, mais je lui dis également que je pensais que la fin était précipitée. Le lendemain, samedi 21, à une heure de l'après-midi, je partais pour une séance de spinning au club de gym quand je reçus un message d'Aura sur mon Blackberry :

Fabiola est ici en train de téléphoner et j'ai fait des œufs et du café pour le petit déjeuner. Je continue à boire du café et à travailler sur ma nouvelle qui a beaucoup changé. Tu le pensais hier soir quand tu m'as dit que j'étais une artiste ? Ou est-ce que ce n'était que pour flirter et me remonter le moral ???... À ton retour il faut que tu ailles chercher tes résultats au labo.

Je répondis : *Claro que eres una artista, mi amor, de maxima sensibilidad e inteligencia.* [Évidemment que tu es une artiste, mon amour, d'une grande sensibilité et d'une grande intelligence.]

Elle répondit : *Gracias mi amor, ¿ pero a qué hora regresas ?* [... mais à quelle heure tu reviens ?]

Je répondis : *Ya en un ratito, mi amor.* [Tout de suite...]

À une heure vingt-neuf, elle répondit : *Ya ven estamos viendo de irnos hoy !* [Viens maintenant, on voit si on peut partir aujourd'hui !] On rate le beau temps.

C'est le dernier e-mail d'Aura que j'ai reçu.

À mon retour, Aura et Fabis étaient dans un grand état d'excitation. Fabis avait parlé au téléphone à une amie qui revenait juste de Mazunte – nos bulletins météo étaient complètement faux. Mais il valait mieux partir aujourd'hui, d'après cette amie, parce qu'il allait certainement pleuvoir dans la semaine. Nous ne pouvions pas changer nos réservations parce que tous les bus étaient complets, mais Aura et Fabis avait concocté un plan de rechange. Nous prendrions le bus pour Oaxaca, passerions la nuit là-bas, et ferions un saut de puce au-dessus de la cordillère dans un avion de la compagnie Aerovega. Nous perdrions nos tickets de bus, mais il fallait arriver à la plage tant qu'il faisait beau. Je pouvais aller chez le médecin avec mes résultats à notre retour. Grouille-toi de faire ta valise !

Aurais-je dû m'opposer à ce nouveau plan ? Non, *Oww-ra*, on a déjà payé le bus, il faut qu'on arrête de jeter l'argent par les fenêtres ! Et mon rendez-vous chez le médecin ? J'aurais pu et dû dire cela. Ce que je fis d'ailleurs, mais sans grande conviction. (Juanita me critiquait de toujours céder trop facilement à Aura.) La femme à qui nous louions la maison m'avait déjà donné les clés. Nous nous dirigions vers la porte quand Aura se rappela qu'elle avait oublié d'emporter sa cafetière. Nous en aurions besoin, non ? Comme elle n'entrait pas dans la valise, elle la mit dans un sac en plastique et nous prîmes notre taxi.

À El Tapo, la gare routière, nous eûmes le temps de manger des délicieuses tortas bien grasses au petit restaurant du sous-sol. Le trajet pour Oaxaca devait durer environ cinq heures. Nous pourrions, une fois arrivés, aller prendre un verre au El Central. Mais le voyage dura plus longtemps. À notre arrivé à Oaxaca, les rues et les places étaient vides et sombres, et nous devions être à l'aéroport à cinq heures trente. Nous étions en route pour l'auberge de jeunesse quand Aura réalisa qu'elle avait laissé la cafetière dans le bus. À El Tapo, quand elle l'avait mise dans le porte-bagages au-dessus de notre siège, où elle se trouva rapidement cachée par nos autres bagages, j'avais pensé qu'il serait facile de l'oublier et avais pris note mentalement de m'en souvenir, et je ne l'avais pas fait.

Eh bien maintenant on va pouvoir acheter la turquoise, dis-je.

Mais nous avions cette cafetière depuis Austin, Aura soupira avec tristesse.

Je n'étais pas content de dormir dans une auberge de jeunesse. Dans mon dortoir, quelques autres voyageurs étaient endormis et je me déplaçai aussi silencieusement que possible sans ouvrir la lumière. Était-ce une auberge de jeunesse ou juste une auberge ? Je n'avais qu'une mince couverture et je dormis vêtu de mon T-shirt et de mon jean. Dans mon lit étroit je m'en voulais d'avoir si facilement cédé à cette idée coûteuse de ruée vers la mer. Pourquoi Aura était-elle si impatiente ?

Cette nuit-là, où était la vague d'Aura dans son long voyage vers Mazunte ? D'après les recherches que j'ai faites depuis sur les vagues, je suis sûr qu'elle existait déjà. La plupart des vagues de surface de taille respectable, même de taille modérée, qui atteignent Mazunte un jour normal, ont parcouru plusieurs milliers de kilomètres. Le vent souffle des rides sur une mer calme et ces rides, qui donnent prise au vent, deviennent des vagues, et tandis que les vagues prennent de la hauteur, le vent les pousse avec plus de force, les accélérant, augmentant leur taille. Ce n'est pas l'eau elle-même qui voyage, bien sûr, mais l'énergie du vent. Dans le milieu turbulent entre l'air et l'océan, les particules d'eau se déplacent en cercle un peu comme des pédales de bicyclette, transférant constamment leur énergie vers l'avant, du creux à la crête, puis de nouveau dans la dépression et de nouveau en avant. Les vagues courtes et agitées, comme celles qu'on voit sur les lacs, viennent de près. Les grandes vagues avancent avec régularité sur des vents rapides qui ont parcouru des milliers de kilomètres sur l'océan des jours durant. Ce sont les vagues qu'on voit depuis les plages du Pacifique et qui forment des creux qui, quand ils approchent du rivage, se cabrent en hautes crêtes incurvées qui finissent par se briser. La vague d'Aura pouvait facilement avoir pris son départ une semaine ou plus auparavant, au cours d'une tempête dans les eaux chaudes de l'océan Indien, où des vents forts et constants soufflent dans une seule direction. Plus une vague est vieille, plus elle est dangereuse. Sa hauteur et son escarpement, lus-je, sont fonction de son âge : « À mesure qu'une vague vieillit, elle devient progressivement plus haute, longue et, par conséquent, plus rapide. » Où était la vague d'Aura cette nuit-là, tandis que nous dormions dans nos lits superposés à l'auberge de jeunesse d'Oaxaca ? Est-elle déjà une vieille vague meurtrière, ou encore relativement jeune, née la nuit précédente dans une tempête tropicale à seulement un millier de kilomètres ? Il y a un poème de Borges qui se termine par ces vers.

¿Quién es el mar, quién soy ? Lo sabré el día
Ulterior que sucede a la agonía.

Qui est la mer, qui suis-je ? Je le saurai le jour d'après l'agonie – *agonía* dans ce contexte pourrait être plus précisément traduit par « les affres de la mort ».

Suis-je la vague ?

Nous arrivâmes à la maison de Mazunte aux alentours de midi le lendemain. J'avais un plan dessiné à la main que le chauffeur de taxi avait eu du mal à déchiffrer, mais nous finîmes par trouver le *callejón* que nous cherchions : un sentier tracé dans la jungle qui passait sous un restaurant perché sur la pente abrupte, à l'extrémité duquel se trouvait une barrière que nous ouvrîmes avant de gravir plusieurs niveaux de marches menant à la maison, qui était pareille à une maison dans les arbres style famille Robinson suisse, nichée parmi les branches tentaculaires de la forêt tropicale. Il y avait plusieurs patios couverts, et Aura choisit le plus grand, déplaçant les meubles pour le transformer rapidement en bureau. Je pris une terrasse plus petite, un niveau en dessous. Fabis, graphiste, était résolument en vacances et n'avait pas besoin d'un endroit où travailler. Il y avait des chambres, avec des fenêtres grillagées et des lits protégés par des moustiquaires, et des hamacs partout, mais le meilleur endroit pour dormir se trouvait sur le toit plat, depuis lequel on voyait la baie et l'océan par-delà la jungle. Nous montâmes tant bien que mal deux minces futons. Fabis elle aussi dormirait sur le toit jusqu'à l'arrivée de Juanca.

Cet après-midi, nous nageâmes dans l'océan. Il faisait gris, et il y avait eu un orage, le premier depuis des semaines, la nuit précédente. Aucun de ceux que nous interrogeâmes n'avait entendu dire qu'on attendait du mauvais temps pour les jours prochains, mais les pluies torrentielles avaient laissé l'eau trouble et pleine de débris de plantes, petits bouquets de brindilles et d'herbe. Bien qu'elle eût si souvent fréquenté ces plages et qu'elle adorât aller dans l'eau, Aura avait toujours peur des vagues. Ce jour-là elles n'étaient pas très grosses. Aura me tenait le bras et me faisait attendre avec elle au bord de l'eau, étudiant la répartition des vagues, les minutant, après quoi nous entrions dans l'eau en courant. Elle jetait le bras autour de mon cou et s'y tenait jusqu'à ce qu'elle se sente prête à nager, plongeant sous les vagues jusqu'à ce qu'elle ait passé l'endroit où elles se brisaient, où l'eau était plus calme, la houle la berçant doucement avant de se former en crêtes plus loin. Aura adorait rester là, faisant des allers retours interminables, comme un véritable phoque.

El agua está picada hoy, dit Aura. En plus de la houle il y avait de nombreuses vagues moins importantes, petites explosions d'éclaboussures, comme si des cailloux tombaient du ciel. Il y avait dans les vagues d'autres nageurs qui faisaient du bodysurf, des jeunes hommes pour la plupart, adolescents et enfants. Je tentai d'attraper une vague. J'en ratai quelques-unes et finis par en prendre une, me jetant devant la crête, la laissant me rattraper et me porter, corps et bras étendus, la tête hors de l'eau, juste précédant son bris rugissant, enfin engouffré par elle, électrisé par la puissance et la vitesse avec lesquelles elle me propulsait presque sur la plage. Je revins vers Aura en arborant un sourire plein de fierté.

Est-ce que c'est dangereux ? demanda Aura. Elle m'avait vraiment demandé ça. Elle commençait à s'intéresser au bodysurf. Elle était bien meilleure nageuse que son cinquantenaire de mari. S'il pouvait faire du bodysurf, pourquoi pas elle ?

C'est dangereux dis-je, si ta tête se plante dans le sable. Il faut toujours la tenir droite. C'est ainsi que j'ai répondu à la question d'Aura, j'en suis sûr, sans rien de moins mais sans rien de plus.

Pour sortir de l'eau, elle se tenait à moi jusqu'à ce que la plus petite vague qu'elle avait attendue la pousse en avant, après quoi elle me lâchait et gambadait vers la plage dans l'écume bouillonnante. Ce n'était pas facile de sortir de l'eau quand elle refluait. On était attiré en arrière et il fallait attendre que la vague suivante vous repousse en avant.

Ce soir-là nous dînâmes à l'Armadillo, le restaurant perché au-dessus du *callejón* menant à notre maison. Comme nous avions peu dormi la nuit précédente, nous montâmes nous coucher tôt sur notre plateforme après nous être enduits d'anti-moustiques. La brise venue de l'océan faisait dans les feuilles des arbres avoisinants un bruit de jeune mer remuante. Nous nous réveillâmes le lendemain matin dans une cacophonie de chants d'oiseaux et de cris rauques, devant l'arc arrondi de la baie – fermée d'un côté par Punta Cometa et de l'autre par la lointaine courbe des collines qui séparaient Mazunte de San Agustinillo – et l'océan Pacifique s'étendant au-delà, se mêlant à la brume bleue du ciel. On y voyait voguer des barques de pêche et un cargo. Nous descendîmes, laissant Fabis dormir. Aura avait hâte de se mettre au travail. Il y avait une machine à café dans la cuisine. Nous avions acheté du café en faisant les courses l'après-midi précédent. Aura coupa des papayes. Quand je me rappelle cette journée, la seule complète que nous ayons eue à la plage, elle me donne l'impression d'être deux, ou même trois, du fait qu'elle semblait durer si longtemps et passer si lentement, ainsi que le temps est censé passer à la plage.

Sur quoi ai-je travaillé ce matin-là ? Je ne me rappelle même plus. Peut-être le roman que j'essayais de commencer. J'avais également une critique à faire d'une nouvelle traduction des *Maia*, de Eça de Queirós, écrivain portugais du dix-neuvième siècle. J'avais lu jusqu'à la partie où l'indolent mais intelligent Carlos Maia entame sa liaison avec Mme Gomes dans une Lisbonne décadente et affaiblie. Je m'assis dans l'ombre à un bureau en bois rudimentaire en écoutant les oiseaux et en regardant les oiseaux-mouches voleter autour des fleurs, me levant et marchant, me rasseyant, un peu envieux de la concentration avec laquelle Aura travaillait déjà, et de l'aire de travail qu'elle s'était aménagée. À environ dix heures trente nous allâmes tous petit-déjeuner à l'Armadillo. Puis descendîmes à la plage. J., ancien petit ami d'Aura, possédait maintenant un bar à Mazunte où il y avait souvent des orchestres le soir. Ce petit ami était une sombre légende pour moi. Tout ce que je savais, c'est que quand Aura avait dix-huit ou dix-neuf ans il lui avait brisé le cœur. Il avait quitté l'UNAM pour aller faire le hippie à Mazunte. L'été précédent, nous avions regardé la retransmission du match France-Italie de la Coupe du Monde sur l'écran géant qui était dans son bar et je l'avais rencontré. C'était un jeune homme massif, aux cheveux courts, l'air militaire, qui s'était visiblement assagi. Il était marié, avec un enfant. Lui et Aura s'étaient parlé pour la première fois depuis des années.

Tandis que je lisais *Les Maia*, Aura et Fabis étaient allées faire un tour, probablement au café Internet du village. Mais à son retour, Aura semblait mécontente. Tu ne le croiras pas, dit-elle en se laissant tomber sur sa serviette de plage. Je n'avais pas besoin de ça. Quand elles étaient allées au bar dire bonjour à J., sa femme leur avait appris qu'il était à Mexico. Et devine ce qu'il était allé faire là-bas ? Je n'en avais aucune idée. Il était allé voir la couverture de son livre, m'apprit-elle. Il sortait un livre. Un livre de nouvelles sur Mazunte.

Même mon ex-petit ami propriétaire de bar hippie publie un livre avant moi, dit Aura.

Eh bien, dis-je, ce n'est pas un livre qui va gagner le prix Juan Rulfo ou quoi que ce soit. Des nouvelles sur des hippies italiens et des drogués à Mazunte ? Qui va vouloir lire ça ?

Ce n'est pas la question, dit Aura. De toute façon, peut-être qu'il est formidable. Le sujet n'a pas d'importance. Quelle ratée je fais.

Oh, Aura, allez, tu n'es pas une ratée. Tu es en train d'écrire une histoire formidable. Et me voilà parti dans mon speech habituel. Mais j'étais irrité. Tu ne vas pas gâcher ta journée, pensai-je, alors que ça fait si longtemps que tu attends ce moment. Mais c'était apparemment un étrange coup de malchance que son ex publie un livre et que ce soit son premier jour à la plage qu'elle l'apprenne. Bien sûr depuis j'ai gardé un œil sur ce livre mais je ne l'ai jamais vu en librairie ni n'en ai trouvé aucune mention nulle part.

Mais Aura avait pour elle qu'elle était toujours capable de rebondir rapidement de ces petites crises et défaites. Nous allâmes nager. Elle n'était jamais restée aussi longtemps dans l'eau. Bientôt nous nous amusions et nous embrassions dans l'océan. Je ne me rappelle pas avoir fait du bodysurf ce jour-là. Ou sinon, je n'avais pas attrapé une belle vague. Mazunte n'était pas une bonne plage pour le surf mais il y avait toujours des gens qui faisaient du bodysurf ou du bodyboard. Les rares surfeurs sortaient généralement en fin de journée. Le drapeau rouge signalant que la baignade était interdite était certainement hissé puisqu'il l'était toujours. Mais même le plagiste à qui j'avais fini par poser la question n'en connaissait pas la raison, ni même qui en était responsable.

Ce soir-là, nous dînâmes sur la plage. Par habitude, je pris mon Blackberry. Il n'avait pas fonctionné de la journée mais maintenant il émettait un faible signal. C'était un e-mail de mon amie Barbara qui travaillait dans une maison d'édition, m'apprenant que mon livre sur le meurtre politique avait reçu une excellente critique avant sa sortie. Eh bien, yay ! C'était une soirée merveilleuse : l'air d'un bleu profond et phosphorescent, les guirlandes d'ampoules des restaurants en plein air qui scintillaient brillamment, les torches au butane qui flamboyaient d'un orange incandescent. La nuit vira au violet et finit par cacher l'océan. Le rock diffusé par les haut-parleurs des restaurants se mêlait à la percussion continue des vagues, beaucoup moins forte ici qu'à Puerto Escondido. Nous partageâmes deux pizzas médiocres, deux pichets de margaritas acqueuses, et nous étions heureux. J'avais l'impression que nous possédions une sorte de richesse, une petite fortune en capital de soirées sur la plage telles que celle-ci.

Le lendemain matin, Fabis alla faire des courses, nous laissant seuls un moment, et Aura et moi pûmes faire l'amour, bien que pas longtemps, avec douceur mais inquiétude – Aura se préoccupant du retour de Fabis. Une fois que nous nous fûmes habillés et fûmes descendus à la cuisine, elle me saisit l'entrejambe et approcha les lèvres de mon oreille pour me dire que bientôt nous ferions tout le temps l'amour pour fabriquer notre bébé. *Ay ¡quiero un bebí !* s'exclama-t-elle. Et tout cela m'emplit d'un optimisme débordant. Bientôt, pour la première fois de nos vies, nous allions faire l'amour pour procréer !

Aura travaillait bien ce matin. Je montai les escaliers et la vis qui tapait sur son portable, écouteurs aux oreilles. Plus tard, aux environs de dix heures, nous allâmes de nouveau prendre le petit déjeuner à l'Armadillo, à une table recouverte d'une nappe à carreaux bleus et blancs devant la statue polychrome de la Vierge de Guadalupe et une autre, monochrome, représentant une tête de griffon. Je pris des enchiladas dans une sauce d'un rouge vif avec des œufs au plat aux haricots noirs. Aura commanda un fruit et un yoghourt, comme le jour précédent, et partagea une assiette d'enchiladas avec Fabis. Nous prîmes chacun un grand verre du jus d'orange, de carotte et de betterave qu'ils servent ici, du café fort et aussi, parce qu'il était trop bon, nous partageâmes des toasts de pain maison accompagnés de miel du pays.

Nous nous dirigions vers la plage quand Aura dit : Je suis en train d'écrire une histoire vraiment bonne.

Bien sûr, cela ne ressemblait pas à Aura, et c'était peut-être la première fois qu'elle s'exprimait ainsi, mais elle avait parlé avec une conviction timide. Sans doute, il était possible que le lendemain la trouve de nouveau découragée. Mais quelque chose était définitivement en train de se passer pour Aura. Cela me parut évident plus tard, quand je m'aperçus à quel point son histoire de professeur avait changé et s'était améliorée rien qu'en quelques jours. Ce dernier matin elle la laissa quasiment terminée – au point qu'elle put être publiée après quelques remaniements. Elle avait travaillé si dur toute l'année, pourquoi cela ne serait-il pas arrivé comme ça : ce « clic » quand on a l'impression qu'une porte fermée à clé s'ouvre et que les mots et les phrases semblent soudain exister dans une autre dimension située quelque part entre votre cerveau et l'écran ou la page, vous menant dans une maison sans fin dont les pièces ont d'étranges formes géométriques que vous n'avez jamais vues, sans que pour autant vous vous sentiez perdu. Nous avions eu une conversation tâtonnante récemment pour tâcher de décrire cela.

Et en plus, il lui restait deux semaines de ces merveilleusement longues journées sur la plage ! Probablement, dit-elle, il y aurait même des jours où elle passerait l'après-midi à travailler plutôt que d'aller à la plage.

Ça ne me paraît pas bête, dis-je. Après tout, j'étais content que nous ayons décidé d'avancer notre séjour. Si nous avions pris le bus du lundi soir, nous arriverions juste maintenant à Mazunte, épuisés et ne rêvant que d'une bière fraîche et d'une sieste.

Un aspect inoubliable de ce jour ensoleillé et quasiment sans nuage était le nombre surprenant de gens sur la plage et le nombre de ceux qui étaient dans l'eau, y compris des petits enfants – en train de nager mais aussi de faire du bodysurf. Je présumai que les vagues devaient être tentantes aujourd'hui. Des vagues modérées, peut-être pas si vieilles après tout. Mais les vagues traversent l'océan en séries ou en trains, et ce n'est jamais un seul train qui arrive à la plage, parce qu'en chemin les trains se rencontrent ou convergent ou se chevauchent et se mêlent, les vagues plus vieilles avec les plus jeunes. Mais même une vague modérée, appris-je depuis, se brise et déferle sur la côte avec la puissance d'une petite automobile lancée à toute vitesse.

Assis dans nos fauteuils, nous regardâmes les bodysurfeurs. Aura semblait particulièrement intéressée et n'arrêtait pas de faire des commentaires. Je me rappelle deux jeunes gars en particulier, à la peau claire, bien bâtis, apparemment frères, qui étaient les meilleurs, négociant la vague les bras tendus, tels des super-héros volants. Cela faisait déjà deux fois que nous avions été à l'eau et chaque fois nous avions essayé d'attraper des vagues. Mais je ne crois pas qu'Aura et Fabis en ait attrapé. La plupart du temps elles essayaient de se mettre en position et quand la vague arrivait elles plongeaient dessous. J'avais pris une petite vague. Je suis généralement en retard, ce qui fait que la vague me tombe dessus.

Je n'aimais pas l'air sordide du jeune type – cheveux longs, maigre comme un lévrier, tatouages grossiers et un piercing sous la lèvre inférieure – qui avait pris le fauteuil à côté du nôtre. Pourquoi si près ? Puis son ami vint installer sa serviette devant lui. Aura dit qu'elle voulait retourner à l'eau. Encore ? Ce serait déjà la troisième fois ! J'avais envie de lire. *Les Maia* devenait intéressant, du fait que le lecteur réalise bien avant les personnages que Carlos Maia est tombé amoureux de sa sœur, Mme Gomes, perdue de vue depuis longtemps – une lecture de plage formidable, après tout. Le jour précédent Aura avait terminé un recueil de nouvelles de Fabio Morabito – elle avait adoré – et maintenant passait sans cesse de Silvina Ocampo à Bruno Schulz et à la conversation avec Fabis.

Mais regarde comme la mer est bondée, dis-je. Je suis encore surpris qu'Aura n'ait pas été dégoûtée par le nombre de gens dans l'eau. On aurait dit qu'elle était véritablement pointillée de têtes de baigneurs et Aura était généralement, et bizarrement, hypersensible à cela – elle avait même de la peine à regarder toute surface qui était ainsi densément occupée, qu'elle fût pointillée, barbouillée, striée, sans être parcourue d'un frisson de répulsion et avoir les bras couverts d'une chair de poule qu'elle me montrait toujours en grimaçant. C'était à quoi l'eau ressemblait pour moi ce jour-là, exactement le genre de surface boutonneuse que ne supportait pas Aura !

Je lui murmurai que je ne voulais pas aller à l'eau en laissant nos affaires à la portée des types inquiétants qui étaient à côté de nous. Aura murmura en retour qu'elle était sûre qu'ils ne voleraient rien. C'étaient juste des hippies.

Allez-y, dis-je.

Viens, me supplièrent Aura et Fabis. L'eau est géniale aujourd'hui. Viens avec nous !

Non, dis-je, pas cette fois-ci. J'ai envie de lire.

Aura portait ses bottillons de plongée qu'elle avait achetés pour le séjour, qui faisaient qu'elle se dandinait légèrement et qu'elle avait du mal à demeurer à la hauteur de Fabis, beaucoup plus grande et voluptueuse, tandis qu'elles marchaient au bord de l'eau, Aura balançant un peu les bras pour se donner de la vitesse, la tête levée en direction de Fabis à qui elle parlait avec bonheur et exubérance. Dans son maillot une pièce bleu, de dos, elle semblait un peu ronde, beaucoup plus qu'elle n'était en réalité. Quelle personne adorable, drôle, magnifique est mon Aura, me dis-je. C'est le moment qui décida de tout : si je suis la vague, c'est alors que je commence à me soulever, avec un élan d'amour douloureux dans la poitrine ; même si cela n'avait été que le prélude à une baignade sans conséquence, je suis sûr que je me le rappellerais toujours. Je pensai : je jure de ne plus me laisser énerver par Aura, ses insécurités, son constant besoin d'être rassurée, qui s'en tape, mon Dieu, je vais l'aimer plus que jamais et bien sûr que je vais aller immédiatement nager avec elle. Puis je me concentrai sur la façon de mettre nos affaires à l'abri du vol sans avoir l'air trop voyant ni insultant. Je mis mon portefeuille, mon T-shirt, mes sandales et ce livre que je n'ouvrirais plus jamais dans mon sac en toile de la librairie Gandhi dont je passai les anses autour du pied d'un fauteuil que je soulevai et plantai fermement dans le sable. Je voyais Aura et Fabis dans l'eau jusqu'aux épaules, face à face, qui continuaient à bavarder, plongeant sous les vagues et réapparaissaient à la surface tels des bouchons. Je me levai et courus sur le sable brûlant jusqu'à l'océan.

Si vous allez sur YouTube et que vous tapez Mazunte et vagues, vous trouverez un certain nombre de courtes vidéos. Les vagues n'y sont pas très différentes de celles dans lesquelles nous nagions, bien que les nôtres étaient probablement, vu le nombre de gens qui étaient ce jour-là dans l'eau, plus calmes. Si vous tapez Zipolite, vous verrez que les vagues sont beaucoup plus violentes, plus menaçantes. À l'époque, ignorant la classification des vagues, je ne savais pas qu'il existe des vagues dont le déferlement est appelé progressif ou glissant, et qui sont considérées comme les plus sûres à surfer dans des « endroits relativement protégés » ; ou alors « plongeant », « cassant », provoqué par un changement brutal de profondeur juste avant la plage, ou de forts vents, considéré comme plus dangereux que le progressif ; et enfin « gonflant », le plus dangereux de tous. Je n'étais pas sûr du genre de celles de Mazunte. La plage était relativement protégée, mais le fond se relevait également. Comme le site des Sea-friends Marine Conservation Center de Nouvelle-Zélande disposait de bonnes informations sur les vagues, je leur envoyai un e-mail avec des liens pour les vidéos des vagues de Mazunte, leur demandant leur opinion sur leur genre. Le directeur répondit :

> Les deux vidéos montrent sans conteste des vagues cassantes même si la mer est raisonnablement calme. Les vagues cassantes sont effectivement dangereuses parce qu'elles créent une plage très pentue de sable meuble dont il est difficile de s'extraire. De plus les vagues dissipent soudain, sur une courte distance, toute leur énergie en un violent mélange de vélocités. Je pense qu'Aura a beaucoup manqué de chance et peut être tombée sur la tête. Il est possible qu'elle ait fait de son mieux pour essayer de sortir et qu'elle ait perdu espoir. Qui sait ? Je suis désolé d'avoir appris cette triste nouvelle. Mais il est toujours possible d'avertir les gens de la nature traîtresse des vagues cassantes.

Apparemment il pensait qu'Aura s'était noyée, ce qui n'était pas le cas. De fait, les vagues étaient raisonnablement calmes. Les nageurs, même les petits enfants, n'avaient pas de difficultés notables à sortir de l'eau ce jour-là, du moins à ce que j'ai vu. Les vagues qui se dissipaient violemment, cela semblait parfaitement juste, de même que « tombée sur la tête ».

Dès que j'eus rejoint Aura et Fabis dans l'eau, nous semblâmes tous décider ensemble que nous allions essayer de faire du bodysurf. J'attrapai rapidement une vague à peu près comme jamais, et ressortis à une dizaine de mètres de là, ravi, levant les bras au ciel. N'étais-je pas l'égal ou quasiment, en énergie et en joie de vivre, de n'importe quel homme beaucoup plus jeune sur cette plage ? Fabis essaya d'attraper la suivante mais sans succès. Celle d'après s'élevait dans notre direction comme poussée par un invisible bulldozer, et j'entendis Aura crier :

¡Esta es mía ! – Elle est pour moi !

¡Esta es mía ! – sa voix pleine de gaieté et de courage envahie par son *ultime élan de joie*.

J'étais en position de l'attraper mais je vis Aura se lancer et pensai, tandis que je plongeais en dessous, que cette vague semblait plus grosse, plus lourde, plus paresseuse en quelque sorte que les autres, et je ressentis un pincement de peur (ou ma mémoire me joue-t-elle des tours ?). Je ressortis emmitouflé de bouillons d'écume – on aurait dit qu'elle bouillait. Fabis était à côté de moi. Tu l'as attrapée ? lui demandai-je, et elle dit : Non, et toi ? Mais déjà je cherchais Aura des yeux. Où est Aura ? Je ne voyais pas Aura. Je balayai du regard la surface grouillante de monde, attendant qu'elle réapparaisse, suffoquant, dégageant ses yeux de ses cheveux et de l'eau. La surprise, la peur les plus extraordinaires… Elle n'était pas dans l'eau. Puis je la vis. L'écume qui se retirait la découvrait comme une couverture blanche qu'on retire lentement : son dos et ses épaules lisses et ronds flottant. Elle flottait, totalement immobile, à plat ventre dans l'eau. J'arrivai à elle un ou deux instants avant trois ou quatre nageurs et nous la portâmes sur la plage. Comme elle était lourde. Nous la posâmes sur le sable. Elle était inconsciente, avec de l'eau qui dégouttait de ses narines. Mais alors elle ouvrit les yeux. Les gens criaient : Ne la déplacez pas ! Elle me signifia dans un halètement qu'elle ne pouvait pas respirer. Quelqu'un cria : Qu'on lui fasse du bouche à bouche, et je posai mes lèvres sur les siennes. J'inspirai et je sentis l'air chaud qui refluait lentement en moi. J'étais surpris de voir à quel point la plage était pentue. On se serait cru dans un ravin. (Était-ce ainsi avant ? Est-ce que c'était lié à la marée ?) Une vague arriva et la couvrit presque. Plusieurs paires de mains la soulevèrent et elle échappa à notre étreinte, et nous la saisîmes de nouveau pour la porter sur le sable brûlant et sec. Un médecin, une ambulance, suppliai-je. Il fallait que je reste auprès d'elle. Elle dit : Aide-moi à respirer, et je posai mes lèvres sur les siennes. Elle murmura : C'était trop fort, et après la respiration suivante : Comme ça. Quelqu'un, peut-être Fabis, dit que c'était le *susto*, la peur, qui lui rendait la respiration difficile, et je lui répétai : Aura, tu as eu atrocement peur, c'est pour ça que tu ne peux pas respirer, quand tu te seras calmée tu y arriveras. Je pensais que Fabis était allée téléphoner à une ambulance et découvris par la suite qu'elle était allée chercher un médecin. C'est juste avant son départ qu'Aura me dit : *Quiéreme mucho, mi amor.* Aime-moi beaucoup, mon amour. Elle n'arrivait pas à bouger ses membres qui étaient insensibles. Elle m'apprit cela avec le plus extrême sang-froid, comme si elle pensait que si elle demeurait très calme et immobile, cette horreur déciderait de l'abandonner pour aller s'occuper d'une autre proie. Je lui dis que c'était passager et que bientôt elle retrouverait la sensation. Je lui tenais la main, la lui pressais, mais elle ne sentait pas mes pressions. Elle était couverte de sable. Une des personnes agenouillées auprès d'elle lui toucha la jambe et lui demanda si elle le sentait. Où était cette foutue ambulance ? Quelqu'un, un Allemand, d'après sa voix, ne cessait d'affirmer d'un ton autoritaire qu'il ne fallait pas la déplacer. *Aire*, disait Aura, chaque fois qu'elle avait besoin que je l'aide à respirer. Le mot sortait de ses lèvres comme une bulle éclatant en silence.

No quiero morir, dit-elle. Je ne veux pas mourir.

Bien sûr que tu ne vas pas mourir, mon amour, ne sois pas bête. Lui pressant la main, lui dégageant le front. Mes lèvres collées aux siennes, dedans, dehors, attendre, dedans, dehors, attendre…

Fabis ne trouva pas de médecin. C'est le médecin qui nous trouva le premier. C'était un jeune Mexicain maigre et nerveux qui avait l'air d'un surfeur. Peut-être était-il étudiant en médecine, pas médecin. À ce moment Fabis essayait d'appeler une ambulance mais avait des difficultés. Au début les propriétaires du restaurant ne voulurent pas la laisser utiliser leur téléphone, ou ne purent pas lui dire quel numéro composer pour avoir une ambulance. Elle finit par revenir en nous apprenant qu'il n'y avait pas d'ambulance. Il n'y en avait qu'une sur toute cette côte et elle était à deux heures d'ici. Donc, pas d'ambulance.

Aire, murmura Aura.

Le jeune médecin prit les choses en main. Nous ne pouvions pas nous permettre d'attendre deux heures, il fallait que nous emmenions Aura à l'hôpital le plus proche, à Pochutla, à environ trente kilomètres à l'intérieur. Quelqu'un proposa d'emmener Aura dans son 4×4. Nous pourrions utiliser une planche de surf en guise de civière pour allonger Aura à l'arrière. Quand le médecin demanda de l'aide, certains des jeunes hommes proches s'éloignèrent comme si on cherchait à leur brûler les pieds avec un chalumeau, mais d'autres s'approchèrent pour s'agenouiller auprès d'Aura et la soulever avec précaution tandis qu'on glissait une planche de surf sous elle et que nous la portions dans le 4×4. Je tenais la planche sous sa tête de mes deux mains, tâchant d'empêcher sa tête et son cou de bouger, tout en me penchant continuellement en avant pour lui donner de l'air. Le 4×4 tanguait lentement de côté et d'autre sur la route en terre accidentée dont chaque ornière semblait être une montagne ou un profond fossé, et il était impossible de la garder complètement immobile. Un autre jeune homme était accroupi au bout de la planche, autant pour l'empêcher de glisser que pour tenir les jambes d'Aura. Je ne sais comment il avait une plume verte à la main dont il caressait la plante des pieds d'Aura en lui demandant si elle sentait quelque chose. Elle murmurait que oui et je ne cessais de lui dire que le fait de sentir la plume signifiait que tout irait bien. Le jeune homme à la plume priait pour Aura. Vous êtes un ange, lui dis-je. Enfin nous arrivâmes sur une route goudronnée. Après environ quarante-cinq minutes nous parvînmes à l'hôpital de Pochutla. Il était environ trois heures de l'après-midi.

Pochutla est une petite ville commerçante et animée. L'hôpital, bâtiment d'apparence peu solide, sans étage, aux airs d'école rurale élémentaire, se trouvait dans la banlieue. On me permit d'entrer aux urgences avec Aura. Le service était petit et extrêmement spartiate. On la laissa sur sa planche qu'on posa sur un lit. On lui mit une minerve. Mais l'hôpital ne possédait pas de respirateur. Il fallait que je continue à l'aider à respirer.

Le premier médecin qui vint regarder Aura était manifestement alcoolique : échevelé, l'œil trouble et totalement indifférent. Devant la salle des urgences se trouvait une petite aire d'attente avec des fenêtres munies de stores et des fauteuils en plastique. C'est là que Fabis tâchait de passer les derniers appels avant que sa batterie flanche. Elle essaya d'appeler la mère d'Aura mais tomba sur sa messagerie. Elle n'arriva pas non plus à joindre Rodrigo. À la fin de cette longue journée, Fabis aurait laissé quarante et un messages sur la messagerie de Juanita et Rodrigo. Son chargeur était dans la maison de Mazunte. Elle demanda au propriétaire du 4×4 s'il pouvait aller le lui chercher, et il répondit que oui. Elle lui fit un plan et lui donna les clés. Chose extraordinaire, il revint avec le chargeur en moins d'une heure. Il avait été beaucoup plus vite qu'il n'avait pu le faire avec Aura à l'arrière.

Aura me demanda : Est-ce que je vais mourir ?

Non, mon amour, bien sûr que tu ne vas pas mourir. Tu vas aller bien, je te jure. Ça arrive parfois aux joueurs de football, lui dis-je. On les emmène tout comme nous t'avons emmenée et puis, petit à petit, la sensation revient dans leurs bras et leurs jambes. Tu n'as pas déjà une petite sensation dans tes membres ?

Sí, mi amor.

On finit par trouver un respirateur à main et l'infirmière posa le masque sur la bouche d'Aura tandis qu'à deux mains je pressais en rythme le ballon ovoïde en plastique blanc qui pompait l'air. Quand on vint me chercher pour remplir des documents, une infirmière prit ma relève et j'allai attendre le médecin dans un minuscule réduit pourvu d'un bureau et d'une machine à écrire mécanique. Je sortis mon Blackberry et il y avait du réseau. Je téléphonai à Juanita et, n'obtenant pas de réponse je lui envoyai un e-mail lui disant qu'Aura avait eu un accident en se baignant, était à l'hôpital et qu'elle me rappelle ou Fabiola immédiatement. Ma batterie était elle aussi presque à plat. J'envoyai un e-mail à Silverman, mon éditeur à New York, à Gus, à Saqui et je ne me rappelle plus qui, pour leur demander de m'aider à faire transporter Aura aux États-Unis. J'étais pieds nus, vêtu de mon maillot de bain et d'un T-shirt que Fabis m'avait passé. Elle avait eu la présence d'esprit d'aller prendre toutes nos affaires que nous avions laissées sur la plage.

Le médecin qui finit par entrer dans le réduit où je l'attendais était un vieillard avec des cheveux blancs et une moustache. Il avait diagnostiqué qu'Aura n'avait pas d'eau dans les poumons – bonne nouvelle, sauf qu'il se révéla qu'elle était fausse. Il me posa des questions pour ses formulaires et tapa lentement mes réponses. Le processus sembla interminable. Croyant avoir entendu Aura m'appeler, je me levai et partis brusquement. Quand j'arrivai auprès d'elle il y avait là un nouveau médecin, un jeune homme costaud aux bonnes joues, et apparemment doté d'une intelligence bienveillante. Il était en train d'actionner le respirateur manuel, le pressant calmement entre ses mains, son regard allant avec une vive attention du visage d'Aura à l'électrocardiogramme. Je demandai si elle m'avait appelé et les infirmières dirent non, qu'elle était *tranquila*. Le jeune médecin passa le ballon à une infirmière et nous allâmes dans le couloir discuter avec Fabiola de ce qu'il fallait faire. Nous prîmes la décision de transporter Aura aussi vite que possible par avion dans un hôpital à Mexico, pas à celui d'Oaxaca, qui avait été mentionné comme une possibilité. Il fallait qu'Aura parte aujourd'hui même, nous dit le jeune médecin. À mon retour, les infirmières me demandèrent d'enlever le maillot de bain bleu d'Aura, comme si c'était un acte, même dans un hôpital, que seul un mari pouvait faire. Elles la soulevèrent légèrement et je fis glisser le maillot plein de sable de ses épaules, de son torse et de ses jambes avant qu'on ne la recouvre d'un drap. Avec une pince coupante on débarrassa son poignet du vieux bracelet porte-bonheur de Juanita. Je repris le respirateur, lui embrassai le front et la joue, elle ouvrit les yeux et les referma. Le jeune médecin m'annonça que son pouls et son rythme cardiaque s'étaient considérablement ralentis, mais on lui avait fait une injection d'adrénaline et ils étaient redevenus normaux. On me demanda de surveiller l'électrocardiogramme et de prévenir si le rythme cardiaque tombait au-dessous de quarante. Le vieux médecin souleva la main d'Aura et la lâcha, elle retomba mollement. Les coups de marteau appliqués sous les genoux suscitèrent un minuscule mouvement réflexe. Il passa le marteau sous sa plante de pied et lui demanda si elle sentait quelque chose. Elle répondit que oui. J'échangeai un sourire avec les infirmières.

Le médecin fit mine de répéter l'opération, en réalité sans toucher sa peau et quand il demanda à Aura si elle avait senti quelque chose, elle dit de nouveau que oui.

Mes souvenirs de tout ce qui s'est passé au cours de ce jour sans fin seront toujours vagues et incertains. Je sais avec certitude que Fabiola ne cessait de parler au téléphone. Les *tías* essayaient de trouver Juanita et Rodrigo, mais elles n'y parvinrent que plusieurs heures plus tard, trouvant Rodrigo en premier. Le plan était maintenant de transporter Aura à Mexico en avion sanitaire depuis Puerto Escondido ou Huatulco, mais il fallait aussi trouver une ambulance pour la transporter jusqu'à l'un ou l'autre de ces aéroports. L'un comme l'autre se révélait difficile. Je sortis dans le couloir, où j'avais laissé mon sac de livres sous un fauteuil, pour y prendre mes sandales et mon portefeuille, et c'est alors que je découvris que quelqu'un, probablement à la plage, avait volé tout mon liquide avant de remettre le portefeuille dans le sac. J'avais une unique carte de crédit, que le voleur avait laissée – une AmEx, inutilisable dans les guichets automatiques mexicains. Mes autres cartes étaient à la maison à Mazunte. J'entendis Fabis qui disait sur son portable d'une voix aussi plaintive qu'urgente : Mais, Ma, imagine que ce soit moi – Odette avait demandé à Fabis si nous ne pouvions pas attendre demain pour une ambulance. Mais Ma, poursuivit-elle, elle ne tiendra peut-être pas jusqu'à demain, le médecin dit qu'il faut qu'elle parte aujourd'hui. Juste alors une religieuse sortit la tête pour me dire qu'Aura me demandait et je rentrai dans la chambre.

Odette et la sœur de Fabis trouvèrent à Toluca un service de transport aérien sanitaire qui était prêt à venir à l'aéroport de Huatulco. Le temps était compté, on était déjà en fin d'après-midi, et toutes deux se précipitaient dans une banque encore ouverte pour retirer les douze mille dollars en liquide qu'exigeait le transporteur.

Aura déclara que la planche de surf lui faisait mal aux *nalgas*, aux fesses. Cela signifiait clairement qu'elle n'allait pas demeurer paralysée. Je lui murmurai passionnément dans l'oreille que tout irait bien et lui embrassai le visage jusqu'à ce qu'une infirmière me demande de reculer. Il était étrange de voir les infirmières se tenir au-dessus d'Aura, actionnant le respirateur, surveillant l'électrocardiogramme, échangeant des propos sur leur vie quotidienne. Mais nous étions tous gais maintenant, parce que Aura se plaignait qu'elle avait mal au cul et que sûrement la sensation revenait dans ses membres – il était impensable qu'elle ne se rétablisse pas. Un avion venait la chercher. La nuit était déjà tombée. Et une ambulance de la Croix-Rouge était finalement en chemin. À Mexico, la sœur de Fabiola avait trouvé un spécialiste de la colonne vertébrale, le père d'une amie, qui était un des meilleurs en ville et qui attendait Aura à l'hôpital Ángeles, à Pedregal, un des quartiers les plus élégants de la ville.

Mais il y avait un nouveau problème : l'avion ne pouvait pas décoller de Toluca du fait que l'aéroport de Huatulco ne leur donnait pas l'autorisation d'atterrir – ils fermaient pour la nuit.

Le jeune médecin dit que, si Aura passait la nuit à Pochutla, elle ne survivrait pas.

La directrice de l'aéroport de Huatulco se prénommait également Fabiola. Fabis lui déclara au téléphone : Si ma cousine meurt vous l'aurez sur la conscience pour le restant de vos jours. John Silverman, mon ami avocat de New York, lui mettait aussi la pression. Son cabinet avait travaillé avec l'un des avocats les plus influents de tout le Mexique, qu'il avait convaincu d'appeler l'aéroport de Huatulco. En conséquence de quoi la Fabiola de Huatulco céda et déclara que l'aéroport resterait ouvert jusqu'à minuit.

L'ambulance arriva à neuf heures, avec deux heures de retard. L'hôpital de Pochutla ne pouvant pas se défaire de sa seule minerve, Fabis et moi dûmes nous précipiter dans une pharmacie pour en acheter une. L'ambulance de la Croix-Rouge ne possédait pas non plus de respirateur. Le jeune médecin, qui était en fait un interne de Guadalajara récemment affecté à l'hôpital, se proposa de nous accompagner avec le respirateur manuel. Enfin Aura, enveloppée dans un drap, fut transportée de la planche de surf au chariot de l'ambulance. Le propriétaire de cette planche y avait apparemment renoncé pour Aura.

Une route lente et sinueuse menait à l'aéroport de Huatulco, distant d'une trentaine de kilomètres. Il nous fallut presque une heure. Nous pénétrâmes dans l'aéroport par une entrée de service, dans la lumière des lampes au sodium et un air tropical chargé d'humidité, et j'entendis la plainte d'un moteur d'avion à réaction au repos. Nous étions de retour au vingt et unième siècle, ou nous avions même fait un saut dans le suivant, parce que l'avion me semblait tout droit sorti d'un film de science-fiction. Dans mon souvenir, les jeunes médecins qui composaient son équipage étaient vêtus de combinaisons de vol brillantes, bien que je doute qu'il en ait été ainsi. Leur chef était une ravissante jeune femme, avec les manières enjouées et rassurantes de la Bonne Fée du Nord du *Magicien d'Oz*. Le jeune médecin de Pochutla refusa même d'accepter le prix d'un retour en taxi à Mazunte. Après une tournée d'au revoir chaleureux et pleins d'espoir il nous quitta, emportant le respirateur manuel, pour aller passer la nuit chez un ami. Aura fut transférée sur une nouvelle civière et douillettement emmitouflée dans une couverture thermique argent. La belle doctoresse déclara que les signes vitaux d'Aura étaient bons et qu'elle était sûre que tout allait bien se passer pour elle. Une fois en l'air, elle dit qu'Aura n'avait pas besoin de respirateur. C'était vrai, elle parvenait à respirer toute seule. Aura me regarda et dit :

Mi amor, ¿ me puedo dormir un poquito ? Je peux dormir un peu ?

Il est possible que ce soit la dernière phrase qu'Aura m'adressa. Je ne me rappelle aucune autre. Elle dormit un moment. Afin de ne pas la réveiller, je me retins de déverser des mots d'amour et de réconfort murmurés dans son oreille.

La dernière ambulance nous emmena de Toluca jusqu'à Pedregal dans le sud, à l'autre bout de Mexico. J'étais à l'arrière avec Aura et Fabis était assise avec le chauffeur. Cette dernière ambulance était austère et basique, avec un intérieur métallique. Aura était de nouveau sous respirateur. Il y avait avec nous un médecin qui paraissait à peine vingt ans, aux mouvements rapides et sûrs. Il semblait alerte, sérieux et capable. Il était pâle, ses traits étaient délicats et anguleux et il portait des lunettes.

Il était probablement juif. Il surveillait les signes vitaux d'Aura d'un regard intense. Puis il dit, d'une voix abrupte et tendue : Je n'aime pas ça. L'optimisme de l'avion – un tel mystère pour moi – avait disparu. Aujourd'hui je ne saurais dire si je suis heureux d'avoir vécu ces derniers moments d'espoir et de soulagement, ou si je trouve que nous avons été cruellement abusés. Ni l'un ni l'autre, je suppose.

Juanita et Rodrigo nous attendaient devant l'entrée des urgences de l'hôpital. Il y avait aussi quelques *tías*. Il était environ deux heures du matin. Juanita, les bras croisés, me fixant d'un regard furieux, formula son accusation. C'est comme ça que je ramenais sa fille, la fille qu'elle m'avait confiée pour que je la protège, ainsi que j'en avais fait vœu le jour de notre mariage. C'est ainsi que je rendais Aura à sa mère.

Aura était réveillée. C'était comme si elle avait économisé toute son énergie pour pouvoir faire à sa mère cette dernière déclaration pleine d'entrain et de cran : *Fue une tontería, Mami.* C'était une bêtise, Mami.

Je pense que le célèbre chirurgien spécialiste et son équipe l'ont su presque tout de suite. Je ne sais pas combien de temps il a fallu avant qu'ils viennent nous parler dans la salle d'attente. Le chirurgien spécialiste était un grand homme corpulent. Il nous dit qu'Aura avait la deuxième, la troisième et la quatrième vertèbres brisées et qu'elles avaient écrasé sa colonne vertébrale, sectionnant les nerfs qui contrôlaient la respiration ainsi que son torse et ses membres. Il était probable qu'elle serait totalement paralysée à vie. Ils allaient essayer de stabiliser la moelle épinière pour diminuer son gonflement. Ensuite ils verraient s'il était possible d'opérer. Elle avait également avalé de l'eau et ils travaillaient à en dégager ses poumons. J'implorai le médecin. Je lui dis qu'Aura avait eu des sensations dans ses membres de manière intermittente toute la journée, que dans l'avion ses signes vitaux étaient excellents et qu'elle avait même respiré toute seule. Je lui dis qu'elle allait guérir, et qu'il fallait qu'il me croie, et je me rappelle son regard affligé et impuissant sur moi, avec mon T-shirt sale et taché de sueur et mon maillot de bain.

On ne laissa aucun d'entre nous voir Aura dans le service des soins intensifs. On aurait dit que les équipes médicales travaillaient sans interruption. Fabis rentra dormir avec Juanca. Je ne me rappelle personne d'autre à part Juanita et Rodrigo dans la salle d'attente. Ils ne me parlaient pas. Ils étaient assis sur un canapé en vinyle à une extrémité de la salle et moi à l'autre. La lumière était très faible. Nous étions en étage. Je ne pouvais pas téléphoner, n'ayant pas de chargeur. Juanca avait promis de m'en apporter un le lendemain matin. Je sortis marcher dans les longs couloirs et m'arrêtai à une chapelle pour prier. Je jurai que si Aura survivait je vivrais une vie dévote et exprimerais quotidiennement ma gratitude à Dieu. Sinon que je l'avais remarqué, je ne me rappelle pas avoir eu quelque pensée que ce soit concernant le fait que Juanita et Rodrigo gardaient leurs distances avec moi. Je ne pensais qu'à Aura. Si elle devait rester paralysée quelque temps, je trouverais un moyen de lui obtenir la meilleure rééducation possible aux États-Unis. Je lui ferais la lecture tous les jours et je prendrais ses écrits en dictée. Tel était le genre de pensées que j'avais. De temps à autre je me levais et allais à la fenêtre du service des soins intensifs aux stores baissés, décrochais le téléphone, pressais sur le bouton, demandais si je pouvais rentrer pour voir ma femme, et chaque fois on me disait que les visiteurs n'étaient pas admis avant le lendemain matin.

28

À quoi as-tu pensé durant cette longue nuit, mon amour, tandis que tu agonisais, aussi horriblement blessée que n'importe quel soldat, et seule ?

M'en as-tu voulu ? As-tu pensé à moi avec amour ne serait-ce qu'une fois ? M'as-tu vu ou entendu ou senti t'aimer ?

29

Ce n'est pas avant le lendemain matin, où Aura était dans le coma, qu'on m'a enfin permis de la voir. L'assistante de l'éminent chirurgien spécialiste, une femme aux allures de bull dog, m'apprit que pendant la nuit Aura avait eu deux crises cardiaques. J'eus enfin la possibilité de presser mes lèvres contre la magnifique oreille d'Aura afin de la remercier pour les années les plus heureuses de ma vie, et lui dire que je ne cesserais jamais de l'aimer. Puis l'assistante m'ordonna brusquement de partir. Dix ou quinze minutes plus tard, après avoir de nouveau passé le rideau blanc, je sentis instantanément une immobilité comme créée par aspiration autour du lit d'Aura, une lueur d'explosion nucléaire, et l'assistante me dit qu'Aura était morte quelques minutes auparavant. J'allai vers elle. Ses yeux sans lumière. J'embrassai les joues qui étaient déjà pareilles à de l'argile froide. On a dû entendre mes sanglots dans tout l'hôpital.

30

Juanca n'a pas pu assister à l'enterrement parce qu'il était allé avec un ami chercher nos affaires à Mazunte. Ils trouvèrent la maison telle que nous l'avions laissée. Ils emportèrent tout, même le shampooing d'Aura. Aura fermait seulement le couvercle de son portable une fois qu'elle avait terminé sa journée de travail de sorte que quand je l'ouvris, je trouvai l'écran tel qu'elle l'avait laissé. Il y avait deux documents ouverts, la dernière version de son récit dont le héros était un professeur et quelque chose de nouveau, probablement le début d'une autre nouvelle intitulée « ¿ Hay señales en la vida ? » Y a-t-il des signes dans la vie ? ou La vie donne-t-elle des signes ?

31

Au début le procureur du district semble se tromper quant au but de ma visite et la raison pour laquelle mon avocat a pris ce rendez-vous. Il semble décidé à se défendre contre, réalisé-je, des accusations de négligence dans la conduite de l'enquête. Dans son petit bureau et la lumière insupportable produite par ce ventilateur maladroitement installé, il insiste sur le fait que lui-même et ses assistants ont enquêté scrupuleusement sur les circonstances de l'accident fatal d'Aura. Ils ont interrogé des témoins – les propriétaires et les employés des restaurants sur la plage – et n'ont rien trouvé qui pourrait indiquer que cela pourrait être autre chose qu'un accident. Je lui dis que je sais que c'était un accident mais que je suis ici pour faire ma déposition. Je veux lui raconter mon histoire, celle que, depuis un an, je n'ai cessé de raffiner en un récit dans lequel mes actions ou leur défaut, trop passives, trop assurées, trop essentielles à mon caractère, ont toutes valeur de preuves. Il y a beaucoup d'autres choses que je ne lui raconte pas – les signes prémonitoires, la fixation sur la mort à l'adolescence et plus tard, dans les journaux, d'Aura, le mystérieux attrait que cette suite de plages de la côte d'Oaxaca exerçait sur elle comme si son destin était prédit dans sa géographie. Qu'est-ce qui m'avait pris, à mon âge, de faire du bodysurf dans ces vagues ? J'aurais dû savoir à quel point c'était dangereux. Je connaissais les arguments pour répondre à cela. Que si j'avais été le genre d'homme qui se conduit « selon son âge », alors j'aurais été une personne différente, dont Aura ne serait pas tombée amoureuse. Certes. Elle s'était brisé la nuque dans les vagues en conséquence directe du fait que je sois moi-même. Dans ce sens *j'étais* la vague.

Mais le libre arbitre ? Aura était meilleure nageuse que moi, elle avait choisi de faire du bodysurf, elle avait choisi d'essayer de surfer sur cette vague ; c'était *son* impulsion Toute sa vie d'adulte et même avant, elle s'était opposée aux tentatives faites par autrui pour la contrôler et la définir. Alors avez-vous ou ai-je le droit d'essayer de la contrôler dans la mort ? Tout cela est vrai, mais il demeure que, si je ne l'avais pas rejointe dans l'eau au moment où je l'ai fait, si je n'avais été le premier à surfer une vague, si je n'avais pas été là moi-même, elle ne se serait pas jetée dans cette vague.

Il y a des plages dangereuses sur cette côte, dit le procureur. On appelle Zipolite la Playa de la Muerte à cause du grand nombre d'accidents fatals qui y ont lieu chaque année. Puerto Escondido, Ventanilla, même San Agustinillo peuvent être dangereuses. Mais pas Mazunte. Oh, bien sûr on peut se faire rouler et malmener par les vagues et se blesser. Mais Aura est la première mort à Mazunte depuis des années. Votre femme a eu une malchance incroyable, dit le procureur, du moins c'est ce qui me semble.

Il a les chiffres. Le procureur parcourt la liste des plages et relève le nombre de morts sur chacune ces dernières années – je ne me les rappelle pas, sauf qu'à Zipolite il y en avait eu beaucoup, et au moins deux sur toutes les autres plages, sauf Mazunte, où il n'en avait pas eu jusqu'à Aura.

Un accident si anormal qu'il n'est arrivé qu'à une seule personne, Aura, et à aucun des innombrables nageurs qui ont fait du bodysurf à Mazunte depuis des années et des années, jour après jour. Aura a été extrêmement malchanceuse. Elle est morte parce que j'étais moi-même, un éternel adolescent, un *niñote*. Elle est morte parce que, débordant d'amour, j'ai décidé de la rejoindre dans l'eau. Mais tout cela est également une évasion de la VÉRITÉ, contre laquelle mon récit soigneusement construit s'écroule comme une immense vague de rien. Le fait que j'aie été moi-même n'aurait pas dû être suffisant pour tuer Aura. Le fait qu'Aura ait été elle-même, se soit jetée dans cette vague pour *quelque raison que ce soit*, n'aurait également pas dû être suffisant pour la tuer. Les pures anormalité et absurdité de tout cela – voilà la VÉRITÉ. Ce jour-là, en sortant du bureau du procureur, cela semble encore plus dur à supporter que ma responsabilité.

Cela fait de la mort d'Aura une chose qui ne peut jamais cesser d'avoir lieu, comme si le ridicule ventilateur dans le bureau du procureur ne cessait de souffler sa mort dans l'univers, comme si le soleil et la lumière du monde étaient maintenant la lumière de ce bureau, grinçant des dents contre la Terre, la nuit, ma vision, que mes yeux soient ouverts ou fermés.

32

Les marches de l'entrée de notre immeuble étaient exceptionnellement raides, et du fait que j'ai un genou abîmé suite à une blessure reçue en jouant au football au lycée, je descendais avec cette jambe en premier en la gardant tendue et l'utilisant comme une béquille. En descendant à mes côtés, Aura m'imitait, exagérant, titubant comme une infirme, le visage tourné vers moi avec un air amusant de concentration forcée. Par temps humide et froid, quand mon genou me faisait mal, je boitais un peu et Aura, marchant à côté de moi, imitait mon boitement, accordant ses pas exactement aux miens. Pour les gens qui nous suivaient nous devions être drôlement comiques.

Toute ma vie j'ai buté et trébuché. Frankie, lève les pieds quand tu marches, ne les traîne pas – quand j'étais petit, mon père ne me lâchait pas avec ça. Mais Aura trouvait hilarant chaque fois que je trébuchais contre un trottoir ou une déformation du sol ; elle riait comme si j'étais tombé sur le derrière tel un clown rien que pour elle. Une des raisons pour lesquelles elle trouvait cela si drôle, pensais-je, était qu'elle ne trébuchait jamais. Elle était si légère sur ses pieds. Mais elle avait du mal avec les trottoirs gelés et c'était alors à mon tour de pouffer. Je butais et trébuchais mais je ne tombais jamais. Je retrouvais toujours rapidement mon équilibre, comme un footballeur se libère d'un tacle, j'étais au moins encore assez agile pour cela.

Seulement une ou deux semaines après être retourné à New York pour la première fois sans elle, en montant les marches de la fournaise puante que constitue en été la station de métro Broadway-Lafayette, je trébuchai et tombai comme je n'avais jamais fait, à plat ventre, d'une manière incroyablement brutale – mon corps tout entier gifla l'escalier et je glissai de plusieurs marches, mes genoux, mon torse et mes mains heurtant le fer dur et sale. La plupart des gens continuèrent de monter et descendre d'un pas pressé en m'ignorant, mais quelques-uns se baissèrent, tendant la main, me demandant si j'allais bien. Un homme en costume s'est même agenouillé près de moi avec la main sur mon épaule et m'a demandé : Vous êtes blessé ? Est-ce que nous devrions demander de l'aide ? Je vais bien, dis-je. S'il vous plaît, merci, laissez-moi, ça va. Je me suis relevé et j'ai repris mon ascension. Mes genoux et mes mains me faisaient mal comme si j'avais reçu des coups de marteau et je sentais le sang qui coulait le long de mon tibia. Mon jean était un peu déchiré sur le genou. J'avais le visage qui me brûlait et des larmes aux yeux, d'humiliation tout autant que du reste.

Qu'est-ce que cela signifiait ? Est-ce que cette chute violente sur les marches marquait le début, enfin, de la vieillesse ? Peut-être, mais ce n'est pas la leçon que je décidai d'en tirer. Il me sembla plus tard que c'était une leçon touchant le deuil. L'une des plaintes les plus communes qu'on trouve dans les livres sur le deuil que j'ai lus concerne la solitude de l'endeuillé, parce que les gens et la société semblent incapables, pour les différentes raisons toujours citées dans ces livres, de répondre à sa douleur. Mais que pourrait-on faire ou dire ? Inconsolable ne signifie pas que vous êtes parfois consolable. La façon dont se passent les choses me semble juste. Il en a toujours été ainsi qu'il doit être, ou comme s'il ne pouvait pas en être autrement. J'ai toujours reçu avec gratitude certaines des choses abominables qui m'ont été dites – Pourquoi tu ne peux pas redevenir tel que tu étais avant de rencontrer Aura ? – parce qu'elles marquent nettement une frontière, vous montrant une vérité concernant l'endroit où vous vous trouvez maintenant, alors qu'un commentaire censément sensible ne pourrait qu'atténuer un peu cette frontière, mais ne la rendra jamais moins impénétrable. Vous devez, ne pouvez que, vivre cela tout seul.

33

Quand j'ai parlé à Rodrigo chez Fabiola après la messe de souvenir un an plus tard, j'ai découvert pour la première fois que lui et Juanita *avaient eu* le droit de pénétrer dans le service des soins intensifs pour voir Aura cette dernière nuit. Alors Rodrigo m'avait remercié. Il m'avait remercié pour tout ce que Fabiola et moi-même avions fait, au cours de ce dernier jour et de cette dernière nuit, pour ramener Aura à Mexico pour que sa mère puisse lui dire adieu.

Quand ils avaient vu Aura, elle était encore consciente.

Qu'est-ce qu'elle a dit ? lui ai-je demandé.

Rodrigo m'a répondu :

Aura a dit : Je ne veux pas mourir. Elle a dit : il y a tant de choses que j'ai envie de faire. *No quiero morir*.

34

Je ne sais pas comment Juanita supporte tout ça. Je me fais du souci pour elle, et je ne dis pas cela pour paraître moins froid. J'essaie de me représenter Juanita dans son appartement, où elle vit avec les cendres d'Aura, j'essaie de la suivre tout au long de la journée, et j'ai peur. Je crains d'être tenu pour responsable d'une seconde mort. Elle ne parle même plus avec les *tías*. Si elle vivait son deuil d'une autre manière, une manière qui du moins semblait plus positive, cela ferait-il une différence pour elle ? Peut-être survit-elle avec une force surhumaine. Elle croit qu'elle retrouvera sa fille après la mort. J'espère qu'elle a trouvé une nouvelle amie, très proche, à qui elle peut parler comme elle ne l'a jamais fait même avec les *tías*, qui est même capable de la faire rire, qui lui donne l'impression d'être aimée et pardonnée ou comprise, et qui sera toujours là pour elle quoi qu'il arrive, qui trouvera toujours un moyen de la sortir de l'abîme.

Bien sûr c'était Aura, seulement Aura, avec qui Juanita avait une relation pareille.

35

Une amie – un peu plus âgée que moi et mère d'une fille récemment mariée – m'a dit qu'Aura avait toujours appartenu à sa mère plus qu'à moi, que Juanita avait toujours été la « tutrice légale ». Elle ne disait pas cela méchamment, et ne faisait qu'exprimer ce qui lui semblait une évidence.

Tu n'as pas eu le temps de t'approprier complètement Aura, m'avait-elle dit. Une fois que vous auriez eu un enfant et que vous auriez fondé votre propre famille, la métamorphose aurait été achevée.

Les amies intimes d'Aura, particulièrement Lola et Fabiola, qui avaient pu observer de près la relation d'Aura avec sa mère, elles-mêmes filles de mères à forte personnalité qui avaient fait carrière – des mères mexicaines si cela fait une différence –, n'étaient pas d'accord.

Aura ne considérait plus sa mère comme sa tutrice, dit Lola. Ç'aurait plutôt été l'inverse. Aura s'était déjà éloignée et avait pris sa décision, et elle avait déjà fondé sa propre famille, avec toi.

Lola pensera-t-elle toujours ainsi quand, dans bien des années, sa propre fille, la petite Aura, fera ses premiers pas apparemment décisifs mais qui ne seront peut-être inspirés que par la provocation, pour s'éloigner d'elle ?

Si elle voulait, Juanita pourrait-elle avoir le fin mot de cette discussion ?

36

Quelle que soit la manière dont on essaie de le justifier, pensai-je, il n'est pas juste d'empêcher le mari d'avoir les restes de sa femme. La plupart des religions l'interdiraient sûrement. Même religion mise à part, ce sont le devoir et le droit sacrés du mari d'enterrer le corps, les os, les cendres de sa femme. J'aurais dû aller prendre les cendres, tout comme le craignait Juanita. Qu'est-ce que j'ai, pourquoi ne l'ai-je pas fait, pourquoi suis-je si lâche ?

Mais j'ai aussi pensé ce que je pense généralement : pauvre femme, qu'elle garde les cendres, Aura n'est pas ses cendres, je garderai l'Aura que j'ai.

Confusion, je ne sais pas comment résoudre cette question, ne suis pas sûr d'où se trouvent le mal et le bien, mais je cherche des réponses là où je le fais habituellement, dans les livres. La première épouse de Ralph Waldo Emerson est morte jeune après une longue lutte contre la tuberculose ; pendant deux ans il a été déprimé et on a craint pour sa raison et sa santé. En fin de compte il a fait ouvrir le cercueil de sa femme pour se confronter au fait physique de sa mort et de son pourrissement. Puis il est allé en Europe. Je n'ai pas pu me confronter à cette vérité mais en ai-je besoin ? Je m'imagine généralement en train de me frotter le visage, les yeux, le nez des cendres d'Aura et même de m'en emplir la bouche.

Moi aussi je suis allé en Europe, avec l'argent de l'assurance de la fille qui m'avait renversé. Et dans une église, j'ai eu une sorte de révélation. L'église se trouvait dans une ville médiévale fortifiée à environ deux heures de train de Paris. Dans la partie la plus ancienne de sa nef, en haut des murs, se trouvaient deux vitraux intacts datant du quatorzième siècle. Pendant la Seconde Guerre mondiale, les habitants avaient descendu les vitraux, les avaient soigneusement démontés, et les avaient mis à l'abri, et c'est ainsi qu'ils avaient survécu aux bombes qui devaient plus tard détruire une grande partie de l'église. La messe était terminée et je déambulais dans la nef restaurée, lisant l'histoire des vitraux en anglais et me rappelant la fois où Aura et moi avions visité des vieilles églises et cathédrales à Paris. Aura se disait catholique croyante, bien qu'elle n'allât jamais à la messe pas plus qu'elle ne pratiquait aucune observance au quotidien. Mais elle allumait toujours des cierges quand elle visitait ces églises et se signait et parfois priait en silence. Je m'arrêtai devant une petite chapelle latérale dédiée à la Vierge, glissai un euro dans la boîte en fer-blanc, allumai un cierge et pensai ma prière à moi : Vierge, si tu existes, je t'en prie, prends bien soin d'Aura, tandis qu'au même instant, en harmonie, une autre voix intérieure se moquait de moi.

Puis j'allai sous un de ces vieux vitraux et essayai d'imaginer les gens de la ville maniant ces bouts de verre coloré vieux de sept cents ans, si fragiles et précieux, et les enveloppant soigneusement dans – dans quoi ? Pendant un instant je restai coincé. De vieux journaux, de vieux vêtements, des nappes, des chiffons, peut-être des vêtements sacerdotaux et des choses de ce genre ? Violet, rouge, bleu, jaune, vert, le vitrail était un cercle translucide de ces couleurs rassemblées en une figure géométrique complexe qui donnait également l'impression d'une joyeuse simplicité. Sept cents ans, semblait dire le vitrail, ce n'est rien, il est probable que je serai encore là dans un millier d'années, exactement tel quel. Dans la durée suggérée par le vitrail et l'intérieur sombre de cette église, je n'étais qu'une poussière, un humain de plus qui avait perdu quelqu'un, parmi les milliers de milliers d'humains qui au cours de ces sept cents ans s'étaient assis ou tenus debout dans cette église en regardant ces mêmes vitraux tout en pensant à leurs chers disparus. Il ne me reste pas vraiment beaucoup de temps, pensai-je. Je vais disparaître en un clin d'œil. Je pensai à Juanita et Leopoldo et à leur haine de moi et à leur volonté farouche d'effacer notre amour et notre mariage de l'histoire d'Aura. D'une certaine manière, pensai-je, c'est comme s'ils avaient descendu ces vitraux et, au lieu de les mettre en sécurité, les avaient volés et cachés. Ces mots me vinrent : Votre haine peut me sauver. Votre haine peut même me libérer. Parce qu'elle laisse derrière elle un vide que j'ai l'obligation de remplir pour Aura et moi. Tels sont les mots qui me sont venus dans cette église.

J'allai à l'autre vitrail. Le ciel devait être un peu moins couvert de ce côté de l'église, parce que c'était comme si un doigt avait appuyé sur la touche soleil sur le clavier d'un ordinateur, infusant ce vitrail d'un tout petit peu plus de lumière. Il était plus facile de distinguer les anciens dessins kaléidoscopiques ; les cercles colorés à l'intérieur des cercles et d'autres formes, des images de plantes et de minuscules figures humaines et animales. Cette forme oblongue et jaune près du bas, pensai-je, ressemble à une baguette de tambour.

Je quittai l'église et me dirigeai vers la rivière, accompagnant mes pas de palmes, anneaux, échouée, fonceuse, obscène, écheveau, bourrasque, crevasse, baguette de tambour... en 2009 Aura Estrada a trente-deux ans. Son anniversaire est dans un peu plus d'un mois. Je portais ma veste en duvet et une nouvelle chapka de Chinatown, les oreilles en fausse fourrure rabattues. Des marches menaient du trottoir à la rivière. Des longues herbes sauvages poussaient le long de la rive, et je m'engageai sur de grosses pierres lisses qui dépassaient des mauvaises herbes et demeurai là avec l'eau peu profonde qui coulait autour de moi. Les ponts qui enjambaient la rivière, la longue rangée uniforme de maisons brun foncé aux toits noirs sur la rive opposée, la fumée qui sortait des cheminées, le ciel gris, les canards.

37

J'étais allé à Paris. Je voulais me tenir devant le pavillon des amphibiens au Jardin des Plantes, aller à la Cité universitaire où Aura et moi avions naguère occupé un sous-sol sans fenêtre de la Maison du Mexique, et au 15 rue Violet, où elle avait sous-loué un petit appartement pendant un mois durant les vacances 2004-2005. Je voulais aller au marché où nous avions acheté le chapon qu'elle avait préparé pour notre dîner de Noël et à la petite laverie automatique où nous avions lavé, séché et plié nos vêtements, chose que nous n'avions jamais faite, pas même une fois, à New York ou à Mexico où nous donnions nos affaires à laver. Je refis le long trajet – qu'Aura a décrit dans l'un des chapitres complets de son roman – que Marcelo Díaz Michaux, le futur psychanalyste, alors étudiant à la Sorbonne, fait cet après-midi neigeux de 1972 quand il reçoit une lettre de Julieta, sa petite amie, la future mère d'Alicia, lui apprenant qu'elle épouse un autre homme – qui commence à la rue du Bac, descend le boulevard Saint-Germain, traverse la Seine au pont Sully, remonte jusqu'à la place des

Vosges puis le boulevard Voltaire jusqu'à Oberkampf, où Marcel s'arrête au Bataclan afin d'acheter un billet pour le concert du Velvet Underground qui a lieu le soir même.

Je voulais me rendre dans l'un de ces petits cinémas qui sentent le renfermé où nous allions voir des films dans des langues que nous ne parlions ni l'un ni l'autre – l'arabe, le thaï – bien qu'Aura n'ait pas eu de problème pour lire les sous-titres en français. J'adorais être assis près d'Aura dans le noir sans comprendre ce que disaient les personnages et en essayant de déchiffrer et de recomposer l'histoire comme une chose que je lui offrirais plus tard, tel un cadeau que j'aurais fabriqué moi-même. Un de ces films avait pour sujet une famille libanaise à Beyrouth pendant la guerre. Sur le trottoir, je dis :

Il est clair que cette pauvre fille avait des parents et des frères vraiment cruels qui ne voulaient même pas la laisser sortir. Pas étonnant que ça ait fini comme ça, pauvre fille.

Frank, c'était une *esclave* ! dit Aura. C'est ça l'histoire. C'est une esclave chrétienne libanaise et la famille à qui elle appartient est musulmane *¡ Ay, mi amor !*

J'entrai dans l'un de ces cinémas sans Aura, vis un film en finlandais, atrocement ennuyeux, et m'endormis environ au premier tiers. J'étais descendu seul dans le même hôtel minable près des Gobelins où Aura et moi étions autrefois allés. Un ami nous avait recommandé le Jeanne d'Arc mais nous avions découvert que plusieurs hôtels portaient ce nom et que ce n'était pas celui que voulait dire mon ami. Nous allions embarquer dans l'avion pour New York quand Aura apprit, au guichet d'enregistrement, que son visa d'étudiante avait expiré. Dans le froid glacial, près de l'Arc de Triomphe, j'attendis Aura devant le consulat des États-Unis. Les agents de police ne cessaient de me dire que je n'avais pas le droit d'être là avec nos bagages qui pouvaient contenir une bombe, mais je refusais de bouger. Il y avait plus de valises que je n'en pouvais porter et comment Aura m'aurait-elle retrouvé ? Arrêtez-moi si vous voulez, dis-je avec chaleur, je ne bouge pas, j'attends ma femme – je sortis mon passeport US et l'agitai sous leur nez – et personne ne va me dire que je n'ai pas le droit d'attendre ma femme devant le consulat de mon propre pays ! J'avais dit femme bien qu'Aura ne le fût pas encore. Mais les policiers ne me laissèrent pas tranquille pour autant. À cause de l'affaire foireuse du visa nous étions restés à Paris trois jours de plus, que nous avions passés au Jeanne d'Arc que notre ami nous avait recommandé dans le Marais.

Évidemment il y a un Paris agréable et un Paris suprêmement désagréable ; les gens se retrouvent dans l'un ou l'autre selon les conseils qu'on leur a donnés et c'est le seul Paris qu'ils connaissent. C'est ce qui me semblait, mais aller à Paris avec Aura était comme passer de l'autre côté du miroir. Les garçons s'assemblaient autour de notre table et à l'aide de signes et d'un espagnol rudimentaire essayaient de traduire d'obscurs noms de plats pour Aura. Si nous demandions notre chemin, les Français se transformaient en Mexicains cordiaux, *Paris es tu casa.* Ils étaient ravis de nous prendre en photo avec nos appareils. Les Français aimaient vraiment Aura, même si un nombre déconcertant d'entre eux pensaient qu'elle ressemblait à Amélie Poulain, la ravissante mais barbante héroïne du film qui porte son nom.

Maintenant j'étais de retour dans le Paris d'avant Aura. Je fus suivi à ma descente du métro par une bande de jeunes imbéciles qui se moquaient de moi en imitant une musique égyptienne stéréotypée : *dada-dah-dah-dahhh.* Oh, et ainsi de suite. Le monde, pas seulement Paris, est trop bête et méchant pour qu'on y reste seul. Je me rappelle ce mariage à New York où Aura s'était retrouvée assise à côté d'un écrivain blanc riche et célèbre. Au milieu de la conversation, il s'était exclamé : Vous êtes mexicaine ? Alors comment cela se fait-il que vous parliez anglais ? Aura commençait à réaliser ce que cela serait que d'être un écrivain mexicain aux États-Unis. C'est une des raisons pour lesquelles elle avait décidé de faire sa carrière surtout en espagnol.

Ainsi qu'il en avait été tout l'hiver à New York, je ne cessais de me retrouver coincé dans un film muet, où tout était en noir et blanc et agité. Je suis allé dans un bar, le Sully, où se retrouvaient certains des Mexicains que je connaissais à Paris, mais je ne reconnus personne et je m'assis dans un coin avant de commander un verre, puis un autre. Tout vacillant. La peau des gens, leur visage et leurs mains comme des cannes en sucre candi dont les bandes auraient été effacées à force d'être léchées. Des yeux radioactifs. Des airs de comploteurs sur chaque visage. Les gens se frottant les mains sous le menton, pinçant les lèvres et échangeant des regards. Un homme pleurant dans ses mains comme une sculpture de Rodin. Des flammes dans les miroirs et on dirait que le bar est en train de fondre ou qu'il est comme une pellicule en celluloïd sur le point de s'enflammer, et je payai et sortis marcher.

La raison principale de mon séjour à Paris était que je voulais aller à La Ferté, l'asile qui était le modèle de celui du roman inachevé d'Aura. Nous avions prévu de nous y rendre au printemps 2008. Aujourd'hui nous étions presque un an plus tard. Je sentais que je devais à Aura de réaliser ce projet. Ce que je ne savais pas déjà par Aura de La Ferté, je l'avais appris depuis par moi-même. Je savais que c'était un asile expérimental et utopique d'un genre très français où, dans le roman d'Aura, le psychanalyste Marcelo Díaz Michaux allait travailler. La Ferté se trouve dans un château du dix-septième siècle où les patients, les médecins, les infirmières et autres membres du personnel sont censés vivre côte à côte en égaux et gérer ensemble la clinique. Dans la cuisine, les psychanalystes hachent du persil à côté de psychotiques qui hachent des oignons. En théorie, les patients de La Ferté ne sont pas censés toujours savoir qui parmi eux est psychanalyste, et ainsi de suite. Même un psychanalyste, lus-je quelque part, pourrait ne pas savoir s'il est en train de parler à un patient ou à un autre psychanalyste incognito.

À la fin de ce dernier automne, pendant le premier semestre de sa maîtrise en écriture créative, Aura avait envoyé une lettre à La Ferté, adressée au directeur de la clinique, le Dr Olivier Arnaux, âgé de quatre-vingt-sept ans, lui demandant la permission de venir le voir. Environ deux mois plus tard elle reçut une réponse : une simple enveloppe marron avec notre adresse écrite en capitales à l'encre verte, et à l'intérieur, sur une feuille sans en-tête, de la même écriture et de la même encre, quelques lignes invitant Aura à venir à La Ferté. Mais au lieu de l'être par le Dr Arnaux, la lettre était signée

Sophie Deonarine. Était-ce la secrétaire du Dr Arnaux ? Elle n'était identifiée par aucun titre, professionnel ou autre. À voir l'écriture on aurait dit qu'une main tremblante avait péniblement tracé chaque lettre tirée d'une police de caractères constitués de minces fils électriques grossièrement assemblés. Sophie Deonarine était-elle une patiente qui, avec ou sans sa permission, répondait au courrier du Dr Arnaux ? Cette possibilité nous avait mis en appétit.

La fois où nous avions habité la cité universitaire était celle où j'avais été invité par mon ami Juan Ríos à parler à l'atelier d'écriture du soir qu'il dirigeait à l'Institut culturel mexicain. L'une de ses étudiantes était une jeune Française, Pauline, qui avait passé quelques années à travailler en Équateur pour une organisation qui essayait de sauver une espèce d'ours andin en danger. Elle aussi était doctorante mais elle s'était inscrite à l'atelier pour entretenir son espagnol écrit. Après l'atelier, nous allâmes tous dîner, et Aura et Pauline étaient en train de parler quand il survint une de ces coïncidences qui peuvent donner l'impression à un jeune écrivain, telle qu'Aura particulièrement, que le cosmos s'aligne de façon à l'aider à produire son livre. Il se révéla que quand Pauline était toute petite, environ vingt-cinq ans auparavant, sa mère avait travaillé à La Ferté. Sa petite enfance à La Ferté faisait partie de ses premiers souvenirs.

Plus tard je trouvai des notes de cette conversation avec Pauline dans l'un des carnets d'Aura. Les psychotiques peuvent avoir l'air tout à fait normaux, avait noté Aura, jusqu'à ce qu'ils ne le semblent plus. Comme le patient qui donnait à la mère de Pauline une liste de courses à faire quand elle irait en ville. Elle avait conservé l'une d'elles en souvenir, que Pauline avait lue : *Le Monde*, du tabac à pipe, des piles, de la confiture de cerise, du sperme…

Je pris un train samedi matin pour la ville la plus proche de La Ferté. Devant moi était assis un petit garçon costumé en Spider Man, accompagné de ses parents. Je devrais m'habiller comme ça, pensai-je. Peut-être que je le ferai demain. Pendant un instant cela me sembla si plausible et même raisonnable que j'eus un peu peur.

À la gare je demandai à la vieille marchande de journaux, dans un français très approximatif, où je pourrais trouver un taxi pour La Ferté. Sa réponse fut incroyablement longue et je n'y compris rien. Un grand jeune homme noir qui était en train d'acheter un journal se tourna vers moi pour me traduire, dans un anglais teinté de l'accent des Caraïbes : Elle dit que vous n'avez pas besoin de taxi. Ils vont envoyer une camionnette. Il suffit de téléphoner. Vous allez à la clinique, c'est ça ?

La marchande de journaux avait une carte avec le numéro de téléphone de La Ferté, et après avoir gentiment téléphoné à La Ferté sur mon portable, le type des Caraïbes m'annonça : Ils viendront vous chercher à une heure. Il faut attendre devant la gare. C'est une camionnette bleue.

Il était un peu plus tôt que onze heures. Je fis un tour de la ville en passant par l'église, puis je descendis à la rivière.

Un psychanalyste, assis dans son fauteuil, voit un patient entrer dans son bureau pour la première fois, l'observe un instant, et dit : Oh, vous n'êtes pas ici, n'est-ce pas ? Vous êtes encore dans le jardin.

Je lus cette anecdote dans un essai du Dr Olivier Arnaux qui avait été publié en anglais. La plupart des personnalités, écrivait-il, sont organisées autour d'un unique point qui assure la cohésion du moi. Mais les schizophrènes ont de nombreux points de ce genre qui se trouvent partout et c'est la raison pour laquelle leur moi n'est pas limité à leur corps ni même au seul espace clos où leur corps est situé. Les psychiatres et psychanalystes de La Ferté, avec leur fameuse méthode de Diagnostic intuitif poétique, sont entraînés à reconnaître de pareils états à première vue. C'est pour cette raison que le psychanalyste avait été capable de dire que même si le patient était dans son bureau, il était en réalité dans le jardin, ou sur la plage, ou ailleurs, un siècle, ou quelques années, plus tôt.

À La Ferté, la méthode consiste à traiter psychotiques, schizophrènes et mélancoliques comme des gens normaux qui, bien qu'ils prennent des médicaments, peuvent quand même réagir à la parole thérapeutique, participer à la vie de la communauté, exécuter des travaux de routine, suivre des cours et ainsi de suite. Le but, lis-je, est de pouvoir greffer chez le patient un point d'ancrage assez ferme pour que, parmi le chaos de tous les autres, il puisse l'atteindre ou du moins qu'il ait une chance de le faire. Ce n'est pas une cure mais cela peut atténuer la douleur et procurer au patient des occasions de répit et même de communiquer, quelque éphémères qu'elles puissent être. Fine comme une toile d'araignée, me l'imaginai-je, ou délicate comme un tympan, une prothèse d'âme apaisée, habilement greffée au milieu d'un maelström d'hallucinations, de douleur, d'égarement, de terreur. L'idée me plaisait ; elle me faisait penser un peu à un conte de fées où les elfes cordonniers sortiraient la nuit pour fabriquer non des chaussures magiques, mais un moi ou une âme. Qu'est-ce qu'Aura aurait fait de cette idée ? Quand Marcelo Díaz Michaux avait vu Irma, la femme de ménage de Julieta et de la petite Alicia, pour la première fois, qu'avait-il vu qui lui avait donné envie de ramener Irma en France pour la mettre à La Ferté ? Est-ce qu'un vague fac-similé de l'âme ou du moi d'Aura pourrait être greffé sur les miens ? Y était-il déjà et le verrait-on ?

Une grande camionnette bleue s'arrêta devant moi. Il y avait deux personnes à l'avant et quelques passagers disséminés dans les trois rangées à l'arrière, parmi lesquels un homme tout au fond qui me regardait par la vitre, long visage pâle, bouche mince, un feutre sombre, une ressemblance avec William Burroughs. Des patients qui font leur sortie du dimanche en ville, pensai-je. Mais peut-être que cet homme au feutre n'est pas un patient.

La vitre avant s'abaissa. Une femme avec d'épais cheveux noirs frisés, des sourcils vifs, une peau brune, une femme frappante qui avait dépassé la trentaine, vêtue d'un chandail et d'une veste en duvet, dit mon nom. Je serrai sa main délicate par la vitre, fis coulisser la portière de la camionnette et entrai. À côté de moi une vieille femme, dans un manteau de laine froissé, était assise penchée vers l'avant, regardant résolument par la vitre. Sur le siège entre nous se trouvait un sac en plastique. Le chauffeur, un homme rougeaud coiffé d'un bonnet de marin, me demanda quelque chose, et il fut instantanément établi que je ne parlais pas français. Mais la femme qui était à l'avant se révéla être une interne brésilienne qui parlait l'espagnol. Elle s'appelait Luiza. Nous quittions la ville quand Luiza me demanda : Et quel patient venez-vous voir ? Je répondis que je ne venais pas voir de patient. Elle traduisit cela pour le chauffeur qui lui jeta un regard interrogateur, mais personne ne parla. Nous traversions une forêt dont les arbres maigres et nus filaient tels des obélisques. J'étais sûr que Luiza se demandait comment m'annoncer que je n'allais pas avoir le droit d'entrer à La Ferté. J'espère qu'au moins je la verrai, pensai-je. Je me tournai pour regarder l'homme pâle au chapeau qui me fixa du regard triste et frémissant d'un chien sous la pluie.

Et quel est le motif de votre visite ? me demanda Luiza.

Je lui parlai d'Aura, de son roman inachevé et de notre correspondance avec le Dr Arnaux. Aura avait reçu une invitation de la secrétaire du Dr Arnaux.

Mais le Dr Arnaux ne travaille pas le samedi, dit Luiza, ni sa secrétaire. Il n'y a quasiment pas de personnel aujourd'hui.

Si je pouvais juste jeter un coup d'œil, dis-je. Après un instant j'ajoutai : pour avoir une meilleure idée de quoi demander quand je verrai le Dr Arnaux.

Le château était comme un château fort en pleine forêt, avec des murs en grès, des pignons, des ardoises, un portique à colonnes, de longues rangées de fenêtres, et une tour avec un toit pointu de chaque côté.

La responsable, ce samedi-là, m'apprit Luiza, s'appelait Catherine, et c'est à elle qu'il fallait que je parle. Catherine était une femme menue aux cheveux gris-jaune et au visage ridé, vêtue d'un pull et d'un jean, les lèvres peintes en rouge foncé. Nous la trouvâmes en train de fumer une cigarette au bout du grand salon, devant une baie à travers laquelle on pouvait voir d'autres bâtiments dont la cheminée de certains laissait échapper de la fumée, les bois et les champs hivernaux au-delà. Catherine, qui parlait anglais, me posa des questions à propos de ma visite. Je répétai ce que j'avais dit à Luiza dans la camionnette. Tout ce temps je sentais ses petits yeux bleus posés sur moi. Que voyait-elle ? Ça n'avait pas dû être bien terrible, n'est-ce pas ? Elle me donna la permission de passer la journée à La Ferté. Elle dit que la camionnette me ramènerait à la gare à temps pour le dernier train du soir en direction de Paris.

Et ainsi donc, mon amour, c'est ainsi que je suis arrivé à nous faire entrer à La Ferté. Ce que j'y ai vu est ce à quoi j'imagine que tu t'attendais ou que tu espérais voir. Je pense que tu l'aurais trouvé à la hauteur de tes espérances. Ils ont une petite boulangerie, où se pressent les patients dans la chaleur du four à bois – et cette odeur humide de levure – en chantant des comptines tout en attendant que lèvent les miches recouvertes d'étamine. Ils ont aussi des chèvres et des chevaux, et toutes sortes de cours : art, musique, même écriture créative dans la vieille chapelle en pierre. Tu sais ce que le château me rappelle ? Mohonk Mountain House, sans les trophées au mur, et en moins luxueux, avec les meubles usés, puisque c'est un asile, évidemment, et pas un hôtel avec spa. Mais il y avait du feu dans la cheminée. Il y avait un bar – avec des boiseries sombres et un plafond à fresques en coupole, rien de comparable à Mohonk – où on servait des boissons non alcoolisées, des sirops de fruits, de petits gâteaux et des bonbons et où tous les samedis, m'apprit Luiza, Marie vient chanter des chansons folkloriques de deux heures du matin jusqu'à l'aube. Ce sont les patients qui ont choisi cet horaire. Ce sont les heures pendant lesquelles ils sont le plus réveillés et d'humeur à écouter et à chanter. Si je demandais à Marie de chanter « Stephanie Says », le ferait-elle ? J'ai ressenti un très fort désir d'être là à chanter avec eux, me disant que peut-être je trouverais quelque chose, quelque chose d'important, si seulement je pouvais le faire. Les patients, évidemment, n'avaient rien à voir avec les clients de Mohonk. Mais je t'épargnerai les descriptions de fous pittoresques.

Luiza, dans la première pièce où elle m'emmena, ouvrit une armoire et se mit à distribuer des médicaments à la horde de patients qui s'y pressaient. Parmi eux se trouvait un homme allongé par terre qui refusait de se lever. Il était sur le ventre, la tête tournée de côté, parlant de temps en temps, bien qu'à peine, et d'une voix torturée, avec les autres patients qui l'entouraient.

Je ne suis pas comme cet homme après tout, pensai-je. Je suis venu jusqu'ici pour toi, et pour moi.

Alors qu'est-ce qu'Aura aurait fait de La Ferté ? Pourquoi est-ce que Marcelo Díaz Michaux allait y ramener Irma avec lui ?

Quand je montai l'escalier tournant qui menait au premier étage du château, je remarquai de la poussière sur toutes les marches en bois, et des toiles d'araignées dans les coins et sur la rampe. Quel dommage qu'Irma ne soit plus là, pensai-je, elle n'aurait jamais laissé cet endroit devenir si sale. Ce n'était pas ma voix. C'était celle de Marcelo. C'était Marcelo, le psychanalyste, qui montait l'escalier, pour aller voir un patient. Est-ce que ma jeune femme ne m'attend pas à la maison ? Est-ce qu'elle ne m'aime pas ? Alors pourquoi est-ce que je ressens une telle perte ? Est-ce parce que Irma n'est plus à La Ferté ? Mais elle vit en France, n'est-ce pas ? Où est Alicia ? Elle n'est plus ici non plus, n'est-ce pas ? Où est-elle allée ? *Où sont les axolotls ?**

Comment pourrais-je jamais savoir ou imaginer ce qu'Aura aurait fait de La Ferté ? Fais ce que tu veux avec La Ferté, mon amour. Je sais que ce sera formidable. J'ai tenu ma promesse : je t'ai amenée ici.

MIXTE
Papier issu de
sources responsables
FSC® C003309

10/18, une marque d'Univers Poche,
est un éditeur qui s'engage pour
la préservation de son environnement
et qui utilise du papier fabriqué à partir
de bois provenant de forêts gérées
de manière responsable.

Impression réalisée par

BRODARD & TAUPIN

La Flèche (Sarthe), 69781
Dépôt légal : septembre 2012
X05549/01

Imprimé en France